Poláček | Die Bezirksstadt

Karel Poláček

Die Bezirksstadt

Aus dem Tschechischen übersetzt
und herausgegeben von Antonín Brousek

Reclam

Tschechischer Originaltitel:
Okresní město

Die Arbeit an der Übersetzung wurde mit Mitteln des Kultusministeriums
der Tschechischen Republik (Ministerstvo kultury ČR) gefördert.

2018 Philipp Reclam jun. GmbH & Co. KG,
Siemensstraße 32, 71254 Ditzingen
Umschlaggestaltung: Anja Grimm Gestaltung
Umschlagabbildung: © akg-images
Druck und buchbinderische Verarbeitung: GGP Media GmbH,
Karl-Marx-Straße 24, 07381 Pößneck
Printed in Germany 2018
RECLAM ist eine eingetragene Marke
der Philipp Reclam jun. GmbH & Co. KG, Stuttgart
ISBN 978-3-15-011183-3

Auch als E-Book erhältlich

www.reclam.de

1

Am äußersten Rande der Stadt, inmitten von baufälligen Häusern mit zerzausten Dächern, stand das Armenhaus der Gemeinde. Es war aus dem Vermächtnis eines örtlichen Wohltäters errichtet worden, der wohlbedacht seine irdischen Güter gemehrt hatte und sich Gott, in der Vorahnung, dass sein Lebensende nahte, mit einer guten Tat gewogen machen wollte. Aus seinem Vermögen erwuchs ein steinernes Gebäude mit grüner Fassade, das einer Festung glich. Sein Mauerwerk war von zahnartigen Zinnen gekrönt und trug an der Hauptfront in Frakturbuchstaben die Aufschrift »Pivodas Armenanstalt«. Das Haus war in den siebziger Jahren des vorigen Jahrhunderts gebaut worden und wirkte durch sein wildes, grimmiges Aussehen auf jedermann abstoßend. Im Erdgeschoss fanden sich große Fenster mit Spitzbögen, aus dem ersten Stock aber schauten kleine Fensterchen herab, die an Schießscharten erinnerten. In der Vorstellung des Baumeisters, der dieses Haus errichtet hatte, gab es keinen Unterschied zwischen Armen und Verbrechern. Deswegen hatte er die Fenster mit massiven Gittern versehen lassen, als ob er die Insassen an der Flucht hindern wollte. Auch bei größter Hitze wehte aus dem Gebäude eine Grabeskälte, und im Inneren herrschte fortwährend Schatten. Der Eingang glich einem gähnenden Mund, und der lange und tiefe Flur schien mit Schall angefüllt zu sein. Nicht nur Lausejungen, sondern auch manch ein Erwachsener, dem jede Art von Unfug eigentlich fernlag, blieb hier öfter stehen, blickte sich vorsichtig nach allen Seiten um und brüllte dann in die Tiefe des Ganges hinein: »Hoho – hoo!«, und die aufgescheuchten Schatten antworteten mit einem vielfachen Echo.

Zum Armenhaus gehörte auch ein Garten, der von einem gusseisernen Gitterzaun umgeben war. Auch diesem Garten sah man an, dass er keiner Privatperson gehörte, sondern einer frommen Stiftung. Es gab dort kein Gartenhäuschen mit kleinem roten Dach, keine albernen Glaskugeln, wie sie Rosensträucher zu zieren pflegen, und auch keine Gartenzwerge aus Gips, die aus dem Gebüsch hervorlugen. Die Beete waren gleichmäßig durch Sandwege unterteilt wie die Fächer einer Registratur, und auf ihnen wuchsen schüchterne und verängstigte Vergissmeinnicht sowie samtene Stiefmütterchen, deren Blüten an die bösartigen und neidzerfressenen Gesichter alter Jungfern erinnerten. Eine düstere Esche streckte ihre Äste über den Zaun, und man konnte auch wehmütige, verstaubte Pflaumenbäume und verkrümmte Äste von Birnbäumen sehen, die im Herbst schwer waren von glänzenden Früchten. Der größte Teil des Gartens aber war als Gemüsegarten angelegt. Es herrschten hier Ruhe und unerbittliche Ordnung; auch ein Vogel, der sich hierher verirrte, piepste einmal schüchtern und flog bald davon, als hätte er das Gefühl, etwas Verbotenes getan zu haben.

Das Armenhaus war eigentlich für verarmte, aber ehrbare Bürger der Stadt bestimmt. All die Jahre gab es jedoch keine Gemeindeangehörigen, die unverschuldet ins Elend geraten wären, so dass das Gebäude nur Bettler beherbergte. An lauen Abenden saßen auf der steinernen Freitreppe vor dem Haupteingang lispelnde alte Weiber und verhutzelte Greise mit eingefallenen Mündern, deren lahme Glieder an krumme Wurzeln erinnerten. Der Zutritt zum Garten war ihnen verwehrt, da über die Vergissmeinnicht, Stiefmütterchen, Büsche und Obstbäume der Verwalter Wagenknecht herrschte, der peinlich genau darauf achtete, dass ihm auch ja nicht einmal ein Stück Fallobst verlorenging. Er war ein muskulöser Mann mit kurzen Beinen und kurz geschorenem Kopf, rege und eifrig, da der Wunsch nach ständigem Gewinn und Vorteil ihn ununterbrochen in Bewegung hielt. Über seine linke Gesichtshälfte lief ihm eine furchterregende Narbe, die leicht mit Blut anlief. Er bewachte auch die Obstbaumalleen der Bauern und legte sich dafür mit einem Sacktuch zugedeckt in eine Strohhütte. Auch als Nachtwächter war er bestellt worden, und man konnte, wenn alles still wurde, die schweren Schritte seiner eisenbeschlagenen Schuhe hören. Im Sommer war er Aufseher in der Badeanstalt, und seine Narbe färbte sich beim Anblick der tobenden Jugendlichen rot vor Blut. Wohlgesinnt war er nur denen, die Mohnbrezeln kauften, die seine Frau gebacken hatte. Regelmäßig sah man ihn bei Feierlichkeiten, Umzügen und Versammlungen, wo es nötig wurde, Befehle zu erteilen und die Menge zu ordnen oder zu vertreiben. Aus seinem stets geöffneten Mund kam dann ein heiseres Gebrüll; über seinem Kopf schwenkte er wie Rübezahl einen schweren Knotenstock. Scharf wie ein Wachhund, schlief er niemals; immer war er auf dem Sprung, jemanden zu erwischen und am Schlafittchen zu packen. Sein andauerndes Gewinnstreben bestärkte ihn noch in seiner Grobheit.

Zu seinen Schützlingen gehörte die Bettlerin Glatte Ančka; vor vielen Jahren hatte sie Frau Kafuňková geheißen und war die Gattin eines vermögenden Tuchhändlers gewesen. Einst hatte Frau Kafuňková einen Wachtraum gehabt. Den hatte sie sich deuten lassen und dementsprechend in der Prager Lotterie beim Lotteriekollektanten Gustav Štědrý auf drei Nummern gesetzt. Sie hatte dann auf Terno gewonnen und setzte von da an so lange, bis sie sich in die Glatte Ančka verwandelt hatte. Aber auch jetzt noch hielt sie sich für eine reiche Frau; ständig wurde sie von Wachträumen heimgesucht, die, in Zahlen ausgedrückt, ein Vermögen bedeuteten.

Der Bettler Maryčka Gib's! erhielt Almosen, weil er leicht Wutanfälle bekam und dann in einer Art Versgesang stundenlang schimpfen konnte. Amtlich hieß er Emanuel Pěchota; allerdings kannte niemand in der Bezirksstadt seinen Namen und jeder rief ihm »Maryčka Gib's!« hinterher, um seine obszönen Verse hören zu können.

Der schwachsinnige Hynek unterhielt die Bürger durch seine fehlerhafte Aussprache. Er hatte eine gottesfürchtige Seele, nahm an allen Prozessionen teil und verfiel beim Singen von Kirchenliedern in süße Verzückung.

Der Athlet züchtet seine Muskeln, eine Dame pflegt ihren Teint, und ein Bettler muss auf seine Magerkeit achten. Der Bettler Chleboun, »Majorchen« genannt, war ein dürres, mit Lumpen behängtes Gerippe. Seine Magerkeit war das Aushängeschild seines Gewerbes; hoch aufgeschossen, die Füße in Sacktuch gewickelt, streifte er durch die Bezirksstadt und klopfte mit einem Stock aufs Pflaster wie ein Blinder. Sein grauer Schnurrbart bewegte sich ununterbrochen; der eingefallene Mund käute Gebetsworte wieder. Unter den Bewohnern des Armenhauses genoss er Ansehen, da er unzusammenhängende, wirre Sätze in prophetischem Ton vortrug. Er hatte eine kleine Gemeinde um sich geschart, die in seinen Worten einen geheimen Sinn suchte.

2

An jenem Tag machte sich Majorchen auf den Weg zum Bahnhof. Schon viele Jahre lang stellte er sich zweimal täglich bei der
Ankunft des Zuges ein, als ob er Besuch erwarten würde. Natürlich kam niemand; er hatte weder Verwandte noch Freunde;
Leere umgab ihn wie einen Despoten.

Hoch aufgeschossen, mit hervorstehenden Schulterblättern,
ging er seines Weges, das Gesicht mit grauen Stacheln bedeckt, einem Bettlervollbart, der nie wächst. Seine triefenden
Augen blickten starr vor sich hin; der grünliche Schnauzbart
bewegte sich auf und ab. Die weiße Morgensonne leuchtete
ihm auf den Weg. Er ging mitten auf der Straße, denn die Bürgersteige waren für die wohlhabenden Leute errichtet. Hinter
ihm her zog ein dumpfer Gestank, der die Hunde zur Raserei
brachte.

Auf dem Bahnhof saß eine Frau vom Lande auf einer Bank
und hielt ein Baby im Arm; das Kind wimmerte, und die Mutter
murmelte »Husch, Kusch, Husch, Kuschkusch«, um es zu beruhigen.

Ein Herr im Touristenanzug schaute sich die Fotografien an,
die an den Wänden hingen. Ein junger mit Kalk bespritzter
Mann, der eine Papiermütze auf dem Kopf trug, kam aus der
Amtsstube und schleppte eine Leiter. Als er den Bettler sah,
drehte er sich um und stieß diesem wie zufällig mit der Leiter in
den Bauch. Majorchen trat beiseite, brummelte etwas, und der
Arbeiter lachte.

In der Ferne erscholl gedämpft das Pfeifen des Zuges. Der
Bettler bemerkte den Kaufmann Štědrý und zog seinen Hut.
Der Kaufmann tippte an den Rand seiner Melone. Er stand da,
gestützt auf seinen Sonnenschirm aus Mohair, und glich mehr
einem Beamten als einem Kaufmann. Auch sein langer, schwarzer Gehrock, der schon ins Grünliche verschossen war, erinnerte an einen Kanzlisten im Ruhestand. In seinem Gesicht erkann-

te Majorchen Aufregung; er wusste, dass den Kaufmann die Ankunft eines Zuges stets beunruhigte.

Das Pfeifen des Zuges erklang jetzt lauter, und dieses Geräusch zerschellte an einem Abhang, der mit Akazien und Nussbäumen bewachsen war. Aus der Amtsstube trat ein Herr mit roter Kappe und nahm seinen Zwicker ab. Der Kaufmann strich sich über seinen gelben Schnauzer. Die Dampflok stampfte mit Keuchen in den Bahnhof ein.

Der Bettler erblickte einen jungen Mann, der einen zimtfarbenen, glockenförmig geschnittenen Raglan trug und sich mit tänzelndem Schritt dem Kaufmann näherte. Der Kaufmann ging ihm entgegen und breitete seine Arme aus. Seine Augen wurden feucht: Mit dem Alter war er rührselig geworden und neigte zu Tränen. Der junge Mann nahm mit einem preziösen Griff seinen glänzenden Zylinder ab und küsste den Kaufmann auf die Wange. Der grünliche Schnäuzer des Bettlers fing an, sich zu bewegen, und aus seinem eingefallenen Mund kamen Worte.

– Ach so … Sieh mal einer an … Der Kamil ist gekommen, der Sohn des Kaufmanns Štědrý …

Er beobachtete, wie der junge Mann dem Vater liebkosend über den Rücken streichelt und beide den Bahnhof verlassen. Er schlich hinter ihnen her und spitzte die Ohren, denn er war neugierig wie ein Huhn. Er wusste, dass auch seine Gefährten aus dem Armenhaus begierig auf Neuigkeiten waren und er ihnen Nachrichten mitbringen musste.

– Sieh da, der Kamil ist gekommen, der Sohn des Kaufmanns Štědrý … Na was denn, was denn? Freut sich der Papa? Freut er sich über den Sohn?

Er blickt auf den gekrümmten Rücken und den zerfurchten Nacken des Kaufmanns, kann so aber nicht ergründen, ob dieser sich über die Ankunft des Sohnes freut. Misstrauisch schaut er auf die zitronengelben Halbschuhe, den glänzenden Zylinder und darauf, wie der junge Mann einen silberbeschlagenen Rohrstock schwingt.

– Warum ist er gekommen?, überlegt der Bettler, Pfingsten ist doch vorbei. Es ist doch jetzt keine Zeit für Besuche. Er hätte dort bleiben sollen, wo er war …

Er blieb stehen, da er bemerkte, wie der Kaufmann seinen Schritt verlangsamte und heftig gestikulierte. Er hörte ihn sagen: »Mit einem Zylinder darfst du mir hier nicht herumlaufen.«

Der junge Mann wollte etwas einwenden, der Vater wiederholte aber störrisch: »Das ist mir egal, was man im Ausland trägt. Zu Hause darfst du mir damit nicht herumlaufen.«

– Gut so, lobt der Bettler, du bist kein solcher Großkopferter, dass du mit einem Zylinder herumlaufen könntest. Für mich bist du ein Rotzlöffel …

Aus dem Tor des Spediteurs Wachtl fuhr ein schwerer Wagen, der von Pferden mit glänzenden Hinterteilen gezogen wurde. Der Kutscher glotzte mit dumpfem Erstaunen auf den Zylinder, den glockenförmigen Raglan und die gelben Halbschuhe.

Und der Kaufmann, auf das bleiche, verlebte Gesicht seines Sohnes zeigend, sagt entrüstet: »Und was ist das?«

»Das sind Koteletten«, antwortet Kamil eitel.

»Das muss runter«, befiehlt der Vater drohend.

»Bei uns in Olmütz …«, will der Sohn einwenden.

»Kein Wort mehr! Du gehst gleich zum Sedmidubský, dass er dir das abnimmt. Mit Pejes will ich dich nicht sehen. Das ist mein letztes Wort!«

Unter dem graugrünen Schnäuzer kommen Worte hervor: – Recht so … Meine Rede … Dem haben Sie's richtig gegeben. Die würden sich sonst heutzutage viel zu viel erlauben …

Der Kaufmann trippelt unsicher auf seinen wackligen Beinen, die zitronengelben Halbschuhe aber tänzeln kokett übers Pflaster, und der Rohrstock wirbelt zwischen den Fingern. Kamil dreht sich von einer Seite zur anderen; er will der Bezirksstadt imponieren mit seinem Raglan und dem glänzenden Zylinder. Aber die Stadt liegt schweigend da; hier und da sind wegen der Sonnenglut die Rollos herabgezogen, an anderer Stelle sieht man eine Katze, die sich zwischen Hortensien sonnt.

Der Bettler konnte hören, wie der junge Mann sagte: »Wie ich sehe, hat sich hier nichts verändert.«

Der Kaufmann blieb stehen und zeigte mit dem Sonnenschirm auf den Neubau des Finanzamtes.

»Was heißt, nichts verändert?«, wandte er ein. »Schau doch mal dieses Gebäude da, das ist doch wohl eine Errungenschaft.«

Kamil verzog den Mund: »Errungenschaft! So was nennt man hier wohl ein Ereignis. Bei uns in Olmütz hingegen …«

Der Kaufmann hört es nicht gern, wenn jemand die Bezirksstadt herabsetzen möchte. Es empört sich in ihm der Stolz des Alteingesessenen.

»Im Ausland sollen die machen, was sie wollen«, knurrt er, »wir hier wissen uns schon zu helfen.«

Ihm missfiel das Grinsen des jungen Mannes, und er donnerte los:

»Die Pejes müssen runter! Du gehst gleich zum Friseur! Nicht, dass ich es zweimal sagen muss.«

– Gut so! So muss man mit dem Jüngelchen umgehen, lobt Majorchen.

»Aber klar doch«, brummt Kamil niedergeschlagen, »wenn ich dann nur meine Ruhe hab'.«

Aus einem Haus stürzte plötzlich ein Herr, als ob er nur darauf gelauert hätte, dass der Vater mit dem Sohn vorbeikommen würde. Er hatte stark gerötete Wangen, als ob er ständig ein Lachen unterdrücken müsste. Seine kleinen Äuglein bewegten sich unentwegt hin und her wie die Blase in einer Wasserwaage. Kamil zog mit dem Zylinder einen eleganten Bogen, und der Vater tippte an den Rand seines Hutes.

Ungern sah er Herrn Raboch, diesen heimtückischen Schwätzer.

– Zylinder, Raglan, Koteletten, beunruhigte er sich, das wird ein Gerede geben …

»Ach, herzlich willkommen, Herr Kamil«, rief Herr Raboch überlaut, »dann sind Sie also gekommen, um uns auch mal zu besuchen?«

Kamil verbeugte sich und drückte Herrn Raboch die Hand.

Herr Raboch fuhr mit seinen bösartigen Äuglein abschätzig über Zylinder, Raglan und die zitronengelben Halbschuhe. Sein Gesicht lief vor unterdrücktem Lachen rot an.

»Na, was denn, was denn?«, stieß er nach. »Sind Sie etwa für länger gekommen?«

»Nur für kurz«, antwortete statt seines Sohnes der Kaufmann.

Kamil zwirbelte seinen rötlichen kleinen Schnurrbart und bemühte sich, das Selbstbewusstsein eines unabhängigen Mannes von Welt auszustrahlen. Er fühlte vor dem Herrn mit dem geröteten Gesicht eine große Unsicherheit. Er erinnerte sich, wie ihn Herr Raboch vor Jahren einmal auf der Straße ergriffen, nach Hause geschleppt und dort seinen dreckigen Hals vorgeführt hatte. »Schauen Sie nur, Frau Štědrá, der Junge kann sich nicht mal richtig waschen. Nehmen Sie doch mal eine Scheuerbürste und schrubben ihm den Hals. Wie sieht denn das Dreckschwein aus?« Herrn Raboch fällt alles auf, nichts bleibt seinen beweglichen, bösartigen Äuglein verborgen. Unwillkürlich fuhr Kamil sich mit der Hand über den Nacken.

»Nur für kurz, also, nur für kurz ... Auf Urlaub etwa?«, attackierte Herr Raboch.

»Auf Urlaub«, bestätigte Kamil.

Herr Raboch wurde nachdenklich und wiederholte langsam: »Auf Urlaub ...«

Der Bettler, der die Unterhaltung aus einiger Entfernung mitgehört hatte, sprach den Gedanken des Herrn Raboch laut aus:

– Ist denn jetzt eine Zeit für Besuche? Das kannst du jemand anders erzählen. Nach Hause fährt man nur über die Feiertage.

»Also viel Spaß noch, Herr Kamil«, zwitscherte Herr Raboch und verschwand hinter seiner Tür.

Der Kaufmann atmete auf, wischte sich den Schweiß von der Stirn und brummelte: »Dass es nur kein Gerede gibt. Ich will meine Ruhe haben.«

»Was hast du denn die ganze Zeit?«, wimmerte der Sohn.

»Nichts ... nichts ... ich meine ja bloß ...«, murmelte der Kaufmann, »und was den Raglan angeht ... es ist jetzt warm, und du kannst ohne Mantel herumlaufen.«

– Hier herrscht einfach keine Kultur, dachte Kamil niedergeschlagen.

Und der Bettler konnte beobachten, wie der Zylinder, der glockenförmige Raglan, die zitronengelben Halbschuhe und der Pensionistengehrock, der ins Grünliche spielte, in der Tür eines Hauses verschwanden.

3

Frau Štědrá begrüßte sie in der Tür, riss die Arme hoch, in ihrem Gesicht spiegelte sich Erstaunen. Die Ankunft eines Gastes rief bei ihr immer eine besondere Aufregung hervor, und im Körper spürte sie eine Anspannung wie ein Akrobat vor einem gefährlichen Auftritt. Sie wünschte sich, dass Kamil ihr die Hand küssen möge. (– Nicht wegen mir, ich brauche das nicht, es gehört sich aber so.) Der Sohn allerdings nahm nur den Zylinder vom Kopf, verbeugte sich umständlich und gab ihr die Hand.

Sie setzten sich an den gedeckten Tisch. Der Kaufmann hatte zugunsten des Gastes auf seinen Ehrenplatz verzichtet. In der Küche zischte und dampfte es. Kamil atmete schwer, denn sein Hals wurde von einem hohen, gestärkten Kragen eingezwängt.

»Benimm dich ganz wie zu Hause«, sagte der Kaufmann und befahl Kamil, das Jackett auszuziehen. Der Sohn weigerte sich und legte nur seine violett gestreiften Manschetten ab. Aus der Küche hörte man: »Ich muss noch zwei drei Stück Kohlen nachlegen.« Frau Štědrá hatte die Angewohnheit, am Herd Selbstgespräche zu führen. Der Esstisch war klein, deswegen hatte man für Viktor, den anderen Sohn, am Schreibtisch gedeckt. Ohnehin sah man ihn nur ungern an der gemeinsamen Tafel, vor allem wenn ein Gast anwesend war. Er stank nach Öl und Rauch. Sein Benehmen regte den Vater auf. Er hatte grobe, schwielige Hände, in die sich Lack und Ruß eingefressen hatten; außerdem waren zwei Finger durch einen Unfall entstellt. Den Vater störten sein runder Kopf, sein kurzer, herabhängender Schnurrbart und das blaue Arbeitshemd. Er schmatzte und schnaufte beim Essen, verschlang es gierig wie einer, der durch schwere Arbeit entkräftet ist. Viktor war es egal, dass man ihn aus der Gesellschaft ausgeschlossen hatte. So konnte er beim Essen das Buch »Fünf Wochen im Ballon« lesen, etwas, das der Vater an der gemeinsamen Tafel nicht geduldet hätte.

»Und in die Suppe kommt noch eine Prise Salz. Über den Braten gießt du noch etwas Bratensaft«, murmelte Frau Štědrá.

Neben dem Vater saß der jüngste Sohn Jaroslav. Er war ein schweigsamer Junge, hatte dieses Jahr die Matura abgelegt und war sich nicht sicher, ob er Medizin oder Jura studieren sollte. Das Antlitz des Vaters lächelte, und seine Augen glänzten vor Zärtlichkeit, wann immer er auf den Studenten schaute.

Die Mutter brachte eine Suppenschüssel und goss zuerst ihrem Ehemann ein. Der Kaufmann zog die Augenbrauen in die Höhe, schlürfte kurz kostend vom Löffel und sagte dann: »Die Suppe, Mutti, ist delikat. Selbst Seine Majestät der Kaiser könnte sie essen.«

Frau Štědrá atmete so erleichtert auf wie ein Mensch, der einer großen Gefahr entronnen ist. Ständig rannte sie zwischen Küche und Esszimmer hin und her. Dem Kaufmann missfiel das, und er äußerte den Wunsch, sie möge sich zu ihnen setzen. Um ihm einen Gefallen zu tun, setzte sie sich für einen Augenblick auf den Rand eines Stuhls. Sie pickte aus dem Teller wie ein Vogel, wischte den Bräter mit einer Brotrinde aus und rannte dann wieder mit einem angespannten, sorgenvollen Gesichtsausdruck davon. Essen war nichts für sie; ihr stand es nur zu, die Speisen zuzubereiten; die Mannsbilder waren dann verpflichtet, eindeutig kundzutun, dass es ihnen schmeckte. Dem Kaufmann und der übrigen Familie legte sie das Besteck geradezu zeremoniell vor; auf den Schreibtisch hingegen warf sie die Teller, dass es nur so klirrte, und brummte dazu: »Schlag dich nur voll, du Ferkel!« Viktor achtete nicht darauf; auf irgendwelche Förmlichkeiten kam es ihm nicht an, nur auf gutes Essen. Zuerst zerschnitt er das Fleisch, dann ergriff er mit der ganzen rechten Hand die Gabel, stach Bissen für Bissen auf und schaute dabei in das aufgeschlagene Buch.

Wann immer der Kaufmann auf Kamils Teller eine Lücke erblickte, legte er ihm nach. Der junge Mann stöhnte, er könne nicht mehr. Ein gebildeter Mensch könne doch nicht so schlingen wie ein Bauer. Mit dem verwöhnten Ausdruck eines Kulturmenschen, dessen Magen durch erlesene Genüsse verdorben ist, lehnte er es ab, weiter zu essen.

»Essen muss man«, erklärte der Vater, wobei er genüsslich einen Knochen abnagte, »ohne Essen kann kein Mensch und auch sonst kein Lebewesen existieren. Auch Jaroušek hat nur wenig gegessen.«

»Jaroušek hat nur wenig gegessen!«, wiederholte die Mutter erschrocken.

»Ich hab genug«, erklärte der Student.

»Du musst viel essen«, ermahnte ihn der Vater. »Du arbeitest, strengst deinen Kopf an, dann musst du auch dem Körper geben, was ihm zusteht. Ja, ja, die Studien, die Studien«, seufzte er.

»Den da drüben«, er zeigte in Richtung Schreibtisch, »den muss man gar nicht erst auffordern. Der spachtelt ganz von allein.«

Die Mutter räumte die leeren Teller ab, und man begann zu plaudern. Kamil fragte den Vater nach seinem Befinden. Der Kaufmann seufzte. Auf dem Marktplatz habe sich ein Konkurrent niedergelassen, der die Kunden mit süßlichem Geschwätz anlocke. Er begleite die Kundschaft bis auf die Straße hinaus und führe dabei laute Reden. Ein schädlicher Mensch! Er wolle in der ganzen Stadt der Größte sein, er inseriere sogar in der Zeitung.

Kamil vertrat die Meinung, dass der moderne Handel solche Dinge erfordere, und tadelte den Vater für seine altmodischen Ansichten. Ihr Geschäft in Olmütz solle er mal sehen. Große Schaufenster. Ständig klingele das Telefon. Die Handlungsgehilfen würden nur so um das Verkaufspult herumflitzen. Die Tür gehe in einem fort auf und zu; wie in einem Bienenstock sei das.

»Ich bin, wie ich bin«, wandte der Vater ein; »ihr könnt es einmal weiter bringen. Deswegen habe ich euch ja etwas lernen lassen.«

»Und einen Haufen Geld habt ihr dabei gekostet«, schloss sich die Mutter an.

»Manche davon haben da noch mehr gekostet«, brummte Kamil.

Zum Ausklang des Mittagessens schenkte Frau Štědrá schwarzen Kaffee ein. Kamil hielt die geblümte Tasse in der Hand, indem er anmutig seinen kleinen Finger ausstreckte, der mit einem langen Nagel verziert war, und redete prahlerisch den Laden seines Vaters schlecht. Er riet ihm, sein Geschäft mit Schaufenstern auszuschmücken und die Kunden mit Reklamen anzulocken. Auf dem Pult wollte er eine Registrierkasse sehen; beim Anblick einer solchen Maschine wäre die Kundschaft ganz baff. Der Kaufmann hörte dem Geschwätz unaufmerksam zu und ließ seinen Blick nicht vom überlangen Fingernagel weichen. Plötzlich unterbrach er Kamil mit einem wütenden: »Was sehe ich denn da?«

Kamil verstand nicht. »Der Fingernagel, der Fingernagel«, brüllte der Vater.

Der Sohn blickte mit Wohlgefallen auf seinen kleinen Finger. »Was hast du denn gegen meinen Fingernagel? Das ist jetzt große Mode.«

»Sofort abschneiden! Und zwar plötzlich!«, brauste der Vater auf.

»Aber Papi!«

»Wenn der Papa das wünscht, dann muss der Nagel runter«, schritt die Mutter ein.

Der junge Mann wurde traurig. Er würde auf seinen Schmuck verzichten müssen, den er doch mit einer solchen Liebe herangezogen hatte. Wehmütig dachte er sich nur:

– Es hat alles keinen Sinn. In dieser Stadt gibt es einfach keine Kultur.

Das Mittagessen war zu Ende. Viktor erhob sich, griff nach seiner Ledertasche, in der die Metallwerkzeuge klimperten, und rannte davon. Der Vater schaute ihm hinterher und brummte feindselig: »So einer hat mir noch gefehlt. Der ist wirklich wohlgeraten, dieser Sohnemann.«

Die Mutter seufzte nur.

4

Die Häuser auf dem Marktplatz waren dickleibig wie Buchteln auf einem Backblech. Ihr Ehrgeiz drängte nicht in die Höhe, sie waren zufrieden mit ihrer Fülligkeit. Nur das Gebäude der Bezirkshauptmannschaft war zweistöckig. Auf dem Dach trug es eine Aufschrift aus hellen Schieferziegeln: »Erbaut A.D. 1902«. Alle Gebäude aber überragte das Rathaus mit seinem Turm, auf dem das Wappen der Stadt abgebildet war.

Die bläuliche Abenddämmerung hüllte die Häuser mit ihren Laubengängen, das Rathaus und das Gebäude der Bezirkshauptmannschaft ein. Der Sommerabend roch erregend nach blühendem Weißdorn, warmem Roggenbrot und mit Wasser besprengtem Straßenstaub. Über die Straße fuhren mit Heu beladene Leiterwagen, beim Hydranten hatten sich die Dienstmädchen versammelt, Kinder kreischten herum, und zwischen ihnen liefen fröhlich Hunde umher, deren Schwanz verdreht war wie eine Uhrfeder.

Der Kaufmann Štědrý stand vor seinem Laden und sog an seiner Pfeife, auf deren Porzellankopf der Landesherr in Jägertracht abgebildet war. Unfroh blickte er nach gegenüber, wo der Kaufmann Zoufalý seinen Laden hatte. Alle Geschäfte hatten schon geschlossen, nicht jedoch das des Kaufmanns Štědrý und das seines Konkurrenten. Zwischen beiden Unternehmen herrschte ein verborgener, aber bitterer Kampf. Štědrý wollte nicht eher zumachen als Zoufalý; der Konkurrent wiederum wollte es mit gleicher Münze heimzahlen. Zoufalý kapitulierte schließlich und machte zu. Štědrý tat es ihm nach und befahl dem Dienstmädchen, Stühle vor das Haus zu stellen. Es stellte sich auch Herr Raboch ein, mit seinen bösartigen kleinen Äuglein, die alles und jeden sahen, und machte den zufriedenen Eindruck eines Menschen, der ausgesorgt zu haben meint. Aus seinem Mund hing schief eine Zigarre, und er klimperte in seiner Hosentasche mit Kleingeld herum. Begleitet wurde er von seiner

Gattin, die Vorsitzende des Vereins »Cercle français« war. Sie setzten sich auf die Stühle neben dem Ehepaar Štědrý. Sie blickten nach vorne und führten zähflüssige Gespräche. Frau Rabochová und Frau Štědrá sprachen davon, dass man eine Familie mit Rindfleisch am besten versorgen könne und dass Chlorkalk der Wäsche schade. Die Männer sprachen über öffentliche Angelegenheiten: über die Gewalttaten der streikenden Winzer in Frankreich, darüber, dass es auf dem Balkan Unruhen wegen der Stadt Skadar gäbe, dass Blériot den Ärmelkanal überflogen habe und dass der Spediteur Wachtl damit drohe, aus dem Feuerwehrverein auszutreten, weil man ihn nicht zum Vorsitzenden gewählt habe.

Auf dem Marktplatz wurden zwei Bogenlampen angezündet. Die Promenaden rauschten. Auf der Nordseite promenierten die Beamten der Bezirkshauptmannschaft, die Richter und die Advokaten; man konnte unter ihnen die Uniform des Postbeamten mit seinen weißen Hosen sehen. Auf der gegenüberliegenden Seite fand die geräuschvolle Promenade der Handwerker, Handlungsgehilfen und Studenten statt. In der Mitte des Platzes über die gepflasterte Diagonale gingen schaukelnd die israelitischen Kaufleute auf ihren Plattfüßen spazieren. Jedes Mal, wenn bei ihnen die Rede auf geschäftliche Probleme und Familienangelegenheiten kam, verfielen sie ins Deutsche.

An der Ecke des Platzes stand Kamil. Über den Rücken hatte er den zimtfarbenen Raglan geworfen; auf dem Kopf trug er eine Reisekappe. Er rauchte eine Zigarette mit Bernsteinmundstück, fuhr mit seinem silberbeschlagenen Rohrstock durch die Luft und hielt Ausschau in Richtung der Promenade auf der Nordseite. Herr Raboch entdeckte ihn und fragte Herrn Štědrý gleich, wie lange Kamil sich noch in der Stadt aufzuhalten gedenke. Der Kaufmann antwortete unbestimmt; Raboch blinzelte mit seinen bösartigen Äuglein. Als es vom Rathaus zehn Uhr schlug, standen sie auf und verabschiedeten sich voneinander. Frau Štědrá begleitete Frau Rabochová noch ein Stück des Weges. Der Kaufmann Štědrý packte den Kater, der sich gerade an der Haustür ableckte, und schloss ihn im Laden ein, damit er dort für Unruhe unter den Mäusen sorge. Herr Raboch begab sich auf einen Rundgang durch die Stadt und schaute in die erleuchteten Fenster, um festzustellen, wer zu lange aufbleibe, wer Ärger mache und wer sein Geld rausschmeiße.

Der Kaufmann Štědrý und seine Gattin setzten sich an den Tisch. Frau Štědrá fing an, Strümpfe zu stricken, und kratzte sich dabei ab und zu gedankenverloren in den Haaren. Aus dem Mund des Kaufmanns hing eine Pfeife; er paffte vor sich hin und las den Roman »Fünf Wochen im Ballon«. Man konnte hören, wie im Gasthaus »Auf dem Rasen« das Orchestrion rasselte. Im Laden wehklagte der Kater. Er verstand nicht, warum man ihn einsperrte, und sehnte sich nach seinem nächtlichen Herumstreunen.

Der Kaufmann blickte von seiner Lektüre auf, nahm den Kneifer ab und brummte: »Ein schlechter Kater. Hat keinen guten Charakter. Du kannst sagen, was du willst, Mäuse fangen will der nicht.«

Seine Frau war derselben Meinung.

»Wann es aber Zeit zum Mittagessen ist, das weiß er nur zu gut«, fügte sie an, »o ja, das ist ein ganz berechnendes, ausgebufftes Tierchen.«

»Er muss mir aus dem Haus«, verhärtete sich der Kaufmann. »Ich will ihn hier nicht haben. Jeder muss seine Pflichten erfüllen.«

Er legte die Pfeife ab und nahm einen Schluck Wasser. Dann schlurfte er in die Küche, um zu prüfen, ob sich die Dienstmagd nicht draußen herumtreibe. Das Mädchen schlief in seiner gestreiften Bettwäsche, und ihr roter Zopf hing über den Bettrand. Der Kaufmann überzeugte sich davon, dass alle Türen ordnungsgemäß vor den Angriffen schädlicher Menschen verschlossen waren. Laut gähnend zog er sich aus und legte sich hin. Seine Frau breitete zahlreiche Unterröcke aus und löschte dann das Licht. Das Öllämpchen auf dem Schrank blakte vor sich hin, und über die Decke liefen unruhige Schatten.

Frau Štědrá unterbrach die Stille.

»Hat er nichts gesagt?«

»Was hätte er sagen sollen?«, brummte der Kaufmann. »Geredet hat er eine Menge, aber auf diese Weise hat er gerade nichts gesagt.«

»Warum ist er gekommen? Auf Urlaub oder nur so? Und wie lange will er zu Hause bleiben?«

»Weiß ich nicht«, sagte müde und langgezogen ihr Mann.

– Wer aber sollte das wissen? Warum sagt keiner ein Sterbenswörtchen? Bin ich etwa so schlecht, dass mit mir keiner reden will?

Im Herzen von Frau Štědrá nagte innere Verletztheit. – Kommt plötzlich angefahren, so als ob nichts wäre, nimmt den Zylinder vom Kopf und begrüßt sie wie eine Fremde. Ich denke, es würde sich wohl ein Handkuss schicken, so wie es andere Kinder machen. Das habe ich mir doch wohl verdient, oder? Ich möchte nur zu gerne wissen, ob sich auch eine andere so aufgeopfert hätte …

Sie hatte einen Witwer mit drei Kindern geheiratet. – Och, ich habe ja nicht geahnt, in was ich mich da hineinbegebe, ich dummes, dummes Ding … Tja, und gleich den zweiten Tag nach der Hochzeit … Sie sieht das, als sei es gestern gewesen. Sie sitzt mit ihrem Mann beim Frühstück. Da kommen die zwei Jungs, Kamil und Viktor, und stellen ihre zwei Kaffeebecher vor sie hin. Sie blicken verstockt. Was ist los? Die junge Frau bekommt einen Schrecken. Was ist passiert? Die Jungs jammern: Den Kaffee wollen wir nicht, da schwimmt Milchhaut oben drauf … Oh! … Oh! So eine Ungehörigkeit! So eine Beleidigung ist ihr in diesem Hause gleich in den ersten Tagen ihrer Ehe widerfahren. Stiefmutter – das sagt sich dann so leicht …

Jawohl, diese zwei Jungen waren schon immer gegen sie. Haben Grimassen hinter ihrem Rücken gezogen, ganz besonders der Viktor. Beschimpfungen hat er sich gegen sie ausgedacht. – Ich weiß es nur zu gut, rede nur nicht drüber. Nur der Jaroušek ... Ja, Jaroušek, der ist ganz anders, ein goldiges Kind ... Damals war er noch ganz klein, hatte gerade Scharlach. Lag in seinem Bettchen, glühte vor Fieber und weinte. Sein kleiner Körper war ganz abgemagert, und seine Händchen waren dünn wie zwei Spinnen. Aufgepäppelt hat sie ihn, und er ist gesund geworden. Nachts hat er gestöhnt und nach der Ersten gerufen, nach seiner verstorbenen Mutter. Wenn er rief, dann kam sie immer zu ihm, hat sich zu ihm gelegt und ihn mit ihrem eigenen Körper gewärmt. Deshalb gehört er jetzt ihr, er ist ihr eigenes Kind. Keiner darf behaupten, sie sei nur seine Stiefmutter. Für sie ist es so, als ob sie selbst ihn geboren hätte. Dem würde sie es zeigen, der ihr den Jaroušek wegnehmen wollte. Sie hat doch niemand anderen. Ein braver Junge, ist immer aufrichtig und respektvoll zu ihr ...

Die Pendeluhr an der Wand schlägt die Stunde. Sie hat eine ernste, tiefe Stimme, als ob sie sagen wollte: Gedenke, o Mensch ... Im Gasthaus klirrt immer noch das Orchestrion. Frau Štědrá seufzt unter dem Eindruck ihrer Erinnerungen tief auf. Damals, als Jaroušek so krank war, kam immer der Doktor Vinklář zu ihm. Machte ein hämisches Gesicht und brüllte furchtbar herum. Er pflegte Patienten durch Anschnauzen zu heilen. Die Leute haben ihn verehrt wie einen Zauberer. Dieser Arzt hat es verdient, dass sie für ihn betet, weil er den Jaroušek gerettet hat. Brüllte, schrie, tobte so lange, bis er den Tod aus der Tür gejagt hatte ...

»Ich habe ihm untersagt«, sagt der Kaufmann brummig, »in diesem Raglan auf der Straße herumzulaufen. Das will ich nicht, habe ich gesagt, in unserer Stadt gehört sich so etwas nicht. Er sieht darin so aus, als ob er aus einem Zirkus entlaufen sei. Und dieser Zylinder ... Ich dulde keinen Zylinder. Erlaube ich nicht. Raboch hat schon das Gesicht verzogen, als er Kamil ansah, das habe ich nur zu gut beobachtet ...«

»Jeder macht nur das, was er will«, beklagt sich die Mutter, »die fragen einen ja nicht einmal.«

Der Kaufmann seufzte, weil ihn sein juckender Ausschlag beunruhigte.

»Kratz mich da mal«, stöhnte er.

Seine Frau fing an, seinen Rücken zu kneten, und dachte dabei gedankenverloren: – Den grauen Hahn sollte ich endlich schlachten.

5

Die Stadt kam zur Ruhe, aber der Bettler Chleboun, genannt »Majorchen«, irrte immer noch durch die Straßen. Er brummelte vor sich hin, als ob man einen verlorenen Gegenstand sucht; weich trat er auf mit seinen in Sackleinen eingehüllten Füßen, und sein Stock klopfte auf das Pflaster. Die erleuchteten Fenster des Restaurants »Nationalhaus«, aus denen er Gelächter und Stimmen hören konnte, zogen ihn an.

Er drückte die Nase an die Fensterscheibe und blickte starr und triefäugig in den Gastraum. Er sah, wie Kamil, der Sohn des Kaufmannes Štědrý, um den Billardtisch herumlief. Er spielte eine Partie gegen einen jungen Mann, der eine gestickte Hemdbrust trug. Der Handlungsgehilfe hatte sein Jackett abgelegt und stolzierte in einem violettgestreiften Seidenhemd umher. In der Ecke saßen vier Stiernacken über ein Kartenspiel gebeugt. Kamil spielte mit einem gezierten Gesichtsausdruck; jedes Mal, wenn er einen Stoß verfehlte, breitete er die Arme aus und schüttelte ungläubig den Kopf. Der picklige Kellner schaute dem Spiel zu. Vier Herren schlugen ständig mit ihren Fingerknöcheln auf den Tisch und brachen zuweilen in polterndes Lachen aus.

Das Licht teilte den Bettler in der Mitte. Er glich einer silbernen Büste in einem Schaufenster. Er schaute unentwegt, und sein graugrüner Schnauzbart bewegte sich auf und ab. Mächtig zogen ihn die Orte an, wo sich die Herren zu ihrem Vergnügen versammelten.

Er murmelte: – Ihren Spaß haben sie ... Billard spielen sie ... Geld schmeißen sie raus ... gönnen sich alles ... Ach was, Herrschaften, Herrschaften, Herrschaften ... und junge Herren, junge Herren ... Einer ist Herr, ein anderer Bettler ... Ordnung oben, Ordnung unten ...

Aus der Ecke, wo die vier Kartenspieler saßen, hörte man: »So, meine Herren, für mich die letzte Runde. Da kann man nichts machen, ich muss morgen früh den Zug nehmen!«

Der picklige Kellner erblickte den Bettler; er drohte ihm mit der Faust und rief: »Schleich dich!« Majorchen zuckte wie ein Pferd, das einen Hieb in den Unterleib erhält. Ganz langsam schritt er an den Gartenzäunen entlang, wo berauschend die Reseda duftete. Die Hunde rochen, dass er da war, und zerrten wütend an ihren Ketten. Das Stadtviertel »Am Sand« stank nach warmem Dung und frisch gemähter Luzerne. In den Ställen muhten traurig die Kühe, in den Pferdeställen stampften die Pferde und klirrten mit ihren Ketten. Die Häusler saßen an den Türschwellen und hatten die Hände in den Schoß gelegt. Der Bettler hörte Stimmen. Er wusste, dass sich an der Schwelle des Hauses der Weber Nobilis zusammen mit dem Seilermeister Mejtský niedergelassen hatte. Nobilis ist ein Greis mit buschigen Augenbrauen und einem strengen Prophetenvollbart. Majorchen war bekannt, dass der Alte ein ganz verbissener protestantischer Schafbock war und unermüdlich versuchte, den Seiler zu überreden, bei ihnen in die Gemeinde einzutreten. Mejtský ist zwar Katholik, der Glaube der Böhmischen Brüder zieht ihn jedoch an. Am meisten gefällt ihm, dass die Pfarrer der Brüder heiraten dürfen, während die der Katholiken im Zölibat leben müssen, was aber gegen die Natur ist. Er streitet sich mit Nobilis, kneift ein Auge zu und stellt ihm hinterlistige Fragen. Der Weber jedoch steht fest im Glauben und antwortet auf jeden Vorhalt mit einem Zitat aus der Heiligen Schrift. Der Seiler wäre schon längst bei den Brüdern eingetreten, er wartet aber darauf, dass seine Frau stirbt, die an Schwindsucht erkrankt ist. Sie würde sehr darunter leiden, im Himmel nicht mit ihrem Mann zusammenzutreffen.

Majorchen hört dem Gespräch eine Weile zu und mahlt wütend mit dem Kiefer. Er missbilligt, dass Nobilis den Seiler überreden möchte, vom Glauben abzufallen. Was katholisch ist, sollte katholisch bleiben. Alles möge seinen angestammten Platz behalten.

– Den Behörden sollte man das melden … So etwas darf man

nicht dulden, ereiferte er sich, einsperren sollte man dich, Nobilis, damit du aufhörst und andere nicht verführst …

Aus der Dunkelheit ragen die zahnartigen Mauerzinnen des Armenhauses der Gemeinde empor. Über dem mächtigen Gebäude wölbt sich der dunkle Himmel mit seinen eiskalten Sternensplittern. Der abnehmende Mond gleicht einem angeschnittenen Brotlaib. Majorchen trat zwischen die Bettler, die sich auf der Freitreppe versammelt hatten wie Hühner auf einer Hühnerleiter. Sie stammelten mit lautlosen Stimmen Worte ohne Sinn, verstummten, sobald sie Majorchen erblickten, und machten ihm Platz. Der Bettler Chleboun maß mit heroischem Blick seine Gefährten, setzte sich behäbig zwischen sie und begann:

»Tja, Kamil, der Sohn des Herrn Štědrý, des Kaufmanns, ist gekommen. Und alle fragen sich, warum das Jüngelchen gekommen ist. Das weiß keiner. Und er hatte so eine Art Hopsasa-Frack an und auf dem Kopf so ein Ofenrohr. Der Papa, also der Herr Štědrý, der Kaufmann, hat das nicht gern gesehen. Weil er zu sehr angibt. Das gehört sich nicht. Lauf lieber herum wie alle anderen Leute …«

»Lauf herum wie alle anderen Leute«, pflichtete der schwachsinnige Hynek bei.

»In der Stadt, wo er sich aufgehalten hat, hat er sich zu viel erlaubt … und … und … vielleicht sogar, dass er sich mit leichten Weibsbildern … wie sagt man … vergnügt hat.«

»Mit leichten Weibsbildern hat er sich vergnügt …«, wiederholte einfältig Hynek.

»Alle fragen sich, warum er gekommen ist. Die Feiertage sind vorbei, warum also bleibst du nicht, wo du warst? Das deutet auf nichts Gutes hin, sondern auf etwas Schlechtes. Aber anstatt dem Papa eine Freude zu machen und mit ihm zu reden, geht er ins Wirtshaus … spielt Billard.«

Der Bettler verstummte und fuhr dann wieder mit seiner düsteren Prophetenstimme fort: »Es war einmal vor vielen Jahren ein sehr reiches Jahr. Eine Unmenge Getreide war gewachsen. Da wurden die Menschen frevelhaft und stolz, vernachlässigten die Gottesdienste … und … und … den Arsch wischten sie sich mit den Getreidegarben ab und lachten laut dabei. Es könne ihnen ja nichts passieren, dachten sie sich. Aber der Herrgott sah alles … und … und … wie man sich denken kann … in ungeheurer Wut schickte er den Menschen eine Hungersnot … es erhob sich ein großes Wehklagen, aber was half das alles …?«

Aus der Dunkelheit tauchte der Verwalter Wagenknecht auf. Er fuchtelte mit dem Knotenstock durch die Luft, öffnete weit seinen Mund und begann zu brüllen: »Was sehe ich da? Ich dulde keine Versammlungen! Ab ins Bett, verdammtes Gesindel! Sonst werde ich euch …!«

Die Bettler stoben auseinander.

6

Der Bettler Chleboun, genannt »Majorchen«, machte sich auf den Weg, die Häuser seiner Wohltäter abzuklappern. Im Stadtviertel »Am Sand« machte er nicht halt, denn in diesen krummen Häuschen mit ihren zerzausten Dächern wohnten Menschen, die durch ihre schwere Arbeit verhärtet waren; sie hatten selbst einen allzu hungrigen Magen, und ihre Herzen waren mit Blech beschlagen. Ihre Rücken waren vom ständigen Bücken gekrümmt, und auf ihren missmutigen Gesichtern war die Wut über ihr mühseliges Leben zu sehen. Aber selbst wenn er sich dort in einen Garten getraut hätte, wäre er von einem misstrauischen Hund nicht durchgelassen worden, der in dem Alten mit seiner geflickten Kleidung einen Dieb witterte.

Also blieb er an den solide verputzten Steinhäusern stehen, zog am Klingelgriff und wartete, auf die schlurfenden Schritte im Inneren lauschend, an der Tür. Sobald er bemerkte, dass der Türspion sich öffnete und dahinter ein argwöhnisches Auge auftauchte, begann er, mit seinen eingefallenen Kiefern zu mahlen und unter dem graugrünen Schnauzbart die Worte des Vaterunsers hervorzubringen. In Häusern, wo hinter dem Fenster Spargel oder Fuchsien blühten, bekam er einen Kanten Brot. Fromme Witwen, Pensionärswitwen von Staatsbeamten und alte Jungfern gaben ihm gewöhnlich eine Tasse mit Suppe oder dünnem Milchkaffee, der nach Zichorie schmeckte. Vor der Tür stehend trank er seinen Kaffee und aß auf der Treppe sitzend seine Suppe; bis er alle Häuser abgeklappert hatte, war er ganz aufgedunsen, da er so angefüllt mit Kaffee und Einbrennsuppe war. Er konnte es sich jedoch auf keinen Fall erlauben, in der Schüssel auch nur einen winzigen Rest zurückzulassen, weil seine Wohltäter das als Lästerung empfunden hätten. Für einen Bettler gehört es sich, immer hungrig zu sein, gierig zu essen und nach dem Essen das Haupt aller wohltätigen Menschen zu segnen. Die Brotkanten versteckte er unter seinem Hemd und warf sie dann im Wald weg. Die Arbeiter, die aus den Dörfern zur Schicht in die Fabrik gingen, sammelten das Brot auf und schimpften auf denjenigen, der so sündhaft Essen vergeudete. Sie fütterten mit dem Brot zu Hause das Vieh. Hausfrauen gaben dem Bettler manchmal etwas zu essen, die Männer gaben ihm zuweilen etwas Kleingeld oder aber jagten ihn mit Geschrei aus dem Haus. Wenn Chleboun auf Bettelzug unterwegs war, klopfte er niemals mit seinem Stock auf das Pflaster, vielmehr schwang er ihn hinter seinem Rücken hin und her, als ob er hinter sich einen tollwütigen Hund vermuten würde.

An der Hauptstraße befindet sich eine Konditorei, vor deren Schaufenster der Bettler immer eine längere Zeit stehen blieb. Wenn er die mit Cremerollen, Mandelhörnchen und Torten beladenen Platten ansah, begannen seine eingefallenen Kiefer noch schneller zu arbeiten, und sein Schnauzbart hob und senkte sich. Er blickte auf die aufgehäuften Leckerbissen wie ein Raubfisch, der im Wasser steht und, mit seinen Flossen wedelnd, seinen gierigen Blick auf ein Opfer geworfen hat. Er betrat den Laden in der Hoffnung, der Konditor würde ihm ein Stück Torte schenken, der Konditor aber griff in die Schublade und gab ihm einen Dreier. Er verließ den Laden mit trödelndem Schritt und drehte sich noch in der Tür um. Draußen blieb er wieder vor dem Schaufenster stehen und brummte: – Süßkram … Süßkram … So was ist nur für die Herrschaften. Ich könnte mir damit auch den Wanst vollschlagen. Ja, das will ich wohl meinen …

Dann riss er sich fort und lief weiter, seinen missgestalteten Schatten hinter sich her schleppend. Auf dem Marktplatz erblickte er den Kaufmann Štědrý; er stand vor dem Haus und rauchte aus einer Pfeife, auf deren Porzellankopf der Landesherr in Jägertracht abgebildet war. Der Kaufmann trat einige Schritte zurück, um einen Blick auf sein Haus nehmen zu können. Er schaute gerne auf dieses Gebäude, das zu den größten in der Bezirksstadt gehörte. Es war ein einstöckiges Haus mit acht Fenstern, die auf den Marktplatz blickten. Jeweils zwei Fenster waren durch eine mit Sgraffito bemalte Fläche miteinander verbunden. Ein Bild stellte einen bärtigen Mann in griechischer Tunika dar, der an einer Kiste stand und einen kleinen Hammer in der Hand hielt. Im Hintergrund war ein Segelschiff zu sehen. Auf der zweiten Fläche war eine Frau mit entblößtem Busen aufgemalt. Im Arm hält sie ein Zahnrad. Die dritte und vierte Fläche waren leer, der Bettler wusste, dass Herr Štědrý den Maler seine Arbeit nicht hatte beenden lassen, weil er die Kosten fürchtete. Er hatte den Maler zwingen wollen, seinen Lohn in Waren anzunehmen, was der Handwerker jedoch ablehnte, so dass sie im Streit auseinandergegangen waren.

Plötzlich aber sah er Kamil an der Ladentür und öffnete verwundert seinen Mund. Der fesche Handlungsgehilfe hatte sich verändert. Er trug eine blaue Schürze, und seine Füße steckten in ausgetretenen, geflickten alten Latschen. Der Bettler bemerkte, dass der junge Mann rote Ohren hatte und sein Bärtchen an einer Seite mit der Spitze nach unten hing. Der Kaufmann trieb den Handlungsgehilfen gerade mit einer drohenden Faustbewegung in das Gebäude zurück.

Der Bettler blieb stehen und dachte nach. Wo ist denn der hohe, steife Kragen hin? Wohin sind denn die zitronengelben Halbschuhe verschwunden? Warum ist der Kaufmann Štědrý so wütend?

– Und … und … so … so …, brabbelte er vor sich hin. Hat sich nicht benehmen können, das Söhnchen. Hat den Kopf zu weit oben getragen. Hätte gar nicht kommen sollen. Ist jetzt nicht die Zeit für Besuche. Hat hier nichts zu suchen. Hat nichts Gutes mitgebracht …

Er näherte sich dem Kaufmann und brummelte ein paar Gebetsworte. Er wusste, dass dieser ihn vertreiben würde; in all den Jahren, die er bettelnd um die Häuser zog, hatte er von Štědrý noch nie ein Almosen bekommen, weil der Kaufmann umherziehendes Volk verabscheute. Dennoch führte Chleboun seine Bettelgänge mit bürokratischer Pedanterie durch und ließ auch das Haus der Štědrýs niemals aus.

Er blieb stehen, berührte seinen Hut und fing an, mit seinem Kiefer zu mahlen. Der Kaufmann herrschte ihn an: »Hier gibt es nichts. Gehen Sie in Gottes Namen weiter!«

Der Bettler murmelte einen Gruß, zog den Rotz in der Nase hoch und entfernte sich einige Schritte. Der Kaufmann schaute ihm feindselig hinterher, und ganz plötzlich, als ob ihm etwas eingefallen wäre, rannte er ins Haus. Chleboun aber bog um die Ecke und schlich sich dann zurück zum Haus, neugierig, zu erfahren, was dort drinnen jetzt geschehen würde.

7

In dem Augenblick schlug das Dienstmädchen die Tür zu, und in der Wohnung hörte man das Getrappel hastiger Schritte. Immer wenn in der Familie Štědrý ein Krawall bevorstand, wurden alle Fenster und Türen geschlossen, damit zu den Nachbarn kein Geräusch dringen konnte. Dennoch konnte der Bettler jedes Wort hören und stellte sich die Szene vor, die sich jetzt hinter der verschlossenen Tür abspielte. Er kannte die Familiengeheimnisse der dickwandigen Häuser.

Er hörte die Stimme des Kaufmanns: »Wo ist dieser Vagabund? Hierher! Zu mir! Ich habe mit ihm mal ein Wörtchen zu reden!«

»Vati, reg dich doch nicht so auf!«, schluchzt Frau Štědrá.

Der Bettler spitzte die Ohren. Was war passiert?

Da flog die Tür auf, und das Dienstmädchen kam herausgelaufen, ganz rot vor Verlegenheit. Chleboun kaute Gebetsworte, das Mädchen aber beachtete ihn nicht, lief auf den Hof und machte sich an der nassen Wäsche zu schaffen. Es war ihr peinlich, dass man den jungen Herrn tadelte, als ob er ein kleines Kind sei. Dabei war er doch ein achtundzwanzigjähriger Mann, dessen Haar sich bereits an zwei Ecken zu lichten begann.

Durch die halboffene Tür sah Chleboun, wie der Handlungsgehilfe vor dem Vater stand und mit dem Ellbogen sein Gesicht verdeckte.

»Nimm den Arm runter!«, brüllte der Kaufmann. Kamil gehorchte und blinzelte zur Seite, wie es Kinder machen, die etwas angestellt haben.

»Schau mir in die Augen!«

Kamil schaut, allerdings nicht in die feuchten Greisenaugen, sondern auf die schweren, faltigen und mit Sommersprossen besäten Tränensäcke.

»Warum haben die dich rausgeschmissen? Rede!«

Der Handlungsgehilfe bedeckt wieder sein Gesicht mit dem

Ellbogen. Er erinnert sich an seine Kindheit, wie ihn der Vater geschlagen hat, sehr schmerzhaft geschlagen hat. Einmal war die Tante zu Besuch gekommen und hatte ein Märchenbuch mit einem prächtigen roten Einband mitgebracht, das zahlreiche bunte Bilder enthielt, mit Feen, Prinzen und Prinzessinnen. Der Vater schätzte dieses Geschenk besonders, weil die Tante aus Wien angereist gekommen und ihr Mann Inspektor der Staatsbahnen war. Kaum dass sie weg war, hatte allerdings jemand den Feen, Prinzen und Prinzessinnen mit einem Buntstift Bärte angemalt. Der Vater hatte über das verdorbene Buch getobt und den Jungen mit allem geprügelt, was ihm in die Hände gekommen war. Damals hatte Frau Štědrá ihren Stiefsohn mit ihrem eigenen Körper beschützt.

Kamil weiß, dass Viktor das Buch kaputtgemacht hat, dieser dicke Junge mit den roten Bäckchen, ein ganz Heimtückischer, der gern alles durcheinanderbrachte und sich dann über die Missverständnisse freute.

»Heraus mit der Sprache!«, drängt der Vater.

»War ich nicht, das war Viktor«, murmelte Kamil unbeholfen.

»Was? Wie? Versteh ich nicht.«

Kamil schwieg.

»Ich werde dich wohl ... Kannst du denn nicht sprechen? Warum hat man dir gekündigt?«

»Ich ... ich ... ich hab gesungen«, stotterte Kamil.

»Was? Weil du gesungen hast? Verstehe ich nicht. Also, wirst du reden oder nicht?« Der Vater machte eine Bewegung, als ob er den Schürhaken, der am Herd stand, ergreifen wollte.

Der Handlungsgehilfe begann zu erzählen. Er stammelte, suchte nach Worten und schielte angstvoll zur Seite. In Olmütz war es zu einem Streik der Handlungsgehilfen gekommen. Eine Demonstration hatte stattgefunden, und die Handlungsgehilfen waren vor jedem Laden stehen geblieben und hatten herumgebrüllt. Sie hatten einen arbeitsfreien Sonntag und eine Verkürzung der Arbeitszeit gefordert. Als sich alle der Demonstration angeschlossen hatten, war Kamil auch mitgegangen. Er kümmerte sich nicht um Politik, aber die jungen Fräulein hatten sie beobachtet, und Kamil in seinem glockenförmigen Raglan hatte sich aufgeplustert und dafür gesorgt, dass man ihn hören und sehen konnte. Sein Arbeitgeber aber hatte ihn deswegen fortgejagt.

»Wir sind herumgegangen und haben gesungen«, sagte Kamil zum Schluss.

»Was habt ihr gesungen?«

Kamil schwieg.

»Ich habe gefragt, was ihr gesungen habt?«, lärmte der Vater. Kamil senkte den Kopf.

»Sing mal, damit ich weiß, was das war«, setzte der Vater nach.

Kamil schluchzte auf. Der Vater packte ihn an der Schulter und fing an, ihn zu rütteln.

»Na los, sing! Sing nur, du Lump! Oder …!«

»Dann sing doch, wenn der Vati das möchte«, redete ihm Frau Štědrá gut zu.

Plötzlich hub der Handlungsgehilfe mit weinerlicher Stimme an: »*Lasst die Geschäfte zeitlich sperren zum Nutzen uns und der Herren…*«

Das Dienstmädchen kam mit einem Holzzuber in der Hand vom Hof und schlug die Tür zu. Der Bettler lauschte der Melodie des »Liedes der Arbeit«, die plötzlich von schallenden Ohrfeigen unterbrochen wurde. Anstelle des Gesangs erklang jetzt Geschrei, und Chleboun machte sich über die Straße davon.

Er wusste alles. Er trat das Pflaster mit seinen in Sacktuch eigehüllten Füßen, fuchtelte hinter seinem Rücken mit dem Stock, seine eingefallenen Kiefer mahlten, und aus dem graugrünen Schnauzbart erklangen Worte.

– Was verpasst haben diese dem jungen Herrn, grunzte er wohlgefällig, so richtig gezeigt haben die's dem Schönling. Singen wolltest du … so etwas singen? Tja, mein Lieber, das ist nicht erlaubt ... das haben die Herren nicht gern ... denen ist nicht nach Singen. Mit dem Ofenrohr auf dem Kopf herumlaufen, in feinem Fummel herumstolzieren ... so was ... so was könnte ich auch. Was ist das schon? Unsereiner aber stinkt nur in seinen Lumpen herum ... und ... und darf an gar nichts anderes denken. Aber jetzt sind für dich die schönen Tage vorbei, und du wirst in einer blauen Schürze dem Papa aushelfen müssen. Verhauen hat er das Söhnchen, um ihm den Übermut aus dem Leib zu treiben ...

Der Bettler bog in die Seitengasse ein, wo der Friseur Sedmidubský seinen Laden hatte.

8

»Jenda Sedmidubský, Herren- und Damenfriseur« stand auf dem Ladenschild. Im Schaufenster konnte man einige buntfarbige Feinseifen, aufgetürmt zu einer Pyramide, Gläschen mit Birkenwasser, Bartriemen, Hühneraugenpflaster, Mitesserlotion sowie Mittel zur Brustvergrößerung sehen; außerdem gab es ein Plakat mit einem Herrn, der ungewöhnlich üppiges Haar und einen malerisch gedrehten Schnurrbart hatte, daneben einen Aushang des Gemeindeamtes über die Kontumation von Hunden.

Der Bettler blieb an der Schwelle stehen, berührte seine Mütze und fing an, mit seinem Kiefer zu mahlen. Der Friseur war gerade über einen eingeseiften Kopf in einem weißen Umhang gebeugt; er erblickte den Alten, holte hinter einer spanischen Wand eine Münze hervor und gab sie ihm. Chleboun nahm das Almosen entgegen und entfernte sich, mit seinen triefenden Augen starr vor sich hinblickend. Der Friseur hingegen trat, noch das Rasiermesser in der Hand haltend, aus dem Laden und blickte gedankenverloren den in Sacktuch gehüllten Füßen hinterher. Er hatte lange Haare, die in feinen Löckchen herabwallten. Vor kurzem erst hatte er sich von seinem Krankenlager erhoben, auf dem er den ganzen Winter über gelegen hatte, da an seinen Lungen eine unheilbare Krankheit nagte. Auf seinen Wangen waren rote Rosen aufgeblüht, ja, zuweilen sah er sich selbst umgeben von flackernden Leuchtern auf einem Katafalk liegen und atmete gierig den faden Geruch der Wachskerzen und Kränze ein, lauschte mit wehmütiger Freude den Klängen des Trauermarsches. Lang, allzu lang wird der Trauerzug sein, und die Bezirksstadt wird begeistert sein von dieser einzigartigen und erhebenden Aufführung. Am Friedhofstor sammeln sich die örtlichen Bettler. Er konnte den graugrünen Schnauzbart sehen, der sich auf und ab bewegte. Die Glatte Ančka nickt wie ein Automat mit dem Kopf, und auch das Lästermaul

Maryčka Gib's! bleibt ganz ernst, während der schwachsinnige Hynek kindisch ein frommes Lied anstimmt. Der Tote hat zum Zeichen des Friedens gekreuzte Arme und bedauert die Menschen, die noch eine unendliche Reihe von Tagen werden leben müssen auf dieser Welt, in der die Maschinen rattern und die nach Gewinn gierenden Menschen herumbrüllen.

In diese Welt war er jetzt nur ungern zurückgekehrt. Er seufzte und begann, sich mit dem eingeseiften Kopf in dem weißen Umhang zu beschäftigen. Dieser gehörte Julius Wachtl, dem Spediteur und Kohlenhändler. Das war ein gedrungener Kerl, ebenso kräftig wie seine Pferde. Er mochte es nicht, wenn jemand in ihm den Juden erkannte. Deswegen trank er Bier, lärmte in Wirtshäusern herum, prügelte sich gern und sang Bass, nur um einem Christen zu gleichen. Im Laientheaterkreis pflegte er Offiziere zu spielen, Banditen, strenge Väter missratener Töchter, Verschwörer und Kalixtiner, die für ihren Glauben leiden.

Der Friseur hingegen vertrat auf der Bühne des Laientheaters die komischen Figuren; an den Wänden des Ladens hingen Fotos von schmachtenden Liebhabern mit langen Koteletten, Rittern mit ungeheuren Schnurrbärten, Polizisten mit roter Nase und Bauern in Stulpenstiefeln. Er begeisterte das Publikum mit lustigen Gesängen, und wenn ihn die Leute auf der Straße erblickten, blieben sie bei ihm stehen, gaben ihm Stupse in den Bauch und lachten um die Wette in der Erwartung, dass der beliebte Komiker einen Spaß zum Besten geben würde.

Er versorgte jetzt den Kunden, bespritzte das purpurrote Gesicht mit Kölnisch Wasser; der Spediteur erhob sich vom Stuhl, kramte in der Geldbörse und brummte mit seiner scheppernden Stimme: »Also Tschüsschen, Jenda, ich wünsch dir was!« Er setzte sich den Hut auf und entfernte sich, wobei er mit den eckigen Bewegungen eines Kraftmeiers um sich warf, mit dem man sich besser gutstellen sollte. Der Friseur schob den Korallenvorhang zur Seite, der den Eingang verdeckte, trat nach draußen und versank wieder in Träumereien. In seinen Ohren erklangen die klagenden Töne des Sterbeglöckchens, und seine schwärmerischen Augen sahen den langen, allzu langen Trauerzug vor sich. Der Zug hatte das Vestibül des Nationalhauses verlassen und überquerte schaukelnd den Marktplatz. Vornweg schreitet ein Junge im Chorgewand und trägt ein in schwarzen Flor gehülltes Kreuz. Hinter ihm die Kapelle, piepsige Klarinetten, krakeelende Trompeten, Waldhörner und eine dröhnende Bass-Tuba. Tradadadaa – tatadaa – bum! Der Friseur summt vor sich hin und gibt mit der Hand den Takt vor. Kann es einen schöneren Anblick geben als ein solches Begräbnis?

Die Leute gehen vorüber und rufen dem Friseur etwas zu. »Habe die Ehre, gehorsamster Diener, Gesundheit wünsch ich, und geht's gut?« Der Friseur, aus seinen Gedanken gerissen, antwortet höflich. Er mag diese Störungen nicht. Die zudringlichen menschlichen Stimmen stören den Trauerzug und bringen Unordnung in die Trauerrituale. Was weiß denn schon die lärmende Menge von der Erhabenheit des Todes und der Poesie eines so herrlichen Konduktes?

Der Friseur bewegt die Lippen und schaut dem Spediteur so lange hinterher, bis dessen resolut eingedrückter Hut in der Apotheke verschwunden ist.

9

Die Apotheke »Zum barmherzigen Bruder« hat ein schwarzes, strenges Portal mit reichhaltigen Schnitzereien in Form antiker Gottheiten. Die Schaufenster sind leer; es steht dort nur die Skulptur einer lockigen Frau in Tunika, die einen Kelch in der Hand hält. In der Apotheke herrscht ein Halbdunkel, in dem matt die Porzellantiegel mit ihren lateinischen Aufschriften blinken. Ein Besucher, der die Apotheke betritt, nimmt unbewusst den Hut vom Kopf, wie in einer Kapelle. Auf dem Pult steht ein gläsernes Kolbengefäß voll rosafarbener und weißer Bonbons. Über der verschwiegenen Stille schwebt ein berauschender, durchdringender Duft. Hinten befindet sich das Labor, in dem der Prinzipal die ärztlichen Schmierereien entziffert und danach die Medikamente zusammenstellt, die Krankheiten vertreiben sollen.

Hier treffen sich jeden Tag einige Bürger, und der Apotheker, ein höflicher Mann mit einer braunen Perücke, pflegt ihnen Rosoliolikör in viereckige Gläschen einzugießen. Der Vertreter Raboch bringt den neuesten Klatsch mit. Er stromert den ganzen Tag durch die Stadt, da für ihn der Absolvent der Handelsakademie Růžička arbeitet. Der Postmeister im Ruhestand, Herr Pecián, kommt immer mit seinem alten Freund, dem Schlosskastellan Vepřek. Eingehüllt in Capes, sitzen sie am Pult, nippen an den Gläschen und reden über längst vergangene Zeiten. Ihr Blick war in die Vergangenheit gerichtet. Dort entdeckten sie die schöpferische, der Menschheit gegenüber unendlich freigebige Natur, gesunde und kraftvolle Männer, Nächstenliebe und Heldentaten. Über die Gegenwart aber sprachen sie nur mit verzogenem Gesicht; alles Gegenwärtige war schlaff, unehrlich, unfruchtbar und krankhaft. Ihre Jugend war schon lange dahin; sie sprachen über vergangene Zeiten und nickten elegisch mit dem Kopf. Das waren wunderbare Zeiten! Wozu noch darüber reden …

Waren alle örtlichen Angelegenheiten abgehandelt, begann man für gewöhnlich, über das Herrscherhaus zu sprechen. Der pensionierte Postmeister war in alle Geheimnisse des Wiener Hofes eingeweiht und wisperte die ganze Zeit mit gedämpfter Stimme, wobei er immer wieder ängstlich einen Blick zur Tür warf. Er tadelte die Kaiserin Elisabeth, deren Verschwendungssucht ja bekannt war, und führte dazu aus, dass sie sich einmal Spitzen für zwei Millionen Gulden gekauft habe. Alle staunten. Zwei Millionen Gulden! Was für ein Vermögen! Herr Pecián weidete sich an ihrem Erstaunen und fügte hinzu, dass Seine Majestät der Kaiser den Betrag bezahlt habe, ohne auch nur mit der Wimper zu zucken.

»Zwei Millionen Gulden!«, staunte der Apotheker.

»Zwei Millionen Gulden … wie leicht sich das so sagt«, sann Herr Raboch vor sich hin.

»Für Spitzen«, betonte Herr Pecián.

»Einfach so … für Spitzen«, wiederholte Herr Raboch.

»Sie war keine gute Frau«, seufzte Herr Pecián auf, »die Kaiserin Elisabeth war dem weisen alten Monarchen keine gute Ehefrau. Sie stand nicht an seiner Seite, war ständig nur auf Reisen. Der Kaiser hatte eigentlich nichts von ihr.«

Herr Raboch, der pikante Histörchen liebte, fing davon an, dass die Kaiserin etwas mit dem Grafen Esterházy gehabt habe, wie man sich so erzählt. Der Kastellan protestierte. In seiner Anwesenheit kein Wort davon! So etwas könne er aus Rücksicht auf Seine Majestät den Kaiser nicht ertragen. Der Herrscher verdiene es nicht, dass die Leute schlecht über ihn redeten. Seine Majestät gebe doch all ihren Dienern Brot.

Der pensionierte Postmeister schloss sich dem an. Es steht uns nicht zu, über jene erhabene Frau zu urteilen, selbst wenn sie gesündigt haben sollte. Sie selbst habe doch ihre furchtbare Strafe durch die Hand des italienischen Anarchisten Lucheni erfahren.

Der Schlosskastellan vertrat die Meinung, der Genfer Attentäter sei nur ein Werkzeug der internationalen jüdischen Weltverschwörung gewesen. Der pensionierte Postmeister lebte jedes Mal auf, wenn die Rede auf die Juden kam. Er wusste, dass das Weltjudentum in einer geheimen Vereinigung, Sanhedrin genannt, zusammengeschlossen war. In diesem Verein wurden Pläne zur Vernichtung der christlichen Welt geschmiedet. Er fuchtelte mit den Armen in der Luft, zischte heftig, und sein falsches Gebiss zitterte. Er wusste das alles, weil er ständig über Büchern saß und zu Hause eine Unmenge von antisemitischer Literatur hatte.

Herr Raboch stieß ihn aber in die Seite, denn in diesem Moment betrat die Apotheke der Spediteur Wachtl. Pecián verstummte und fing an, mit seinem eckigen Gläschen zu spielen. Wachtl war Mitglied dieser Gesellschaft und freute sich darüber. Er war hier auch beliebt, da er immer mit irgendetwas zur Unterhaltung beizutragen wusste. Er war der Erste, der sich in der Stadt ein Grammophon angeschafft hatte, sobald diese Erfindung das Licht der Welt erblickte. Er hatte auch als Erster eine neu eingeführte Banknote in der Hand und wusste gleich einen Witz dazu, weil es immer irgendwelche Witze über neue Banknoten gibt. Diesmal sorgte er mit einem Spielzeug für Spaß, das er aus der Tasche gezogen hatte. Das Spielzeug stellte einen Mann und eine Frau dar; wenn man aber an einer Strippe zog, dann machten die kleinen Figuren unanständige Bewegungen. Das Spielzeug ging von Hand zu Hand, die Herren wieherten, lachten Tränen und hielten sich vor Lachen die Seiten. Der Spediteur war stolz darauf, diese Gesellschaft, die ihn als ihresgleichen anerkannte, belustigt zu haben. Die Unterhaltung nahm jetzt einen spaßig ungezwungenen Charakter an, und der Spediteur gab einige Anekdötchen zum Besten.

In der Tür tauchte ein Gesicht mit einem schimmligen, nie wachsenden Stoppelfeld auf. Der Bettler Chleboun zog den Hut vom Kopf, vermengte den säuerlichen Bettlergestank mit dem edlen Wohlgeruch der Arzneistoffe und begann, vor sich hinzukauen. Die ganze Gesellschaft lebte erheitert auf. Der Apotheker zwinkerte den Gefährten zu und rief: »He, Majorchen, hast du denn auch schon eine Braut?«

»'ne Braut, bitte sehr, gnä' Herr, hab ich noch nich.«

»Und warum hast du denn keine Braut, Majorchen?«

Chleboun wusste, dass er jetzt antworten musste: »Ich habe das erwählte Geschöpf noch nicht gefunden.«

Der Apotheker lief vor Begeisterung rot an. Die Gesellschaft brüllte vor Lachen. Sogar im bleichen Antlitz des Kastellans schimmerte ein müdes Lächeln. Schon jahrelang antwortete der Bettler mit diesem Satz, den ihm der Apotheker beigebracht hatte, und rief damit jedes Mal unbändige Heiterkeit hervor.

Der Apotheker griff in seine Tasche und belohnte den Streuner mit einem Fünfer. Gierig ergriff der Bettler die Nickelmünze und bedankte sich: »Vergelt's Gott, 'ne feste Gesundheit wünsch ich, küss die Hand, gnä' Herr.«

Wieder draußen auf der Straße aber blieb sein Blick an der Statue in der griechischen Tunika hängen, und er brummte: »Schämen solltet ihr euch, aber ganz feste, bei einem alten Mann, da traut ihr euch was ... aber ... ich weiß, wohin ihr geht ... ins Hurenhaus geht ihr ... einmal aber, da wird das alles zur Kenntnis gelangen ...«

10

Gebeugt und leicht hinkend ging er weiter, triefäugig vor sich hinblickend, als ob er zu einem weit entfernten Ziel gelangen wollte. Hinter seinem Rücken tobten mit Radau und Geschrei Gassenjungen herum; der Bettler aber achtete nicht auf sie. Er hatte sich schon an sie gewöhnt wie ein alter Gaul an Fliegen, die seine Nüstern belästigen. Er fuchtelte nur mit seinem Knotenstock hinter dem Rücken, als ob er Angst vor dem Angriff eines tollwütigen Hundes hätte, und brummte: – Dem Propheten haben sie hinterhergerufen: Kahlkopf! Kahlkopf!, und die Bären haben sie zerrissen ... so was darf man nicht, verdammtes Jungenspack, es hat keine Zucht, es hat keine Furcht ...

Wieder blieb er vor dem Schaufenster der Konditorei stehen; mit den Augen verschlang er die Cremerollen, die Indianerkrapfen und die verschiedenfarbigen Seidenbonbons. Er kaute mit seinen eingefallenen Kinnladen, schluckte Speichel hinunter und brummelte vor sich hin: – Dass ich etwa kein Geld hätte, ist nicht die Sache ... Geld hab ich, das ist das kleinste Problem ... ich könnte mir was kaufen, das ist es nicht, allerdings ...

Aus der Konditorei kam ein junges Mädchen mit einem Holzstock in der Hand und fing an, die Rollläden herabzulassen. Der Bettler machte sich vom Schaufenster los.

Es wurde allmählich dunkel. Im Park vor dem gräflichen Schloss traf er einen Herrn, der in einen Umhang gehüllt war. Dieser schritt mit gesenktem Kopf einher und stützte sich auf einen Regenschirm. Der Bettler erkannte den Notar Dr. Tichay, der hier jeden Abend einen Spaziergang unternahm, bei dem er ein Gedicht für das örtliche Wochenblatt ersann. Chleboun nahm seinen speckigen Hut vom Kopf; der Notar aber, in seine Reime versunken, bemerkte ihn gar nicht.

Vom Schlosstor, das durch Sauerdornsträucher verdeckt ist, hört man Mädchenlachen. Chleboun weiß, dass sich hier die jungen Fräulein mit den Gymnasiasten treffen. Unter ihnen ist auch Zdeňka, die Tochter des Kastellans, die der Vater zur Braut für Herrn Pecián bestimmt hat.

– Diese schamlosen Weiber ..., brummt er hämisch, haben Stelldicheins mit den Gymnasiasten ... und ... und Zigaretten rauchen die ... wenn man mal ein Wörtchen sagen würde, das gäbe ein Geschrei ... die Röckchen hoch und draufgehauen ... draufhauen auf den Nackten müsste man mal ... mit der Rute den Teufel austreiben ... das Böse ausmerzen ... ich aber sage da nichts, ich verzieh mich lieber ...

Er schreitet unter dem dichten Gewölbe der Kastanienbäume weiter, dabei rülpst und stößt er laut auf, da sein Bauch durch die Unmenge von Kaffee und Suppe, die er heute in den Wohnungen der Barmherzigen zu sich nehmen musste, ganz angeschwollen ist.

Am Ende der Kastanienallee steht eine kleine Kapelle. Durch eine vergitterte Öffnung in der Tür kann man ein kleines Heiligenbild sehen, vor dem ein Lichtlein flackert. Durch dieses Gitter werfen fromme Menschen Münzen hinein. Der Bettler drückt sein Gesicht dicht an das Gitter heran, um zu zählen, welchen Umsatz die Jungfrau Maria heute gemacht hat. Es ist dunkel, und er kann das Geld dort auf dem Boden nicht erkennen, dennoch gärt in seinem Herzen der Neid darüber, dass nicht er dieses Geld bekommen hat. Grob beschimpft er die frommen Spender.

Am Himmel blinkt ein einsamer Stern, in der Stadt hinter seinem Rücken leuchten die Fenster der menschlichen Behausungen. Männer mit Schubkarren und Frauen, gebeugt unter der Last von in Tücher eingehüllten Heuballen, kehren nach Hause zurück. Das Getreide erzittert unter dem kalten Wind. Und der Bettler schleppt sich zum Lärchenhain, bleibt dort stehen, schaut sich nach allen Seiten um und zieht aus den Taschen unter seinem Hemd die Brotkanten, die Schmalzstullen sowie die hartgewordenen Buchteln und wirft sie auf den Weg und ins Gestrüpp.

Auf einmal erklang über seinem Kopf: »Du Sau! Du Lump! Was machst du da?« Er erstarrte, denn er erkannte die brüllende Stimme Wagenknechts. Er drückte sich ins Gestrüpp und spähte. Er merkte, dass der Verwalter jemand anderen anbrüllte. Vermutlich hatte er im Wald einen schädlichen Menschen entdeckt. Der Verwalter brüllte abermals los; dann knackten trockene Zweige, und man hörte das dumpfe Getrappel eiliger Schritte. Der Bettler wartete, bis der Lärm vorbei war, dann kletterte er aus seinem Versteck und machte sich auf den Heimweg.

An der Ecke der Grundschule sah er einen Mann, der die Schulhausmeisterin an den Hüften umarmte. Er erkannte Viktor, den Sohn des Kaufmannes Štědrý. – Sieh mal einer den an! Wenn das der Papa ... Aber Viktor darf ja ... Er hat sich selbst unter die Arbeiter begeben, deswegen kann er ja ruhig mit Weibern herummachen.

Der Kaufmann hat ihn längst abgeschrieben. Viktor hat sich eben nicht bemüht, es zu etwas zu bringen, und hat sich freiwillig der Kolonne des Bettelvolkes angeschlossen. Er ist verloren und muss nicht mehr auf seinen guten Ruf achten. Er sollte aber auf den guten Namen des Vaters achten, denkt sich der Bettler. Wenn du schon so einer bist, dann gehe in die Welt hinaus, wo dich keiner kennt, und mach dem Vater hier keine Schande.

Auf der Treppe vor dem Armenhaus haben sich dessen Bewohner versammelt. Flüsternde Greisinnen zittern wie trockenes Laub. Die Glatte Ančka träumt von ihren Gewinnnummern, der schwachsinnige Hynek singt sehnsuchtsvoll mit brüchiger Stimme: »Maria, Maria, anmutige Lilie, Maria, Maria, siegreicher Morgenstern ...«, und der wütende Maryčka Gib's! brüllt seine rhythmischen Beleidigungen wie ein tollwütiger Hund in die Dunkelheit hinaus.

Die Bettler sind verstummt, und Chleboun hat mitten unter ihnen Platz genommen. Er beginnt zu erzählen. Der Kaufmann Štědrý hat seinen missratenen Sohn gehörig bestraft. Recht so! Hau drauf, immer feste drauf! In edler Kleidung bist du gekommen, so als ob du über der ganzen Welt stündest. Und dein Dienstherr hat dich rausgeschmissen, weil du ihm vor dem Laden herumgesungen hast. Von wegen singen! Zack, eins drauf – zack, eins drauf! Wenn du mal selbst ein Herr bist, dann kannst du von mir aus singen …

11

Der Kaufmann Štědrý schaute nach, ob das Dienstmädchen schlief und ob auch alle Türen abgeschlossen waren. Dann suchte er nach dem Buch »Fünf Wochen im Ballon«. Er öffnete Schubläden, schaute unter den Tisch und stöberte in den Schränken.

»Wo habt ihr das Buch hingetan?«, brummte er unwillig.

»Vormittags war es noch da«, antwortete seine Frau, »es lag auf dem Bett.« Sie half ihrem Mann suchen, das Buch fand sich aber nicht. Der Kaufmann zog aus der Schublade einen Band des Konversationslexikons, der die Schlagworte »Alqueire«–»Ažušak« enthielt. Vor Jahren hatte ein rühriger Handelsvertreter ihn davon überzeugt, dass dieses Werk in keinem Haushalt fehlen dürfe. Der Kaufmann, der die Bildung ehrte, hatte einige Hefte im Voraus bezahlt, dann aber Angst vor den Folgekosten bekommen und den Vertreter davongejagt. Er zündete seine Pfeife an und begann, mit konzentriertem Gesichtsausdruck zu blättern, während die Petroleumlampe zärtlich surrte wie eine Nachtigall.

Als die Standuhr dann ohne jede Eile die zehnte Stunde geschlagen hatte, klopfte der Kaufmann die Pfeife aus, auf welcher der uralte Landesherr in Jägertracht abgebildet war, entkleidete sich und legte sich zu Bett. Frau Štědrá breitete die Unterröcke auf den Stühlen aus, löschte die Lampe und schlüpfte unter die Bettdecke. Beim Einschlafen erinnerte sich der Kaufmann an den Roman »Fünf Wochen im Ballon«. Er fing an, über die Unordnung zu klagen:

»Alles muss bei uns verlorengehen. Ich möchte gern wissen, was mit dem Buch passiert ist ...«

»Hat *dieser da* nicht das Buch mitgenommen?«, warf seine Frau ein. »Ich hatte den Eindruck, dass er etwas vor mir versteckt hat.«

»Ich würde ihn am liebsten ... «, wütete ihr Mann. »Keine Arbeit haben und immer nur über den Büchern herumhängen, das könnte dem so gefallen.«

»Er hat einen schlechten Charakter«, sagte die Frau, »hat er immer gehabt, und du wolltest mir das nicht glauben.«

Der Kaufmann seufzte, denn ihn quälte sein juckender Ausschlag.

»Kratz mich da mal«, jammerte er.

Seine Frau knetete seinen juckenden Rücken und dachte daran, wie ihre Stiefkinder gleich am zweiten Tag nach der Hochzeit sich geweigert hatten, den Milchkaffee zu trinken, weil obendrauf Milchhaut schwamm.

– Und dennoch, dachte sie mit dem Gefühl einer bitteren Beleidigung, koche ich einen ebenso guten Kaffee wie in einem erstklassigen Hotel. Eine andere würde vielleicht Roggen in den Kaffee mischen, ich aber nicht …

Im ersten Stock lag Kamil im Bett und hatte das Buch »Fünf Wochen im Ballon« unter dem Kopf. Er konnte nicht einschlafen. Er hatte das Abendessen verweigert, weil er wusste, dass diese Art von Demonstration die Mutter in Beunruhigung versetzen würde.

– Man gibt mir nicht einmal etwas zu essen, sagte er so voller Mitleid zu sich, dass seine Augen feucht wurden. Es ging ihm schlecht in diesem Hause. Am ersten Tag gab es ein Festessen. Am zweiten Tag musste er die Reste der reichhaltigen Tafel aufessen. Der Vater machte Späße, die Mutter aber blickte ihn scheel an. Am dritten Tag gab es gekochtes Rindfleisch mit Kartoffeln. Nach dem Mittagessen hatte der Vater sich hingelegt, war aber bald mit einem zerdrückten und unzufriedenen Gesicht aufgestanden. Sofort hatte er den Sohn angefahren: »Warum bist du gekommen? Was willst du hier?« Kamil hatte zugeben müssen, dass ihm gekündigt worden war, und mit diesem Augenblick hatten all seine Qualen angefangen.

– Ich werde nicht essen, nie und nimmer werde ich essen!,

murmelte er trotzig, und wenn ich verrecken müsste … essen werde ich nicht!

Er stellt sich voller Schadenfreude vor, wie die Mutter entsetzt um das Bett herumrennen wird, auf dem ein vor Hunger geschwächter Jüngling ruht. Sie bietet ihm ausgewählte Leckerbissen an, Kamil aber schiebt ihre Hand zur Seite und sagt: – Esst das doch selbst. Ich liege im Sterben!

Er kann nicht weiterleben, da man seinen Zylinder, seinen glockenförmigen Raglan, die gestärkten Kragen, die herrlichen Krawatten und die zitronengelben Halbschuhe eingeschlossen hat. Man hat ihn gezwungen, ohne Kragen herumzulaufen, hat ihm eine blaue Schürze angezogen und befohlen, ausgelatschte, geflickte Zugstiefel anzuziehen. Vor allem die hässlichen, ekligen alten Treter quälen ihn. Vor Jahren hatte Viktor diese Stiefel »Kasims Opanken« getauft, und seit dieser Zeit nannten die Brüder den Vater nach einem arabischen Märchen »Der geizige Kaufmann Kasim«.

Der Vater hatte sich neue Zugstiefel nähen lassen. Als der Schuster sie ihm gebracht hatte, befand er, dass sie drückten. Der Handwerker besserte einige Male nach, der Kaufmann aber fand sie immer noch unbequem. Die Stiefel erbte Kamil; er wehrte sich gegen sie und weigerte sich, in ihnen auf der Straße herumzulaufen. Er hatte Angst, dass die Mädchen ihn auslachen würden. Nach ihm musste Viktor die Schuhe tragen. Er schwor sich, die Stiefel kaputtzulaufen. Er trat gegen Steine, hängte sich an Wagen, um sich mitschleppen zu lassen und so die Sohlen zu zerstören. Die Schuhe aber widerstanden seinen Anschlägen. Damals nähte man ungewöhnlich feste Schuhe, die von einer Ewigkeit zur anderen hielten. Wenn niemand die Stiefel trug, ruhten sie in der Nische unter dem Ofen, und die Katze pflegte auf ihnen zu dösen. Der Vater hing ganz ungewöhnlich an ihnen. Von Zeit zu Zeit befahl er, die Stiefel vom Schimmel zu säubern, und sah sie sich dann mit Wohlgefallen an.

»Vorzügliche Schuhe!«, pflegte er dann zu sagen. »Solche macht man heutzutage gar nicht mehr.« Jedes Mal, wenn einer seiner Söhne sich seinen Zorn zuzog, musste er »Kasims Opanken« anziehen. Außer Jaroslav natürlich, denn der machte niemals Ärger.

Viktor trat ins Zimmer und warf die Ledertasche mit dem Werkzeug auf den Boden. Er grüßte: »Tschi – Tschu – Ha!«

»Tschiri – Miri – Ho!«, antwortete Kamil.

Der Bruder setzte sich aufs Bett, faltete ein fettiges Papier auseinander, zog ein Klappmesser aus der Tasche und begann, Speck zu schneiden, zu dem er in ein Brot biss. Kamil blickte ihn gierig an. Er vergaß, dass er eigentlich hatte hungers sterben wollen, und steckte seine Hand aus dem Bett.

»Gib her!«

Viktor spießte eine Scheibe Speck auf das Messer und gab sie ihm. Schweigend kauten sie, und als sie zu Ende gegessen hatten, knüllte Viktor das Papier zusammen und warf es aus dem Fenster.

»Ich habe viele Paar Schuhe«, begann Kamil verträumt, »hast du mal meine Schuhausstattung gesehen? Ich habe Stoffstiefeletten, Ziegenlederschuhe, Lackschuhe, kombinierte Schuhe und die gelben Halbschuhe ...«

»Dreihundert Paar Schuh und Schuhchen hatte Herr Baron Franz von Knuchen«, antwortete Viktor mit einem Vers aus einer Kinderzeitschrift.

»Hör auf damit, ja?«, sagte der Bruder verärgert. »Was verstehst du schon davon? Hier gibt es keine Kultur.«

Viktor fläzte sich aufs Sofa.

»Und jetzt soll ich ›Kasims Opanken‹ tragen. Pfui!«

Der Bruder antwortet nicht und denkt darüber nach, dass es in der Stadt nur ein kleines Elektrizitätswerk mit einem Miniaturdynamo gibt.

»Spielzeuge, winzige Spielzeuge«, murmelt er vor sich hin und träumt von Amerika, das er sich wie eine riesige Fabrik vorstellt, in der Transmissionsriemen sausen, unruhige Maschinen herumbrüllen, Räder und Hebel glänzen. Und Dynamos, riesige Generatoren, hunderttausend, Millionen von Volt ...

Kamil denkt nicht mehr an »Kasims Opanken« und verlässt diese Stadt, in der ihm nur Kummer und Erniedrigung zuteilgeworden sind. Er erreicht eine fröhliche, volkreiche Stadt, in der die Schaufenster erstrahlen und die Straßen voll sind mit attraktiven jungen Damen.

»Ich werde Mätressen haben«, murmelt er dümmlich. Beim Wort »Mätresse« stellt er sich einen breiten Hut, schwarze Samtstrümpfe bis zu den Oberschenkeln, Cancan und vor allem eine Flasche Champagner vor, die in eine weiße Serviette eingehüllt ist. Der Primas beugt sich zu seinem Ohr herab und geigt eine leidenschaftliche Melodie.

»Arme Dynastie, das überlebt sie nie, ach, arme, ach, arme, ach, arme Dynastie«, begann er zu singen.

»Lass das, ich will schlafen«, brummte der Bruder.

Kamil dachte wieder an die blaue Schürze mit den fettigen Petroleumflecken. Der knausrige Vater Kasim zwingt ihn, im Laden zu dienen, damit alle Leute seine Schande direkt vor Augen haben. Es wird ihn noch irgendein junges Fräulein sehen, und was wird die dann von ihm denken? Zum Glück gehen gar keine jungen Fräulein mehr in den Laden des knausrigen Kaufmanns Kasim. Alle laufen sie zum Kaufmann Zoufalý, der seinen Laden modern führt und eine Registrierkasse hat. Zum Kasim verirrt sich höchstens ein dummer Bauer oder eine alte Schachtel, die Lotto spielt.

– Und was wäre, wenn ich die Opanken einfach aus dem Fenster werfen würde? Eines Tages breche ich den Schrank auf, hole mir meine schönen Sachen wieder und haue ab. Hier will ich nicht sein, bestimmt nicht, hier bleibe ich nicht ...

12

Frau Štědrá goss ihrem Mann Suppe in den Teller. Der Kaufmann zog die Brauen zusammen und führte den Löffel zum Mund. Er sagte nichts, und Frau Štědrá atmete auf. Offenbar hatte sich der Alte schon etwas beruhigt. Kamil setzte sich an den Schreibtisch, und als ihm die Mutter das Essen reichte, brummte sie: »Da, ersticken sollst du dran!«

Seinen Platz an der gemeinsamen Tafel nahm Viktor ein. Er beugte den runden Kopf tief in den Teller hinein und hielt das Besteck so fest, als würde er Werkzeuge bedienen. Er schnaufte und tunkte die Soße mit einem Brotkanten auf. Der Vater blickte mit Unwillen auf seine niedrige Stirn, sein gerötetes Gesicht und seine struppigen Haare, die dem Kamm Widerstand boten. Dauernd ragten trotzig zwei Haarbüschel auf dem Scheitel empor.

»So ein Grobian!«, brummte er feindselig. »Man muss sich bloß seine Pranken anschauen. Nach wem kommt er denn eigentlich?«

Dennoch versuchte er sich zu trösten: – Wenigstens sorgt er für sich selbst. Will von keinem etwas. Und man hört nichts Schlechtes über ihn.

Als er aber auf seinen anderen Sohn, den Studenten, schaute, bekamen seine alten Augen einen feuchten Schimmer. Er sagte zu ihm: »Iss nur, Jaroušek. Warum isst du denn nicht?«

Die Mutter kam aus der Küche gelaufen.

»Was hör ich da? Jaroušek will nicht essen? Ob es ihm nicht schmeckt?« Ratlos verschränkte sie die Hände. »Aber ich habe doch so viel Fett hineingegeben.«

»Mir schmeckt es doch, Mami, keine Sorge«, beruhigte sie der Student.

Frau Štědrá atmete auf.

Jaroslav spürt, dass der Vater gern ein Gespräch mit ihm beginnen würde. Der Vater spießt mit der Gabel Fleischstücke auf und legt sie Jaroslav auf den Teller. Die Mutter bleibt in diesem Moment auf ihrem Weg vom Esszimmer in die Küche stehen und blickt abwechselnd vom Vater zum Sohn. Sie ermuntert ihn öfter: »Jaroušek, sprich doch mit dem Papa. Sag ihm doch was Nettes. Er freut sich darüber.« Als aber der Vater sich zum Sohn umdreht, stockt ihm die Stimme; er empfindet vor dem Sohn so viel Scham wie vor einem vornehmen Fremden.

Dem Studenten tut der alte Mann leid. Jedes Mal zieht es ihm vor Zärtlichkeit die Kehle zusammen, wenn er auf die schweren Tränensäcke unter den Augen des Vaters blickt, auf den gelben Schnurrbart und die Bartfliege unter der Lippe; er bedauert die blassen, von der Wassersucht angeschwollenen Hände und die großen, mit Haarbüscheln bewachsenen Ohren. Jedes Mal, wenn er morgens aufsteht, nimmt er sich vor, den ganzen Tag nicht von des Vaters Seite zu weichen, ihm den Arm auf den gebeugten Rücken zu legen, der in seinem Pensionistengehrock mit langen Schößen steckt, und ihm etwas über die Bücher, die er gerade gelesen hat, zu erzählen, auch etwas von den Weisheiten der Gelehrten aus alter Zeit und von seinen eigenen Hoffnungen. Er will ihm sagen, dass er in einigen Jahren in einem weißen Mantel herumgehen und das Leid von den Betten der Kranken vertreiben wird. Und der Alte wird sich freuen.

Und gerade als er anfangen will, da öffnet der Vater den Mund und entblößt zwei gelbliche Zahnstümpfe. Dann tun ihm plötzlich die zwei wackelnden Zähne leid, und er spürt, dass es zwischen ihnen kein Gespräch wird geben können, weil der Vater bereits ins Grab blickt, sich schon die Erde auftut und die schwarze Grube ihn zu sich herabzieht. Und dem Studenten wurde es schwer zumute in dem alten Haus, das einem Grabmal glich, in diesem Zimmer, wo es das ganze Jahr über feuchtklamm war; er fühlte sich bedrückt durch die schwere Kredenz, das Plüschsofa und den Tisch mit der Spitzentischdecke. Es bedrücken ihn die Gobelinbilder, die noch seine verstorbene Mutter gestickt hatte. Und so saß er traurig da, und seine junge Seele war krank vor Wehmut. Er sehnte sich nach der Welt, nach etwas Unwirklichem und Unaussprechlichem. Wenn man jung ist, will man an allen Orten zugleich sein, nur nicht in einem Zuhause, wo die Wände bedeckt sind mit Gobelinbildern und wo es nach Verwesung und Alter riecht.

Der Vater empfand Respekt vor den Wissenschaften und brachte gern das Gespräch auf den technischen Fortschritt. Viktor sagte: »Ich habe gerade in der Zeitung gelesen, dass der französische Aviatiker Carros einen Höhenrekord von fünftausendachthunderteins Metern erzielt hat. Eine unglaubliche Leistung!«

Der Kaufmann nickte ernst mit dem Kopf und antwortete mit Blick auf Jaroslav: »Eine großartige Erfindung! Die Welt macht ungeheure Fortschritte.« Und er sprach davon, dass einmal die Zeit kommen werde, da die Menschen von Stadt zu Stadt fliegen würden, um dort Verwandte zu besuchen.

Die Mutter blieb mit dem Bräter in der Hand mitten im Zimmer stehen und wünschte sich:

– Wenn Jaroušek doch mal etwas sagen würde …, der Papa würde sich so sehr freuen …

Der Gymnasiast aber saß mit gesenktem Kopf da und schwieg. Kamil hingegen sagte: »Ein Bekannter von mir hat in Kuchelbad einen Aeroplan gesehen, mit dem der Graf Latham dreimal um den Eiffelturm geflogen ist.«

Der Vater drehte den Kopf Richtung Schreibtisch und brüllte wütend: »Dich hat niemand was gefragt, du Taugenichts. Und leg das Buch weg!«

Die Mutter sprang hinzu und riss ihm den Roman »Fünf Wochen im Ballon« aus der Hand.

»Sieh mal an!«, schrie sie. »Das Buch hat sich wiedergefunden. Und ich hatte es immer geahnt, wo das Buch ist. Ich habe doch gewusst, dass der junge Herr es mitgenommen hat.«

»Lesen will er!«, wütete der Kaufmann. »Von wegen lesen! Bewerbungen wird er schreiben. Aus dem Haus musst du, und zwar sofort!«

Der Vater blickt finster und stopft sich seine Pfeife, auf der der Landesherr in Jägertracht abgebildet ist. Frau Štědrá räumt den Tisch ab. Viktor zog ein Stück Brot aus der Tasche, schnitt etwas davon mit dem Taschenmesser ab und kaute vor sich hin. Als die Mutter das sah, zuckte sie beleidigt zusammen.

»Du schlägst dich mit Brot voll?«, fuhr sie ihn an.

»Ich esse nur was als Abschluss«, verteidigte sich der Arbeiter.

»Ihr werdet noch herumerzählen«, brummelte Frau Štědrá, »dass ich euch nicht genug zu essen gebe. So was fehlte mir noch.«

Zurück auf dem Weg in die Küche, blinzelte sie dem Studenten geheimnisvoll zu. Als Jaroslav ihr hinterherkam, flüsterte sie ihm zu: »Warte noch ganz kurz, dann gebe ich dir ein Stück süße Kolatsche. Denen da sag aber nichts davon, die würden es dir sonst wegessen ...«

Da hörte man die elektrische Klingel, die einen eintretenden Kunden meldete. Der Kaufmann wollte sich aus dem Stuhl erheben, der Student aber sagte schnell: »Bleib nur sitzen, Papa, ich geh schon.«

Der Vater errötete vor Freude und sagte mit leutseligster Ironie: »Sieh da, ich habe einen Vertreter gefunden. Dann lauf, mein Junge, mein lieber Student, und bediene die Leute.«

Im Laden traf der Student die Glatte Ančka an. Als die Bettlerin Jaroslav erblickte, breitete sie die Arme aus und rief ekstatisch: »Du mein süßes Engelchen, geh und zieh mir die Glücksnummern!«

Die Alte erinnerte sich, wie ihr Jaroslav als kleiner Junge einmal aus einem Beutel drei Nummern gezogen hatte und sie damit den Hauptgewinn erhielt. Damals war sie noch Frau Kafuňková gewesen. Seit dieser Zeit wartete sie jedes Mal auf ihn, wenn er aus der Schule kam, in der Hoffnung, dass der Junge ihr wieder die Glücksnummern ziehen würde.

Der Student gab ihr ein Almosen, und die Bettlerin griff dabei schnell nach seiner Hand und krächzte: »Glückliche Händchen! Goldene Händchen! Die Jungfrau Maria stehe dir bei, du mein Engelchen! Wenn du im Himmel auf einer Wolke sitzt, dann leg beim Herrgott für mich ein gutes Wort ein, damit er mich gewinnen lässt. Sag nur: Vater im Himmel, mach, dass die Glatte Ančka ein Terno bekommt. Oder wenigstens ein Ambo Secco. Sag aber ›Glatte Ančka‹ und nicht ›Frau Kafuňková‹. Unter diesem Namen kennt mich keiner mehr.«

13

Sie blickte auf der Straße auf die schwarze Tafel mit dem goldenen kleinen Adler. Die Tafel war in fünf Felder unterteilt, in die der Lotteriekollektant die jeweils gezogenen Nummern hineinschob. Die roten Nummern zogen ihren Blick magisch an; sie stand vor dem Aushang, zitterte wie eine Papiervogelscheuche und brabbelte: »Hässliche Zahlen ... lauter hohe Zahlen ... das ganze Gesocks, lassen einen nicht gewinnen. In Prag ist Gesocks, in Brünn auch Gesocks ...«

Mit den Armen fuchtelnd und unentwegt mit ihrem verblühten Kopf auf dem dünnen Hals wackelnd, ging sie ihres Weges. Auch sie mied die Bürgersteige und ging mitten auf der Fahrbahn, als wäre sie niemals Frau Kafuňková gewesen, sondern schon als die Bettlerin Glatte Ančka auf die Welt gekommen.

Die Bezirksstadt döste in der Mittagshitze. Auf der Straße rumpelte ein Leiterwagen, gezogen von einer dürren Stute, neben der ungelenk ein struppiges Fohlen trabte. Auf dem Marktplatz dämmerte ein altes Weib neben einem Strohkorb mit Apfelsinen. Der Kaufmann Zoufalý dekorierte ein Schaufenster und pfiff dabei vor sich hin. Ein Mann vom Lande betrat bedächtig den Schnapsausschank und trat nur einen Augenblick später wieder heraus, wobei er sich mit dem Handrücken seinen herabhängenden Schnurrbart abwischte. Die Bettlerin, zur Seite gebeugt wie eine alte Weide, fuchtelte mit den Armen und brummelte fortwährend dabei. Die Fliegen, durch ihren dumpfen Gestank angelockt, flogen sie so aggressiv an wie eine gleichgültige Kuh. Unterwürfig grüßte sie jeden, dem sie begegnete, sogar ein kleines Mädchen, das eine störrische Ziege an einer Schnur hinter sich herzog. Vor der Bronzestatue in der griechischen Tunika, die die Apotheke schmückte, bekreuzigte sie sich. Aus der Konditorei drang ein intensiver Geruch nach Vanille. Aus dem Buchladen trat ein Herr mit einem Gewehr auf der Schulter, hinter dem ein humpelnder Dackel trottete. Der Hund witterte den säuerlichen Gestank des Bettelvolks und bellte einige Male kurz auf. Vor dem Wirtshaus stand ein Wagen; die Pferde benagten, ihre gelben Zähne enthüllend, die Deichsel. Zwei Handlanger stapelten Flaschen mit Sodawasser.

»Gott vergelt's, Gott vergelt's«, brabbelte unentwegt die Bettlerin mit ihren blutleeren Lippen.

Ein Junge fuhr auf einem Fahrrad und versuchte, mit seinen nackten Füßen die Pedale zu erreichen; die Bettlerin grüßte ihn. In seiner Tür stand der Metzger in einer blutigen Schürze; auf beiden Seiten hingen frisch geschlachtete Kälber.

»Gott vergelt's, Gott vergelt's«, flüsterte die Alte. Der Metzger schlich sich von hinten an sie heran und befestigte an ihr einen Ochsenschwanz. Die Bettlerin bemerkte es nicht, und hustend vor Lachen hielt sich der Metzger die Seiten. Im Untergeschoss mischte, gestützt auf seine kurzen Beine, ein Bäcker den Teig im Backtrog. Das traurige Gesicht des Friseurs Sedmidubský tauchte hinter dem Korallenvorhang auf; seine Augen waren starr auf den Hügel hinter der Stadt gerichtet, auf dem die Toten ruhten. Ein barhäuptiger Herr mit einem mächtigen graudurchwirkten Vollbart ging vorbei. Sein Hut war mit einer Schnalle an seiner Jacke befestigt. Die Taschen seiner Lodenjacke waren voller Broschüren; er trug kurze Hosen und hatte nackte Knie. Die Bettlerin erkannte Professor Pošusta und krähte laut: »Gib's der Herrgott, gib's der Herrgott!« Der Professor blieb stehen, griff in die Tasche und gab ihr eine Münze. Die Glatte Ančka fing an, ihn zu lobpreisen, der Herr aber nahm keine Notiz davon und flitzte geschwind wie ein Junge davon.

Die Straße führte sanft abwärts zum flachen, trägen Fluss, dessen Ufer mit Weiden und Erlen bewachsen war. Frauen wuschen Wäsche, um sie herum schwammen lauter Seifenblasen. Aus der nahegelegenen Badeanstalt hörte man Kindergeschrei, und die Bettlerin meinte, auch die Stimme des Verwalters Wagenknecht zu hören. Sie fuhr, ja schrumpfte geradezu zusammen und flüsterte voller Angst:

– Gott vergelt's, Gott vergelt's …

Nun kam sie in die Vorstadt, wo die schiefen Häuser in die Erde hineinwachsen und auf den zerzausten Dächern Kissen aus Moos gedeihen. Hinter einem kleinen Fenster sitzt ein mürrischer Handwerker und benagelt Schuhsohlen. In einigen Häusern hört man den Webstuhl klappern, das Schiffchen fliegt hin und her und brabbelt: Tadellramm – Tadellramm – Tadellramm – Kraatz! In den Gärten trocknen die Leinenstoffe, die an Querstangen gehängt sind. Es stinkt nach Lauge und Urin.

Die Glatte Ančka überquerte eine wackelnde Holzbrücke und war auf den Feldern. Auf einem Hügel erhob sich die Statue eines Heiligen mit wehendem Haar und einer kahlen Stelle auf dem Hinterkopf. Der Evangelist hielt ein geöffnetes Buch in der Hand, in dessen steinerne Seiten die griechischen Buchstaben Alpha und Omega eingemeißelt waren.

Die Bettlerin breitete die Arme aus, blickte in wildem Entzücken auf das Bild des Heiligen und brabbelte: »Lieber Gott, gib, dass ich gewinne. Lass für mich die Glücksnummmern erscheinen. Ich werde dir dafür eine Kerze, dick wie ein Bein, anzünden. Mach mir eine Freude, dann mach ich dir auch eine Freude.«

Sie setzte sich auf den Sockel der Statue und atmete schnell und unregelmäßig. Ihr zu Füßen lag die Bezirksstadt, ihre dickleibigen Häuser, ausgebreitet wie in einem Backtrog, mit den einladenden roten Dächern. Über diesen Häusern erhob sich das Schieferdach der Bezirkshauptmannschaft mit der Inschrift: »Erbaut A. D. 1902«. Doch selbst das Gebäude der Bezirkshauptmannschaft duckte sich bescheiden im Schatten des gräflichen Schlosses mit seinen vier Türmen. Am höchsten aber erhob sich das goldene Kreuz der gotischen Kirche, das im Glanz der Sonne funkelte. Aus zahlreichen Schornsteinen stieg ein Band blauen Rauchs empor; in der Ferne lärmte die Textilfabrik, und seltsamerweise drangen sogar menschliche Stimmen und das Gackern von Hühnern bis hierher nach oben.

Der Wind zerzauste die dünnen grauen Haare der Bettlerin, und um ihre Nase herum flogen Fliegen. Eine Hummel ließ sich mit tiefem Summen auf einer Kleedolde nieder.

»Ob Prag oder Brünn«, brummelte die Alte, »wenn die nur die Glücksnummern ziehen. Allen werde ich es lohnen. Gott vergelt's …«

Mühevoll erhob sie sich und ging durch die Felder, in denen man hundertfach die Stimmen der verborgenen Insekten hörte, vorbei an sich wiegenden Ähren, die mit violetter Kornrade, Kornblumen und blutrotem Mohn durchwachsen waren. Sie lief über einen tiefen Hohlweg, der mit Wildrosen, Natterkopf und Brombeeren bewachsen war. Zur Seite gebeugt und unentwegt mit ihrem verblühten Kopf auf dem dünnen Hals wackelnd, lief sie weiter bis zu einem Dorf.

Der Dorfanger war still, nur unweit einer grünlichen Pfütze saß ein verkrusteter Greis. Er nagte an einer Pfeife und bewachte eine Gans mit einer Herde üppiger Gänseküken. Sobald die Gans die Bettlerin erblickte, rannte sie ihr mit furchtbarem Zischen entgegen. Mitten auf dem Dorfplatz lag, die Nase im Staub, ein Kerl. Ein Huhn mit einem kahlen Hals trippelte erstaunt und interessiert um ihn herum; dann nahm es all seinen Mut zusammen und pickte den Betrunkenen in seinen stoppligen Kopf.

Die Bettlerin suchte die ärmste Hütte im Dorf auf. Das war ein Haufen von Lehm und verrotteten Balken, verkommen wie ein Spatzennest. Die Gartenpforte hing aus den Angeln, man hatte sie aber auch nicht nötig, da man über den umgekippten Zaun zu gehen pflegte. Auf dem Innenhof wucherten Büschel von Bilsenkraut, und auf dem Misthaufen pickte ein einzelnes verwundert dreinblickendes Huhn.

In dieser Hütte lebte die Schwester der Glatten Ančka, die den örtlichen Dorfdeppen, Säufer und Krawallmacher geheiratet hatte. Es war ebenjener Mann, der mit der Nase im Staub wie ein Baumstamm auf dem Dorfplatz lag. Die Bettlerin betrat die Stube, in der Dunkelheit herrschte und deren malerisches Elend durchdringend stank. Durch die Stube watschelten auf krummen Beinchen Kinder, mit aufgeblähten Bäuchlein unter schmutzigen Hemdchen. Eine dürre, knochige Frau mit zänkischem Gesichtsausdruck lärmte gerade mit Blechtöpfen herum.

Die Glatte Ančka grüßte ängstlich und blieb in der Tür stehen.

»Komm rein«, forderte die Schwester sie auf, »was stehst du herum und glotzt so? Zeig her, was du mitgebracht hast.«

Die Bettlerin breitete auf dem Tisch Brotkanten, Butterbrote und hartgewordene Buchteln aus. Gierig umringten die Kinder den Tisch. Die Mutter vertrieb sie mit Geschrei.

»Was wollt ihr, verdammte Bälger!«, brüllte sie. »Habt ihr denn nie genug? Ihr fresst euch ja voll wie die Irren. Ihr hattet schon was … das hier ist für'n andermal.«

»Und was ist mit Geld?«, fuhr sie ihre Schwester an.

Die Bettlerin band mit zitternden Fingern das Tuch auf, in dem sie das erbettelte Kleingeld hatte.

»Das ist alles?«, fragte die Schwester ungläubig. »Pass bloß auf, du! Mir scheint, als ob du was vor mir versteckst.«

»Ich …«, brabbelte die Glatte Ančka voller Angst. »Für die Beerdigung …«

Ihre Schwester unterbrach sie grob.

»Du brauchst nicht für deine Beerdigung zu sparen. Kümmer dich nicht drum, die Gemeinde wird dich schon in die Grube werfen.«

»Das hier … nur eine kleine Kerze muss ich der heiligen Anna kaufen, meiner Patronin …«

»Was geht dich die heilige Anna an? Du hast deins, und Fremdes geht dich nichts an.«

Die Bettlerin verstummte demütig. Sie hatte große Angst vor ihrer Schwester, die ihr mit ihrem Geschrei und herrischen Auftreten arg zusetzte. Diese fühlte sich überlegen, weil sie einen

Mann hatte und beim Grafen in Stellung war. Dabei konnte sie vor Hunger kaum geradeaus sehen, weil ihr Mann nicht nur nicht arbeitete, sondern ihr auch den letzten Kreuzer abnahm. Wenn die Glatte Ančka nicht gewesen wäre, dann würde die Familie hungrig schlafen und hungrig aufstehen.

Jetzt aber schüttelte sie den Kopf und sagte: »Wirklich weit hast du es gebracht. Schau dich mal an, wie du aussiehst. Schämen muss man sich ja für dich.«

Die Bettlerin sank schuldbewusst in sich zusammen und brabbelte: »Ja, ja ... Dem Herrgott hat es gefallen, und er hat es zugelassen ...«

»Hauseigentümerin, Bürgerin!«, lachte giftig die Schwester. »Und geht in die Häuser betteln. Pfui, schäm dich! Ich könnte so etwas nicht.«

»Hauseigentümerin ...«, wiederholte die Bettlerin verzagt. »Eine große Eigentümerin war ich. Ich hatte ein Kanapee und Dingsbums da ... Porzellantassen. Alles hatte ich. Auch eine Nähmaschine und eine Fußmatte vor der Tür. Alles war in Hülle und Fülle vorhanden, solange mein verstorbener Mann noch da war ...«

»So eine Schlampe, und hatte einen Mann wie aus dem Bilderbuch«, sagte die Schwester neidisch, »während mich der Herr mit diesem Penner gestraft hat.«

»Deinen hab ich gesehen«, unterbrach sie die Bettlerin, »er lag da und konnte sich nicht einmal rühren ...«

»Ist wieder mal total besoffen!«, rief die Schwester mit einer Art wütender Freude. »Warum nicht? Wenigstens gibt er jetzt Ruhe. Wenn er dann wieder nüchtern ist, wird er sich ganz anders aufführen ...«

»Aber warum hockst du hier herum?«, fuhr sie die Glatte Ančka an. »Verschwinde! Ich will dich hier nicht haben.«

Die Bettlerin erhob sich gehorsam und entfernte sich, während sie brabbelte:

»Gott vergelt's, Gott vergelt's ...«

Aus der Hütte hörte man Gebrüll. Die Mutter brachte gerade die Kinder zur Räson. Die Bettlerin trippelte mit kleinen Schrittchen über den Dorfplatz. Ihr verblühter Kopf wackelte auf dem dünnen Hals. Der Dorfdepp lag immer noch mit der Nase im Staub und glich einer Art Insekt. Das Huhn pickte in seinen struppigen Kopf.

14

Es war tiefer Abend, die Bezirksstadt war schon in tiefen Schlummer gefallen. Nur in der Apotheke »Zum barmherzigen Bruder« saßen noch einige Herren; eingehüllt in weite Capes, tranken sie schluckweise Schnaps aus kleinen Gläsern. Sie hörten dem pensionierten Postmeister zu, der sich immer wieder Richtung Tür drehte und dabei so zischte, dass sein künstliches Gebiss wackelte. Er erzählte von der Tragödie von Mayerling auf Grundlage einer Broschüre, die aus Deutschland eingeschmuggelt worden war. Pecián liebte geheime Botschaften; alles, was das Siegel des Geheimnisses trug, zog ihn an wie die Eiterwunde eine Schmeißfliege. Wäre er ein Tier gewesen, hätte man ihn zu den Nachtgeschöpfen gezählt. Die Sonne am Horizont blendete ihn wie einen Uhu; inmitten von Schatten erwachte er und nahm Witterung auf. Alles Klare war ihm verdächtig, das unbestimmte Halbdunkel hingegen war ihm vertraut und bekannt. Sicherlich verehrte er den greisen Monarchen und glaubte an dessen Güte und Weisheit. Allerdings konnte er ihn nicht sehen, da dieser von einem Wall von hinterlistigen und heimtückischen Höflingen umgeben war. Er glaubte, diese Höflinge seien in weite Gewänder gehüllt, deren Falten todbringende Dolche verbergen würden. Die Residenzen der Monarchen hatten im Untergeschoss ein Labyrinth von Geheimgängen, wo sich hinter Tapetentüren Verschwörer versteckten. Oft sprach er von Türvorhängen, hinter denen jemand lausche, und von Fäden, die in jemandes Hand zusammenliefen. Die Welt der Mächtigen stellte sich ihm als eine Art Puppentheater dar. Die weibliche Schönheit schien ihm nur dafür geschaffen, ordentliche, rechtschaffene Männer in Netze zu locken und dort zu vernichten. Die Politik war für ihn ein Irrgarten von Intrigen, Kabalen und eingeflüsterten Sätzen; eine zum Schlag gespannte Hand, grausame und obszöne Auftritte, ungeheure Verschwendungen, vor den Blicken des Volkes verhüllt durch die Fahnen des Reiches.

Die Herren lauschten ihm mit Spannung, während er die Liebe des Thronfolgers Rudolf zur schönen Baroness Vetsera schilderte. Der pensionierte Postmeister wusste alles, er wusste sogar mehr als der Kutscher Bratfisch, der seinen Herrn zum letzten Stelldichein gefahren hatte.

Der Handelsvertreter für Textilien Raboch gab vor, noch mehr zu wissen, und behauptete, dass der Thronfolger von seinen eigenen Kumpanen bei einem wilden Besäufnis erschlagen worden sei. Der Postmeister fertigte den Handelsagenten, der ein Gesicht machte, als ob er in alle Geheimnisse des Hauses Habsburg eingeweiht sei, schroff ab und erklärte, in seiner Gegenwart dürften keinerlei abfällige Bemerkungen über die regierende Dynastie gemacht werden.

Herr Raboch war beleidigt, und es lag ihm schon auf der Zunge zu sagen: – Sie, Herr Pecián, wissen ja alles, Sie wissen aber nicht, dass Ihre Verlobte Zdeňka sich mit einem Gymnasiasten trifft. Er behielt es aber für sich und sagte sich, dass sein Augenblick noch kommen werde.

Der bleiche Kastellan bedauerte den alten Kaiser, der so oft von Schicksalsschlägen heimgesucht wurde. Er bewunderte ihn dafür, dass dieser in einer so schweren Stunde Ruhe und männliche Standhaftigkeit gezeigt hatte.

»Vielleicht«, fügte er hinzu, »ist es gar nicht wahr, dass der erlauchte Prinz tot ist. Man hat mir erzählt, dass er verkleidet in der Welt herumirrt, um mit seinen eigenen Ohren die wirkliche Meinung des Volkes kennenzulernen.«

»Und er wird sich zu erkennen geben«, fügte Herr Pecián feierlich hinzu, »wenn für das Reich eine schwere Stunde schlagen wird.«

Der Apotheker hätte gern einige pikante Histörchen aus dem Leben der Baroness Vetsera gehört, der Postmeister aber gab sich den Anschein eines Mannes, der zwar in alles eingeweiht ist, jedoch zögert, seine Geheimnisse unberufenen Leuten mitzuteilen.

Herr Raboch hatte gehört, dass der Sohn sich gegen den Vater aufgelehnt habe und das Königreich Ungarn vom Reich abtrennen wollte.

»Das habe ich auch gehört«, bestätigte der Apotheker, »und nun schmachtet er im Gefängnis.«

»Da haben die Juden ihre Hände im Spiel«, meinte der bleiche Kastellan.

Herr Pecián fuhr in die Höhe. Abermals begann er zu zischen, und sein künstliches Gebiss fing an zu wackeln. Er sprach über die »Protokolle der Weisen von Zion«, von einer geheimen Versammlung des Judentums mit dem Namen Sanhedrin. Er besaß viele Bücher, die die Pläne einer jüdischen Weltverschwörung enthüllten. Seine Backen blähten sich auf und fielen wieder zusammen.

Um ihn herum wirbelten missgestaltete Gespenster, die Kaftane trugen und hinterhältige, langbärtige Gesichter hatten. Sie bewohnten geheime Verliese, lebten im Untergrund wie Tausendfüßler unter Steinen und bewegten sich blitzschnell und nach allen Seiten schnuppernd, immer bereit zu Angriffen gegen die Christenheit.

Er zitierte die Worte des Rabbiners Raschi: »Den besten unter den Christen müssen wir erwürgen, so wir denn können. Der Talmud kündet: Alle Völker der Erde und alles auf der Erde gehört Israel. Wer sich gegen die jüdische Weltherrschaft stellt, muss ausgerottet werden.«

Der Apotheker nickte und fügte hinzu, das Hauptprogramm der jüdischen Weltherrschaft bestehe darin, christliche Mädchen zu schänden.

Auch für diese Behauptung fand Herr Pecián Belege im Talmud, der die Juden belehre: Sündigen ist erlaubt, lasst es uns aber im Geheimen tun.

»Der berühmte Schriftsteller J. Gross-Hoffinger schreibt in seinem Buche ›Unzucht‹: ›Ihre eigenen Weiber sind ihnen zu gut, um sie der Geilheit zu opfern‹«, sagte der Postmeister.

Er verstummte, denn Herr Wachtl betrat die Apotheke. Der Spediteur, in ein Cape gehüllt, nahm resolut den zerdrückten Hut ab, schüttelte allen Herren die Hand und breitete seinen massiven Körper auf dem Stuhl aus. Der Apotheker goss ihm Rosoliolikör ein. Der Spediteur hob das Gläschen, zwinkerte schelmisch und rief: »Sie leben hoch!« Er kippte den Schnaps hinunter und schüttelte sich.

Der pensionierte Postmeister klopfte ihm auf die Schulter und sagte: »Sie, Herr Wachtl, Sie sind gar nicht wie die anderen Ihrer Glaubensgenossen. Sie sind einer von uns, ganz wirklich einer von uns.«

Der Spediteur fasste ihn um die Hüfte und sagte gerührt: »Ich bin der Ihre, auf Leben und Tod!«

Dann fummelte er in seinem Notizbuch herum und fischte eine obszöne Fotografie heraus, die er herumgehen ließ. Die Herren sogen sich mit den Blicken geradezu an der Aufnahme fest, pfiffen, schnalzten und wurden arg rot. Sogar der bleiche Kastellan errötete etwas und fing an zu hüsteln. Dann steckten sie die Köpfe zusammen, stupsten sich gegenseitig in den Bauch, und der Apotheker übergab sein Geschäft seinem Angestellten. Die Herren hüllten sich fester in ihre weiten Capes und traten auf die Straße hinaus.

15

Auf der Insel, die durch den faulen, gleichgültigen Fluss gebildet wurde, stand das besagte kleine Haus. Ein Bau ohne Obergeschoss, gelb verputzt; an der Wand hing ein Schild »Gasthof Zur Fischerhütte«. Soweit nicht mit wildem Wein bedeckt, war die Wand mit einer Flasche und darunter der Aufschrift »Wein. Liköre. Tee. – Schnelle Erfrischungen« bemalt.

Das Häuschen war von einem Garten umgeben, in dem Eisenhut und Türkenbund üppig wucherten. Man fand dort auch Rosensträucher, die mit Glaskugeln geschmückt waren. Der Gartenaltan war vollständig mit Kletterwinden bewachsen, am Zaun wuchsen undurchdringlich dichte Himbeersträucher, inmitten des Gartens stand eine schiefe Pumpe. Das Dach des Gebäudes wurde von einem riesigen wilden Birnbaum beschattet, dessen Früchte in das Wasser des Flusses plumpsten. Tagsüber machte das Haus einen genauso unschuldigen Eindruck wie eine Kaffeemühle. Und dennoch blickten Bürger, die vorbeikamen, nicht auf das Haus, vielmehr schauten sie stieren Blicks nach oben, wo die Türme des Doms emporragten. Junge Mädchen beschleunigten etwas ihre Schritte; Jungen hingegen kicherten und warfen manchmal johlend Steine, die dann rasselnd vom Dach herabprasselten. Sonst war es ein Häuschen wie jedes andere; bei Tage waren die Jalousien heruntergelassen, und es döste wie eine faule Katze in der Sonnenglut. Nur an Sonntagen, an Feiertagen und zum Jahrmarkt stand eine Reihe von Fahrrädern an die Wand gelehnt. Aus dem Haus traten Bauernknechte, aufgedreht und dümmlich lächelnd. Sie glichen dem Hahn, der gerade das Huhn verlassen hat und mit zerzaustem Federkleid auf die Mauer geflogen kommt, um dort lauthals zu krähen.

Nachts aber lebte das Haus auf, und seine Fenster blickten in die Dunkelheit wie die glühenden Augen eines verschlagenen Katers. Innen dröhnte ein Musikautomat, und man hörte lebensfrohes Geschrei.

An diesem Abend stapften einige in Capes gehüllte Gestalten dumpf über die Holzbrücke, die den Flussarm überquerte. Die Männer hatten sich in ihren Kragen verkrochen, als ob ihnen kalt wäre. Sie hatten ihre Hüte tief in die Stirn gedrückt und benahmen sich vorsichtig wie Verschwörer. Der letzte in der Reihe war der bleiche Kastellan mit seinem gelben Backenbart.

Sie wurden von einem kleinen rosafarbenen Männchen empfangen, das Watte in den Ohren hatte, Plüschhausschuhe trug und weich und kugelrund war. Auch seine Stimme war leicht gerundet und zitterte wie Gelee. Der Kopf war mit feinen Löckchen bedeckt. Es war nichts Männliches an ihm, vielmehr erinnerte er an eine Kupplerin, die man mit »Madame« anzusprechen pflegt. Seine Bewegungen waren leise und geheimnisvoll, was aber gerade dem pensionierten Postmeister gefiel, der den Eindruck hatte, das Versteck irgendwelcher Verschwörer zu betreten, um an einer verbotenen Zusammenkunft teilzunehmen.

Das Plüschmännlein lud die Gesellschaft mit einer galanten Bewegung in den Gastraum ein. Er legte den Finger an die Lippen und blinzelte schelmisch. Die Herren werden zufrieden sein.

Als sie eintraten, erblickten sie den Briefträger in aufgeknüpftem Uniformrock, den Tschako in den Nacken geschoben. Er war in sehr angeheiterter Stimmung und hielt ein Fräulein auf dem Schoß. Der Briefträger erschrak, weil er am Ort der Schande überrascht worden war. Er erhob sich, richtete hastig seine Kleidung und salutierte. Die Gesellschaft machte ein strenges und konzentriertes Gesicht wie eine Kommission, die diesen Ort zum Zwecke einer behördlichen Überprüfung betritt.

Der bleiche Kastellan trat zum Taburett, auf dem ein Poesiealbum mit Plüschumschlag lag. Er öffnete das Buch und las zerstreut: »Der Herrgott hat den Himmel lieb, der König seine Krone, und ich – habe am liebsten, meine Slávinka, nur dich. Zur Erinnerung eingetragen von Karla Lochmanová, am 2. März des

Jahres 1901.« Der Briefträger schlüpfte leise zur Tür hinaus, in seinem Rücken den strengen Blick des Postmeisters spürend.

Sie atmeten erleichtert auf, als sie hörten, wie die Außentür hinter dem Briefträger zuschlug. Der Kastellan setzte sich auf einen Stuhlrand und blickte an die Wand, wo ein Bild mit Goldrahmen hing. Der Farbdruck stellte eine sehr fette Frau mit rundgewölbten Brüsten dar, die auf einer Laute spielte. Auch der Spediteur war verlegen und fühlte sich unwohl. Er lebte in einer geordneten Ehe, respektierte seine Frau und liebte seine Kinder. Ins Freudenhaus war er nur mitgekommen, damit es nicht hieß, er sei ein Spaßverderber. Nur Herr Pecián war zufrieden und schaute sich mit jugendlichem Übermut um. Ein Fräulein begutachtete die Angekommenen und entschied sich dann für den Postmeister, der ihr wegen seines seriösen Äußeren zusagte.

Das Fräulein wünschte sich eine Erfrischung, und das Plüschmännlein brachte einen sauren, ekligen Wein. Sie saß bei Herrn Pecián auf dem Schoß und zupfte am Backenbart des Kastellans. Sie nannte ihn »Blondchen« und »mein Schöner«; der Kastellan schämte sich und seufzte. Der Spediteur trat zum Orchestrion, das von einer Palme aus Papier verdeckt war, und warf eine Münze hinein. Im Gerät ging ein Licht an, und auf dem Milchglas erschien das Bild einer nackten Frau, der sich unter Flügelschlagen ein Schwan näherte. Das Gerät rasselte und fing an, einen Marsch zu spielen. Die Hure umarmte Herrn Pecián und begann zu singen:

Bitte, liebes, kleines Pferdchen,
ganz wacker du mich trag.

Die angeregte Gesellschaft fiel ein:

Dafür ich dich möglichst balde
mit Hufeisen beschlag!

Herr Raboch wieherte, sprang auf und fing an, im Saal herumzugaloppieren. Das Plüschmännlein stand an der Tür, die Arme hinter dem Rücken und den Kopf zur Seite gebeugt. Sein rosafarbenes Gesicht strahlte. Das Männlein sagte zu sich:

– Gebildete Herrschaften, gebildete Herrschaften ... Wie schön sie sich doch amüsieren ...

Sie bestellten Kaffee mit Rum und gaben sich ungezwungen. Der Postmeister zog sein Jackett aus und fing an herumzuhüpfen, die Arme hinter dem Kopf verschränkt. Auch der Spediteur tanzte, und die Kette an seiner Seidenweste hüpfte dabei auf und ab. Das Mädchen quietschte. Nur der bleiche Kastellan saß da wie ein Götze, hatte die Daumen zusammengelegt und blickte unentwegt auf den goldenen Bilderrahmen, der die fette nackte Frau gefangen hielt.

Der Spediteur warf abermals eine Münze in den Schrank. Das Gerät hüstelte leicht, und Herr Wachtl hub zusammen mit ihm an:

»Komm her, mein gülden Kindelein, ein Küsschen nur mir gib ...«

Er packte Herrn Pecián und fing an, mit ihm um den Tisch zu kreisen. Der Postmeister japste, der Spediteur donnerte mit seinem tiefen Bass. Herr Raboch fasste das Fräulein um die Taille und wiegte sich mit ihr im Walzerschritt. Die Hure kreischte, und das Plüschmännlein lächelte süß, weil es sah, dass die Gäste in ausgelassener Stimmung waren.

Da öffnete sich die Tür, und herein trat ein junger Mann, in dem Herr Raboch seinen Sekretär Růžička erkannte, einen Absolventen der Handelsakademie. Der junge Mann wurde von einem Jüngling mit bestickter Hemdbrust begleitet. Die Gesellschaft verstummte. Das Fräulein brachte seine zerzauste Frisur in Ordnung. Das Gerät schepperte und verstummte dann. Der bleiche Kastellan trat zum Taburett und begann sorgenvoll, das Poesiealbum durchzublättern. Der Spediteur blickte zum Lüster hinauf. Herr Pecián zog schweigend sein Jackett an. Herr Raboch machte ein Gesicht wie jemand, der sich, plötzlich von einem Unwetter überrascht, an diesen Ort geflüchtet hat. Die jungen Herren allerdings waren gar nicht verlegen. Der Absolvent der Handelsakademie schnippte mit den Fingern und bestellte Getränke.

Sie fingen an zu zahlen. Das Plüschmännlein hielt den Kopf zur Seite, nahm das Geld entgegen und seufzte mit betrübtem Gesicht:

– Auf einmal ist alles kaputt, dabei war es hier doch so lustig. Ganz wie zu Hause, ganz wie unter Nachbarn, bitte schön ...

Herr Raboch raffte sich geistesgegenwärtig auf und wandte sich mit herrischem Ausdruck an seinen Sekretär: »Růžička!«

Der junge Mann sprang auf und schlug die Hacken zusammen.

»Bitte, Herr Chef?«

»Im Geschäft alles in Ordnung?«

»Zu Diensten, Herr Chef!«

»Briefe abgeschickt?«

»Ausgeführt, Herr Chef!«

»Hat jemand angerufen?«

»Niemand, Herr Chef.«

»Gu-ut ... Amüsieren Sie sich nur. Habe keine Einwände. Aber in ordentlicher Verfassung nach Hause kommen. Verstanden?«

»Verstanden, Herr Chef!«

Die Männer hüllten sich in ihre Regencapes, drückten sich die Hüte in die Stirn und entfernten sich. Dumpf stapften sie über die Holzbrücke, die den Flussarm überquerte. Hinter ihnen hörte man die Klänge des Orchestrions. Aus der Dunkelheit tauchte ein Mann auf und grüßte ehrerbietig. Sie erkannten Wagenknecht, taten aber so, als ob sie nichts gesehen hätten, und gingen schweigend nach Hause.

16

Vor dem Dom stand auf der einen Seite die Glatte Ančka, auf der anderen der schwachsinnige Hynek, zwei elende Karyatiden. In der Kirche dröhnte die Orgel, mehrstimmiger Gesang ließ die Bogenfenster erzittern. Der schwachsinnige Hynek stimmte mit seinem schwachen Stimmchen in das fromme Lied ein, und der Himmel öffnete sich für ihn. Der verblühte Kopf der Glatten Ančka wackelte auf ihrem dünnen Hals, und dazu murmelte sie mechanisch: – Gott vergelt's, Gott vergelt's. Über der Kirche, über der Bezirksstadt wölbte sich die blaue Farbe des Friedens, der klare Himmel mit ein paar unbeweglichen Wölkchen. Im kleinen Park vor der Kirche hüpfte eine Amsel auf dem Sandweg hin und her und verfolgte zwei Schmetterlinge, Pfauenaugen. Unter der breitgewölbten Linde döste eine Alte neben einem Korb Apfelsinen. Einige Frauen vom Lande in enggeschlossenen Joppen drängelten sich vor dem Domportal.

Ite missa est … Verstummt sind Orgel und Gesang. Aus der Kirche ergoss sich die Menge, ältere Herren mit gepflegtem Vollbart, nach Brillantine riechende Jünglinge, junge Damen mit sehr breiten Hüten, einer schlanken, durch eine Seidenschärpe zusammengezogenen Taille und langen Röcken; sie trippelten einher und schwangen dabei ihre ausladenden Hüften.

Auf der Hauptstraße, der Dr.-Alois-Fábera-Allee, fand die Promenade statt. Die Bürger bewegten sich sehr ungezwungen, stützten sich auf ihre Mohair-Regenschirme und grüßten mit einem weitausholenden Abnehmen des Hutes. Die jungen Damen stöckelten mit ihren hohen Absätzen über das Pflaster und schützten ihre milchweißen Gesichter ängstlich vor den Sonnenstrahlen. In diesem bunten Umzug konnte man auch Kamil, den Sohn des Kaufmannes Štědrý, erblicken. Er ging dort mit einer Dame spazieren, beugte sich zu ihr herab und sprach mit ihr stark näselnd wie ein verwöhntes Kind. Sein Hals war von einem gestärkten Stehkragen umschlossen, er schwang einen

Kavalierstock mit silbernem Knauf durch die Luft und blickte mit Wohlgefallen auf seine zitronengelben Halbschuhe mit den breiten Bändern.

Es hatte ihn viel Arbeit gekostet, den Vater zu überreden, ihn auf die Promenade zu lassen. Zuerst wollte der Kaufmann davon gar nichts hören. Er war der Meinung, dass ein Handlungsgehilfe ohne Stelle sich nicht unter den Leuten zeigen dürfe. Kamil bettelte, säuselte fortwährend, beschwor den Vater. Schließlich stellte sich die Mutter auf seine Seite. Was ist schon dabei, dann soll er halt ein wenig promenieren; man kann einen jungen Mann doch nicht ewig einsperren. Der Kaufmann ergab sich drein, die Mutter schloss den Schrank auf und gab die Feiertagskleidung heraus. Der Handlungsgehilfe zog schleunigst »Kasims Opanken« aus und feuerte sie in die Nische unter dem Ofen. Er zog ein glänzendes Sakko und sehr breite Hosen aus Pepitastoff an. Seine Augen streichelten voller Begeisterung die zitronengelben Halbschuhe. Sanft flüsterte er: – Meine lieben, lieben Schuhe, wie lange habe ich euch nicht gesehen …

Bevor er auf die Straße trat, inspizierte der Vater streng sein Äußeres. Der Sohn gefiel ihm nicht; seinen Aufzug hielt er für eine Provokation. Vor allem die Ecke des Taschentüchleins aus Spitze, die aus seiner Brusttasche ragte, reizte seinen Widerwillen. Er beruhigte sich erst, als Kamil das Tüchlein versteckt hatte; als er aber aus dem Blickfeld des Vaters verschwunden war, zog er es wieder hervor.

Die nach oben gerichteten Spitzen seines rötlichen kleinen Schnurrbarts verrieten, dass er für eine Weile an Selbstvertrauen gewonnen hatte. Er erzählte seiner Dame gerade vom lustigen Leben in der Stadt Olmütz und erklärte, dass er die Gesellschaft liebe. In der Bezirksstadt seien die Verhältnisse für einen Mann seiner Ansichten viel zu eng, er suche eine verwandte Seele. Über alles aber schätze er die Aufrichtigkeit. Das Fräulein kicherte und antwortete, dass jeder so sprechen würde, heutzutage aber könne man den Männern nicht glauben.

Die Dr.-Alois-Fábera-Allee mündete auf den Marktplatz, wo eine Reihe von Leiterwagen und offenen Kutschen vom Lande standen. Durchdringend quiekten die in Kisten eingesperrten kleinen Ferkel, und über den ganzen Platz konnte man das Gackern der Hühner und das Geschnatter der Gänse hören. Bauern in Festtagsjoppen ohne Hemdkragen standen vor aufgeschichteten Kohlköpfen und boten ihre Ware feil. Der Handelsvertreter Raboch streifte auf dem Markt umher und spähte mit seinen heimtückischen Äuglein nach Neuigkeiten, blieb bei den Männern vom Lande stehen, betastete die Ferkel wie ein Kaufinteressent und provozierte mit einem hinter seinem rot angelaufenen Gesicht verborgenen Grinsen die einfältigen Bauern.

Vor dem Laden des Kaufmannes Štědrý blieb ein hochgestiefelter Halbwüchsiger stehen und suchte sich bedächtig einen Griff für seine Peitsche aus. Er konnte sich aber nicht entscheiden, kaufte schließlich nichts und mischte sich dann unter die Markthändler. Der Kaufmann stopfte sich gerade seine Pfeife und blickte gedankenverloren in Richtung Bezirkshauptmannschaft. Man konnte aus seinem Blick erkennen, dass er glücklich wäre, wenn er auf dem Amt sitzen und gemütlich, ohne Hast, mit seiner kleinen, gut lesbaren Schrift etwas schreiben könnte. Er verfluchte sein Schicksal, das ihm befohlen hatte, hinter einem Verkaufspult herumzuwuseln, vor den Kunden zu buckeln und sich vor den Bauern zu erniedrigen; das widersprach seinem trübsinnigen, selbstverliebten Charakter. Er seufzte: – Ach, was ich … Vielleicht einmal der Jaroušek … Sein Herz klopfte schmachtend bei dem Gedanken, dass sein Sohn einmal in der mit Goldrosetten geschmückten Amtsuniform herumlaufen würde. Sein Sohn würde dann mit einer kalten, unpersönlichen Stimme sprechen, und die Bauern würden vor ihm katzbuckeln. Er sieht ihn, wie er auf der Nordseite promeniert, da, wo die Staatsbeamten spazieren gehen, der Richter, der Arzt und der Advokat, und manchmal sogar ein Offizier, der zu Besuch in die Stadt gekommen ist. Er wird mit ihnen laufen, ein Gleicher unter Gleichen …

Der Student Jaroslav verließ das Haus. Frau Štědrá rannte ihm hinterher. Ihr Gesicht zeigte Sorge und Anspannung. Sie beschattete ihre Augen mit der Hand und blickte ihm so lange nach, bis er in der Menge verschwunden war. Der Student spürte ihren Blick und schämte sich dafür, dass sie ihm hinterherblickte und Angst um ihn hatte. Seit seinen Kindertagen kannte er dieses Gefühl; seine Stiefmutter wollte nicht von seiner Seite weichen. Sie hatte Angst, ihn allein auf die Straße zu lassen, damit ihn nicht ein Pferd träte, nicht ein Wagen ihn überfahre oder ihm nicht etwa ein Rowdy etwas antäte. Sie wollte ihn bis zur Schule begleiten und seinen Ranzen tragen. Der Junge tobte vor Wut und wollte ihr den Ranzen aus der Hand reißen. Das wäre ja was! Was die Jungs wohl sagen würden, wenn sie sähen, dass er sich seine Lernsachen tragen lässt. Er untersagte ihr, ihm hinterherzuschauen. – Werde ich nicht mehr machen, Jaroušek, werde ich nicht, entschuldigte sie sich. Geh nur, ich werde nicht mal mit einem Auge hinterherschauen ... Kaum war er aber hinausgegangen, lief sie ihm schon hinterher: – Jaroušek, tu dir einen Schal um den Hals. Der Wind bläst ganz furchtbar, nicht, dass du dich erkältest.

Im Geiste nannte er sie nicht Mutter, sondern Haushälterin, weil sie nach Äpfeln roch wie die Haushälterin des Notars Dr. Tichay. Denn die Mama ... Manchmal hat er den Eindruck, sich an die leibliche Mutter sehr gut erinnern zu können. Manchmal sah er sie in Gedanken oder im Traum vor sich, sie war so sehr klein und hatte große braune Augen. Vielleicht war es auch jene winzige Frau mit langen Haaren, die mit ihm zusammen inmitten von Feldern gestanden und geseufzt hatte: – Schau doch mal, Jaroušek, wie schön es hier ist. Und dann ... genau, einmal hatte er von ihr einen Bonbon bekommen. Er sitzt auf dem Hof, den Bonbon zwischen den Lippen, saugt den süßen Saft ein, die Knie ganz dicht ans Kinn gedrückt, und kneift vor lauter Glückseligkeit die Augen zusammen. Er hatte nicht bemerkt, dass ein Huhn um ihn herumstakte; gierig wie ein Dieb sprang es auf ihn drauf und entriss ihm den Bonbon. Weinend war er fortgelaufen, um sich zu beschweren. Die winzige Mama hatte gelacht und ihm eine andere Süßigkeit gegeben.

Dann war die winzige Mama verschwunden. Der alte Lehrer streichelte ihm über seinen kurzgeschorenen Kopf ... Das war damals, als Soldaten in der Stadt waren ... Ja, genau, einer von denen hatte ihm erlaubt, das Bajonett aus der Scheide zu ziehen ... Der alte Lehrer streichelt ihm über den Kopf und murmelt: – Armer Junge, deine Mama ist gestorben ... Was heißt gestorben? Na klar doch, plötzlich war sie nicht mehr im Haus. Dort gab es das alte Sofa, wo sie immer gesessen hatte. Dann saß dort niemand mehr. Jaroslav suchte sie verzweifelt. Die winzige Mama aber wurde immer kleiner, bis sie so klein war wie eine Puppe, deren Kleidchen die Farbe wechselt, wenn sich eine Wetteränderung ankündigt. Er war sich jedoch sicher, die Mama wiederfinden zu können. Und wenn die Männer vom Spediteur Wachtl im Laden eine Kiste mit Waren gebracht und abgestellt hatten, dann stand er ganz aufmerksam daneben und passte auf, wenn der Vater den Deckel öffnete. In diesen Kisten waren nämlich allerlei Märchenbücher und auch Puppen. Es war nicht ausgeschlossen, dass auch die winzige Mama darunter sein würde. Sie war zwar nie dort drin, der Junge aber war sich sicher, dass die Männer vom Spediteur Wachtl sie unterwegs irgendwo hatten herausfallen lassen.

17

Der Markt ging seinem Ende zu, die Bauern beluden ihre Wagen mit Gemüse und quiekenden Ferkeln, die Dorfjugend setzte sich auf ihre Fahrräder, und die Kutschen setzten sich in Bewegung. Über die Dr.-Alois-Fábera-Allee allerdings zog ganz gemächlich eine Gruppe plappernder junger Frauen und aufgedrehter junger Männer. Der Student erblickte Herrn Pecián, begleitet von seiner Braut Zdeňka, der Tochter des Kastellans. Der magere Postmeister trug seinen Kopf hoch über der Menge und geleitete seine Verlobte so vorsichtig wie ein Gefäß mit einer kostbaren Flüssigkeit. Jaroslav bemerkte, dass die rosige und pummelige Zdeňka ihm mit den Augen ein Zeichen gab. Er blieb stehen und wartete. Als sie an der Apotheke vorbeikamen, ließ der Postmeister seine Braut stehen, um dort seine Freunde aufzusuchen. Die Tochter des Kastellans eilte zum Studenten hinüber und sagte ganz aufgeregt: »Jaroušek, ich bitte Sie, kommen Sie heute Abend zum Schloss, ich muss Ihnen etwas sagen, etwas ganz Wichtiges. Sie kommen doch?«

Der Student bejahte es.

»Sie kommen aber wirklich? Nicht, dass Sie nicht kommen, ich muss, ich muss ganz dringend mit Ihnen sprechen, versprechen Sie mir schnell, zu kommen, er wird jeden Augenblick wieder zurück sein, ich will nicht, dass er sieht, dass ich mit Ihnen spreche, das würde vielleicht wieder eine Predigt geben ... Sie kommen also bestimmt?«

Der Student nickte.

»So nicht«, forderte Zdeňka, »das reicht nicht. Sie müssen mir Ihr Ehrenwort geben.«

»Also mein Ehrenwort.«

»Bei Ihrer Seele müssen Sie schwören!«

»Bei meiner Seele.«

»So ist es recht. Ich bin ja so froh ... Da kommt er. Er sucht nach mir. Gehen Sie weg, Jesses, was stehen Sie noch herum? Jetzt ist es passiert. Er hat mich gesehen ... Das ist Ihre Schuld ...«

Herr Pecián näherte sich und bemächtigte sich seiner Verlobten mit einem Ausdruck, als nehme er sie fest. Er richtete den Kneifer auf seiner Nase und warf einen finsteren Blick auf den Studenten.

Durch die Menge lief ein Herr mit offenem Hemdkragen, barhäuptig und mit nackten Knien. Er sprang in seinen kurzen Pfadfinderhosen flink herum, als ob er ein munteres Knäblein sei und kein Professor der achten Rangklasse. Er blieb vor dem Schaufenster des Buchhändlers Oktávec stehen und schaute sich die ausgestellten Publikationen an. Das Schaufenster beherbergte verblichene Ratgeber über das Obsteinkochen, einige Hefte Indianergeschichten mit bunten Illustrationen, Mädchenromane der Čárská, einen antiquarischen Band der »Drei Musketiere« mit sichtbaren Fingerflecken, Landkarten der Region, Druckbögen und Schulbedarf.

Der Buchhändler Oktávec, die Doppelflinte über der Schulter, verließ gerade in Begleitung seines Dackels den Laden. Der Professor Pošusta hielt ihn an und fragte, ob er nicht das Buch »Werk und Seele« des Schriftstellers F. X. Šalda vorrätig habe. Der Buchhändler wunderte sich, da er das Buch nicht kannte und von einem Schriftsteller dieses Namens noch nie etwas gehört hatte. Er versprach allerdings, das Buch zu bestellen. Er pfiff nach seinem Hund und verabschiedete sich. Nach einigen Schritten drehte er sich um und maß den Professor mit einem argwöhnischen Blick.

– Sieh mal einer an, murmelte dieser Blick, ich habe gehört, dass er zu Hause Bücher vom Fußboden bis zur Decke hat. Lauter Bücher liegen da herum. Und hat immer noch nicht genug davon, will immer nur über den Büchern herumhängen ... Bei uns wirst du dir keine Neuerungen ausdenken. Wir wissen selbst, was wir wollen ...

Er verurteilte im Einvernehmen mit der gesamten Bezirksstadt den Professor, weil dieser von woanders kam, weil er viel zu schnell ging, obwohl ihm sein Rang eigentlich gebot, gemächlich zu schlendern; weil er nichts auf dem Kopf trug und ungepflegt herumlief, weil er sich bemühte, bei den Studenten beliebt zu sein, und weil er seine fortschrittlichen Ansichten ostentativ vor sich herzutragen pflegte. Besonders verübelte man ihm, dass er mit einigen Schülern in die Berge gegangen war, um dort Markierungen für Wanderwege anzubringen. Vor ihm war noch nie jemand in den Bergen gewesen. Ausflüge machte man in den nahegelegenen Wald, die Schüler schritten dort paarweise umher, und jeder hatte ein Butterbrot dabei. Nach seinen eigenen Worten wollte der Professor neue Wege ebnen und Fenster öffnen, damit frische Luft in die Stadt strömen könne. Außerdem wollte er nicht an der Fronleichnamsprozession teilnehmen. Der pensionierte Postmeister wusste, dass der Professor Mitglied einer Freimaurerloge war, die ihn angewiesen hatte, die Jugend zu verderben sowie Thron und Altar zu stürzen.

Der Handlungsgehilfe Kamil ging unterdessen unermüdlich in seinen übergroßen Hosen und seinem glänzenden Sakko spazieren; er schlug mit dem Rohrstock durch die Luft, fasste sich ständig an die Krawatte mit ihren changierenden Farben und zog immer wieder die gestreiften lilafarbenen Manschetten hoch. Man konnte ihm ansehen, dass er eine kindische Freunde an seinen Hosen aus Pepitastoff hatte und begeistert war von seinen zitronengelben Halbschuhen und seinem rötlichen Schnauzbärtchen. Ständig beugte er sich zu seiner Dame herab und quasselte dabei tratschsüchtig und unersättlich. Als er seinen Bruder sah, zeigte er mit dem Rohrstock auf ihn, und der Student konnte hören, wie er dem Fräulein sagte: »Das da ist mein Bruder, der Doktor.« Jaroslav schämte sich für den todschicken Handlungsgehilfen und ging nach Hause. Im Laden traf er nur den Vater an, weil sich die Mittagsstunde näherte und alle Kunden bereits gegangen waren. Der Kaufmann stand am Fenster, an dem ein Schwarm Wespen summte, die gerade die Fensterscheibe attackierten, um an die frische Luft zu kommen. Eine

Schere baumelte in seiner Hand; er verfolgte die Wespen. Auf seinem Gesicht konnte man eine kindische Freude sehen, wenn es ihm gelang, eine Wespe durchzuschneiden. Jetzt drehte er sich zum Sohn um und meldete: »Wieder eine. Denen zeig ich's. Woher kommen plötzlich all diese Biester?«

Der Student verspürte wieder eine quälende Traurigkeit über seinen Vater und dessen verfallenes Gesicht mit dem gelblichen Schnauzbart, auch weil dieser sich so darüber freute, dass er eine Wespe erlegt hatte, ja, dass er sich überhaupt noch über etwas freute, obwohl er doch bald sterben musste. Und er wollte etwas Freundliches sagen, was den Alten erfreuen würde; er suchte das geeignete Wort, fand es aber nicht. Nach einer Weile sagte er: »Da haben bestimmt die Bonbons die Wespen angezogen ...«

Der Kaufmann, hocherfreut, dass der Student etwas geantwortet hatte, erwiderte lebhaft: »Sicherlich, so ist es, die Bonbons. Da hast du recht, Jaroušek, die Bonbons. Die mögen nämlich Süßes, weißt du, Jaroušek, im Sommer gibt es eine Menge Wespen, im Herbst aber nimmt das ab ...«

Frau Štědrá hatte in der Küche das Gespräch gehört und schlich sich leise in den Laden. Sie stand dort, die Hände über dem Bauch gefaltet, und in ihrem Gesicht erstrahlte ein glückliches Lächeln. – Jaroušek spricht mit dem Papa. Dem Herrgott sei Dank! Ein braver Junge! So eine Freude hat er dem alten Vater gemacht ...

18

Der Abend hatte sich durch die Tore der Bezirksstadt geschlichen und den satten Geruch aus den Feldern mitgebracht, die aufgewärmt waren wie ein Brotbackofen. Man saß vor dem Haus des Kaufmannes Štědrý und stierte sich gegenseitig an. Über dem Dach der Bezirkshauptmannschaft blinkte ein einzelner Stern; er zitterte wie eine entfernte Laterne, die vom Wind geschüttelt wird. Neben den Kaufmann hatte sich seine Frau gesetzt, daneben saß Frau Rabochová, die Vorsitzende des »Cercle français«. Auch Herr Raboch mit seinen rot angelaufenen Bäckchen, die den Eindruck machten, hinter ihnen würde sich ein verborgenes Lachen ansammeln, hatte sich eingestellt. Er klimperte mit Kleingeld in der Tasche herum, und in seinem heimtückischen Gesicht lag ein satter, zufriedener Ausdruck. Die Promenade summte. Auf der Nordseite gingen diejenigen spazieren, denen es bestimmt war, über die Stadt zu herrschen. Auf der gegenüberliegenden Seite vergnügten sich die Handwerksburschen, Studenten und Handwerkertöchter. Und mitten auf dem Platz, über die gepflasterte Diagonale, wiegten sich die Israeliten. Unter ihren steifen Hüten trugen sie ihre geschäftlichen Sorgen. Das Leben in der Bezirksstadt war geordnet wie der Wechsel der Jahreszeiten. Niemals kann sich die nördliche Promenade mit der lauten Promenade der Handwerker und Studenten vermischen, ebenso wenig wie der Winter mit dem Sommer. Und von diesen beiden Teilen wird die gepflasterte Diagonale auf ewige Zeiten geschieden sein.

Wenn der Kaufmann auf seinem Stuhl saß, reiste er immer gern ins Ausland. Das Ausland begann für ihn wie für die anderen Bewohner am hundertsten Meilenstein hinter der Stadtgrenze. Das Leben in der Bezirksstadt war das echte Leben, alles andere war Täuschung und Trug. Der Kaufmann erzählte, dass in England gerade Miss Pankhurst eingesperrt worden sei, die Führerin der Suffragetten. Dazu nickte er mit dem Kopf und zeigte sich besorgt, ob daraus nicht etwas Schlimmes erwachsen könne. Herr Raboch schüttelte sich; der Gedanke, dass Frauen das Wahlrecht haben sollten, belustigte ihn. Er ließ den Suffragetten nach England seinen Unwillen bestellen und erklärte, dass er eine Frau lieber im Bett sehe als in der Politik. Seine Frau zeigte sich darüber empört, Herr Raboch aber musste laut lachen. Er zwang dann seine Frau, unanständige Ausdrücke ins Französische zu übersetzen. Frau Rabochová drohte damit, wegzugehen, wenn er weiter so reden würde. Herr Raboch aber erklärte, dass man sich nicht für etwas schämen müsse, was man gut beherrsche.

Über den Marktplatz huschte Viktor, eine Schiebermütze auf seinem runden Kopf und eine Ziehharmonika mit einem Gurt über der Schulter. Er schlich sich an ein Dienstmädchen heran und kniff es in die Seite. Das Mädchen kreischte, und Viktor musste laut lachen. Dann eilte er auf seinen kurzen, kräftigen Beinen weiter und verschwand in einer Gastwirtschaft. Der Kaufmann wurde nachdenklich, und seine Frau machte eine unzufriedene Bewegung. Gelungen war er ihnen nicht gerade, dieser Sohn. Als man in der Stadt das elektrische Licht einführte, pilgerte er von einer Glühbirne zur anderen und schaute sich voller Begeisterung die darin glühenden Drähte an. Er schloss sich einer Gruppe von Monteuren in blauen Arbeitshemden an und bewunderte sie, wenn sie einen Draht aufzogen oder aber beim Metzger unglaubliche Mengen von Würstchen aßen. Er träumte davon, dass er auch einmal Monteur sein und der Metzger ihm aus dem Kessel ein Würstchen nach dem anderen ziehen würde. Er stand auch immer unter dem Eisenbahnviadukt und bebte vor wonniger Angst, wenn der Zug über seinen Kopf hinwegdröhnte. Alle Maschinen zogen ihn unwiderstehlich an; er kletterte über die Mauer der Fabrik und blickte sehnsüchtig durch das Fenster auf das glänzende, sausende Schwungrad. Er spielte mit Werkzeugen, reparierte elektrische Klingeln und versuchte, mit einer tiefen Bassstimme zu fluchen wie die Arbeiter.

– Ich habe ihn auf eine Lateinschule geschickt, seufzte der Kaufmann, aber geführt hat das zu nichts. Damit habe ich nur Geld rausgeschmissen. Wenn er wenigstens von hier fortziehen würde, dahin, wo ihn keiner kennt.

Er bemerkte, wie Herr Raboch Viktor beobachtete, und entdeckte in dessen Augen das Aufblitzen von schadenfroher Zufriedenheit. Der Handelsvertreter erriet die Gedanken des Kaufmanns und erklärte scheinheilig, dass man sich nicht schämen müsse, wenn der Sohn ein Arbeiter sei; vielleicht würde auch Viktor seinen Weg finden und ein Vermögen erwerben.

»Ich bin auch«, so sprach er, »ganz arm in diese Stadt gekommen, nur mit einem kleinen Bündel voller Habseligkeiten. Und siehe da – ich habe mich emporgearbeitet. Heute kann ich jedem in die Augen sehen.«

Der Kaufmann, um vom Arbeiter Viktor abzulenken, begann wieder, von öffentlichen Angelegenheiten zu sprechen. Er sprach vom kranken Mann am Bosporus. Er äußerte die Angst, dass die Türkei ins Wanken geriete. Und die Großmächte? Veröffentlichen ständig nur irgendwelche Noten und Memoranden wegen Skadar, dieser albanischen Stadt. Was das wohl zu bedeuten hätte?

Herr Raboch vertrieb alle Sorgen mit einer wegwerfenden Handbewegung. Er fertigte den kranken Mann am Bosporus mit einem verächtlichen Wort ab und erhob sich persönlich über Skadar, diese albanische Stadt. Was einen denn die Türkei anginge? Und er begann, von sich selbst zu sprechen. Worüber auch immer gesprochen wurde, er brachte das Gespräch stets auf sich selbst. Die Großmächte sollten sich ruhig darum kümmern, wie sie die orientalische Frage lösen. Wir hier haben, Gott sei Dank, genug eigene Sorgen. Herr Raboch hatte sich auch Sorgen machen müssen. Als er noch arm gewesen war, hatte ihm keiner etwas gegeben. Jetzt aber hat er all das nicht mehr nötig.

»Und was ist mit Herrn Kamil?«, fragte er begierig. »Hat der Herr Kamil schon eine Stelle?«

»Hat er nicht«, sagte missmutig der Kaufmann.

»Warum sucht er sich denn nichts?«

»Aber er sucht doch ... Jetzt sind aber so schwere Zeiten. Im Handel herrscht Krise, und man kann nirgendwo etwas finden.«

Er begann, über die schweren Zeiten zu jammern. In Prag hatte es Demonstrationen gegeben, weil man die Bierpreise erhöht hatte. In Frankreich hatten sich die Winzer erhoben. Die Arbeiter fordern den Achtstundentag. Und der eigene Sohn hat keine Stelle ...

»Ich in seinem Alter«, unterbrach ihn Herr Raboch, »hatte da schon ein ganz schönes Vermögen. Die heutige Jugend ist da allerdings ganz anders.« Und er wundere sich, warum denn der Herr Štědrý sich nicht an ihn gewandt habe. Er kenne doch viele Leute. Nur ein Wörtchen genügt, und er hat den Handlungsgehilfen irgendwo untergebracht.

Der Student Jaroslav verließ das Haus und versuchte dabei, sich unbemerkt vorbeizuschleichen, um nicht in ein Gespräch verwickelt zu werden. Die Stiefmutter aber bemerkte ihn und rief ihn herbei. Hat denn der Jaroušek etwas zu Abend gegessen? Er hat keinen Hunger? Sie wird ihm ein Stück Buchtel bringen, sie hat es ihm extra aufgehoben. Jaroslav murmelte ein Dankeschön.

Herr Raboch aber rief wohltönend: »Ah, der Herr Student! Was hat er uns denn zu erzählen, der Herr Student?«

Jaroslav errötete im Dunkeln. Er errötete immer, wenn er sich mit einem Erwachsenen unterhalten sollte. Er war diese kindliche Scheu noch nicht losgeworden und ärgerte sich über sich selbst. Er spürte die Augen der Mutter, die baten: – Jaroušek, sag doch etwas. Mach dem Vati eine Freude. Sie möchte, dass Jaroslav vor Herrn Raboch eine gute Figur abgibt.

Herr Raboch lärmte: »Sie allerdings sind gebildet, und wir sind ungebildet. Wenn ich höhere Schulen besucht hätte, wo könnte ich da heute sein. Aber mein Vater hatte kein Geld für irgendwelche Studien. Also musste ich mich ganz allein hocharbeiten. Was ich heute bin, verdanke ich nur mir selbst. Von keinem habe ich irgendetwas bekommen.«

Der Student will sich unbemerkt entfernen. Behutsam schleicht er zur Seite, einen Schritt, zwei Schritte ... Er duckt sich und verschwindet in der Dunkelheit. Vielleicht reden sie jetzt über etwas anderes und bemerken seine Abwesenheit gar nicht. Der Vater jedoch schaut ihn flehend an: – Jaroušek, sprich doch über etwas. Vielleicht über die albanische Stadt Skadar. Worauf werden sich die Großmächte einigen? Schnell, sag was, damit du Herrn Raboch erstaunst. Wir müssen dessen Überheblichkeit etwas abkühlen. Raboch freut sich bösartig darüber, dass ein Sohn keine Arbeit hat und der andere unter die Arbeiter gesunken ist. Der wird noch sehen! Auch die Mutter bittet: – Sag etwas, sag ganz viel, frank und frei, so wie andere es tun.

– Ach, was soll's!, beschloss der Student. Ich grüße nur kurz und gehe dann. Mir ist alles egal. Warum stehe ich hier bloß herum? So, werte Gesellschaft, guten Abend wünsche ich und darf mich empfehlen. Und fertig.

Der Gruß gefror ihm jedoch in der Kehle. Er kann nicht und kann nicht. Schon als Kind hat man immer auf ihn eingeredet: Und schön grüßen! Wie sagt man? Er wurde gescholten, weil er angeblich ein böser und unartiger Junge war. Schau dir mal die anderen Kinder an, wie schön die grüßen können. Schämst du dich denn gar nicht? Er schämte sich sehr und nahm sich vor, sich zu bessern. Häufig verzog er sich auf den Hinterhof, und wenn er sich davon überzeugt hatte, dass ihn keiner hören konnte, dann rief er den Hühnern im Hühnerstall zu: Küss' die Hand, gnädige Frau! Wie geht es Ihnen, gnädige Frau? Und – die Familie ist wohlauf?

– Jetzt werde ich wohl hierbleiben müssen, denkt er traurig. Ich schaffe es nicht, mich zu verabschieden. Da aber erscheint plötzlich der Sekretär Růžička. Er nimmt den Hut ab, verbeugt sich und scharrt mit den Füßen. Süßlich wünscht er einen guten Abend. Die Grußworte prasseln aus ihm heraus wie Getreide aus einem angeschnittenen Sack. Ein glücklicher Mann! Dem fällt es nicht schwer, zu erscheinen und flink wieder zu verschwinden.

Herr Raboch brüllte: »Růžička! Im Büro alles in Ordnung?« – und blickte voller Stolz auf die Gesellschaft. Der Sekretär schlug die Hacken zusammen und meldete militärisch: »Alles in Ordnung, Herr Chef!« Dann ergriff er den Studenten am Arm, verbeugte sich abermals formvollendet und kündigte an: »Wir müssen jetzt einen kleinen Spaziergang machen, habe die Ehre, eine gute Nacht wünsche ich.«

Beim Fortgehen konnte man hören, wie Herr Raboch ausführte: »Hat die Handelsakademie mit Auszeichnung absolviert. Kennt alle Sprachen aus dem Effeff. Helles Köpfchen! Dennoch muss ich mir den mal so richtig zur Brust nehmen. Diese jungen Leute von heutzutage …«

»Soos'ts!« gähnte der Kaufmann.

19

Die beiden Burschen schritten zum Schloss. Im gräflichen Park irrte der Notar Dr. Tichay umher, den Sommermantel zugeknöpft und den Kopf gesenkt. Sein eiliger, niedergedrückter Schritt verriet, dass er gerade in schöpferischer Begeisterung gefangen war. Er dichtete etwas für das örtliche Wochenblatt. Zwei Verse hatte er schon fertig: »Ich hab' erblickt der Aeroplane Flug, liebkosen wollt' ich die Maschine ganz«. Sie meinten, den unruhigen Schatten des Verwalters Wagenknecht zu erblicken. Er schlich, wie ein Schakal durch die Wüste schleicht, und hielt Ausschau nach Unregelmäßigkeiten.

Sie schoben die Berberitzensträucher beiseite, die das Schlosstor verdeckten. An der Auffahrt zum Schloss saßen auf einer niedrigen Mauer zwei junge Mädchen. Zdeňka, die Tochter des Kastellans, und Marie, die Tochter des Hutmachers. Sie rauchten Zigaretten. Ein junger Mann in bestickter Hemdbrust stand über ihnen und breitete die Arme aus. Es war der Lehrer Král, immer von irgendetwas begeistert und von modernen Ideen entflammt.

Gerade phantasierte er davon, dass eine Zeit kommen werde, in der die gesamte Menschheit in einer Sprache sprechen würde und es keine Grenzen mehr gäbe. Die Menschen würden einträchtig an einem besseren Morgen arbeiten.

Er empfing die neuen Ankömmlinge mit einem freudigen Ruf: »Da seid ihr ja! Hurra! Ich habe gerade erzählt, dass Esperanto die Sprache der Zukunft ist, Mariechen hier aber will sich mit mir streiten.«

»Ich habe doch kein Wort gesagt«, knurrte Marie verächtlich, »und außerdem bin ich für Sie kein Mariechen.«

»Ist ja gut, ist ja gut«, beschwichtigte sie der junge Lehrer, »das Problem liegt nur darin, dass ... Sag du es ihnen doch bitte, Růžička. Oder aber du, Jarda. Ihr beide habt ja die Gabe der Beredsamkeit, und eure Gedanken haben Flügel. Ihr versteht es, eure Worte zu einem harmonischen Ganzen zu fügen.«

Der Student antwortete nicht und setzte sich neben Zdeňka. Der Sekretär setzte sich auch und fing an, mit einem Taschenmesser an einer Gerte herumzuschnitzen. In der Dunkelheit leuchteten von Zeit zu Zeit die brennenden Zigaretten auf. Marie rümpfte die Nase und stieß den Rauch mit Unlust aus. Sie hatte Kopfschmerzen, rauchte aber dennoch mit einer Art wütender Freude. Sie rauchte nur, damit man nicht sagen konnte, sie sei ein häusliches Aschenputtel. Denn man hatte ihr das Rauchen zu Hause verboten, weil das Rauchen in der Stadt als besondere Unsitte leichter Frauenzimmer angesehen wurde.

– Und wennschon! Sollen sie doch! Die sollen sagen, was sie wollen, brütete sie erbost vor sich hin, ich habe keine Angst vor ihnen … Ich wollte als Krankenschwester in den Balkankrieg ziehen, und ihr habt mich nicht gehen lassen. Weil es sich angeblich nicht gehört und wegen was sonst noch. Dafür werde ich jetzt qualmen wie ein Zigeuner am Feldrain. Bis ihr euch schwarzärgert!

Zdeňka schmiegte ihre Wange an die Schulter des Studenten. »Jaroušek, Jaroušek …«, flüsterte sie sehnsuchtsvoll, »ich bin so froh, dass Sie gekommen sind. Ich habe so viel zu erzählen …«

»Was denn?«, fragte Jaroslav.

»Alles, alles … Mein ganzer Kopf ist voll davon. Sie müssen mir einen Rat geben. Sie sind doch so lieb …«

Der junge Lehrer warf seinen blonden Haarschopf in den Nacken und schwärmte davon, wie gern er in Prag wirken würde, im Zentrum der Kultur. Sich in den Wirbel des Lebens zu stürzen! Fort aus diesen stehenden Gewässern! Teilnehmen am öffentlichen Leben und an allem Geschehen …

»Als ob dort man auf Sie warten würde«, bemerkte Marie giftig.

»Sie sind böse zu mir«, seufzte der Lehrer, »und dabei verehre ich Sie doch so. Ich würde Sie auf ein Piedestal stellen und zu Ihnen hinaufschauen wie zu einer Heiligen.«

»Darum habe ich Sie bestimmt nicht gebeten, Sie Schönschwätzer. Lassen Sie mich!«

Lehrer Král verstummte beleidigt. Der Sekretär schnitzte an der Gerte gerade eine Spirale und sang vor sich hin: »Meine liebste Baruschka ...«

Zdeňka drückte sich an den Studenten, ihre Locken kitzelten ihn an der Wange, und sie flüsterte: »Wenn Sie nur wüssten, was ich Ihnen alles sagen möchte. Es ist so viel, dass ich gar nicht weiß, wo ich überhaupt anfangen soll.«

»Dann sprechen Sie doch einfach«, forderte der Student sie auf.

»Hier kann ich es nicht«, raunte sie geheimnisvoll, »aber wissen Sie was? Kommen Sie morgen um drei Uhr zur kleinen Kapelle. Werden Sie kommen?«

Der Student versprach es.

»Ganz sicher?«, drängte sie. »Sie sagen das doch nur so. Und dann kommen Sie gar nicht.«

»Ich werde kommen.«

»Ehrenwort?«

»Ehrenwort.«

»Schwören Sie bei Ihrer Seele.«

Der Lehrer Král fing wieder an. Er sprach über Machar, über die Gedichte von Bezruč, von der heiligen Inquisition, dem finsteren Mittelalter, der Antike, dem Christentum und dem Verhältnis der tschechischen Nation zu Rom. Er hing mit ergebenem Blick an Marie, der Tochter des Hutmachers, und verkündete hochheilig, dass er für die Gleichberechtigung der Frau kämpfen würde.

Marie beobachtete mit scheelem Blick, wie sich Zdeňka an den Studenten schmiegte. Sie empfand Wut und Trauer. Mit einer heftigen Bewegung warf sie die Zigarettenkippe fort. Das Flämmchen leuchtete auf wie eine Rakete und fiel dann ins Gebüsch.

Der Lehrer warf seinen Haarschopf hin und her, fuchtelte ausladend mit den Armen, wetterte gegen den Militarismus und sehnte sich nach der Verbrüderung der Menschheit. Die Ehe wird eine freie sein, und die Liebenden werden Hand in Hand gemeinsam durch das Leben schreiten.

»Das falsche Luder, das falsche«, flüsterte die Tochter des Hutmachers. »Schau einer an, wie sie sich an ihn drückt. Und dabei war ich es, die die beiden bekannt gemacht hat. Dumm bin ich, ganz dumm ... In einigen Tagen wird sie heiraten und schmeißt sich jetzt an den Studenten ran.«

»Die Frau«, brüllte der Lehrer, »sei dem Manne kulturell, rechtlich und politisch gleichgestellt! Ich werde mich für die Ideale des Fortschritts stark machen!« Er packte Marie an den Händen und drückte diese begeistert.

»Wir beide ...«, stammelte er, »wir beide gemeinsam ... Seit' an Seit' gegen die Vorurteile ...«

Marie erhob sich ganz plötzlich.

»Lassen Sie das ... Sie ... Sie ...« Sie suchte nach einem Ausdruck, der giftig genug war. »Sie Konservativer ... Sie klerikale Hydra!«

Der Lehrer erbebte. »Ich ... ich ... soll ein Konservativer sein, ich?«

Er fing fast an zu weinen. So eine Beleidigung! »Das habe ich nicht verdient, dass Sie mir das sagen«, schluchzte er, »und ich habe immer an Sie geglaubt. Sie haben mir den Todesstoß versetzt ...«

Marie lief fort, ohne sich zu verabschieden. Der Lehrer lief ihr nach.

»Wertes Fräulein«, brüllte er in die Dunkelheit, »geben Sie mir meine Bücher zurück. Sie haben von mir noch die ›Kreuzungen‹, die ›Schwarzen Jäger‹ und die Broschüre ›Zehn Jahre gegen den Strom‹. Ich wollte sie Ihnen zur Erinnerung eigentlich schenken, wenn Sie aber so sind, dann bin ich auch so. Sonst wäre ich ja alle Bücher los.«

Der Sekretär Růžička war mit seiner Gerte beschäftigt und achtete auf nichts. Zdeňka flüsterte dem Studenten zu: »Also morgen bei der kleinen Kapelle. Um drei Uhr. Aber ganz, ganz sicher! Wenn Sie nicht kommen, dann wird etwas ganz Furchtbares geschehen. Aber jetzt muss ich gehen, sonst setzt es was vom Papa. Herr Král«, wandte sie sich an den Lehrer, »Ihre Bücher habe ich. Marie hat sie mir ausgeliehen.«

»Sieh einer an!«, tobte der Lehrer. »Mich beschimpft sie, aber meine Bücher verleiht sie weiter. Diese Giftschlange! Mir ist alles klar. Ich muss jetzt durch die ganze Stadt laufen, um meine Bücher zurückzubekommen.«

Zdeňka verschwand im Schlosstor. Die Jünglinge erhoben sich. Im Park beschnüffelte ein herrenloser Hund die Baumstämme. Der Sekretär Růžička schwang seine Gerte und pfiff vor sich hin. Die Stadt schlief, nur die Fenster der Gastwirtschaften waren noch hell erleuchtet.

»Jungs, lasst uns in die Kneipe gehen«, schlug der Lehrer vor. »Wir trinken dort ein Bier und gehen dann ins Bett.«

»Eins würde ich trinken«, stimmte der Sekretär zu.

»Ich gehe nach Hause«, sagte der Student.

»Geh nur«, forderte der Lehrer ihn auf. »Mein lieber Freund, hast du ein Glück! Was die Weiber bloß an dir finden? Neidisch bin ich aber nicht auf dich. Die Liebe der Frauen ist nur Trug. Sie ist nichts wert. Wenn die wirklich das Wahlrecht bekämen, na, das wäre ja was. Theoretisch bin ich dafür, aber praktisch lässt sich das nicht machen. Ich muss jetzt in die Kneipe, um auf andere Gedanken zu kommen. Olda, du kommst doch mit, oder? Du bist ein treuer Freund. Zusammen werden wir einen Kelch des schäumenden Trunkes zu uns nehmen. Ich muss dir von meinem Leben erzählen ...«

»Aber klar doch«, antwortete der Sekretär.

»Stell dir mal mein Leben vor. Sechs waren wir zu Hause. Denkst du, ich hatte mal Ferien? Von wegen! In den Schulferien musste ich auf dem Feld malochen ...«

»Erst in der Kneipe«, unterbrach ihn der Sekretär, »in der Kneipe erzählst du mir alles, hier hat das keinen Sinn.«

20

»Soos'ts«, gähnte der Kaufmann. Die Rathausuhr schlug die zehnte Stunde. Herr Raboch samt Gattin verabschiedete sich. Das Dienstmädchen trug die Stühle ins Haus. Auf der Türschwelle leckte der Kater gerade sein Fell, um sich so auf sein nächtliches Herumstromern vorzubereiten. Der Kaufmann packte ihn, trug ihn auf den Hof und schloss ihn im Hühnerstall ein.

»Schön hiergeblieben und Wache gehalten!«, befahl er. »Hier wimmelt es von Ratten, der Herr Kater aber machte es sich gemütlich.«

»Ein schlechter Kater«, sagte er zu seiner Frau.

»Ein schlechter Kater«, stimmte Frau Štědrá zu, »so ganz ohne Pflichtbewusstsein. Wann Zeit zum Mittagessen ist, das weiß er nur zu gut, aber sonst achtet er auf nichts …«

»Ein schlechter Kater«, sagte er zu seiner Frau und kramte im Schrank herum. »Wo habt ihr mir das Buch hingetan? Ordnung sollte doch … Alles geht bei uns verloren!«

Er fand das Buch »Fünf Wochen im Ballon« nicht, nahm stattdessen den Band des Konversationslexikons mit den Stichwörtern »Alqueire«–»Ažušak« und vertiefte sich in die Lektüre.

Das Buch »Fünf Wochen im Ballon« hatte gerade der Handlungsgehilfe Kamil beiseitegelegt. Er verschränkte seine Arme hinter dem Kopf und sann vor sich hin. Er träumte davon, »Kasims Opanken« irgendwohin verschwinden zu lassen. Er wird sie in den Wassergraben schmeißen. Der geizige Kaufmann Kasim wird nach ihnen suchen, aber das Wasser wird die Opanken bis ins Meer forttragen. Dann wird er wieder seine zitronengelben Halbschuhe anziehen dürfen.

Er sinnt darüber nach, wie er den geizigen Kaufmann Kasim für all die ihm angetane Schmach beschämen wird. Eines Tages wird am Marktplatz eine herrliche Kutsche ankommen, gezogen von einem Gespann edler Rappen. In der Kutsche sitzt, wie man sich denken kann, Kamil, der große Millionär. Der geizige Kaufmann Kasim läuft aus dem Laden und jubelt:

– Du bist also gekommen, mein lieber Kamil? Da freue ich mich aber. Komm doch rein!

Der Millionär Kamil allerdings hebt die Brauen und sagt mit langgezogenem Erstaunen:

– Wer sind Sie denn, mein Herr? Ich kenne Sie nicht.

– Wie kannst du mich nicht kennen? Ich bin doch dein Vater.

– Ich habe gar keinen Vater. Ich kenne nur einen geizigen Kaufmann, der mich zwang, scheußliche Opanken zu tragen, so dass ich mich deswegen schämen musste.

– Aber das ist doch schon lange her, redet sich der Vater heraus.

– Lange her oder nicht, das hätten Sie nicht tun dürfen. Das kann ich Ihnen nicht verzeihen. Das war eine grobe Beleidigung, werter Herr.

Er befiehlt seinem Kutscher, zu dem Hotel zu fahren, in dem er zu nächtigen gedenkt. Frau Štědrá schlägt die Hände zusammen und jammert. – Er wird im Hotel absteigen, als hätte er zu Hause nicht genug Platz. So eine Schande! Was werden die Leute dazu sagen?

Der Handlungsgehilfe schüttelt sich vor Freude bei dem Gedanken daran, wie die Stiefmutter sich quälen wird.

– Geschieht euch ganz recht, sagt sich Kamil voller Rache. Ihr habt vor mir das Brot weggeschlossen. Ihr habt mir nicht zu essen gegeben, wie es sich gehört.

Viktor trat ins Zimmer, und Kamil begrüßte ihn mit den Worten: »Ich bedauere nicht dieses sich dem Ende zuneigende Sein; mein Leben gehört Gott!«

Darauf Viktor: »Habt weiterhin Hoffnung; wir sind bei Ihnen. Wir werden Sie vor dem Tode bewahren, genauso wie wir Sie der Folter entrissen haben.«

Kamil erwiderte: »So viel verlange ich vom Himmel gar nicht. Gelobt sei der Herr, der es mir vergönnte, vor meinem Tode die

Hände von Freunden zu drücken und die Zunge meines Vaterlandes zu hören.«

Beide kannten nämlich den Roman »Fünf Wochen im Ballon« auswendig.

Viktor setzte sich auf den Bettrand, zog aus der Tasche einen
Brotkanten, schnitt mit einem Klappmesser ab und kaute.

Der Handlungsgehilfe streckte die Hand aus: »Gib her!«

»Da, Bruderherz!« Viktor gab ihm ein Stück Brot mit Selchfleisch.

Der Bruder dankte mit den Worten von Jules Verne: »Danke,
meine tapferen Freunde! Eine solche Ergebenheit hätte ich nicht
erwartet.«

Der Student Jaroslav drückte sich an ihnen vorbei. Er trug seine
Schuhe in der Hand, weil er den Vater nicht wecken wollte, der
nächtliches Umherziehen nicht duldete. Er verlangte, dass seine
Kinder nach zehn Uhr zu Hause waren. Der Handlungsgehilfe
bemerkte seinen Bruder und kreischte mit alberner Stimme:

Ich hab studieret, *ich bin ein Student.*
Ich hab probieret, *ich hab mich verbrennt.*
Hollaberdyjadda, hollaberda,
hollaberdyjadda, hollzajzaj!

Er rief hinter ihm her: »Meine Verehrung, Herr Student! Meine
Verbeugung! G'horsamster Diener. Aber bitte sich nicht allzu
wichtigmachen. Ich hätte dasselbe sein können wie Sie. Laudamus, laudatis, laudant. Ich kann Lateinisch wie auch Tschechisch. Als männlich merke -er, -or, -os, zum Beispiel carcer,
labor, flos ... Da schaust du blöd, was, du Trottel!«

– Der Papa sieht sich in ihm, brummte er wütend, jeder ist
ganz, ganz lieb zu ihm, dem Muttersöhnchen. Einer hat alles,
ein anderer hat nichts. *Sie* aber hebt für ihn die besten Stückchen
auf, und ich werde mit Dreck abgefertigt. Hungrig muss ich herumlaufen, ich bin schon ganz ausgetrocknet! Aber in Ordnung!

Allen Leuten werde ich erzählen, dass man mir hier nichts zu essen gibt.

Er empfand solches Mitleid mit sich, dass ihm Tränen in die Augen schossen.

– Als ich aufs Gymnasium ging, da hieß es ständig: Ich muss das Schulgeld bezahlen, die Bücher und Hefte kosten einen Haufen Geld. Wer kann sich so etwas leisten? Die Professoren kaufen auch nicht bei uns, warum also sollte ich sie unterstützen? Mein Vater hätte mich das Gymnasium beenden lassen, wenn man dafür in Waren hätte zahlen können. Na klar, du Neunmalkluger! Als ob es eine Schulanstalt gäbe, wo man Schulgeld in Trockenpflaumen nimmt, in Zichorie, Sternanis und Reisigbesen!

Jaroslav legte sich aufs Bett und blickte zur Decke. In der Mitte befand sich eine Rosette, in den Ecken aber waren bunt ausgemalte Bilder. In einer Ecke waren ein hellblauer Wasserfall und quastenförmige Bäume zu sehen. In der anderen Ecke zielte ein Jäger auf einen Hirsch. Außerdem war da ein Bauernmädchen, das von einem Jüngling mit großem Schnurrbart umarmt wurde. In der vierten Ecke war ein leeres Rechteck. Damals hatte der Vater versucht, den Maler herunterzuhandeln. Der Künstler war böse geworden und fortgegangen, ohne das Werk zu vollenden.

Jaroslav schaute auf das Bauernmädchen in seiner Tracht und dachte an Zdeňka, die Tochter des Kastellans. Er sah ihre blauen, beinahe staunenden Augen, die Stupsnase und das fröhliche, süße Kinn. Er flüsterte in die Kissen hinein: – Ich liebe sie. Er schämte sich für das pathetische Wort und berichtigte sich: – An sich habe ich sie ganz gern. Und jetzt, nimmt er sich vor, werde ich an sie denken. Es gelingt ihm aber nicht, ihr Bild festzuhalten. Anstelle von Zdeňka sieht er einen ganzen Aufzug von jungen Mädchen mit staunenden Augen, spürt ihre wohlriechenden Haare und ihre kühlen, glatten Wangen.

– Vielleicht habe ich sie überhaupt nicht gern. Ich werde mir jetzt etwas vorstellen. Was denn?

Zum Beispiel, dass er in einigen Jahren Richter sein wird, in einer schwarzen Robe mit blauen Aufschlägen. Eine Unmenge von Menschen wird seinen Worten lauschen. Der Richter aber achtet nicht auf die neugierige Menge und spricht kalt und unbeteiligt; durch seinen Mund spricht das Gesetz. In der Pause drängelt sich eine dicke Frau zu ihm vor. Sie umarmt ihn und steckt ihm mit begeistertem Gesicht ein fettiges Päckchen zu. Darin ist Selchfleisch.

– Iss nur, iss, Jaroušek, flüstert die feiste Frau, du musst viel richten, bist ganz ausgehungert. Ich habe Angst, dass du mir ganz schwach wirst.

Der Richter schämt sich vor den übrigen Kollegen und schiebt sie hinaus.

– Das geht nicht, Mami. Wie stellst du dir das denn vor?

Er wird wütend: – Du machst mir nur Schande vor den Leuten.

Frau Štědrá muss beinahe weinen: – Was regst du dich so auf, Jaroušek? Ich meine es doch nur gut. Vati macht sich auch Sorgen um dich. So ein gutes Selchfleisch habe ich für dich gemacht. Nimm nur, und den anderen Herren Richtern musst du es ja gar nicht zeigen. Sie würden es dir bloß aufessen …

Im Nebenzimmer singt Kamil:

»Die Polka tanz ich gerne für mein Leben, im Sauseschritte wirkt kein Zweiter so verwegen …«

»Lass das blöde Singen«, ermahnt ihn Viktor.

»Rein zufällig habe ich eine wunderschöne Stimme. Ich könnte im Theater auftreten«, rühmt sich Kamil. Dann hört man, wie er mit Schülerstimme aufsagt: »Die mit dem Dativ verbundenen Präpositionen sind diese: a, ab, abs, de, coram, cum, sine, tenus, pro, prae … Hoho! Ich haue hier ab, ich gehe in die Welt hinaus und schicke keinem auch nur eine Zeile. Ihr werdet noch sehen!«

Auf dem Hof maunzt der im Hühnerstall eingesperrte Kater. An seiner Stimme kann man erkennen, dass er beleidigt ist und gegen seine schlechte Behandlung protestiert.

21

Der Bettler Chleboun besuchte die Häuser der Wohltätigkeit. Er trug seine Hagerkeit vor sich her wie die mobile Reklame seines Gewerbes. Nur sein Bauch war aufgedunsen von lauter Suppe und Milchkaffee, die er hinter den zahlreichen Türen hatte trinken müssen. So gelangte er bis zum Marktplatz.

Dort erblickte er den Kaufmann Štědrý, der aus seiner Pfeife rauchte und versonnen auf die Fenster der Bezirkshauptmannschaft schaute. Chleboun trat an ihn heran, zog den fettigen Hut vom Kopf und murmelte Gebetsworte. Der Kaufmann fuhr ihn an: »Hier gibt es nichts. Ziehen Sie in Gottes Namen weiter.« Dann trat er einige Schritte zurück und blickte auf sein Haus, dessen acht Fenster auf den Marktplatz gingen. Er freute sich über die Sgraffitomalereien, ärgerte sich aber über die leeren Flächen. Er sagte zu sich: – Hier sollte noch was hinkommen, so sieht das wirklich dumm aus. Am besten wäre irgendein Gedicht. Jaroušek wird geeignete Verse verfassen.

Der Bettler strebte zum Laden des Kaufmanns Zoufalý. Der Handlungsgehilfe bemerkte ihn und informierte seinen Prinzipal, der sich vornahm, mit dem Bettler sein übliches Späßchen zu veranstalten. Er erwärmte eine Drei-Kreuzer-Münze über einer Kerze, und als der Bettler den Laden betrat, befahl er ihm, die Hand aufzuhalten. Er legte ihm die glühende Münze in die Handfläche und bekam dann vor lauter Lachen fast keine Luft, als Chleboun vor Schmerz aufstöhnte und die Münze fallen ließ. Schließlich bückte Chleboun sich doch, versteckte die Münze in einem Taschentuch und ließ aus seinem graugrünen Schnauzbart eine Lobpreisung ertönen. Der Kaufmann und der Handlungsgehilfe rannten aus dem Laden, schauten dem Bettler hinterher und bogen sich vor Lachen. Die Bürger missbrauchten die Bettler als Witzfiguren. Die Armut wirkte auf sie unwiderstehlich komisch. Ist es denn nicht zum Lachen, wenn einer alt geworden ist und es nicht geschafft hat, sich ein Vermögen zu verdienen? Wenn in seiner Tasche keine Münzen klimpern? Wenn einer ständig nach Kreuzern stinkt? Läuft in Lumpen von Haus zu Haus und brabbelt dauernd seine Gebete. Wenn er stirbt, dann wird er ohne viel Getue einfach in die Grube geworfen, und Schluss und aus ... Man kann sich vor Lachen nicht mehr halten. Und der Kaufmann Zoufalý wischt sich die Augen und quietscht vor Vergnügen: »Der hat vielleicht geguckt! Hoho! Wie der gehüpft ist! Ich sag's doch ... Noch nie im Leben habe ich so gelacht. Alles tut mir weh davon ...«

Der Bettler aber schreitet weiter seines Wegs, hochgewachsen, die Füße in Sacktuch gehüllt, der graugrüne Schnauzbart bewegt sich hin und her, und sein eingefallener Kiefer mahlt: – Du willst ein Kaufmann sein? Ein Herr willst du sein? Ein Rabauke bist du, Fettwanst, Mistvieh! Mistvieh! Bei einem alten Menschen, da traust du dich was ...

Und ich habe vielleicht mehr Geld als du, ich könnte dich komplett kaufen, mit Silbergulden könnte ich dir die Augen aus dem Kopf hauen ... Schamloser Kerl!

Seit Ewigkeiten besucht er die Häuser der Wohltätigkeit und streckt die Hand aus. Einen Berg von Dreiern hat er schon angesammelt. Die Kupfermünzen tauscht er um in Silbergulden, er hat auch mehrere Handvoll Banknoten. Ständig nimmt er nur ein, kann aber nichts ausgeben, weil es Bettlern verboten ist, etwas zu kaufen. Sein Vermögen hat er an einem sicheren Ort versteckt, und nicht einmal ein Zauberwort könnte die Erde zwingen, sich zu öffnen und den Schatz herauszugeben. Der Verwalter Wagenknecht ahnt etwas, schleicht um ihn herum wie ein Schakal und knurrt: »Wo hast du die Knete, du Figur? Ich werd dich –!«, und er zeigt ihm die Faust.

Schon wieder lockte ihn die Konditorei an, und er drückte seine Nase an das Schaufenster, wo auf Papier mit Spitzenmuster eine runde Torte ausgestellt war, zudem eine Platte mit Cremerollen, Schokoladenkartoffeln sowie Gläser mit Seidenbonbons. Er saugt begierig den Duft von Vanillezucker ein, seine eingefallenen Wangen blähen sich auf wie Seifenblasen, der graugrüne Bart bewegt sich, und darunter kommen Worte hervor: – Einen ganzen Laden könnte ich mir kaufen, bloß was sagen. Ich könnte auch Süßigkeiten essen, wie diese Herren ... Dem Süßkram ist es egal, in welches Maul er kriecht ...

Aber darf ein Bettler sich was erlauben? Wenn der es wagen würde, sich eine Torte zu kaufen, würde die Bezirksstadt die Hände zusammenschlagen, und hundert Münder würden blöken: Schaut euch doch mal dieses verfressene Maul an! Auf diese Weise dankt er uns für unsere Wohltaten ...

– Ich werde es aber jetzt doch machen, nimmt er sich vor und dreht der Stadt den Rücken.

Er ging mitten auf der Straße weiter, leicht gebeugt und hinkend, und klopfte mit dem Stock auf das Kopfsteinpflaster. Als dann die steinernen Häuser durch gekrümmte Bauernhäuser mit zerzausten Dächern abgelöst wurden, fing er an mit seinem Stock hinter dem Rücken hin und her zu fuchteln, weil hinter jedem Zaun ein Hund lauerte, der in dem Bettler einen Angreifer auf das Privateigentum witterte. Er traf missmutige Landarbeiter an, die mühevoll eine mit Klee beladene Schubkarre vor sich herschoben, sehnige Weiber mit streitsüchtigen Gesichtern. Ein Junge saß mitten auf dem Weg und benagte einen Kohlstrunk. Er bewachte eine dürre, eckige Ziege, die an einem Schlehenbusch nagte.

Der Bettler fand sich zwischen den Feldern wieder. Hinter ihm lag die Stadt mit ihren fröhlichen schiefergedeckten Dächern im Schutze des Schlosses mit seinen vier mächtigen Türmen. Die bauchigen Häuser fühlten sich in ihrer Dickleibigkeit wohl, ihr Ehrgeiz erstreckte sich nicht in die Höhe. Die Bezirksstadt, die man selbst mit der allerschärfsten Lupe vergeblich auf einer Weltkarte suchen würde, die jedoch eitel auf ihrer Einmaligkeit beharrte und niemand anderen ehrte und anerkannte als nur sich selbst.

Über einen Feldweg stieg er zur Fernstraße herab, die von Ebereschen und schlanken Pappeln gesäumt war. Am Straßengraben saß ein Arbeiter mit einer schwarzen Brille vor einem Haufen Straßenschotter und klopfte Steine. Der Bettler grüßte, der Arbeiter hielt inne und blickte dem armen Schlucker hinterher. In der Ferne pfiff eine Lokomotive, und man sah ganz klein den Zug, begleitet von einer winzigen Rauchwolke. Chleboun schlurfte mühsam im Staub weiter, wich den Kutschen aus, die auf der unebenen Straße auf und ab sprangen, den Lastfuhrwagen, die mit geschälten Baumstämmen beladen waren, sowie den ratternden Leiterwagen. Er pilgerte viele, viele Stunden, wagte es aber nicht, einen Fuhrmann darum zu bitten, ihn mitzunehmen, weil er wusste, dass der Kutscher ihm stattdessen eins mit der Peitsche verpasst hätte.

Er sah auch eine schnaubende Dampfwalze, deren riesige Räder Steine zermalmten. Ihm war, als ob sich unter der riesigen Maschine die Erde senkte. Als er sich einer Gruppe von Arbeitern näherte, ergriff ein junger Kerl einen Eimer und bespritzte ihn mit Dreckwasser. Die Männer lachten wiehernd, der Bettler aber schritt ernst weiter wie ein Prophet, ohne darauf zu achten, dass ihm das Wasser an seinen Lumpen herablief. Nur sein eingefallener Kiefer mahlte: – Du Primitivling! Der Herrgott wird dich schon aufzufinden wissen! Jedoch hörte keiner seine Worte.

Endlich gelangte er in die Stadt und suchte dort seinen Geldwechsler auf. Dieser war ein Trödler, der wie ein scheues, misstrauisches Tier inmitten von rostigen Metallreifen und dumpf stinkenden Lumpen lebte. Der Bettler knüpfte sein Tuch auf und kippte einen großen Haufen an Kupfer- und Nickelmünzen vor den Trödler. Der Trödler wühlte in dem Berg, als ob er Erbsen lesen würde. Dann schob er die Münzen in eine Schublade und legte einige Gulden aufs Pult. Chleboun wickelte die Silbermünzen in das Tuch und blieb unschlüssig stehen. Er wusste, dass der Trödler ihn betrogen hatte, wagte aber nicht, zu widersprechen, weil bekanntlich alle Geldwechsler betrügen. Er murmelte einen Gruß und entfernte sich. Der Trödler verzog sich in seinen Bau.

In jener Stadt war gerade Jahrmarkt, und die Markthändler hatten vor der Kirche ihre Stände aufgeschlagen. Ein braungebrannter Mann mit gewichstem Schnurrbart und einem Fes auf dem Kopf hackte türkischen Honig. Zwischen den Buden spazierte eine große Menge Landbevölkerung, unter deren Füßen Erdnussschalen knackten. Herausgeputzte Frauen wühlten in Spitzenstoffen und bunten Tüchern und piepsten dümmlich. Die Händler priesen mit heiserer Stimme ihre Waren an, vor den Schießständen drängelten sich die Leute, und vor den Schaukeln schwang ein Mann im Matrosenhemd eine große Glocke. Soldaten mit kugelrunden Gesichtern standen um einen Türsteher herum, der das Publikum ins Panoptikum zu locken suchte. Kinder leckten Zuckerstangen, ein italienischer Leierkasten donnerte, die Menge brauste, und die Tröten schnarrten.

Der Bettler ging von einem Lebkuchenstand zum anderen, blieb vor den Lebkuchenherzen mit Zuckerguss und bunten Bildchen stehen, kam vom Haufen von Zuckerbonbons, gebrannten Mandeln und Kokoskeksen nicht los, bewegte sich nicht, sein Schnurrbart summte, und sein zahnloser Kiefer bewegte sich.

– Hier kennt mich keiner, überlegte er. Hier könnte ich kaufen, was ich möchte.

Er bewegte die Münzen in seiner Tasche hin und her, er wartete drauf, dass der Verkäufer ihn ansprach.

– Ich hab Geld. Ich bin wie ein Herr. Ich kaufe Lebkuchen und Kekse. Auch Schokolade und Bonbons. Das darf man. Warum sollte man nicht dürfen?

Sobald aber der Lebkuchenverkäufer ihn anschaute, fiel er in sich zusammen und schlich zur Seite. Er wartete, bis die Leute den Stand verlassen hatten; er musste lange warten, weil hier ständig jemand am Gaffen war.

– Gaffen bloß und kaufen nicht, aber ich könnte. Ich hab Geld.

Schließlich bemerkte ihn der Händler.

»Was glotzt du hier so blöd?«, fuhr er ihn an. »Sieh zu, dass du verschwindest, sonst rufe ich die Polizei!«

Der Bettler wollte ihm antworten, dass er etwas kaufen möchte, wusste aber nicht, was man sagen muss, wenn man etwas kauft; er hatte noch nie etwas gekauft. Statt einer Antwort zeigte er dem Händler einen Silbergulden.

Das Gesicht des Lebkuchenhändlers veränderte sich auf einen Schlag, und aus seinem Mund fuhr ein schmeichlerisches: »Womit kann ich dem Herrn dienen?«

Das Antlitz unter dem schimmligen Stoppelfeld versteinerte, und aus dem eingefallenen Mund hörte man stotternde Geräusche.

Der Händler nahm ihm das Geld ab, prüfte dessen Klang, breitete dann ein Papier aus und fing an, die Waren daraufzulegen. Chleboun bemerkte, dass er angebrochene Herzen, aufgesprungene Lebkuchen, die er zuvor mit einem kleinen Federbesen abgestaubt hatte, sowie angetrocknete Bonbons aussuchte, lauter Dinge, die ein Verkäufer einem anderen Kunden anzubieten niemals gewagt hätte. Der arme Schlucker hingegen beobachtete schweigend und stumpfsinnig, wie der Haufen Süßigkeiten vor ihm immer höher wurde. Der Lebkuchenhändler packte die Ware ein und gab dem Bettler das Paket. Er bedankte sich überhöflich, in seinen Worten aber konnte Majorchen ein Grinsen erkennen. Der Händler vermutete, dass der Gulden gestohlen war. Macht nichts, dachte er sich. Wenigstens bin ich meine jämmerliche Ware losgeworden.

Der Bettler ergriff das Paket und verließ den Jahrmarkt. Er machte sich auf den Nachhauseweg und blieb erst in den Feldern stehen. Vorsichtig blickte er sich um; als er sich vergewissert hatte, dass weit und breit kein Mensch zu sehen war, setzte er sich an den Straßenrand und fing an zu schlemmen. Er stopfte sich trockenen, krümeligen Lebkuchen, der nach Stroh schmeckte, in den Mund, auch Cremerollen, die mit Eischnee gefüllt waren; er brach harte Schokolade in Stücke und lutschte Bonbons, die am Gaumen festklebten. Er kaute gehetzt und in dem Bewusstsein, dass er gerade sündigte, war aber hartnäckig entschlossen, alles bis zum letzten Krümel aufzuessen.

Auf der Straße klapperte gedämpft ein Wagen; der Kutscher erhob sich halb, um zu sehen, was der abgerissene Kerl dort machte. Der Bettler erschrak, versteckte die Süßigkeiten unter seinem Mantel und wollte weglaufen. Der Kutscher schnalzte mit der Zunge und trieb die Pferde an.

– So ein Mist!, brabbelte der Bettler voller Angst. Wenn der mich erkannt hat und jetzt alles in der Stadt weitererzählt, wird das schlimm, ganz schlimm. Keiner wird mir mehr was geben, wenn ich so was mache …

Er drehte sich um, aber der Wagen war schon am Horizont verschwunden. Chleboun machte sich wieder auf den Weg. Sein Kopf war schwer von unfrohen Gedanken und beunruhigenden Gewissensbissen. Er hatte keinen Appetit mehr auf Naschereien, die nur seine wackelnden Zähne gereizt hatten. Sein Gaumen war gefühllos geworden, und im Mund sammelte sich Speichel. Er musste wiederholt ausspucken und brummelte unzufrieden vor sich hin. Da entdeckte er Kinder, die Ziegen hüteten. Er ging auf sie zu, breitete die Süßigkeiten aus und brabbelte:

»Da, nehmt, esst was. Der Onkel hat euch was vom Jahrmarkt mitgebracht.«

Die Kinder schauten misstrauisch auf diese Gestalt in geflickten Lumpen, kreischten auf und liefen davon. Der Bettler fluchte und warf die Süßigkeiten in den Straßengraben.

22

Die Sonne badet in einer schmutzigen Pfütze; die Wasserlache glänzt und blendet, und die Sonne will das Bad nicht verlassen; sie hat genug Zeit. Ein Hund greift einen Stein aus dem Kopfsteinpflaster an und bellt dabei laut. Er hält den Stein für ein Lebewesen, das sich tot stellt. Der Hund springt zur Seite, richtet sich auf und springt wieder den Stein an. Ein unsterblicher Hund, sagt der Student Jaroslav zu sich selbst. Ihm scheint, als ob der Hund schon seit Urzeiten so spielen würde. Aus einer Werkstatt kam ein Lehrling gelaufen, ein anderer Lehrling lief ihm hinterher und warf mit einem Stück Kohle nach ihm. Eine alte Frau, die vorbeiging, beschimpfte mit großem Eifer die unerzogene Jugend. Sie brabbelte, wiederholte die Worte und meckerte unentwegt; vielleicht wird sie nie sterben, die Alte, und wird ewig meckern. Der Student Jaroslav saß auf den Stufen vor dem Laden. Hinter ihm stehen Bündel von Süßholz, Schilfrohr und Reisigbesen. Er hält sich die Hand vors Gesicht und lugt durch die Spalten zwischen den Fingern auf die Rathausuhr. Es scheint ihm, dass die Zeiger der Uhr rückwärtslaufen wie an einer hebräischen Uhr. Viel Zeit … viel Zeit … Die Bezirksstadt ist damit angefüllt wie die Scheuern Pharaos. Keiner hier hat es eilig. Die dickleibigen Häuser gehen verschwenderisch um mit ihrem Reichtum an Zeit. Eine Frau beugt sich aus dem Fenster und schüttelt ein Geschirrtuch aus. Von irgendwoher hört man die verschlafenen Klänge eines Klaviers; das Lied lässt sich Zeit, es wird von Ewigkeit zu Ewigkeit erklingen. Über den Marktplatz geht ein Wachtmeister mit aufgeknöpfter Uniformbluse und trägt Akten. In hundert Jahren wird er wieder vorbeikommen und Akten tragen.

Endlich schlug es fünf Uhr. Der Student erhob sich und begab sich zur Bürgerschule. Dort im Erdgeschoss war der städtische Lesesaal untergebracht, der am Nachmittag um fünf Uhr öffnete. Die Wände des Lesesaals waren mit Farbdrucken aus der tschechischen Geschichte und mit Warnhinweisen bedeckt: »In diesem Raum darf die Ruhe auch nicht durch leise Gespräche gestört werden«, und: »Nicht auf den Boden spucken«. In Rahmen gebunden hingen Zeitungen aus, immer mehrere Stück nebeneinander. Es fanden sich dort Exemplare des »Čas« und des »XX. věk« aus den letzten Wochen, die »Národní listy« und das »Právo lidu« von vorgestern. Nur die »Národní politika« war von heute. Der Student war auf der Suche nach einem frischen Stück bedruckten Papiers. Auf Pulten, die an den Wänden aufgestellt waren, sah man Lederordner mit den Titeln der Wochenblätter und Illustrierten. Er öffnete einen Ordner mit der Aufschrift »Ganz aktuell« und fand darin den Jahresbericht der Stadtsparkasse. Der Ordner mit dem Titel »Unsere Zeit« enthielt den »Waidmännischen Horizont«. Unter der Aufschrift »Moderne Revuen« versteckten sich »Vydras Plaudereien« und der »Heilige Adalbert«. Aus Langeweile begann der Student, im Beschwerdebuch zu blättern, das am Eingang aufgehängt war. Die ersten Seiten dieses Heftes waren dicht gedrängt mit kleiner Schrift vollgeschrieben. Ein unbekannter Sonderling stellte dar, wie er zum Abstinenzler geworden war, und warnte vor der Pest des Schnapskonsums. Diesen Ausführungen waren in verschiedenen anderen Handschriften Beleidigungen und Schmähkommentare hinzugefügt. Weitere Seiten enthielten unanständige Zeichnungen und lange Zahlenkolonnen.

Kurz danach trat Professor Pošusta in den Lesesaal. Der Student errötete und erhob sich respektvoll. Der Professor aber ergriff ihn am Unterarm und zwang ihn mit freundlicher Gewalt, sich wieder zu setzen. Der Professor durchschritt eilig den Saal, blickte in einige Zeitschriften und fragte den Studenten, ob er noch hier zu bleiben gedenke. Jaroslav antwortete, dass er schon alles gelesen habe. Daraufhin bat der Professor den Studenten, ihn zu begleiten, wenn er sonst nichts zu tun hätte. Beide unterhielten sich wie in einer Kirche flüsternd miteinander, obwohl sich sonst niemand im Lesesaal befand.

Auf der Straße fasste der Professor seinen ehemaligen Schüler vertraulich unter den Arm. Der Student fühlte sich beengt und wurde verlegen. Er schlug die Augen nieder und antwortete auf Fragen mit einer unnatürlich hohen Stimme, wie ein Schüler, der abgefragt wird. Wenn er gezwungen war, dem Professor in die Augen zu schauen, blinzelte er und wandte den Blick ab. Niemals hatte er die Verlegenheit vor seinem ehemaligen Lehrer abgelegt.

Sie gingen nebeneinander wie Freunde, und Professor Pošusta, der Jaroslavs Unbehagen spürte, bemühte sich, leutselig, fröhlich und ganz natürlich zu sprechen. Er fragte ihn: »Wie leben Sie, mein Freund, worüber denken Sie nach, welche Bücher haben Sie gelesen, und welche Probleme sind Ihnen klargeworden?« Buchhändler Oktávec hob seinen Jägerhut leicht an und grüßte. Hier und da tauchten Bürger in den Ladentüren auf und blickten dem älteren Mann misstrauisch hinterher, der mit seinem angegrauten Vollbart, seinem Hemd mit offenem Kragen und seinen kurzen Hosen flink herumhüpfte wie ein Junge und mit dem Studenten Arm in Arm ging. Sie wussten von ihm, dass er Unglauben und ketzerische Ansichten verbreitete. Sie verübelten ihm, dass er so herumhüpfte, obwohl er sich in der achten Rangklasse befand. Sie waren dagegen, dass er die Jugend in die Berge führte, wo nichts war, abgesehen von dichten Wäldern und Gebirglern, die in einem unverständlichen deutschen Dialekt sprachen. Er war ein Fremder, der ganz neue Sitten in die Stadt brachte. Nur diejenigen, deren Jungen das Gymnasium besuchten, verbeugten sich respektvoll und holten weit mit ihren Hüten aus. Der Kaufmann Zoufalý lief sogar aus seinem Laden heraus und grüßte wie ein Soldat, der seinem Vorgesetzten Meldung macht.

Sie trafen den Lehrer Král, und auch diesen ergriff Professor Pošusta am Arm. Der junge Mann in der gestickten Hemdbrust strahlte vor Freude und reckte seinen Kopf mit der großen Haartolle stolz in die Höhe. Als sie am Laden des Kaufmanns Štědrý vorbeikamen, wünschte sich der Student sehnlichst, dass der Vater ihn nicht sehe. Er schämte sich dafür, dass der bärtige Professor, sein ehemaliger Klassenlehrer, ihn am Arm hielt und sich vertraulich zu ihm hinunterbeugte.

Der Kaufmann aber hatte sie schon von ferne erblickt. Er verschwand in der Tür und kam nach einer Weile mit seiner Frau zurück. Beide lächelten selig. Der Kaufmann drückte die Pfeife stramm an die Hosennaht und zog die Mütze vom Kopf. Frau Štědrá verneigte sich tief, und aus ihrem Gruß konnte man ihre Dankbarkeit dafür hören, dass der Professor so nett zum Studenten war. Der Student konnte noch hören, wie der Vater sagte: »Da kann man eben nichts machen, gelehrte Leute gehören zusammen.« Und Frau Štědrá darauf: »Unseren Jaroušek hat einfach jeder gern.«

Der Professor bat die jungen Leute, mit zu ihm nach Hause zu kommen. Der Lehrer nahm die Einladung dankbar an, obwohl er ursprünglich ein anderes Ziel gehabt hatte. Der Student wusste nicht, wie er ablehnen sollte, so dass er nachgab. Es begrüßte sie Frau Pošustová, eine schlanke Dame mit einem angenehmen, allerdings bleichen und etwas aufgedunsenen Gesicht. Sie kniff die Augen zusammen, schaute die Ankömmlinge forschend an und drückte ihnen dann fest die Hand. Mit theatralischer Gebärde warf sie den Kopf, der nach griechischer Art mit einem dunklen Haardutt beschwert war, in den Nacken und bat die Gäste herein.

Sie führte sie in ein helles, sauberes und dennoch irgendwie ungemütliches Zimmer, das angefüllt war mit modernen geschnitzten Möbeln, die mit altmodischen Tüchern und mährisch-slowakischen Stickereien bedeckt waren. Auch eine Menge kleiner Statuen, Majolikakrüge und Kissen waren da. Auf dem Schreibtisch lagen Bücher in einer harmonisch zusammengefügten, offenbar absichtlich gestalteten Unordnung. In schlanken Vasen standen lilafarbene und gelbe Schwertlilien. An den Wänden hingen Reproduktionen der Bilder von Uprka sowie allerlei Radierungen. Vom Deckenlüster herab hing eine hölzerne, buntbemalte Taube. Die Fenster waren mit violetten Stores bedeckt. Das ganze Zimmer spielte ins Violette und verbreitete eine dumpfe und beklemmende Atmosphäre.

Man konnte hören, wie die Dame des Hauses dem Dienstmädchen in der Küche Anweisungen gab. Nach einer Weile kam sie zurück und setzte sich neben den Studenten auf ein Seidenkissen; ein anderes Kissen legte sie sich auf den Schoß und spielte mit seinen Fransen. Gekleidet war sie in eine weite Folklorebluse mit mährisch-slowakischen Stickereien. Um ihren Hals hing ein Halsband aus geschliffenem Glas.

Sie schaute mit halb zugekniffenen Augen auf den Studenten und sagte: »Ich sitze gern weich und lege gern meine Hand auf Seidentücher und feine Decken. Das ist die einzige Wollust, die nichts kostet. Habe ich nicht recht?«

»Aber sicher doch, bitte ...«, stotterte der Student.

Sie erklärte, dass sie glänzende, verspielte Kleinigkeiten liebe und versuche, sich mit schönen Gegenständen und feinen Menschen zu umgeben.

»Das Tal des Todes ist dort, wo grobe Menschen leben und schöne Seelen sterben«, fügte sie hinzu. Sie hatte einen tiefen, wohlklingenden Alt und sprach mit einer langgezogenen, eintönigen Stimme, wobei sie ihre Lippen aufwarf wie ein verzogenes Kind.

»Ich möchte«, sang sie vor sich hin, »Ananas haben, die in Körben aus zisleriertem Silber liegen ... und ... geschmückt sollen sie sein mit Zweiglein von Flieder. Obst, dazwischen Orchideenblüten ... Äste, in Vasen gesteckt, inmitten einer Menge von seidenen Kissen, die auf Sofas und Sesseln verstreut umherliegen ...«

Der Professor saß schweigend da und streichelte mit dem Handrücken seinen angegrauten Bart. Er lächelte, seine Augen aber blickten traurig, schmerzhaft. Der Lehrer bewegte sich auf seinem Stuhl unruhig hin und her und versuchte, mit seinem schnellen, krampfhaften Geschnatter die Aufmerksamkeit auf sich zu lenken. Die Dame jedoch beachtete ihn nicht; sie blickte unverwandt nur den Studenten an, streichelte seine Hände und sagte kaum hörbar: »Sie sind so wenig zu greifen wie ein unausgesprochener Gedanke.«

Jaroslav errötete und dachte sich: – Aber das habe ich doch schon irgendwo einmal gelesen ...

Das Dienstmädchen mit weißer Haube trat ein und brachte Tee auf einem Tablett. Sie tranken Tee aus zierlichen Tassen und aßen dazu winzige Kekse, die Steinchen aus einem Kinderbaukasten glichen. Die Dame des Hauses hob die winzige Tasse so an ihre Lippen, als vollführe sie eine Art Ritual. Es war, als berühre ein unwirkliches Wesen eine unechte Tasse und trinke einen nur scheinbar existierenden Tee daraus. Sie bot ihre Hände der allgemeinen Bewunderung dar, sie waren vollendet gegliedert und wunderschön.

Im Flur erklang die Türglocke. Man konnte hören, wie das Dienstmädchen jemanden an der Tür abfertigte. Die Frau Professor stellte die Tasse ab und rief: »Wer ist denn da?« Ihre Stimme klang plötzlich scharf und hausfrauenhaft. Sie lief in den Flur und erblickte in der Tür ein eingefallenes, mit einem weißen Stoppelfeld bewachsenes Gesicht. Jetzt sang sie plötzlich mit einem dünnen Stimmchen: »Bettlerlein, Bettlerlein ... Mann Gottes ... Haben Sie Hunger? Ich werde Sie satt machen«, und gab ihm eine mit Schweineschmalz bestrichene Scheibe Brot.

Chleboun drehte die Scheibe Brot unentschlossen hin und her und säuselte unter seinem graugrünen Bart. Er hatte erwartet, dass ihm der Professor öffnen würde; der beschenkte ihn immer mit einem Fünfer. Er wurde wütend; seine eingefallenen Kiefer bewegten sich schneller. Er war drauf und dran, die Scheibe Brot auf die Türschwelle zu legen, konnte sich aber noch beherrschen. Er schlurfte die Treppe hinunter, in seinem Inneren aber kochte der Hass.

– Der verdammte Atheist ..., brummte er, Studenten hat er eingeladen und will sie vom Glauben abbringen ... und ich habe keinen Fünfer bekommen ... 'ne Stulle ... was soll ich mit 'ner Stulle? Sogar ein Bauer gibt mal 'ne Stulle ... Ihr seid mir ja schöne Herren ...

»Ich habe gehört«, wandte sich Frau Pošustová an den Studenten, »dass Sie Zdeňka kennen, die Tochter des Kastellans.« Sie kniff Jaroslav scherzhaft ins Ohr und schaute ihm in die Augen.

»Stimmt's?«, zwitscherte sie. »Warum schweigen Sie? Lieben Sie sie? O ja, Sie lieben sie, nur zu, nur zu ... Sie ist zart wie ein Halm ... Aus dem Innersten ihrer Seele reicht sie dir einen Gedanken, der rein ist wie eine Wolke ...«

Der arme Student wurde schweißnass und dachte wütend: – Aber das ist doch auch aus irgendeinem Buch ...

Der Professor nahm ohne Anlass seinen Kneifer von der Nase und rieb sich die geröteten Augenlider. Der Lehrer erklärte lauthals, dass er um seine Versetzung gebeten habe, um sich in den Wirbel des Lebens zu stürzen. Er griff sich heftig in den Haarschopf und rüttelte seine Schultern. Es gelang ihm aber nicht, die Aufmerksamkeit auf sich zu lenken; so sprach er denn zu den violetten Stores und aß dazu eine Menge Kekse.

Die Dame stand unvermittelt auf, drückte die Hände an die Schläfen und fing an, unruhig umherzulaufen. Mit gedämpfter Stimme flüsterte sie, dass sie für eine Künstlerlaufbahn bestimmt gewesen sei, das Leben sie aber verraten habe. Sie habe stets gegeben und gegeben, ihr aber habe nie jemand etwas geschenkt.

»Nein, es gibt niemanden, der seine begierigen Hände auf den Scheitel meines irrenden Kopfes legen würde ...«

Es schien, als ob eine unwiderstehliche Macht sie zwingen würde, plötzliche und unbedachte Bewegungen zu machen. Und diese dumpfe Macht legte ihr auch Worte in den Mund, die sie eigentlich nicht hatte sagen wollen. Der Professor aber sagte nichts, streichelte nur mit dem Handrücken seinen angegrauten Bart und nahm ständig den Kneifer ab.

Es wurde dunkel, und die Dame zündete eine Lampe an, die mit einem violetten Schirm versehen war. Der Student saß unruhig auf seinem Stuhl, knöpfte seine Jacke zu und dann wieder auf. Er wünschte sich sehr, wegzukommen. Auch der Lehrer war verstummt und strich trübsinnig übers Haar. Das Dienstmädchen trug das leere Geschirr fort. Alle schwiegen. Plötzlich lehnte sich die Frau Professor ans Klavier und begann, »Maryčka Magdónova« zu rezitieren. Sie schürzte die Lippen und skandierte mit eintöniger, versonnener Stimme. Der Professor lehnte seinen Kopf an zwei Finger, und seine Augen glänzten vor stillem Vergnügen. Der Student knöpfte seine Jacke zu, der Lehrer blickte trübsinnig auf seine Fingernägel.

Sie endete und senkte den Kopf, ganz so, als wäre ein Schauer von Applaus auf sie niedergegangen. Der Professor seufzte. Der Lehrer musste laut niesen, und die Dame des Hauses verzog böse das Gesicht. Sie verabschiedeten sich. Frau Pošustová ergriff den Studenten bei den Händen und schaute ihm lange in die Augen. Dabei nickte sie stumm und traurig mit dem Kopf. Dem Studenten schien, er habe so etwas irgendwo gelesen.

23

»Marycka Magdónova …«, brummte der Lehrer, »ich habe Bezruc gern, das ist ja klar. Ich liebe die Poesie, das ist von mir ja allgemein bekannt … Ich bin für geistige Festmähler, aber so was … ich bin ganz ausgehungert. Tee mit Himbeersaft und Kekse – das ist nichts für unsereinen. Gebt mir zuerst einen ordentlichen Happen, und dann werde ich mir eure Gedichte gerne auch bis zum frühen Morgen anhören. Was meinst du, sollten wir nicht noch irgendwo einkehren?«

Der Student hatte nichts dagegen, und der Lehrer brüllte forsch: »Und ab geht's in die Kneipe!«

In der Kneipe rief er lautstark nach der Speisekarte, der Kellner jedoch konnte ihm nur Käse und Speckwürstchen anbieten. Der Lehrer beschimpfte vollmundig das ganze Lokal und brummte beim Enthäuten der Würstchen in sich hinein: »Ganz schön mageres Abendessen …«

Jaroslav blätterte so gedankenverloren in den Büchern, die der Professor ihm ausgeliehen hatte, dass er ganz vergaß, wo er eigentlich war. Er verfiel ohnehin leicht in Begeisterung, und seine aufgewühlte Vorstellungskraft bot ihm glanzvolle, unklare Bilder an, in denen er immer der Held war. Diesmal hatte ihn seine Phantasie in einen Dichter verwandelt. Er hat einen langen Vollbart und wehende Locken; eine ehrfürchtige Menge bekränzt seine Stirn. Leicht erhebt er sich über den Boden, und sein Geist irrt in seltsamen Gärten umher, wo bärtige Männer auf goldenen Saiten klimpern und schmuckvolle Verse deklamieren. Aus unklarer Entfernung hört er den Lehrer sagen: »Ich mag es, wenn sich die Waffen auf dem Turnierplatz des Geistes begegnen, zuerst muss ich aber mal etwas essen.«

Der Student verließ den Garten, in dem sich Zypressen zum Himmel wölbten und zerbrochene Säulen von düsteren Thujen verdeckt wurden. Er fand sich in der Gaststätte wieder, in Gesellschaft des Lehrers, der finster vor sich hin kaute und mit Bier nachgoss. Brüllendes Gelächter erschütterte den ganzen Raum. Jaroslav rieb sich die Augen. Nicht weit entfernt hatte sich an einem langen Tisch eine Gesellschaft von Bürgern niedergelassen, in deren Mitte ein riesiger, ungewöhnlich dicker Mann mit einem kleinen kahlen Kopf saß. Das war der Braumeister Vokoun, der bekannt dafür war, dass er als junger Mensch seines Berufes wegen viel im Ausland herumgekommen war. Er war in Russland gewesen, im Kaukasus, ja sogar bis nach Turkestan hatte er sich verirrt. Von seinen Reisen in die Bezirksstadt zurückgekehrt, war er wie ein halber Irrer empfangen worden. Die Einwohner konnten nicht begreifen, wie sich jemand in fremden Ländern herumtreiben kann, wenn er die Möglichkeit hat, schön zu Hause zu hocken. Man gab dem Braumeister den Spitznamen »Abdul Hamid« und teilte ihm zugleich die Rolle des Dorftrottels zu. Anfangs wehrte sich der Braumeister dagegen und drohte den Leuten, die sich über ihn lustig machten, mit Klagen vor Gericht. Mit der Zeit aber wurde er kleinmütig, schämte sich dafür, dass er im Ausland gewesen war, und litt unter Minderwertigkeitsgefühlen. Freiwillig setzte er die Narrenkappe auf, ging der Arbeit aus dem Weg und trieb sich in Wirtshäusern herum, wo er gegen Bewirtung von seinen Reisen erzählte, wobei er log wie Marco Polo. Er ließ sich mit Bier abfüllen, in das die Leute Schnaps, Pfeffer und Salz mischten. Er glich einem Hündchen, das auf Befehl mit einer Pfeife im Maul Männchen macht, in der Hoffnung, dass es dafür ein Stückchen Zucker bekommt. Jeder duzte ihn und machte auf seine Kosten verletzende Späßchen. Er akzeptierte die Grobheiten der anderen mit einem demütigen Lächeln in seinem einfältigen Gesicht. Er verfiel geistig so sehr, dass er aufhörte, sich zu waschen, und ganz verkommen durch die Stadt lief, ja, sich kaum noch gegen ihn veralbernde Jugendliche und ihn anbellende Hunde wehrte. Wenn er in der Kneipe volltrunken unter den Tisch fiel, malte ihm der Hausdiener mit Kohle einen Schnurrbart an und warf ihn auf die Straße hinaus. Nur weil seine Mutter sich bisher um ihn gekümmert hatte, war er noch nicht zum Bettler geworden.

Der betrunkene Braumeister schwatzte, die Bürger grölten, und in der Ecke jaulte heiser ein Grammophon das Lied »Als Herr Johannes aus dem Rosstor hinausging«. Der Lehrer hatte zu Ende gegessen, rief den Kellner herbei, meckerte abermals tüchtig mit ihm, verfluchte die ganze Gastwirtschaft und zahlte dann.

Die beiden jungen Männer traten auf die Straße. Die Bezirksstadt schlief, bedeckt von einem bestirnten Himmel. Alles schwieg, und nur ein heißer Luftzug fuhr durch die Blätter und gegen die Fenster. Der Lehrer brummte ein Lied vor sich hin. Jedes Mal, wenn sie an einem Laden vorbeikamen, fuhr er lautstark mit seinem Stock über das Eisenrollo. Plötzlich tauchte der Verwalter Wagenknecht vor ihnen auf. Er stand breitbeinig auf seinen zu kurzen Beinen, ließ seinen Unteroffiziersschnauzer zucken und fuhr den Lehrer an: »Was soll denn das? Die Störung der Nachtruhe ist untersagt. Gehen Sie nach Hause und verhalten Sie sich ruhig. Sonst muss ich Ihre Identität erfassen.«

Der Lehrer aber drehte sich um und brüllte: »Verpiss dich, du Blödmann!«

Der Verwalter fuhr zusammen, trat einige Schritte zurück und sagte grimmig:

»Ein Erzieher der Jugend, und benimmt sich so! Ein feines Vorbild ist das. Ich werde das zur Meldung bringen. Wir werden sehen, wer dann etwas zu lachen hat.«

Der Lehrer begleitete den Freund nach Hause. Der Student klopfte lange gegen die Haustür, aber niemand öffnete. Nach einer geraumen Weile hörte man innen das Klatschen von Pantoffeln, der Schlüssel schepperte im Schloss, und es tauchte der Vater in Unterwäsche auf. Als er den Sohn erblickte, fing er an zu schimpfen: »Um diese Zeit kommt man nach Hause? Du weißt, dass ich Herumlungern und nächtliches Umherstromern nicht dulde. Aus dir wird auch noch so ein Taugenichts wie Kamil, wenn du nicht auf dich achtest. Ihr seid doch einer wie der andere. Und jetzt hopp, dass du endlich unter der Bettdecke bist! Morgen haben wir ein Wörtchen miteinander zu reden!«

Der Student antwortete nicht und drückte sich schuldbewusst vorbei. Der Alte bemerkte die Bücher und meckerte: »Ständig bringst du etwas zu lesen nach Hause. Du wirst dir damit den Kopf verstopfen. Wozu brauchst du so viele Bücher? Wir haben ja ein schönes Buch: ›Fünf Wochen im Ballon‹. Das solltest du mal lesen. Das ist ein wunderschönes und lehrreiches Buch. Ich habe nur Angst, dass die Mama aufwacht und sich Sorgen macht. Ihr habt ja gar kein Gewissen …«

Vor sich hin murrend, schlurfte er ins Zimmer; man hörte das Bett unter ihm knarren. Seine Frau wurde wach und fragte: »Wer war das? Mir schien, als habe jemand geklopft.«

»Wer sollte denn klopfen? Schlaf jetzt und sei still!«

Frau Štědrá richtete sich im Bett auf.

»Aber es hat doch jemand geklopft. Ich weiß es genau. Wer ist gekommen?«

»Wer sollte schon gekommen sein?«, raunzte der Kaufmann. »Der Herr Student ist gekommen. Er lässt sich jetzt auch irgendwie gehen …«

Frau Štědrá öffnete erstaunt die Augen und fing an zu jammern: »Jaroušek! Er hat doch gar nicht zu Abend gegessen! Warum hast du ihm nicht gesagt, dass das Abendessen für ihn im Ofen steht? Er geht mit leerem Magen schlafen, und du sagst kein Wort, das ist unverantwortlich von dir!«

Sie wollte aufstehen, der Kaufmann aber hielt sie zurück.

»Er wird schon irgendwo etwas gegessen haben, reg dich nicht so auf.«

»Etwas gegessen?«, jammerte die Mutter. »Du weißt doch, dass er nichts isst, wenn du ihm das Essen nicht direkt unter die Nase stellst. Er ist ein schwacher Bub, und wenn er krank werden sollte, wem wird man dann die Schuld geben? Er hat einen schweren Scharlach überstanden, kaum habe ich es geschafft, ihn durchzubringen. Und ihr macht das alles zunichte!«

Wieder richtete sie sich auf und griff nach ihrem Rock.

»Ich muss ihn fragen, ob er zu Abend gegessen hat, sonst kann ich kein Auge zumachen.«

»Bleib liegen, sage ich!«, rief der Kaufmann. »Er hat schon gegessen.«

»Wo hat er gegessen?«, wollte die Mutter wissen.

»Im Gasthaus«, log ihr Mann, »er selbst hat es mir erzählt.«

»Im Gasthaus!«, erschrak Frau Štědrá. »Wer weiß, was die ihm dort vorgesetzt haben? Hast du ihm gesagt, dass das Abendessen im Ofen steht?«

»Hab ich.«

»Und hat er davon gegessen?«

»Alles aufgegessen ... vollständig! Und jetzt gib Ruh' und schlaf endlich!«

Er dämmerte ein. Plötzlich rüttelte seine Frau ihn an der Schulter.

»Schlaf nicht!«, jammerte sie. »Du schläfst wie ein Stein, und das Abendessen hat ihm vielleicht Kamil weggegessen. Der frisst doch alles auf, der Nimmersatt, der verfressene.«

»Wenn ich es dir doch sage«, jaulte der Kaufmann, »von wegen Kamil ... er hat es gegessen, und lass mich jetzt schlafen. Kann ich denn nicht mal für einen Augenblick Ruhe bekommen?«

– Was ich in diesem Hause schon alles durchgemacht habe, das würde mir keiner glauben, stöhnte Frau Štědrá und schloss die Augen.

24

Der Student Štědrý wartete mit gesenktem Kopf und bohrte dabei mit einem Fingernagel in der Rinde einer Kastanie. Er wartete auf Zdeňka, die Tochter des Kastellans. Der Tag war trüb und bewölkt, als läge die ganze Welt unter einem eingestaubten Glas. Die Amseln in den Baumwipfeln zwitscherten wehmütig vor sich hin; auch die sonst so forschen Spatzen saßen nachdenklich da und kratzten sich mit den Krallen. Der Himmel war mit einer grauen Membran bezogen, durch die nebelverhüllt ab und zu die Sonne kam.

Die Tochter des Kastellans kam aus einer Seitentür des Schlosses gelaufen. Sie war vor Eile und Aufregung ganz rot im Gesicht. Der Student bemerkte sie erst, als sie schon ganz dicht heran war. Sie fragte ihn, ob er schon lange warte. Der Student antwortete, er warte erst einige Minuten. Sie achtete gar nicht auf seine Antwort und bedauerte, dass er habe lange warten müssen. Man würde ihr nachspionieren, am liebsten würde man sie einsperren, sie aber habe ihre Wächter getäuscht.

»Ich habe so eine Angst, so eine Angst vor dem Vater«, sagte sie ganz außer Atem. »Er würde mich vielleicht sogar umbringen, wenn er das wüsste. Er ist so streng ... ganz furchtbar! Hat Sie auch niemand gesehen? Vielleicht hat uns doch jemand gesehen. Wir hätten uns doch nicht treffen sollen, so etwas mache ich sonst nicht ... Was meinen Sie, sollte ich zurückgehen?«

Sie hängte sich beim Studenten ein und erklärte, es sei doch egal, dann solle doch die ganze Stadt sie sehen, sie hätte vor niemandem Angst, und der Vater würde ihr auch nichts antun, sie sei so froh, dass Jaroslav gekommen sei, weil sie ihm alles sagen müsse ...

»Was wollen Sie mir denn sagen?«, unterbrach sie der Student.

»Sie sind mir ja einer«, war Zdeňka enttäuscht, »und da sagt man, dass Frauen neugierig seien ... Ich darf Ihnen das nicht erzählen, ich würde die Worte gar nicht herausbekommen. Was denken Sie eigentlich von mir? Ich würde sonst vor Scham im Boden versinken ...«

Jaroslav ging schweigend neben ihr her.

»Warum schweigen Sie?«, griff Zdeňka an. »Ihnen ist es wohl egal, dass ich mich quäle, oder? Sie sind egoistisch wie jeder Mann. Und ich hätte mir seinetwegen die Augen aus dem Kopf geheult.«

»Warum meinetwegen? Warum denn ich?«, fragte der Student.

»Schau ihn mal einer an! Er denkt, dass ich mich seinetwegen quäle. Ich hätte nicht gedacht, dass Sie so eingebildet sind!«

»Aber ich habe doch ...«

Sie fiel ihm ins Wort: »Aber weit gehen wir nicht. Ich muss bald zu Hause sein. Man würde sonst nach mir suchen. Außerdem sieht es nach Regen aus, und ich bin zu leicht angezogen. Was meinen Sie? Steht mir das? Es ist derselbe Stoff, den auch Frau Oktávcová hat.«

Sie drehte sich um. »Wie gefalle ich Ihnen?«

Noch bevor der Student antworten konnte, schnatterte sie, dass ihr Grün als Farbe gar nicht stehen würde, weil es sie alt mache, sie werde nach Prag fahren, sie werde argentinischen Tango lernen, und außerdem denke Marie, die Tochter des Hutmachers, in einem fort an den Lehrer Král, streite sich aber ständig mit ihm.

Sie schritten einher, zwischen hochgewachsenen Getreidegarben vor ihnen breitete sich die gewellte Landschaft aus, die erst am Horizont von schwermütigen Bergen begrenzt wurde. Auf dem Feldrain flitzte ein Wiesel, das seinen langen, dünnen Rücken durchdrückte. Zdeňka quietschte erschrocken auf und drückte sich an den Studenten. Die jungen Leute bemerkten nicht, dass aus dem Graben die geflickte Gestalt Chlebouns auftauchte.

Der Bettler reckte den Hals nach vorne wie ein Jagdhund

beim Stöbern; sein graugrüner Bart sträubte sich, und seine eingefallenen Wangen fingen an zu mahlen.

– Ah ... ah ... sieh mal einer an ... Die Tochter des Kastellans
und der Herr Student ... Er stand auf und schlich vorsichtig hinter den beiden her.

– Wenn das der Herr Vepřek wüsste, na, der würde sich vielleicht freuen ... Wie die sich aneinanderdrücken – auseinander,
ihr, so was gehört sich nicht ...

Er konnte beobachten, wie beide stehen blieben, wie die
Tochter des Kastellans den Studenten am Revers seinerJacke ergriff und vertraulich den Kopf zu ihm beugte.

Zdeňka seufzte und erklärte, dass sie Herrn Pecián nicht heiraten wolle, dass sie vom Altar weglaufen werde, ihr sei schon
alles egal ... Der Postmeister werde sie zu Tode quälen, wie
schon seine erste Frau. Sie habe seltsame Dinge über ihn gehört
und habe furchtbare Angst. Er verkehre mit Geistern, und sein
Haus sei eine Versammlungsstätte für Spiritisten, die den Geist
Napoleons herbeirufen würden, damit dieser ihnen offenbare,
ob es zu einer Verlobung käme, oder aber ihnen verraten solle,
ob eine langersehnte Erbschaft anfallen werde. In der Nacht irre
er auf dem Friedhof herum und wolle mit den Toten sprechen.
Er beobachte die Sterne, ob diese nicht ein günstiges Zeichen
kündeten. Die Planeten würden angeblich in ungünstigen Kon-
stellationen verharren, um sich so gegen den Postmeister zu
verschwören. Er verkehre mit Gespenstern, befrage ein astrolo-
gisches Instrument und lese Bücher über Magie. Er habe seine
Frau gezwungen, in den Versammlungen als Medium zu dienen. Die unglückliche Frau sei der Melancholie verfallen und in
geistiger Umnachtung gestorben.

– Das gehört sich nicht!, brummte der Bettler, das gehört sich
nicht, schlecht vom eigenen Bräutigam zu reden ... Unver-
schämtes Ding! Geht auseinander!

Sie kamen bis zum Waldrand und schritten über einen Weg,
der mit einer Tafel als Dr.-Alois-Fábera-Pfad gekennzeichnet

war. Der Wald rauschte gedankenverloren, von den herabhängenden Zweigen fielen vertrocknete Tannennadeln, und es roch
nach Pilzen. Der Bettler war ihnen die ganze Zeit auf den Fersen.
Da tauchte er unvermittelt auf, dort wiederum versteckte er sich
im Gebüsch. Plötzlich riss er vor Erstaunen die Augen auf. Der
graugrüne Bart hob und senkte sich.

– Die küssen sich!, jaulte er auf. So eine Sünde! Die Braut vor
der Hochzeit mit dem Studenten ... mit dem Studenten ... Rock
hoch und eins draufhauen, eins draufhauen müsste man ...
Herr Vaněk, nehmen Sie einen Stock und ... und ... eins drauf,
so viel, wie es nur geht ...

Sein Gesicht war der Schauplatz einer heftigen Diskussion. In
seinem Inneren brodelte die Empörung. In ihm empörte sich
die Bezirksstadt, althergebrachte Sitten und Gebräuche. Er stand
auf der Seite der Ordnung. Er eiferte gegen die Unzucht und war
ein Verfechter der Ehe. Er wartete vor dem Dom, wenn darin-
nen Hochzeitsfeiern stattfanden. Unter der festlichen Menge
konnte man auch die Lumpen des Bettlers erblicken. Zum offenen Himmel gehören auch die Geschwüre des Lazarus. Er sah
sich als einen Teil der Domarchitektur, bedeckt mit Schorf und
Stoppeln wie ein gotischer Wasserspeier. Wenn es keine Hochzeitsfeiern mehr gibt, wird es auch keine Almosen mehr geben.
Wenn die Menschen bei den Klängen der Orgel heiraten, dann
sind ihre Sinne empfindsam und der Barmherzigkeit zugeneigt.
Der Bettler duldet es nicht, dass solche Feiern gestört werden.

– Mit einem Jungfernkranz ..., brummte er, mit einem Jungfernkranz sollst du zum Altar gehen, und zwar mit dem Mann,
den dein Vater bestimmt hat. Ganz in Weiß ... Musik und Gebete. Nur nicht sich mit so 'nem Studenten wegwerfen ... nicht auf
dem Jungfernkranz herumtrampeln ...

Das Liebespaar blieb auf einer mit Baumstümpfen bedeckten
Weide stehen, wo Wacholder und Königskerze wuchsen. Hier
wehte ein sanfter Wind, der die violetten Blüten des Blutweide-
richs schaukeln ließ, und es roch nach Erdbeeren. Zu ihren Fü-

ßen lag die Bezirksstadt, satt und selbstgefällig, mit ihren roten und grauen Dächern im Schatten der gotischen Türme. Dort oben auf der Spitze des Hügels stand eine kleine Hütte mit einem kunstvoll geschnitzten Dach, auf dem eine Standarte aus Blech quietschte. Der kleine Altan trug eine Tafel mit der Aufschrift: »Dr.-Alois-Fábera-Ruhelaube«. Zdeňka, die Tochter des Kastellans, betrat zusammen mit dem Studenten die Hütte. Der Bettler blieb im Gebüsch verborgen und versuchte, mit seinem triefäugigen Blick die Lattenwände des Altans zu durchdringen.

Es vergingen nur wenige Augenblicke. Plötzlich öffnete der Bettler seinen Mund und rief Alarm: »Ich sehe es! Ich sehe es! Alles hab ich gesehen. Schämt euch was! Schämt euch was! Was soll aus euch werden? So was darf man nicht! Das ist nicht erlaubt ...«

Der Wald geriet in Unruhe und warf das Gebrüll des Bettlers zurück. Aus der Hütte kam mit aufgelösten Haaren Zdeňka gelaufen, der Student hinter ihr her. Mit einem Sprung und verwirrten Sinnen verschwanden sie im Wald.

Es wurde schon dunkel, als der Bettler die Stadt wieder erreichte. Auf dem Marktplatz waren die Bogenlampen erleuchtet, und die Promenaden rauschten. Auf der Nordseite promenierten die Beamten der Bezirkshauptmannschaft, der Richter, der Steuerverwalter, der Advokat und der Arzt. Auf der Gegenseite lärmten die Angestellten und die Handwerkertöchter. Und in der Mitte, auf der gepflasterten Diagonalen, bewegten sich die jüdischen Kaufleute und ihre Gattinnen. Chleboun, der etwas hinkte, ging mitten auf der Straße und blickte hasserfüllt auf die fröhlichen, kichernden jungen Damen mit ihren breiten Hüten und den seidenen Schärpen um die Taille. Der graugrüne Schnurrbart hob und senkte sich. Die eingefallenen Wangen mahlten.

Er dröhnte: – Ihr seid mir ja wohlgeraten ... Feiertage werden nicht gehalten, und an Gottesdiensten nimmt man nicht teil ... Was soll aus euch werden? Unsittlich seid ihr, unsittlich! Der

Teufel wird euch holen ... und ... und ihr werdet in die Finsternis der Hölle geworfen ...

Über den Platz schreitet der Spediteur Wachtl. Ostentativ meidet er die Promenade auf der gepflasterten Diagonalen und geht direkt auf die Apotheke zu. Notar Dr. Tichay schreitet gedankenverloren im zugeknöpften Havelock in Richtung Park. Viktor, der Sohn des Kaufmannes Štědrý, eilt gerade in die Kneipe, seine Ziehharmonika an einem Riemen über der Schulter. Der Kaufmann Zoufalý bellte gerade noch einige Grüße über den Platz und schloss seinen Laden. Der Kaufmann Štědrý folgte seinem Beispiel und setzte sich zusammen mit seiner Frau vor das Haus. Herr Raboch mit Gattin gesellte sich dazu.

– Raucht aus seiner Pfeife, brummelte der Bettler vor sich hin, pafft und pafft, weiß aber nicht, dass sein Sohn, der Student, unerlaubte Dinge mit Zdeňka treibt, der Tochter des Kastellans ... Ich aber weiß das, weil mir alles bekannt ist ...

Er trat bis an das Haus, zog den Hut vom struppigen Kopf und grüßte. Der Handelsvertreter Raboch zwinkerte der Gesellschaft zu und ging dem Bettler entgegen. In seinem rotangelaufenen Gesicht sammelte sich heimliches Gelächter, und seine Augen flackerten vor Vergnügen.

»He, Majorchen«, sagte er mit lauter Stimme, so wie man zu Schwerhörigen oder sozial Tiefstehenden spricht, »willst du dir einen Fünfer verdienen?«

»Einen Fünfer, gnädiger Herr«, keuchte Chleboun, »möchte ich gern haben, bitte.«

»Dann schau mal. Hier in der Hand habe ich einen Fünfer. Siehst du?«

»Seh ich ...«

»Und jetzt pass auf.« Der Handelsvertreter krempelte die Ärmel hoch wie ein Zauberkünstler im Varieté. Er bewegte seine Hand vor dem Gesicht des Bettlers hin und her. »Pass jetzt gut auf. Wenn du errätst, wo jetzt das Geldstück ist, dann ist es deins.«

»Simsalabim – weg!« Die Münze rutschte aus der Handfläche und verschwand.

»Wo ist der Fünfer?«

»Das wüsste ich jetzt nicht, bitte, gnädiger Herr ...«

»Wenn du das nicht weißt, dann verzieh dich!«

Raboch fing an zu lachen und erfrischte sich noch mit einigen deftigen Sprüchen. Der Bettler schlich davon. Er ging seinen Weg, vorbei an den Gartenzäunen, wo die Bürger saßen und wortlos vor sich hinschauten. Die steinernen Häuser, breit und pausbäckig wie ein Backtrog, wurden von krummen Bauernhäusern mit zerzausten Dächern abgelöst. In den Ställen klirrten Ketten und muhte das Vieh. Es roch nach frischgemähtem Gras und warmem Dung. In vielen Hütten ist Licht, und man sieht einen Weber, der über den Webstuhl gebeugt ist. Das Weberschiffchen fliegt hin und her über die Schnur und brabbelt: Tadellramm – Tadellramm – Tadellramm – Kraatz!

Er hört zwei Stimmen, eine dunkle, blubbernde und eine dünne, streitsüchtige. Der Weber Nobilis streitet sich mit dem Seilermeister Mejtský über den wahren Glauben. Die dünne Stimme sagt: »Einer von zwölfen ist auserwählt, damit durch Leitung eines Kopfes dem Streite Anlass und Feuer genommen werde.« Es war nicht zu verstehen, was die blubbernde Stimme antwortet. Dann vernahm der Bettler: »Wir sind hinübergetragen aus dem Tode ins Leben und aus der Finsternis ins Licht ...«

Der Bettler blickte mit Hass auf das von einem weißen Vollbart umrahmte Gesicht des Webers und sagte knirschend: – Wozu bringst du die Menschen vom wahren Glauben ab, du verdammter Protestantenbock, du? Die Gendarmen sollte man rufen, damit die dir beibringen, dass man keine Irrlehren predigen darf. Selbst gehst du nicht in das Haus Gottes und willst auch noch andere dazu verleiten ...

Aus der Dunkelheit erhoben sich die Zinnen des öffentlichen Armenhauses. Auf der Treppe tagt gerade die Versammlung der armen Schlucker. Die alten Weiber wispern, der schwachsinnige Hynek summt seine frommen Liedchen vor sich hin, und der wütende Maryčka Gib's! bellt seine rhythmischen Beleidigungen. Die Schlucker treten zur Seite, um dem Ankommenden Platz zu machen. Chleboun setzte sich mitten unter sie und fing mit prophetischer Stimme an: »In Sodom ward unsere Stadt verwandelt ... Der böse Geist ist hinabgekommen, und nicht der heilige Geist ... Es wird zu einer Erhebung der einen gegen die anderen kommen ... und ... und ... und im Höllenfeuer werden die Unzüchtigen brennen ... und die Tochter des Kastellans ist eine schamlose Dirne ... und der Herr Kastellan sollte ihr den Rock heben und ihr eins draufhauen ... draufhauen auf den Nackten ...«

»Draufhauen auf den Nackten ...«, wiederholt der Chor der armen Schlucker.

»Draufhauen auf den Nackten ...«, jubelt begeistert der schwachsinnige Hynek.

25

Handelsagent Raboch betrat den Laden und setzte sich auf einen Sack mit Kaffee.

Der Kaufmann begrüßte ihn mit unruhigem Misstrauen. Er forschte in seinem geröteten Gesicht, das mit heimlichem Gelächter angefüllt war. Welche unangenehme Neuigkeit hat diese alte Klatschbase mitgebracht, die immer durch die Stadt streift und herumspioniert?

Der Handelsvertreter hat allerdings eine erfreuliche Neuigkeit mitzuteilen. Der Sohn Viktor sei wohl zum Direktor des örtlichen Elektrizitätswerkes ernannt worden. Der Kaufmann lächelt misstrauisch. Von wegen ... Viktor! Der Vertreter schwört, dass er das aus sicherer Quelle weiß. Er habe es als Erster erfahren, Herr Raboch erfährt alles als Erster.

Der Kaufmann antwortet würdevoll, er sei zu alt, als dass er sich zum Narren halten ließe. Der Vertreter zuckte mit den Schultern, wirkte etwas beleidigt und entfernte sich. Der Kaufmann trat aus dem Laden und blickte dem Handelsvertreter, der es wieder sehr eilig hatte, misstrauisch hinterher. – Man kennt dich, Herr Raboch! Ich weiß nur zu gut, wer sich in meinen Laden schleicht und mir Kaffee mit Reis vermischt und mir noch anderen Schaden bereitet. Erzählt herum, dass in meinem Grieß Mäusedreck gefunden worden sei. Spioniert herum und trägt es dem Kaufmann Zoufalý zu.

Viktor ... Einen solchen Menschen sollen die befördert haben? Konnten die keinen Besseren finden? Der Junge hat nicht einmal ein Stückchen Seriosität in sich. Direktor zu sein, das ist doch nicht so einfach. Dann wäre er kein Arbeiter mehr, sondern Beamter. Wie kann er denn Beamter sein, wenn er nicht einmal eine ordentliche Handschrift hat?

Das ist alles Unfug und besser nicht dran denken. Die Gedanken aber kehren zurück wie aufdringliche Fliegen.

Man sagt doch, überlegte er, dass Viktor sich in seinem Handwerk auskennt. Ich habe schon viel Lobendes gehört. Na ja klar, geschickt wäre er schon … Schon als kleiner Junge hat er sich für Elektrotechnik interessiert. Man hat nach ihm geschickt, damit er zu Hause das Telefon oder die Stromleitung repariert …

Der Kaufmann erinnert sich daran, wie Viktors Zeichnungen in einer Ausstellung der Bürgerschule gehangen hatten. Der Lehrer hatte ihm geraten, den Sohn auf eine Gewerbeoberschule zu geben, weil er so eine Begabung für Technik habe. Der Vater aber hatte das nicht gewollt. Entweder er ist gut in der Schule, dann wird er Beamter, ansonsten kommt er ins Geschäft. Viktor aber hatte die Schule abgebrochen und war lieber Arbeiter geworden.

Er merkte, wie sich in ihm die Unruhe ausbreitete. Wenn der hinterhältige Handelsvertreter vielleicht doch die Wahrheit gesagt hatte? Er schaute zu den Fenstern der Bezirkshauptmannschaft hinüber, als würde er von dort eine Erklärung erwarten. Dann klopfte er die Pfeife aus, steckte sie in die Tasche und begann, um das Rathaus zu kreisen. Hinein wollte er nicht gehen, und direkt in der Amtsstube zu fragen, traute er sich auch nicht. Die würden ihn vielleicht schön auslachen …

Dann schlich er sich aber doch in das Gebäude hinein und blieb beim Amtsdiener stehen, der gerade Akten zusammenband. Unauffällig begann er ein weitschweifiges Gespräch. Der Amtsdiener aber fuhr ihm ins Wort und gratulierte ihm zur Beförderung des Sohnes. Der Kaufmann fing an zu zittern, und seine Augen wurden feucht. Mit dem Kopf nickend, ging er nach Hause.

Beim Mittagessen forscht er im Gesicht des Sohnes, kann darin aber nichts erkennen. Misstrauisch blickt er auf den runden, borstigen Kopf des Sohnes und auf seine Hände, in die sich der Ruß hineingefressen hat. Sein Mut sinkt.

– Es ist einfach nicht möglich, urteilte er. Wie der schon aussieht! Und eine saubere Handschrift hat er auch nicht … Und stinkt, wie arme Leute stinken, nach Schweiß, Brot und Zwiebeln. Was wäre denn das für ein Beamter? Beamte machen sich wichtig und fahren die Leute grob an. Wenn sie nach Hause kommen, poltern sie herum und rekeln sich im Kreuz. Man muss auf Zehenspitzen um sie herumlaufen …

– Es ist nicht möglich, es ist nicht möglich, wiederholt er betrübt.

Aber noch bevor er den Löffel zum Mund geführt hatte, fuhr er Viktor an: »Angeblich hat man dich zum Direktor ernannt?«

Frau Štědrá blieb erwartungsvoll mitten in der Stube stehen.

Viktor schluckte herunter und antwortete zufrieden: »Hat man.«

Der Vater legte den Löffel beiseite, und in Frau Štědrás Händen fingen die Töpfe an zu zittern.

Der Vater schwieg eine Weile, dann meckerte er los: »Und eine solche Sache erzählt man zu Hause nicht, oder was? Die Eltern sollen das nicht erfahren? Von fremden Leuten muss ich das erfahren?«

Viktor entschuldigte sich: »Es war halt noch nicht so ganz sicher …«

»Und wie ist deine dienstliche Eingruppierung?«

Viktor nannte eine Ziffer.

Der Kaufmann erstarrte. Die Mutter atmete selig auf.

Der Vater nahm ein Stück Fleisch auf die Gabel und legte es Viktor auf den Teller.

»Iss nur, iss«, forderte er ihn eifrig auf, »du musst dich stärken.«

»Na, so etwas«, brummte er, »na, so etwas … Gott sei Dank, ich freue mich …«

»Wenn du zu wenig hast, dann sag Bescheid, Viktor«, forderte ihn die Mutter auf, »in der Küche ist noch genug Essen da.«

Sie schwiegen. Viktor kaute mit seinen großen, viereckigen Zähnen.

Dann ließ sich der Vater wieder vernehmen: »Und was … wirst du denn jetzt im Büro hocken? Was wirst du denn dort machen? Du hast doch eine so schlechte Handschrift.«

»Ich bin technischer Direktor und muss gar nichts im Büro machen«, erklärte der Sohn.

»Ach, so ist das ... Und übrigens – Soße wird nicht mit einem Brotstück ausgewischt. So etwas machen nur Banausen. Das Messer hält man in der linken, die Gabel in der rechten Hand. Ab jetzt musst du auf dich achten.«

Der Vater war verschwenderisch mit guten Ratschlägen. Das Herumstromern mit der Ziehharmonika müsse aufhören. Lose junge Weibsbilder sollte Viktor gar nicht erst beachten. Ohne Kragen herumzulaufen werde untersagt. Die Mutter werde ihm einen Kragen und eine Krawatte heraussuchen. Wenn er jetzt ein Herr sei, müsse er sich auch wie ein Herr benehmen ...

»Im Übrigen«, fügte er hinzu, »– eigentlich brauchst du gar keine ordentliche Handschrift. Alle Direktoren haben eine schlechte Handschrift. Das wird sich schon ergeben, man muss nur wollen.«

Er wurde fröhlich und begann respektvoll, mit seinem Sohn, dem Direktor, zu scherzen. Nicht einmal den Studenten beachtete er heute. Nur die Mutter beobachtete angespannt, ob es Jaroslav denn auch schmeckte. Zum ersten Mal in seinem Leben ehrte der Vater Viktor mit ernsthaften Gesprächen. Er brachte die Rede auf öffentliche Angelegenheiten und befragte den Sohn zu seinen politischen Meinungen. Er stellt ihm die Fragen mit einem strengen, konzentrierten Gesicht, als wolle er ihn wie einen Schüler abfragen. Wenn er jetzt richtig antwortet, wird man sehen, dass ihm das Amt des Direktors wirklich zusteht. Als er noch Arbeiter war, musste er von nichts eine Ahnung haben. Was ist dazu die Ansicht des Außenministers? Und was meint dazu Bethmann-Hollweg?

»Wir hätten nicht den Sandschak von Novi Pazar aus der Hand geben sollen«, sagte er ängstlich. »Was meinst du dazu, Viktor?«

»Was hätten wir denn damit anfangen sollen?«, antwortete der Sohn desinteressiert. »Da ist es doch arm, da wächst nichts.«

»Meinst du?«, erwiderte der Vater gedankenverloren. »Vielleicht hast du recht. Aber unser Kaiser wäre mächtiger.«

Dann überlegte er wieder und sagte nach einer Weile: »Sicherlich hast du recht. Wozu den Sandschak? Man würde nur den Türken völlig sinnlos reizen. Der ist ohnehin wütend. Und was uns das an Geld kostet …«

Die Mutter brachte den Nachtisch. Heute bekam Viktor eine ebenso große Portion wie Jaroslav.

Der Vater brachte die Rede wieder auf die Politik.

»Und was hältst du, Viktor, von dieser … Botschafterkonferenz? Kann nicht ein Krieg daraus entstehen? Da kommt es doch zu allerlei Vermengungen …«

Plötzlich ließ Kamil sich vom Schreibtisch vernehmen: »In Pardubitz haben die Dragoner Befehl bekommen, die Säbel zu schleifen. Hat der Friseur Sedmidubský erzählt.«

Der Vater explodierte: »Mit dir redet doch keiner, du Herumtreiber! Wage es ja nicht! Dich fragt hier bestimmt keiner was. Heut Nachmittag wirst du Kaffee rösten. Ich werd's dir schon zeigen. Und leg das Buch aus der Hand!«

Die Mutter sprang herbei und riss Kamil das Buch »Fünf Wochen im Ballon« aus der Hand.

»Einen Krieg wird es nicht geben«, urteilte Viktor, »weil das Seine Majestät der Kaiser nicht zulassen wird.«

»Da hast du recht, mein Viktorlein«, freute sich der Vater, »solange der Kaiser am Leben ist, kann nichts passieren. Nur dass ihn seine Ratgeber nicht …«

Frau Štědrá deckte den Tisch ab. Viktor sagte: »Spediteur Wachtl hat sich einen Daimler gekauft.«

»Was ist das?«, fragte der Kaufmann.

»Ein Automobil der Marke Daimler.«

»Hm … Sieh einer an … Der Herr Wachtl muss alles haben. Ständig will er auf sich aufmerksam machen. Wozu eine solche Maschine? Will nicht fahren und stinkt nur. Das sind mir vielleicht wieder neue Moden …«

Viktor aber war Feuer und Flamme. Den Automobilen gehöre die Zukunft, verkündete er. Einmal werde er hier alles stehen und liegen lassen, um in einer Automobilfabrik zu arbeiten. Das würde ihm gefallen.

Der Vater wurde wütend.

»Was? Wie? Was höre ich da für Dummheiten? Jetzt, wo du aufgestiegen bist, willst du in die Welt hinaus? Als du noch Arbeiter warst, bist du zu meiner Schande vor den Augen aller Leute herumgelaufen, und ich musste mir deren Gerede anhören. Und jetzt, wo ich stolz auf dich sein kann, willst du weggehen? Draußen in der Welt herumgammeln wie der Braumeister Vokoun? Damit sich dann die Leute über dich lustig machen?«

Viktor versuchte ihn zu beruhigen. Das müsse doch weder heute noch morgen sein. Im Grunde genommen habe er doch gar nichts gesagt, nur eben, dass er sich für den Automobilismus interessiere.

»Interessieren kannst du dich, wofür du willst«, sagte der Vater versöhnlich, »wenn du nur auf deinem Platz hocken bleibst. Schau mich einmal an. Ich interessiere mich für alles auf der Welt und rühre mich nicht von der Stelle.«

Der Sohn sagte schon nichts mehr und zog wie immer einen Kanten Brot aus der Tasche, schnitt davon mit dem Taschenmesser ab und kaute vor sich hin.

»Wenn du nicht genug hattest, sag Bescheid«, tadelte ihn die Mutter. »Du musst aber nichts mehr hinterher nachessen. Du bist doch kein Arbeiter mehr.«

»Aaah ...«, gähnte der Kaufmann, »ich werde allmählich müde.«

»Leg dich hin«, forderte ihn die Mutter auf, »ich gehe so lange in den Laden.«

Der Kaufmann legte sich aufs Bett. Er machte die Augen zu und murmelte:

»Gott sei Dank, Gott sei Dank ...« Und der Schlaf übermannte ihn.

26

In der Apotheke »Zum barmherzigen Bruder« saßen sie in Capes eingehüllt am Pult und tranken ganz langsam ihren Likör, den ihnen der fröhliche, rotwangige Apotheker eingoss. Das Gewölbe des Raumes wurde von einer einzigen Glühbirne erleuchtet. Schatten schlichen über die Ballongefäße aus Porzellan, und der Laden atmete einen gelehrten lateinischen Geruch. Die Männer in ihren Capes schwiegen und lauschten dem eintönigen Lied des Windes, der am Eisenrollo rüttelte.

Der pensionierte Postmeister, Herr Pecián, drehte gedankenverloren das kleine viereckige Glas hin und her und dachte über sich selbst nach. Er beschäftigte sich gern mit sich selbst; dies war für ihn anrührend und erhebend zugleich. Seine Phantasie gebar ohne Mühe seltsame Bilder; sie brachte finstere, bösartige Geschöpfe hervor, die ihn angreifen wollten; er musste dann mit diesen Geschöpfen erbittert ringen.

Als ungemein selbstzufriedener Mensch projizierte er seine persönlichen Sorgen in das Weltall hinein. Dort, in unendlichen Weiten, konnte er seinen Hauptgegner erblicken. Dieser saß auf einem ewigen Stern. Er erkennt ihn, er würde ihn unter Millionen von bösen Geistern wiedererkennen. Er sieht sein Gesicht mit furchterregender Genauigkeit. Zusammengekauert, mit abstehenden Ohren, grünen Augen und zugewachsenem Gesicht. Mit Schläfenlocken und dem albernen Mützchen auf dem Kopf, von jüdischer Konfession. Er kennt auch seinen Namen, er heißt Sanhedrin und ist der persönliche Feind des Postmeisters Pecián. Wie oft schon hat er sein Gesicht gesehen, das eingeschrumpelt ist wie ein gefrorener Apfel. Er beobachtet auch dessen Bewegungen; sie sind flink und plötzlich wie bei giftigen Insekten. Das Männchen intrigiert und intrigiert, um dem Postmeister das Leben schwerzumachen.

Es ist das Werk des Männchens mit Namen Sanhedrin, dass

Peciáns Gesicht lang, gelb und mit Leberflecken bedeckt ist. Das Männchen hat bewirkt, dass seine Ehefrau verrückt geworden ist und in geistiger Umnachtung starb. Er hat es gedeichselt, dass der Postmeister quälendes Sodbrennen und Probleme mit seiner Verstopfung hat.

Als Antwort auf seine Gedanken rüttelte er mit den Armen und brauste auf: »Überall herrscht Verrat.«

»So ist es, Verrat«, bestätigte der Kastellan Vepřek und erinnerte an den Oberst Redl, der im Sold einer fremden Macht gestanden und die Mobilisierungspläne verraten hatte. Von der deutsch-russischen Grenzstation Eydtkuhnen waren ihm Gelder überwiesen worden. Zum Schluss war er enttarnt worden und hatte sich in einem Wiener Hotel erschossen.

Der Postmeister hob den Finger.

»Und das alles ist das Werk von Juden«, sagte er. Sein Gesichtsausdruck wurde dabei wild und seine Stimme grob: »Das Werk von Juuuuden, Saujuuuuden …«

Der Handelsvertreter Raboch äußerte Bedenken. Er verstand nicht, was die Juden mit dem Verrat des Oberst Redl zu tun hätten.

Pecián geriet in Rage. Er nannte Raboch einen Mann ohne jede Erfahrung. Ob er denn nicht wisse, dass gemäß den »Protokollen der Weisen von Zion« das Weltjudentum den Plan habe, die christliche Welt zu vernichten; damit auf ihren Ruinen das Jüdische Königreich errichtet würde? Er habe doch schon einige Male erzählt, dass dies die Rache der Juden für die Zerstörung des Tempels sei.

»Und siehe da«, fügte er hinzu, »Oberst Redl war ihr Werkzeug. Für jüdisches Geld hat er das Vaterland verraten.«

Der Apotheker zischte warnend. Der bleiche Kastellan hüstelte. Der Vertreter stieß den Postmeister in die Seite, weil soeben der Spediteur Wachtl die Apotheke betrat. Pecián aber hatte ihn im Eifer seines Rededranges nicht bemerkt. Als er ihn erblickte, war er nicht in der Lage, seinen Redefluss einzustellen.

Von einer unbekannten Macht getrieben, spie er dem Spediteur seine Verachtung ins Gesicht.

»Sie selbst wissen das doch nur zu gut, Herr Wachtl«, sagte er bedeutungsvoll zwinkernd.

Der Spediteur riss die Augen auf und musste schlucken. Auf seiner Stirn schwoll vor Wut eine Ader an; er ballte die Fäuste und zog seine gewaltigen Schultern nach unten. Der Postmeister hatte das nicht bemerkt und fuhr in einer Art Verzückung fort: »Der Herr Wachtl weiß es nur zu gut ... er kann es nicht leugnen, weil es wissenschaftlich nachgewiesen ist. Er kennt doch den Professor Masaryk, der dem Preußen das ganze Königreich Böhmen verkaufen wollte ...«

Wachtl schlug mit der Faust so auf den Tisch, dass die kleinen Gläser hüpften. Die Herren wurden unruhig und umringten den Postmeister. Der aber sah mit stierem Blick vor sich hin und zischte so laut, dass sein künstliches Gebiss dabei wackelte.

»Soll es uns doch der Herr Wachtl sagen«, kreischte er, »wie viel er Masaryk gezahlt hat, damit dieser den Juuuden Hilsner verteidigt, der ein christliches Mädel umgebracht hat. Damals wurde in jüüüdischen Haushalten Geld gesammelt, ich weiß es nur zu gut. Und was habt ihr dann mit dem Blut der unschuldigen Jungfrau gemacht?«

Wachtl brüllte los und stürzte sich auf den Postmeister. Er ging ihm an den Hals wie eine wildgewordene Bulldogge. Das werde ihm der Postmeister büßen. Er werde es ihm jetzt zeigen, dem Mistkerl! Wer solle angeblich Geld für Hilsner gezahlt haben? Der Postmeister solle es für ihn noch einmal wiederholen, wenn er es sich traue ...

»Meine Herren, meine Herren«, jammerte der Apotheker, »vergessen Sie sich nicht!«

»So etwas sollte unter Nachbarn nicht passieren«, besänftigte Herr Raboch.

»Wir plaudern hier so nett miteinander«, sagte vorwurfsvoll der bleiche Kastellan, »und dann plötzlich so etwas ...«

»Eintracht, meine Herren, Eintracht!«, mahnte der Apotheker.

»Sie sind Zeugen«, wütete der Spediteur. »Das ist eine Beleidigung, die ich mir nicht gefallen lassen kann!«

Und wirklich, das hatte er nicht verdient. Stets war er mit Überzeugung einer der Nationalgesinnten gewesen, auf den man sich verlassen konnte. Gefühlvoll sprach er davon, dass er alle unterstützen würde, komme zu ihm, wer wolle. Keiner würde beim Wachtl mit leeren Händen weggehen müssen, sei es die Bürgerwehr, die Feuerwehr oder der Sokol. Er unterstütze bedürftige Schüler und trage sein Scherflein zu jedem edlen Zwecke bei.

Beinahe musste er weinen. Gerade von Herrn Pecián hätte er das nicht erwartet. Vor allem zum Postmeister fühlte er sich hingezogen und wusste dessen Freundschaft besonders zu schätzen, und das gerade deshalb, weil er wusste, dass dieser ein fanatischer Antisemit war. Es schmeichelte ihm, dass Pecián ihn anders bewertete als seine übrigen Glaubensgenossen, und dies erfüllte ihn mit Stolz. Er mochte es nicht, wenn ihn jemand an seine Herkunft erinnerte, und wollte einem Christen gleichen.

Aber auch der Postmeister hing an Herrn Wachtl; ein seltsames Band einte diese beiden Männer. Herr Pecián hoffte, dass ihm der Spediteur etwas über die ketzerischen und gottlosen Rituale der Geheimvereinigung verraten würde; so würde sein Durst nach Geheimnissen gestillt werden.

Und all das war jetzt zunichtegemacht. Er hatte sich die Freundschaft des Spediteurs verscherzt. Wieder erkennt er die Hand jenes Zwergs, der irgendwo weit entfernt auf diesem Planeten sitzt und intrigiert, intrigiert, um dem Postmeister das Leben schwerzumachen. Wie viele Probleme ihm dieser Feind schon bereitet hat ... Er hatte ihn angestiftet, denunziatorische Briefe gegen seine Vorgesetzten zu schreiben. Dabei wollte er doch nur Missstände aufdecken und der Freiheit zum Sieg verhelfen. Der Zwerg, dessen Name Sanhedrin war, hatte ihn in ein Gerichtsverfahren verwickelt. Man hatte dann seinen Geisteszustand untersucht und ihn in den Ruhestand versetzt. Er aber weiß nur zu gut, was dahintersteckt. Ein von Sanhedrin gesandter Bote hatte dort oben, bei diesen Herren da, mit einem Beutel voller Gold geklimpert. Seine Feinde hatten sich gierig auf diesen Haufen Dukaten geworfen, und der Postmeister war verloren. Er hatte nur dafür sorgen wollen, dass die Wahrheit Gottes auch auf dem Postamt erstrahle, seine Feinde aber hatten diese Wahrheit zum Schweigen gebracht, den Postmeister gedemütigt, und mit ihm zusammen war die ganze Christenheit gedemütigt worden ...

»Ich habe für den Hilsner gar kein Geld gezahlt«, verkündete Herr Wachtl bewegt. »Wenn mir einer mit so etwas käme, dann würde ich mit ihm die Tür einrammen. Das können Sie mir glauben. Wir kennen uns doch schon so viele Jahre ... Aber gut, aber gut ... Dann weiß ich wenigstens, woran ich bin.«

Die Herren begannen eifrig zu argumentieren. Der pensionierte Postmeister habe das gewiss nicht so gemeint. Es werde nichts so heiß gegessen, wie ... Er habe nur so ganz allgemein gesprochen; auf jeden Fall könne sich das alles nicht auf Herrn Wachtl beziehen, der doch so beliebt und geachtet sei. Sie drangen auf Herrn Pecián ein, er solle seine Ansichten in Bezug auf die Person des Spediteurs widerrufen.

Herr Pecián räumte ein, dass er Herrn Wachtl nicht habe persönlich treffen wollen. Er halte sich nur an die Ergebnisse wissenschaftlicher Forschungen und glaube gern, dass der Spediteur mit dem Talmud nichts gemein habe und auch an den verbrecherischen Machenschaften des Weltjudentums nicht beteiligt sei.

»Herr Wachtl ist unser Mann«, sagte er voller Inbrunst. Er reichte dem Spediteur die Hand. »Herr Wachtl, nichts für ungut ... Ich muss sagen, wenn es mehr solcher gäbe ... solcher von Ihrem Glauben da, dann wäre alles ganz anders ...«

»So ist es«, bestätigte der bleiche Kastellan.

»Das nenne ich eine Rede«, lobte der Handelsvertreter.

»Na also, na also …«, freute sich der Apotheker.

Der Spediteur war gerührt. Er glaube, dass die Worte des Postmeisters nicht böse gemeint seien. Das hätte ihn auch gewundert. Ob er denn eine solche Behandlung verdient habe? Er bemühe sich doch, jedermann entgegenzukommen. Er liebe die Eintracht und nicht die Zwietracht.

Er überlegte, was er zum Besten geben könnte, um die letzten Wolken des Misstrauens zu vertreiben. Dann griff er in seine Börse und zog großspurig einen amerikanischen Dollar hervor. Die Herren fassten die Münze an und probierten am Pult aus, wie sie klang. Der Spediteur erklärte, er habe die Münze von seinem Schwager bekommen. Der habe sich in Amerika niedergelassen, wo es ihm gutgehe. Er war zufrieden, weil er mit dem Dollar die Gesellschaft beeindruckt hatte.

Dann verstummten sie wieder. Der Apotheker zwinkerte spitzbübisch, und der Handelsvertreter antwortete ihm. Der Spediteur begann, schallend zu lachen. Die Herren steckten die Köpfe zusammen und stießen einander in die Seiten. Dann hüllten sie sich noch fester in ihre Capes und traten hinaus.

27

Sie stapften über die Holzbrücke, die den Flussarm überquerte, und gingen in Richtung des einsamen Häuschens auf der Insel. Sie hüllten sich in den Kragen ihrer Capes, als ob die Kälte sie überrascht hätte. Sie hofften, von niemandem gesehen zu werden. Allerdings bewegte sich hier und da hinter einem Fenster eine Gardine, und eine neugierige Nase heftete sich an die Fensterscheibe. Über dem Fluss hing Nebel, und aus den Fenstern des gelben Häuschens blinkte flattriges Licht. Es schien ihnen, als ob in der Dunkelheit eine Gestalt vorübergehuscht sei. Sie stockten, beruhigten sich aber wieder; sicher war das nur eine optische Täuschung gewesen.

Es schnarrte die Klingel, und im Hausflur begrüßte sie das Plüschmännlein mit Watte in den Ohren. Es trug eine Piquéweste, und auf seinem nackten Arm konnte man eine Tätowierung erkennen. Zu Ehren der Gäste zog sich das Männlein schnell ein schwarzes Jackett mit langen Schößen über.

»Was gibt's Neues, Herr Facalít?«, fragte der Postmeister.

Das Männlein verbeugte sich und rieb sich die dicklichen Hände.

»Alles beim Alten, gnädiger Herr«, gurgelte er. »Bitte, kommen Sie nur weiter. Das Fräulein wartet.«

»Keiner drin?«

»Die Luft ist rein, bitte sehr.«

»Na also ...«

Wärme waberte ihnen entgegen, der Geruch von Puder und vergossenem Wein und auch noch von etwas anderem, was verdächtige Räume auszeichnet. Das Fräulein lag ausgebreitet auf dem Sofa. Es trug eine Art Morgenmantel in grellen Farben, ihre aufgelösten Haare waren von einem rosafarbenen Band gehalten, das Hasenohren glich. Sie rauchte eine Zigarette und las einen aus der Zeitung ausgeschnittenen Roman.

Herr Pecián streckte begierig die Arme nach ihr aus; sein Gesicht legte sich in eine Unmenge von Falten, so dass es aussah wie ein festgezurrter Tabaksbeutel. Er umarmte das Fräulein an den Hüften und sog den Duft des Kamillenaufgusses ein, nach dem ihre Haare rochen.

Herr Facalít bewirtete seine Gäste mit schwarzem Kaffee mit einem Schuss Rum. Der Spediteur rührte schweigend mit einem Löffel in der Tasse; er war nachdenklich und fühlte sich unwohl; aus seinem Innern erklang noch immer die Beleidigung. Er nagte an den Enden seines Schnurrbartes und maß den pensionierten Postmeister mit einem schiefen Blick. Der Gedanke, dass er seine brave Frau mit einem Besuch im Bordell beleidigte, bedrückte ihn.

Auch der bleiche Kastellan schaute wie jemand, der sich urplötzlich und gegen seinen Willen an einem solchen Ort wiederfindet. Er öffnete das Poesiealbum und betrachtete die Blätter, die mit bunten, ungelenken Bildern bemalt waren. Mit unruhigem, unaufmerksamem Blick las er die törichten Verslein:

Es gibt ein Blümlein allzu zart,
das kennet nicht die Welt, so hart,
wenn rundherum alles zerbricht,
dann ruft's: Bitte, vergiss mich nicht!
Zur Erinnerung eingetragen von Růžena Koutská,
Schülerin der III. Klasse.

Der Kastellan seufzte auf, schloss das Poesiealbum und begann, seinen langen, gelben Backenbart zu streicheln.

Die Gäste benahmen sich wie Verschwörer, auf ihren Gesichtern spielte ein krampfhaftes und angespanntes Lächeln. Sie machten sich mit lautem Geschrei Mut. Sie waren sich dessen bewusst, dass sie sündigten, was sie beunruhigte und zugleich erregte. Das Gelbe Häuschen auf der Insel war ihre Opiumhöhle im Fernen Osten, ihr Harem in Konstantinopel, ihre Hafenkaschemme in Südamerika, ihr Spielkasino an der Côte d'Azur. Im Gelben Häuschen waren alle Laster der Welt vereint.

Herr Raboch warf eine Münze ins Orchestrion. Der Schrank leuchtete auf, und auf einem Milchglas tauchte ein Schwan auf, der sich flügelschlagend einer nackten Frau näherte. Das Gerät räusperte sich, und es erklang ein Militärmarsch. Der Postmeister kreischte jugendlich und forderte das Mädchen zum Tanz auf. Er trug seinen langen, hölzernen Leib durch den ganzen Saal und kreiste mit seinen Beinen wie mit zwei Zirkeln. Auf seinen gelben Wangen tauchten rote Wölkchen auf. Das Fräulein zischte heiser und lachte laut; auf seiner gepuderten Nase erschienen Schweißtropfen. Der Tänzer führte das Fräulein an seinen Platz zurück und zwang es, Wein zu trinken. Es kippte ein Glas in sich hinein und fing an zu singen:

Du bist der reichen Eltern Söhnchen,
ich bin gar nur ein armes Mädchen …

Der Kastellan legte die Hände in den Schoß und ließ seinen Blick über die Wände streifen. Der Blick blieb an einem vergoldeten Rahmen stecken, der ein Mädchen mit fetten Brüsten gefangen hielt. Der Kastellan blickte auf die fetten, rosafarbenen Brüste und bewegte seine Lippen. Der nachdenkliche Spediteur benagte seinen Schnurrbart und versuchte, das Gefühl der Beleidigung, das ihn noch immer beunruhigte, zu zerstreuen.

– Was haben die nur gegen mich?, grübelte er grimmig. Bin ich nicht ein Mensch wie andere? Störe ich sie mit irgendetwas? Das Beste wäre, ich zahle und gehe. Ich will nichts von euch. Lasst mich in Ruhe, ich tue euch doch nichts.

Er ging allerdings nicht, trank vielmehr einen schwarzen Kaffee nach dem anderen, unbeweglich, grimmig und mit geballten Fäusten.

Herr Raboch warf eine neue Münze ins Orchestrion. Diesmal

ertönten die wiegenden Klänge eines Walzers. Das Fräulein begann zu singen:

Mein kleines Dörfchen dort am Böhmerwald ...,

und der Postmeister schloss sich an:

nur da die wahre Poesie ich fand ...

Sie sangen das Lied zu Ende, und der bleiche Kastellan sagte: »Ich liebe schönen Gesang. Das ist so herzergreifend.« Der Postmeister beugte sich zum Fräulein hinunter und flüsterte ihm etwas zu. Seine Augen wurden trüb, und er fing an zu kichern. Das Mädchen war einverstanden. Beide erhoben sich und gingen zur Tür. Die Herren blinzelten und lächelten unbestimmt. Der bleiche Kastellan beugte sich wieder zum Poesiealbum hinab.

Plötzlich brachen zwei junge Männer herein. Der Absolvent der Handelsakademie Růžička in Begleitung seines Freundes, des Handlungsgehilfen Kamil Štědrý. Sein Zylinder war in den Nacken geschoben; an ihm schaukelte der glockenförmige Raglan, und seine Füße steckten in zitronengelben Halbschuhen.

Kamil hatte die gehobene Laune seines Vaters ausgenutzt, der zufrieden darüber war, dass sein Sohn Viktor befördert worden war. Der Handlungsgehilfe hatte so lange gebettelt, bis ihn der Kaufmann aus seinem Gefängnis gelassen hatte. Die Mutter hatte sich für ihn stark gemacht. Und als der Vater weich geworden war, hatte sie ihm den Zylinder, den Raglan und die zitronengelben Halbschuhe herausgegeben.

Im Raum wurde es still. Die alten Herren waren plötzlich nüchtern. Herr Pecián mit seinem Fräulein blieb auf halbem Wege stehen. Der Kastellan strich über seinen gelben Backenbart und blickte zur Decke.

– Na so was, sagte sich der Spediteur.

– So was Peinliches!, jammerte der Kastellan.

– Ich hab's ja gewusst, dachte Herr Raboch.

Er maß den Absolventen der Handelsakademie mit einem scharfen Blick.

– Ich schmeiße ihn raus, entschloss er sich. Der muss mir aus dem Haus. Eine solche Verkommenheit dulde ich nicht.

Er sagte grimmig: »Schämen Sie sich – Sie als junger Mensch ... Sie haben ja feine Grundsätze!«

Der Absolvent der Handelsakademie antwortete nicht und lächelte frech.

Die alten Herren brachen schweigend auf. Herr Facalít kassierte betrübt das Geld.

– Es war doch gerade so angenehm, seufzte er. Die Herren haben sich so schön amüsiert, und gerade jetzt muss das alles kaputtgehen ...

Beim Weggehen fiel der Handelsvertreter über den Handlungsgehilfen Kamil her und sagte ihm ganz gehörig, was Sache sei. Der Papa werde sich aber freuen, wenn er ihm das erzählen wird. Er solle doch wenigstens auf die Eltern Rücksicht nehmen, wenn er schon nicht auf sich selbst achte. Und vor allem solle er sich endlich mal eine Stelle suchen.

Er setzte zu einer längeren Predigt an, seine Begleiter aber hüllten sich in ihre Capes und forderten ihn auf mitzukommen. Herr Raboch drückte sich den Hut tief in die Stirn und maß die jungen Männer ein letztes Mal mit einem eisigen Blick. Die Klingel schnarrte, und die Tür fiel lärmend ins Schloss.

Das Plüschmännlein fuhr den Absolventen der Handelsakademie vorwurfsvoll an: »Ihr hättet das hier auch wirklich nicht verderben müssen. Ihr seid jung, ihr habt doch woanders einen ganzen Haufen junger Mädchen.«

»Halt den Mund, du Hampelmann!«, antwortete Růžička.

»Bloß kein dummes Geschwätz«, fügte der Handlungsgehilfe hinzu. »Unser Geld ist genauso gut wie das von denen.«

– Da haben die beiden auch wieder recht, beruhigte sich Herr Facalít.

28

Aus der Dunkelheit tauchte eine knöcherne Gestalt auf; sie stand unbeweglich wie ein Wegweiser an einer Kreuzung und schaute auf die Fenster des gelben Häuschens. Hinter den herabgelassenen Gardinen liefen Schatten hin und her, und man konnte das Scheppern des Orchestrions hören. Über dem Häuschen hingen Wolkenfetzen. Als das Orchestrion verstummte, konnte man das Murmeln des seichten Flüsschens hören.

Das Gerippe machte eine Bewegung und betrat die Holzbrücke. Es umkreiste das Häuschen und versuchte, durch einen Spalt zwischen den Gardinen hineinzusehen. Seine Bewegungen offenbarten einen Menschen, der hochgradig verwirrt und durch sein Begehren außer sich war.

– Darf man?, fragte es sich selbst.

– Darf man nicht, war die Antwort. Ist nicht erlaubt. Gleich geht's nach Hause.

Es riss sich weg vom Fenster und machte sich auf den Weg.

– Und wenn mich jetzt jemand gesehen hat … Er wird sagen: Sieh mal einer an! Der Bettler möchte sich auch mal was gönnen …

Sein graugrüner Schnurrbart bewegte sich, und unter ihm blubberten sich überschlagende Worte.

– Ich darf wie jeder andere. Wenn ich eintrete, bin ich Gast.

Er kehrte zurück zum Fenster.

– Wenn dort Herr Wachtl hindarf, Herr Raboch und Herr Pecián zusammen mit dem Herrn Kastellan, warum dann nicht auch Herr Chleboun? Ich befehle – und alles steht zu meinen Diensten! Facalít, bring dem Gast Wein! Er wird bezahlen. Er hat Geld.

Er klimperte mit Kleingeld. Die Hand zählt die Heller, Kreuzer und Nickel in seiner Tasche. Das Fräulein bezahlt man wohl mit einem Silbergulden, sie wird aber auch das Kleingeld nicht verachten. Er wird das Geld in einer langen Reihe sortiert hinstellen. Er könnte auch mit einem Guldenstück bezahlen; er hat auch Banknoten. Er will aber nicht an seinen Schatz heran, weil Wagenknecht hinter ihm her spioniert, um sein Versteck herauszubekommen.

– Ich geh jetzt rein, entschließt er sich. Ich werd meinen Spaß haben, es genießen und dann wieder meines Weges gehen. Ordentlich bin ich gekommen, ordentlich gehe ich wieder weg. Auch den Gastwirt lasse ich was verdienen, damit er sich merkt, dass Chleboun wie ein Herr gekommen ist.

Auch er würde sich gern mit den anderen zusammen an eine Tafel setzen, an der die Gläser klirren und einem das Fett übers Kinn läuft. Er möchte auch die formlosen Lumpen ablegen und neue Kleider anziehen, die schmeichelhaft seinen Körper betonen und den Gliedern eine gewisse Leichtigkeit verleihen.

Die Hand, die nach der Klinke gegriffen hatte, sank wieder herab.

– Ja, das ist leicht gesagt. Aber da drin sitzen Bürger, und die sind sehr schnell beleidigt. In ihren allerheiligsten Gefühlen getroffen, weil ein Bettler es gewagt hat … Die werden große Augen machen und die Hände zusammenschlagen: Oha, das sind ja dolle Sachen! Oh, oh, wir geben dir Almosen, damit du nicht verhungerst, und du denkst nur an Ausschweifungen. Das also ist der Dank für unsere Güte. Man sieht, dass man hart sein sollte zu solch arbeitsscheuem Gesindel …

Die Nachricht von seinem exzentrischen Tun wird sich in der ganzen Stadt verbreiten. Man wird vor ihm die Türen verschließen. Man wird ihm mit der Faust drohen. Man wird ihn von den Türschwellen jagen. Er wird nicht mehr vor der Tür des Domes stehen können, weil er gegen die Barmherzigkeit gelästert hat. Wer wird noch an seine Frömmigkeit glauben? Wer wird noch Ehrfurcht haben vor seinem graugrünen Schnurrbart, wen wird noch seine Armut anrühren?

Was nützt es ihm, dass er Geld hat? Das Geld des Bettlers ist nicht rund. Es vermehrt sich ununterbrochen, bleibt aber an derselben Stelle. Es kann nicht fortkullern. Er kam sich vor wie ein Mensch, der gerade einen Schatz heben will, aber die entsprechende Zauberformel vergessen hat.

– Nichts da!, entschloss er sich. Nach Hause wird gegangen. Sonst wäre bis zu meinem Tode ja alles futsch. Die würden mich im Schweinsgalopp aus der Stadt jagen.

In der Dunkelheit erhob sich ein Wind und rüttelte an den Zweigen. Die Bäume über dem Fluss begannen zu rauschen. Die Uhr am Rathaus schlug die Stunde. Eins, zwei ... Und die Fenster des gelben Häuschens leuchteten wie die glühenden Augen eines verschlagenen Katers. Dort ist es schön warm, und es spielt Musik. Und ein Fräulein, ein korpulentes Fräulein im Bademantel. Den Bettler durchfuhr Begehren. Wieder machte er sich dorthin auf.

Weg!Vorsicht! Es kommt jemand. Chleboun klettert ins Gebüsch und strengt seine Augen an. Er erkennt den Sekretär Růžička zusammen mit dem Handlungsgehilfen Kamil Štědrý. Sie trampeln über die Holzbrücke und kichern.

– Sieh einer an!, knirschte Chleboun, die jungen Herren gehen zum Fräulein. Ungezogenes Gesindel. Solche Büblein sollten ins Bett gehen und nicht zu einer Hure. Insbesondere der Handlungsgehilfe. Arbeitet zu Hause nichts, der alte Schlamper, und denkt nur an Unzucht. Das wird man dir nicht durchgehen lassen. Morgen werde ich davon Meldung an deinen Herrn Vater machen. Der wird packen, was ihm in die Hände kommt. Und dann gibt's den großen Tanz. Ordentlich verprügeln sollte man dich, ordentlich verprügeln ...!

Die Klingel schnarrte, und die jungen Männer verschwanden hinter der Tür.

– So, so, und jetzt schön nach Hause. Das Wichtigste ist, nicht an diese Dinge zu denken und nicht das Gehirn damit zu belasten.

Der Sturm heult bösartig. Es sind einige wenige Tropfen Regen gefallen.

– Ich bin ein alter Mensch. Ich sollte längst unter der Decke liegen. Es schickt sich nicht, solchen Unfug zu treiben.

Er schlurfte zum alten Holzsteg. Dort blieb er stehen.

– Andere sind auch schon alt und genießen ihr Leben. Ich habe Geld, aber was kann ich damit anfangen? Geld will ausgegeben werden. Damit schade ich keinem, also was? Vielleicht werden die Herren ja lachen und sagen: Siehe da, der Chleboun! Na, das ist ja ein Ding …

Aber der Bettler weiß, dass die Herren nicht lachen würden. Von wegen! Sie wären ihm gegenüber ganz aggressiv. Zu all seinem Leid würde er noch neues Leid hinzufügen.

– Also wird es besser sein, wenn ich mich jetzt auf den Nachhauseweg mache.

Stattdessen aber schlurfte er zurück zum gelben Häuschen.

Im Strahl der Lampe glänzen die Regentropfen wie winzige Fische.

Die Klingel schnarrte abermals. Der Bettler versteckte sich eilig hinter der Ecke. Die Herren, eingehüllt in ihre Capes, kamen heraus. Hüte in die Stirn geschoben, das Kinn im Kragen versteckt, schreiten sie schweigend im Gänsemarsch über den Holzsteg.

– Sie haben ihren Spaß gehabt und gehen jetzt nach Hause. So ist's recht. Keiner kann denen was vorschreiben. Ich hingegen –

Chleboun zögert, weiß sich aber keinen Rat. Die Leidenschaft schüttelt ihn, wirre Gedanken überschlagen sich und beunruhigen ihn. Er bittet das Schicksal, ihm ein Zeichen zu schicken. Aber es kommt kein Zeichen.

Er drückte die Klinke hinunter, und die Tür gab nach. Die Klingel schnarrte.

– Oho, mal sehen, brummte er, nur ein bisschen, ein klein bisschen … Wir werden ja sehen, was und wie … Vielleicht dieser da … Muss ja nicht gleich Ärger geben, ich werde so langsam, ganz langsam … Vielleicht bloß mal schauen, wie es da so zugeht …

Im Flur stieß er gegen Herrn Facalít, der ein Tablett mit einer Flasche Wein trug. Das Plüschmännlein machte ein verwundertes Gesicht.

»Was ist denn das?«, wunderte es sich.

Der Bettler erbebte. Er schaute mit stierem triefäugigen Blick auf den Wirt und bewegte kauend seine eingefallenen Backen. Der graugrüne Schnurrbart hob und senkte sich schnell.

»Was willst du hier?«, fuhr ihn Facalít an.

»Ich wollt nur so ganz langsam …«, grunzte Chleboun.

Das Plüschmännlein drängte ihn in die Küche, füllte ihn dort mit Kaffee ab, bewirtete ihn mit schon angesäuerter Suppe und Resten vom Mittagessen. Denn auch Herr Facalít pflegte die Barmherzigkeit und wollte sich so ein Plätzchen im Himmel erkaufen.

Der Bettler tunkte seinen Bart in den Becher, und der Wirt meckerte: »Schämst du dich nicht, du gefräßiger Herumtreiber? Hast du immer noch nicht genug? Auch nachts musst du noch herumstreunen? Ständig soll man um euch herumhüpfen und euch bedienen … Geh jetzt! Gegessen hast du genug, und jetzt verzieh dich.«

Und er gab dem Bettler einen Stoß in Richtung Tür.

29

Es näherte sich der Mittag, der Marktplatz war leer. Nur auf dem Sockel der Statue, die den Platz in zwei gleiche Hälften teilte, ruhten sich einige auswärtige Greise aus. Der Kaufmann Zoufalý, die Arme hinter dem Rücken verschränkt, hält Ausschau, wen er mit seiner süßen Höflichkeit überschütten könnte. Der Friseur Sedmidubský steht inmitten seines Korallenvorhangs, der den Eingang zu seinem Laden verdeckt. Mit leeren Augen blickt er zum Himmel, wo trübe Wolken jagen. Er träumt davon, dass bei seiner Beerdigung über der Stadt ein blaues Himmelsgewölbe zu sehen sein wird, ein Himmel ohne jedes Wölkchen. Kein Regen wird den Trauerzug auseinanderreißen. Feierlich werden die Glocken in den glänzenden Tag hinein läuten, die Straßen werden von Musik widerhallen. Er träumt davon, an einem satten Julitag zu sterben, wenn die Getreidegarben vor Hitze zerplatzen, die Feldraine nach Thymian riechen und die Linden blühen. Er summt vor sich hin und gibt einer unsichtbaren Musik den Takt vor. Er beobachtet den großartigen Aufzug der Vereine, die unter wehenden Fahnen einherschaukeln. In seinem Testament hat er an jede Kleinigkeit gedacht, und die Stadt wird sich noch lange an dieses wunderschöne Schauspiel erinnern. Die Menschen werden durch die Feier ihren Hunger und durch die Musik ihren Durst stillen können und so das Gedenken an den Verblichenen lobpreisen.

Der Kaufmann Štědrý begutachtet sein Haus. Beim Anblick der Sgraffitomalereien nickt er beifällig, bei den leeren Stellen macht er ein finstres Gesicht. Auf dem Marktplatz tauchte der lästermäulige Bettler Maryčka Gib's! auf. Der Kaufmann Zoufalý lockte ihn zu sich heran. Aus dem Augenwinkel blickte er zum Konkurrenten, flüsterte etwas, und gab dann dem Bettler etwas Geld. Daraufhin rannte Maryčka direkt vor den Laden des Feindes von Kaufmann Zoufalý. Er fing an, auf einem Bein zu tanzen, zog eine gemeine Grimasse und rief dann in einer Art Sprechgesang:

Sommersprossen hat der Jud,
zieren seinen Arsch so gut ...

Der Kaufmann griff zum Besen und schlug damit nach dem Übeltäter. Der aber sprang geschickt zur Seite, tanzte auf den Zehenspitzen und wiederholte seine gereimten Beleidigungen. Der Kaufmann Zoufalý beobachtet diesen Auftritt, wird ganz rot im Gesicht und krümmt sich vor Begeisterung. Der Kaufmann Štědrý fuchtelt weiter mit dem Besen herum, kann den Spötter aber nicht erreichen. Er zittert vor Wut und schaut sich nach einem Stein um. Maryčka Gib's! hebt die Stimme, und aus seinem Mund ergießen sich rhythmische Beleidigungen. Da aber erscheint der Verwalter Wagenknecht, als tauche er aus dem Erdboden auf. Er schwingt seinen Knotenstock über dem Kopf und wirft sich auf den Bettler. Maryčka springt auf und läuft, hüpfend wie eine Ziege, davon. Der Verwalter stürzt ihm mit grimmigem Geschrei hinterher. Seine Beine, gebogen wie türkische Krummsäbel, stampfen heftig über das Pflaster. Er kann den Bettler aber nicht einholen. Denn alle Verleumder sind flink; von Jugend an üben sie sich in der Kunst, eine Beleidigung auszustoßen und dann davonzulaufen.

Mit Genugtuung beobachtet der Kaufmann, wie der Verwalter seinen Feind verfolgt. Aus vielen Fenstern beugen sich Bewohner, um sich an diesem Ereignis zu erfreuen. Der Dackel des Buchhändlers Oktávec wollte sich auch an der Verfolgung beteiligen, sein Herrchen aber hatte ihn streng zurückgerufen. Auch Professor Pošusta, der gerade in seine Zeitung vertieft den Marktplatz überquerte, hob den Kopf, um zu sehen, was da vor sich ging. Er schüttelte den Kopf und vertiefte sich wieder in seine Lektüre. Der Bettler und sein Verfolger hatten den Marktplatz geräumt. Der Kaufmann Štědrý verschwand in seinem Haus.

Der Handelsvertreter Raboch kreiste mehrfach um die Wohnstatt des Kaufmanns und ging dann direkt in den Laden. Er setzt sich auf einen Sack Kaffee und will offensichtlich ein Gespräch beginnen. Er spielt dabei mit dem Anhänger seiner Uhr, und in seinen Augen zucken bösartige kleine Funken.

Der Kaufmann sieht ihn misstrauisch an. Welche ungute Kunde bringt wohl dieser heimtückische Kerl? Der Handelsvertreter holt weit aus. Gedankenverloren erklärt er, dass ja in jeder Familie etwas sei.

Herr Štědrý blickt alarmiert hoch. Was hat der Handelsvertreter im Sinn? Soll er doch geradeheraus sprechen.

Der Handelsvertreter wiegte den Kopf und seufzte über die Sitten der Jugend. Er vertrat die Meinung, dass ein junger Mann auf seinen guten Ruf zu achten habe. Und wenn er schon nicht auf sich selbst achte, dann solle er auf den guten Namen der Eltern Rücksicht nehmen. Er solle an seine Zukunft denken und nicht etwa Unterhaltung an zweifelhaften Orten suchen.

»Auch wir waren einmal jung«, sprach er, »aber wir kannten unsere Grenzen. Deshalb haben wir es nie so weit kommen lassen.« Er schüttelte den Kopf. Nein, wirklich! Das hätte er nie gedacht, dass sich Herr Kamil einmal so sehr gehen lässt …

Der Kaufmann hörte sich die langwierige Rede mit ihren vielen Abschweifungen an und fragte dann kühl, woher Herr Raboch denn wisse, dass Kamil im »Gasthaus zur Fischerhütte« gewesen sei.

Herr Raboch stutzte und murmelte: »Ich habe es mir sagen lassen …Ich … ich weiß es aus sicherer Quelle.«

Der Kaufmann antwortete, Herr Raboch wisse es deshalb so genau, weil er selbst dort gewesen sei. Es würde doch schon die ganze Stadt davon sprechen, dass er öfter dort sei als zu Hause.

Der Handelsvertreter war beleidigt.

»Erlauben Sie mal! Ich …«, begann er, »ich bin in guter Absicht gekommen. Warnen wollte ich … und das hier ist Ihr Dank …«

Auch der Kaufmann erhob sich.

»Sie haben mir nichts mitzuteilen«, brauste er auf. »Ich will gar nichts davon wissen. Lassen Sie mich in Ruhe. Ich beobachte es schon seit geraumer Zeit, dass Sie mir hier im Laden Schaden anrichten.«

Herr Raboch brüllte zurück, dass es jetzt reiche. Gut, gut. Das also habe er als Belohnung für seine guten Absichten. Er sehe jetzt, wie Herr Štědrý sei. Ab heute kaufe er beim Kaufmann Zoufalý ein.

»Wenn Sie nicht zu mir kommen, brauchen Sie auch nicht wieder wegzugehen«, meinte der Kaufmann, »deswegen werde ich mich nicht verrenken. Ich habe Sie so was von satt.«

– Na, so etwas, dachte sich der Vertreter, na, so was … Warte nur, warte … Du wirst mir auch nochmal über den Weg laufen! Mit finsterem Blick verließ er den Kaufmann.

Über der Stadt läutete die Glocke zum Zeichen, dass sich der Mittag genähert hatte. Zu dieser Zeit kommen die Beamten nach Hause, rekeln sich im Kreuz und jammern über Unmengen von Arbeit. Benebelt setzen sie sich auf gestickte Kissen, ihre Ehefrauen hüpfen um sie herum und bewundern sie dafür, dass sie sich die Köpfe mit öffentlichen Angelegenheiten zerbrechen. Löffel klirren an den Tellern, und die Männer schlürfen mit konzentriertem Gesichtsausdruck ihre Suppe.

Im Laden lief der Kaufmann wild hin und her; in seiner Brust kochten finstere, bösartige Gedanken.

Frau Štědrá teilt mit, dass die Suppe auf dem Tisch stehe. Der Kaufmann wollte sie eigentlich wegschicken. Er kann jetzt nicht ans Essen denken. Der Appetit ist ihm seit Rabochs Neuigkeit vergangen. Trotzdem klopft er seine Pfeife aus und begibt sich ins Zimmer.

Der Student und Viktor sitzen über leeren Tellern und warten. Am Schreibtisch duckt sich demütig der Handlungsgehilfe. Sein Blick ist unsicher; die Spitzen seines rötlichen Schnurrbarts hängen nach unten.

Frau Štědrá goss ihrem Mann feierlich die Suppe ein. Der Kaufmann griff nach dem Löffel und hob die Brauen. Sein Blick glitt zum Schreibtisch hinüber. In der Luft lag Anspannung. Frau Štědrá schaute unruhig vom Vater zum Sohn.

Plötzlich donnerte der Kaufmann los: »Wo bist du gewesen?«

Der Handlungsgehilfe fuhr hoch.

»Ich frage, wo du heute Nacht gewesen bist, du Nichtsnutz?«

Das Dienstmädchen rannte los, um alle Türen zu schließen, damit auch kein Wörtchen zu den Nachbarn dringen konnte.

Der Handlungsgehilfe erhob sich kerzengerade und legte die Hände an die Hosennaht.

»Wo bist du gewesen, wo bist du gewesen?«, donnerte der Kaufmann.

Kamil bedeckte sein Gesicht mit dem Ellbogen.

»Arm runter und sprich! Sonst werde ich dich …!«

»Ich …, ich …«, stammelte der Handlungsgehilfe.

»Schau mir in die Augen und sprich!«

Kamil blickt auf die schweren Tränensäcke, die voller Sommersprossen sind, und flüstert: »Ich …, ich … war draußen … ich bin nirgends gewesen, das ist nicht wahr …«

Der Kaufmann nahm ganz unerwartet den Teller, hob ihn hoch über seinen Kopf und ließ ihn am eigenen Schädel zerschellen. Die Suppe floss ihm die Wangen herab. Im gelblichen Schnurrbart blieben Nudeln hängen.

Die Mutter schlug die Hände zusammen und begann zu jammern. Jaroslav umarmte den Vater und wollte ihn beruhigen. Viktor blickte verstockt zu Boden. Der Vater stieß den Studenten beiseite und stürzte sich auf den Schuldigen. Er schüttelte ihn hin und her und gab dabei Geräusche von sich, als ob er über irgendetwas unbändig lachen müsste. Hihi! Hihi! Es klatschten Backpfeifen. Das familiäre Mittagessen war verdorben, und der Haushalt lag in Trümmern.

30

Das Haus des Spediteurs Wachtl hatte einen geräumigen Hof, auf dem Fuhrwagen mit Kohle herumstanden und zudem rostige Fassringe und sonstiger Müll unordentlich herumlagen. Auch breitschultrige Pferde standen dort und benagten aus Langeweile die Deichseln. Hinter dem Hof wellten sich Felder, man konnte in die Ferne sehen, wo sich ein Hügel erhob, der mit einem dichten, schwarzen Wald bewachsen war. Auf der Spitze des Hügels war eine kahle Fläche, die einer Priestertonsur glich. Bei klarem Wetter glänzte die kahle Fläche; wenn sie aber dunkel wurde, dann wussten die Bewohner der Bezirksstadt, dass sich das Wetter ändern würde.

Aus den Bergen zog eine aufgeblähte Wolke herbei und kam über der Spedition von Julius Wachtl zum Stehen. Es begann gleichmäßig zu regnen, in ruhigem und ausdauerndem Tempo. Die Straßen verwaisten, nur von Zeit zu Zeit sah man eine Frau vom Lande, die ihre Röcke von hinten hoch über den Kopf geworfen hatte und eilig davonlief. Streunende Hunde drückten sich an Haustüren und zitterten, als hätten sie Schüttelfrost. Der Erdboden wurde nass und atmete Frische. Zuweilen brausten Bäume auf und schüttelten unzufrieden ihre Kronen. Zwischen Sonnenaufgang und Sonnenuntergang kräuselte sich ein unermessliches Meer an Sekunden; der Tag hatte sich mit der Nacht verbunden, und man konnte weder Anfang noch Ende sehen.

Der Handlungsgehilfe Kamil glich einem Gefangenen, dessen Augen niemals wieder die Außenwelt erblicken sollten. Er darf das Haus nicht verlassen und muss elende Hilfsarbeiten verrichten. Die ganze Stadt soll Zeuge der Demütigungen des flotten Handlungsgehilfen sein, die er als Strafe für seine Ausschweifungen erhält. Der Vater hatte ihn an die Röstmaschine gebunden. Der Handlungsgehilfe, in eine blaue Schürze gekleidet, dreht an der Trommel, in der der Kaffee geröstet wird, und schaut voller Hass auf »Kasims Opanken«.

Er wischt sich die Augen, in denen der klebrige Dampf brennt, und verreibt Ruß auf seinen Wangen. Keiner würdigt ihn auch nur eines Wortes, jeder geht ihm aus dem Wege wie einem Aussätzigen.

– Und wennschon!, sagt er trotzig. Ihr seid mir doch ganz egal, Ihr Folterknechte. Ich werde in die Welt hinausgehen und keinem auch nur eine Zeile schreiben. Nicht einmal zum Namenstag werde ich euch gratulieren, nur damit ihr's wisst.

In seinem Inneren nagt der Hunger. Man gibt ihm jetzt wenig zu essen. Er schluckt seinen Speichel hinunter und denkt an fette Süßspeisen. Ständig könnte er essen. Er spürt Müdigkeit in all seinen Gliedern. Beschweren darf er sich aber nicht. Das gäbe nur Geschrei, und der Vater würde ihn an den Ohren ziehen.

– Ich hatte zu Hause nie was Gutes, sinnt er voller Selbstmitleid. Dem Herrn Studenten setzen die dauernd was vor. *Sie* hat immer Angst, dass ihr Liebling nicht etwa krank wird. Der Herr Student ... Was ist schon dabei ... Ich hätte auch das Gymnasium zu Ende machen können, nur wusste ich damals die österreichisch-türkischen Kriege nicht. Ich habe die Jahreszahlen verwechselt, und so haben die mich durchrasseln lassen. Alles habe ich gewusst, nur eben diese österreichisch-türkischen Kriege nicht, weil mir im Buch eine Seite gefehlt hat und ich es nicht habe lernen können. Und gerade so was musste mich der blöde Lehrer fragen. Ich hab doch immer nur Pech gehabt. Meine Schuld war's nicht. Hätten sie mir ein ordentliches Lehrbuch gekauft und nicht so einen Blattsalat! Dem Herrn Studenten kaufen sie neue Bücher. Da ist es ums Geld nicht schade.

Er kramt in seinen Erinnerungen an die Kindertage. Woran er auch denkt, immer stößt er auf irgendein Unrecht.

– Und es stimmt gar nicht, dass ich in der Schule ein Fenster zerschlagen habe. Man hat das nur auf mich geschoben. Papa musste fünfunddreißig Kreuzer zahlen. Das war ein Geschrei damals!

Und Viktor hat damals auch den Prinzessinnen Bärte angemalt. Er hat das wunderschöne Märchenbuch verdorben. Und wer hat alles abbekommen? Kamil! Immer nur ich.

Auf dem Hof fing eine Gans laut zu schnattern an. Das Dienstmädchen drückte sie zwischen ihre Knie und stopfte ihr Futter in den Hals. Der Handlungsgehilfe schmatzt:

– Mannomann, wie sehr ich Gänsebrust liebe. Mit Knoblauch und Pfeffer. Und Kraut mit Schmalz dazu, ganz fettes Kraut ...

Er klagt: – Ich wollte ein Instrument spielen lernen, die wollten dafür aber kein Geld zahlen. Der Lehrer sollte stattdessen Zucker und Kaffee bekommen. Bezahlt man Unterricht etwa mit Waren? Wo gibts denn so was? Ich bin sehr musikalisch ...

Und er beginnt zu singen: »Hollaberdyjada, hollaberda – hollaberdyjada, hollzajzaj.«

In dem Augenblick erschien der Vater, um nachzuschauen, ob der Kaffee schon fertig geröstet war. Er hörte den Gesang und brüllte los: »Von wegen hollzajzaj, du Lump! Wegen der Singerei hat er seine Stelle verloren und hat nichts daraus gelernt. Hollzajzaj! Ich haue dir so eine runter ...«

Er machte eine Bewegung, als wollte er den Handlungsgehilfen an den Ohren ziehen. Kamil duckte sich. Der Vater aber beherrschte sich. Er verfluchte den Sohn mit einem erdrückenden Blick und entfernte sich brummelnd: »Hollzajzaj ... Der kriegt von mir so einen Hollzajzaj, dass er es sein Lebtag nicht mehr vergessen wird ...«

Der Sohn zog eine Grimasse, und als der Vater wegging, sang er leise vor sich hin:

»Hinweg mit den Tyrannen all und den Verrätern ...«

Am nächsten Tag beschloss der Handlungsgehilfe, nicht aufzustehen. Er hat die Nase voll. Der Vater schickt ihn die ganze Zeit absichtlich mit Erledigungen hinaus, damit alle Bewohner der

Stadt seine blaue Schürze und die geflickten Opanken sehen können.

Vom Himmel strömt ein grauer Regen, und die Tropfen trommeln gegen die Fensterscheiben. Das ganze Haus ist in gespenstisches Dunkel getaucht. Aus der Regenrinne tropft schnell und beständig der Regen. Das Dienstmädchen kam: »Junger Herr, stehen Sie gnädigst auf, ich muss aufräumen.«

»Ist mir doch egal!«, antwortete verbissen der Handlungsgehilfe. »Ich stehe nicht auf.«

»Die gnädige Frau wird aber böse werden.«

Der Handlungsgehilfe antwortete nicht. Das Dienstmädchen blieb unschlüssig stehen und zuckte dann mit den Schultern.

»Er will nicht aufstehen«, meldete Frau Štědrá ihrem Mann.

»Lass mich in Ruhe!«, entgegnete wütend der Kaufmann. »Ich will von dem da kein Wort mehr hören ...«

Tropf, tropf, tropf ... Wie spät es wohl jetzt ist? Ist auch egal. Kamil wird nicht aufstehen. In seinem Innern meldet sich der Hunger.

Kraftlosigkeit hat seine Glieder ergriffen, und der Handlungsgehilfe ergötzt sich an der Vorstellung, dass er immer schwächer wird und bald sein Leben aushaucht. Er steht nicht auf und steht nicht auf. In einigen Tagen werden sie ihn ganz steif vorfinden. Aus seinem Gesicht werden sie den Vorwurf lesen können, dass sie ein junges, hoffnungsvolles Leben zu Tode gequält haben. Der Handelsvertreter Raboch wird durch die Stadt laufen und überall verbreiten, dass sie den Sohn zu Tode gefoltert haben. Gott wird sie bestrafen. Der geizige Kaufmann Kasim wird verzweifeln. Geschieht dir ganz recht! Du hättest nett zu deinem Sohn sein sollen, grausamer Alter! Bis zum letzten Augenblick deines Lebens wirst du dich unter Gewissensbissen winden ...

Er nahm das Buch »Fünf Wochen im Ballon« in die Hand. Es war durch häufiges Lesen ganz zerrissen und verdreckt. Er las:

»Auf der Erde breitete sich eine herrliche Nacht aus. Der Priester verfiel erschöpft in einen ruhigen Schlaf. – ›Er wird sich davon nie mehr erholen!‹, jammerte Joe. ›Der arme Jüngling! Er wird kaum dreißig Jahre alt sein!‹ – ›Er erlischt in unseren Armen!‹, sprach verzweifelt der Doktor. ›Sein Atem ist schon sehr schwach, er wird immer schwächer, und ich bin nicht in der Lage, ihn zu retten.‹«

Kamil legte das Buch beiseite, griff sich an die Brust und begann zu deklamieren:

»Mein Atem wird schwächer, und bald endet meine Pilgerschaft auf Erden. Diese elenden Verbrecher! Und dieser würdevolle Priester da hatte noch so viel Selbstverleugnung, dass er sie bedauerte, dass er sie entschuldigte, dass er ihnen verzieh!«

Das Dienstmädchen kam zurück.

»Was ist, will der junge Herr aufstehen?«

»Der Tod ist hier, ich weiß es!«, antwortete der Handlungsgehilfe. »So sei's drum, ich will ihm ins Antlitz blicken! Der Tod, der Beginn der ewigen Dinge, ist nur das Ende der diesseitigen Sorgen. Helft mir auf die Knie, Brüder, ich bitte euch darum!«

»Es gibt gleich Mittagessen«, sagte das Dienstmädchen.

»›Ha!‹, schrie er auf und erhob sich mit übermenschlicher Kraft …«, brüllte Kamil und warf das Buch gegen das Mädchen.

Das Dienstmädchen kicherte, und als es unten war, meldete es:

»Der junge Herr will nicht aufstehen und redet Unfug.«

»Vielleicht ist er ja krank«, beunruhigte sich Frau Štědrá. »Das hätte gerade noch gefehlt. Und wem wird man dann die Schuld geben?«

Zum Mittagessen kam der Handlungsgehilfe nicht. Der Kaufmann zog die Augenbrauen über der Suppe in die Höhe und fischte in ihr nach Nudeln. Er aß nicht zu Ende, setzte sich die Mütze auf und ging in den Laden.

Frau Štědrá schlug die Hände über dem Kopf zusammen: »Was ich alles durchmachen muss! Warum muss ich so viel durchmachen? Wann ist endlich Schluss damit?«

Endlich wurde es dunkel. Ein langer, allzu langer Tag ging vorüber. Der Handlungsgehilfe, die Hände hinter dem Kopf verschränkt, schaut zur Zimmerdecke und singt dabei: »Die Polka tanz ich gerne für mein Leben, im Sauseschritte wirkt kein Zweiter so verwegen ...«

Er unterbrach seinen Gesang, schluckte mit Mühe und murmelte: »Ich würd' so was von gern essen, dass ich fast heulen könnte ...«

Die Tür fiel zu, und in der Dunkelheit erkannte man undeutlich die Gestalt Viktors, der vorüberhuschte. Der Handlungsgehilfe freute sich.

»Hast du was?«, empfing er den Ankommenden.

»Na klar doch«, antwortete der Bruder und warf ihm einige Speckwürstchen auf das Bett.

Der Handlungsgehilfe ergriff sie hastig und begann, gierig zu essen. Viktor setzte sich zu ihm auf das Bett, zog aus der Tasche Zigarettenpapier und schüttete Tabak hinein. Er drehte sich eine Zigarette und fing an zu qualmen. Kamil aß zu Ende und bekam gute Laune.

»Stimmt doch, dass du es warst, der das Märchenbuch vollgemalt hat?«, fragte er den Bruder.

Viktor dachte nach: »Ich weiß gar nicht recht. Kann aber schon sein.«

»Klar warst du das, mein böses Brüderlein. Ich weiß es genau. Und lass mich mal ziehen.«

»Hier haste.« Viktor reichte dem Bruder den Rest der Zigarette, zog sich aus und schlüpfte ins Bett.

31

Am nächsten Tag kam wieder die Sonne zum Vorschein. Die Wolke, die über dem Haus des Spediteurs Wachtl gehangen hatte, war zerrissen, und es zeigten sich Teile eines blauen Himmels. Die Pfützen glänzten, und durch die Straßen murmelten Rinnsale von Wasser, die Schmutz mit sich führten. Die Spatzen waren ganz aufgedreht und riefen sich ständig etwas zu. Die kahle Fläche des Hügels blitzte auf, und die Berge gewannen deutliche Umrisse.

Die Sonne zog Kamil aus dem Bett. Er stand auf, zog sich an und schlurfte die Treppe hinunter. Im Hausflur erwischte er den Briefträger, der ihm einen Brief aushändigte. Auf dem Briefumschlag war das Bild eines Kaufhauses abgedruckt. Es war ein großes, pompöses Haus mit unzähligen Fenstern. Vor dem Portal des Kaufhauses drängte sich eine unruhige Menge von Kunden. Andere verließen gerade fröhlich und zufrieden das Gebäude und trugen Pakete mit sich fort. Kamil ergriff das Schreiben und verzog sich damit in eine stille Ecke. Er war sehr aufgeregt, sein Herz stockte. Er las, dass eine gewisse hervorragende Firma in einer lebendigen, bevölkerungsreichen Stadt seine Dienste annehmen wollte; man erwarte, dass der Handlungsgehilfe die Stelle unverzüglich antrete, und sehe mit Freude weiteren Nachrichten entgegen.

Er verbarg den Brief, hob den Kopf und senkte die Mundwinkel. Er trat mit würdevollem Ausdruck in die Küche. Die Mutter klopfte gerade Fleisch mit einem Klopfer. Die Dienstmagd schälte Kartoffeln. Beide Frauen empfingen den Handlungsgehilfen mit abweisender Miene, und die Mutter sprach: »Man könnte wohl auch grüßen, wenn man morgens aufsteht.«

Der Handlungsgehilfe antwortete nicht. Ohne jede Eile zog er »Kasims Opanken« aus und schleuderte sie mit ostentativer Freude in die Nische unter dem Ofen. Die Katze, als ob sie auf diesen Augenblick nur gewartet hätte, machte es sich auf den geflickten Schuhen gemütlich, schloss die Augen und fing an zu schnurren.

Die Mutter legte den Fleischklopfer zur Seite und verbarg ihre Hände unter der Schürze. Sie blickte voll Erstaunen auf den Sohn.

»Und was soll das jetzt?«, fragte sie streng.

Kamil antwortete nicht; er steckte die Hände in die Taschen und begann, vor sich hinzupfeifen.

»Hier wird nicht gepfiffen. Wir sind hier nicht auf der Viehweide«, tadelte ihn die Mutter.

Der Handlungsgehilfe verzog keine Miene und sang los:

»Ich hab studieret – *ich bin ein Student*, ich hab probieret – *hab mich verbrennt.*«

Frau Štědrá hob die Hände über den Kopf und rannte in den Laden.

»Er singt herum!«, teilte sie atemlos mit.

»Er singt herum …«, flüsterte erstaunt das Dienstmädchen.

Der Kaufmann schleuderte die Pfeife in die Ecke und stürzte in die Küche.

»Hollaberdyjaja, hollaberda,
hollaberdyjaja, hollzajzaj!«,

grölte Kamil in einer Art Verzückung.

Der Vater packte ihn an den Ohren.

»Von wegen Hollzajzaj!«, brüllte er. »Wer hat dir das denn erlaubt, du Nichtsnutz? Hast du etwa vergessen, dass ich dir dein Hollzajzaj verboten habe?«

Das Dienstmädchen schloss eiligst alle Fenster, damit nicht ein Wörtchen zu den Nachbarn dringe. Die Mutter schluchzte. Es nahte ein Sturm. Der Handlungsgehilfe überreichte dem Vater den Brief wortlos, mit herablassender Miene. Das Dienstmädchen blieb an der Tür stehen, gespannt drauf, was jetzt passierte. Die Mutter stützte ihre Arme in die Hüften. Der Kaufmann setzte seinen Zwicker auf die Nase und las.

Seine Züge wurden sanft, die Tränensäcke unter den Augen rot. Der Alte musste schniefen und murmelte: »So, so ... Sieh mal einer an ... Ich habe ja gewusst, dass du dir zu helfen weißt ... Kopf hoch, Kopf hoch ... Ich danke dir, Kamil. Du hast deinem alten Vater eine Freude gemacht ...«

Der Handlungsgehilfe ließ das Schreiben in den Händen des Vaters und rannte zum Friseur. Der Kaufmann begab sich in den Laden, um dort einen Jungen zu bedienen, der sich Süßholz wünschte. Er schnitt eine kleine Stange ab, nahm von seinem Kunden aber kein Geld, sondern strich ihm liebevoll über das Haar und gab ihm ein Bildchen dazu.

Kamil war vom Friseur zurückgekehrt, er roch nach Kölnisch Wasser, und die Spitzen seines rötlichen Schnurrbarts waren aufgerichtet. Zufrieden fuhr er sich über die rosigen Wangen. Der Vater warf ihm einen prüfenden Blick zu; er hatte an seinen Schläfen Auswüchse entdeckt, die an beginnende Koteletten gemahnten. Er sagte dazu nichts, obwohl er begriff, dass der Sohn mit diesen Auswüchsen seine Unabhängigkeit manifestieren wollte.

Als dann am Kirchturm die Glocke schlug und die Fabriksirenen losheulten, um den Mittag zu verkünden, setzte sich die Familie gemeinsam an die Tafel. Der Handlungsgehilfe nahm umständlich neben dem Vater Platz; da zeigte sich eine Schwierigkeit – der Tisch war zu klein. Der Student erklärte, dass er sich an den Schreibtisch setzen werde. Der Kaufmann hielt ihn zurück; die Mutter wurde ganz unruhig; sie lässt es nicht zu, dass man Jaroušek so abschiebt. Daraufhin wollte Viktor die gemeinsame Tafel verlassen, um Platz zu machen. Niemals! Ehre, wem Ehre gebührt. Viktor ist doch heutzutage jemand. Er ist eine Zierde des Familientisches.

Der Vater hob die Brauen, füllte den Löffel und führte ihn zum Mund. Er schluckte hinunter und sprach: »Die Suppe, Mutter, ist heute delikat.«

Frau Štědrá wurde vor Freude ganz rot.

»Und setz dich zu uns, Mutti«, befahl der Kaufmann. »Ich sehe euch gerne alle beieinander.«

Die Mutter quetschte sich zwischen den Studenten und Viktor. Schüchtern pickte sie kurz etwas vom Teller und sprang sofort wieder hoch. Sie aß ihr Mittagessen zwischen Küche und Esszimmer.

Der Vater nahm die Speisen und legte sie dem Handlungsgehilfen auf den Teller vor.

»Iss nur, lieber Kamil«, forderte er ihn auf, »du hast eine gewichtige Aufgabe vor dir. Da gebührt es sich, sich zu stärken.«

Der Handlungsgehilfe stocherte in seinem Gericht mit dem Ausdruck eines verwöhnten Mannes von Welt, der einen viel zu kultivierten Magen hat. Näselnd stöhnte er: »Eigentlich habe ich gar keinen Hunger.«

»Was denn, was denn?«, beunruhigte sich der Vater.

»Dass du uns bloß nicht noch krank wirst«, jammerte die Mutter. »Das würde noch fehlen.«

»Ich habe doch gar nichts«, widersprach Kamil.

»Bei uns gibt es halt nur Hausmannskost«, entschuldigte sich die Mutter.

Der Kaufmann hob das Messer in die Höhe.

»Dieses Mittagessen«, erklärte er, »könnte selbst Seine Majestät der Kaiser essen.«

Der Handlungsgehilfe stand im Zentrum der Aufmerksamkeit; heute stand der Direktor des Elektrizitätswerks, ja sogar Jaroslav, in seinem Schatten. Der Vater wollte wissen, was Kamil vom französischen Präsidenten Fallières hielt; vom russischen Heer, der österreichischen Außenpolitik; der Handlungsgehilfe sollte entscheiden, ob die Einfuhr von Vieh aus Serbien gestattet werden sollte; der Vater fordert, dass der Handlungsgehilfe sich zu den Absichten Kaiser Wilhelms äußert, der den Kreuzer Panther nach Agadir entsandt hatte.

Die Mutter steht mit dem Bräter in der Hand an der Tür und blickt abwechselnd auf den Vater und den Sohn. Ihr Gesicht sagt: – Und dauernd spricht er nur mit Kamil, als ob es Jaroušek gar nicht gäbe. Das ist vielleicht ein Getue! Und Jaroušek würde es ihm am besten erklären. Er ist doch ein studierter Bub. Was weiß denn Kamil schon von Politik?

Sie geht in die Küche, meckert dort wegen irgendetwas das Dienstmädchen an und klirrt mit dem Geschirr.

Von der Außenpolitik ist der Vater zur allgemeinen Wirtschaftskrise übergegangen und klagt über schlechte Geschäfte. Kamil hört von oben herab zu und erklärt dann, es sei kein Wunder, wenn es bei ihm im Laden nicht liefe. Ein Kaufmann, der heutzutage nicht mit der Zeit gehe, der sei zum Untergang verdammt.

»So einen modernen Laden solltest du mal sehen«, belehrte er den Vater. »Da geht es zu wie im Bienenstock. Das Telefon klingelt. Briefträger bringen Telegramme. Eine Registrierkasse. Alles blitzblank. Die Handlungsgehilfen laufen hinter dem Pult hin und her. Meine Verehrung, womit kann ich Ihnen dienen? Keine langen Reden, nur ganz knapp. Man geleitet den Kunden zur Tür, mein Kompliment, beehren Sie uns bitte bald wieder. Alles muss wie am Schnürchen laufen. Der Chef ist der Kapitän auf dem Oberdeck. Das Wesentliche ist die Organisation.«

»Völlig richtig«, bestätigte der Vater, »ihr Jungen habt da einen ganz anderen Überblick. Wir Alten taugen bald schon zu gar nichts mehr. Deswegen habe ich euch etwas lernen lassen, damit ihr es einmal weiterbringt.«

»Und was euer Lernen an Geld gekostet hat«, merkte die Mutter an.

»Manch einer hat noch viel mehr gekostet«, widersetzte sich Kamil.

»Ich will keinem etwas vorwerfen, Gott bewahre«, entschuldigte sich Frau Štědrá, »ich wollte es nur so als Information …«

»Ruhe jetzt, Ruhe!«, schritt der Vater ein. »Kamil weiß, was er sagt. Er war in der Welt draußen und versteht etwas davon.«

»Und in dieser Stadt«, schloss der Handlungsgehilfe seine

Rede, »gibt es einfach keine Kultur. Keine Gesellschaft und sonst was. Man kann hier nicht einmal ein Wort äußern. Nirgendwohin kann man gehen. Ödnis und dummes Volk.«

»Das wird sich doch bald ändern«, tröstete ihn der Vater, »du fährst weg und wirst dir dein Leben nach deinen Vorstellungen einrichten.«

Von irgendwoher kam die ganz erschöpfte und struppige Katze angelaufen. Sie rieb sich an den Beinen des Kaufmannes und machte mit einem jammervollen Maunzen auf sich aufmerksam.

»Da, Katzilein«, sagte der Kaufmann herablassend und warf ihr einen Knochen zu, »damit wir es alle gut haben.«

»Sieh einer an, wie sie erkennt, dass Mittagszeit ist«, wunderte sich Frau Štědrá, »aber Mäuse sind ihr ganz egal.«

»Charakterlose Katze«, urteilte der Kaufmann, »aber warte bloß! Ich werde ihr schon beibringen, wie man Mäuse fängt. Heute lasse ich es ihr zum letzten Mal durchgehen.«

Nach dem Mittagessen händigte die Mutter Kamil seine Garderobe aus. Die Augen des Handlungsgehilfen strahlen. Er glättet den Zylinder mit seinem Ärmel, befingert den Stoff des Anzugs, pfeift dabei wohlgefällig. Jedes Kleidungsstück spricht er mit einem zärtlichen Kosenamen an. Er zieht seine zitronengelben Halbschuhe an und brummt: »Schuhchen, meine Schuhchen ... hattet ihr nicht Sehnsucht nach eurem lieben Herrn?«

Er hat sich angezogen und stellt sich vor den Spiegel, er beugt den Kopf, glättet seine Schläfen und zwirbelt seinen rötlichen kleinen Schnauzer. Er zieht die Mundwinkel nach unten, um gesetzt und seriös auszusehen. Er hat sich lilagestreifte Manschetten übergezogen und ergötzt sich am Glanz der goldenen Knöpfe. Seinen Hals umschließt ein hoher steifer Kragen, und darunter breitet sich malerisch eine Seidenkrawatte in changierenden Farben aus.

Ihm ist leicht und feierlich zumute. Einige Male durchquert er die Stube. Die weiten Hosen aus Pepitastoff umhüllen schmeichelnd seine Unterschenkel. Er drehte sich auf dem Absatz herum und sang dabei lauthals: »*Oh, Schlafcoupé, oh, Schlafccoupé, oh, wärst du heute mein …*«

Er setzte sich den Zylinder auf und griff nach der Klinke.

»Wohin denn?«, fragte der Vater.

»Ein kleiner Spaziergang«, antwortete der Sohn, »ein wenig an die frische Luft. Mal schauen, was es Neues in der Stadt gibt.«

»So ist es recht«, lobte der Vater, »gehe nur gesund spazieren und komm heil wieder nach Hause zurück!«

32

Kamils Abreise sorgte für Unruhe und Aufregung. Der Kaufmann tigerte durch das Haus, brummelte vor sich hin und
rülpste laut. Er war so aufgeregt, dass er sich unwohl fühlte. Die
Tränensäcke unter seinen Augen waren rot angeschwollen. Die
Mutter ermahnte den Sohn, vor der Abreise etwas Suppe zu
essen.

»Eine gute Suppe, eine gute Suppe«, brabbelte sie. »Ich habe
Ei hineingetan. Iss nur, du hast eine lange Reise vor dir.«

Der Handlungsgehilfe allerdings lehnte ab; er lächelte ständig und hatte einen forschen, unternehmungslustigen Gesichtsausdruck. Er warf sich den glockenförmigen Raglan über die
Schultern, machte eine elegante Bewegung mit dem Zylinder
und gab der Mutter die Hand.

– Ein Handkuss würde sich jetzt aber auch gehören, denkt
Frau Štědrá, und es kommt ihr in den Sinn, wie ihre Stiefkinder
einst im Kaffee die Milchhaut herausgefischt hatten. Sie ermahnte den Handlungsgehilfen, dass er nicht vergessen solle,
zu schreiben; sie lief rot an und schnäuzte sich ins Taschentuch.

Sie blieb an der Türschwelle stehen und sah dem fortge-
henden Handlungsgehilfen nach. Der Vater begleitete ihn zum
Bahnhof. Er trippelte mit winzigen, vorsichtigen Schritten und
stützte sich dabei auf einen altmodischen Regenschirm. Frau
Štědrá hat den Eindruck, dass sein Kopf eingeschrumpft ist; er
verliert sich völlig in seiner Melone. Der Rücken ist gebeugt, und
an ihm herab hängt ermüdet der rentnerhafte Schoßrock. Die
Beine stecken in Hosen, die nach unten Falten werfen wie eine
Orgel, und bewegen sich kaum. Der Handlungsgehilfe hingegen
tänzelt wie eine junge Stute und wirbelt mit seinem Rohrstock
mit silbernen Aufschlägen.

Die Fenster in der Straße öffnen sich, und aus ihnen heraus
beugen sich neugierige Gesichter. Handelsvertreter Raboch flitzt
knapp vorbei und eilt durch die Stadt, um die Nachricht heraus-

zuposaunen, dass der Sohn von Štědrýs abreise. Hinter dem Fenster des Hauses von Raboch saß der Sekretär Růžička und tippte auf der Schreibmaschine. Er bemerkte den Handlungsgehilfen und kam im Arbeitskittel, den Bleistift hinter dem Ohr, auf die Straße gelaufen.

»Mannometer!«, brüllte er und rüttelte an seinem Freund. Vor dem alten Herrn verbeugte er sich zackig: »Meine Verehrung, Herr Štědrý, dauerhafte Gesundheit wünsch ich!«

Er klatschte dem Handlungsgehilfen auf den Rücken.

»Und – was geht ab, alter Schwerenöter?«

»Damenhöschen gehen ab«, antwortete Kamil lachend. Dem Kaufmann missfiel dieser weltmännische Dialog. Er zog den Sohn am Raglan und drängte ihn zur Eile. Der Handlungsgehilfe verabschiedete sich vom Sekretär, der ihm mit beiden Armen zuwinkte und dabei brüllte: »Dreifaches Tschüssikowski – und ab geht die Lucy!«

Der Kaufmann brummte. Das Gesicht des Sekretärs missfiel ihm. Zuwider waren ihm seine flinke, süße Sprechweise und die gelben langen Zähne, die ihm aus dem Mund ragten. Er hatte seinen Sohn vor schlechter Gesellschaft gewarnt. Der Handlungsgehilfe aber verteidigte seinen Freund. Er sei ein braver und aufrichtiger Bursche.

In der Dr.-Alois-Fábera-Straße trafen sie den Buchhändler Oktávec, der einen Jagdtornister und eine Doppelflinte über der Schulter trug. Der Kaufmann entblößte seine Glatze, und der Buchhändler bewegte seinen grünen Hut. Der Notar Dr. Tichay glitt, in seinen Havelock gehüllt, sanft über den Bürgersteig. Der Kaufmann nahm den Hut ab, der Notar aber bemerkte ihn nicht, da er in Gedanken versunken war.

Der Handlungsgehilfe sagte: »Die zahlen ein wirklich ordentliches Gehalt. Da kann ich mir jetzt was gönnen.«

»Völlig richtig«, antwortete der Vater. »Aber vor allem eins: Du musst auf dich achtgeben. Kein Singen mehr, kein ›Lied der Arbeit‹, ist das klar? Einmal, da wirst du dein eigener Herr sein, und da wird es dir auch nicht gefallen, wenn deine Angestellten Revolution machen.«

Kamil wiegelte mit der Hand ab: »Keine Sorge. Ich weiß, was ich mache.«

»Wenn das mal stimmt ...«, sorgte sich der Vater.

Professor Pošusta eilt vorüber. Seine Beine in den kurzen Hosen flitzten jugendlich vorbei. In der Hand hält er eine Zeitung, und seine kurzsichtigen Augen verschlingen die gedruckten Zeilen. Die Taschen seiner Lodenjacke sind vollgestopft mit Broschüren.

Der Kaufmann verbeugte sich respektvoll, schaute dem Professor hinterher und murmelte: »Ein gelehrter Mann! Lauter Bücher ... lauter Bücher ... Komisch nur, dass ihm all das Lernen nicht zu viel wird im Kopf.«

»Na und, was soll schon sein?«, der Handlungsgehilfe machte eine Grimasse. »Der hat vielleicht nicht mal so ein Gehalt wie ich.«

Der Vater ermahnte den Sohn, sich nicht wichtigzumachen. Er mag das nicht. Der Professor gehört zu den Honoratioren, dagegen kommt der Handlungsgehilfe nicht an. Kamil zuckte mit den Schultern und wirbelte mit dem Rohrstock.

Vor dem Bahnhof trafen sie auf zwei braungebrannte, flachsblonde kleine Mädchen. Diese trippelten barfuß durch den Staub und bedeckten ihre Gesichter mit einem sehr breiten Klettenblatt. Sie trugen die Näschen spitz nach oben und machten ernste Gesichter. Sie spielten große Damen, die über dem Kopf einen Sonnenschirm aus Spitze tragen.

Das Klettenblatt rief beim Handlungsgehilfen die Vorstellung eines schlammigen, mit Pestwurz bewachsenen Flusses hervor. Er erinnerte sich, wie er vor Jahren einmal im Fluss hinter dem Bahnhof gebadet hatte und beim Hinübertragen der Kleidung ans andere Ufer einem Jungen die Hose davongeschwommen war. Er musste laut lachen. Der Kaufmann war verärgert.

»Warum lachst du?«

»Ach, nur so …«

»Hier gibt's nichts zu lachen«, tadelte ihn der Vater. »Ich mag so ein Hihihi und Hohoho nicht. Das gehört sich nicht. Man fährt weg ins Ausland und lacht dabei. Und da will man es mal zu etwas bringen …«

»Ich lach doch gar nicht, das war nur so …«

»Na also.« Der Vater blieb stehen und atmete auf. Dann drohte er dem Handlungsgehilfen mit dem Finger.

»Und das eine sage ich dir: Kein Hollzajzaj mehr. Du bist Kaufmann, kein Sänger. Damit ist jetzt Schluss. Und das da … keine Koteletten … und überhaupt, ich will nichts Schlechtes mehr über dich hören müssen.«

»Mach dir keine Sorgen, Papi.«

Der Anblick des Bahnhofs rief beim Kaufmann Unruhe und eine schüttelfrostartige Aufregung hervor. Die blauen Uniformen der Eisenbahnbeamten, die Tafeln mit den Fahrplänen, die Kisten mit blühender Kresse und das herabziehbare Fenster des Fahrkartenschalters mit einem kalten, abweisenden Gesicht dahinter brachten Unruhe in seine Eingeweide. Er seufzte und gähnte krampfhaft. Mit nachdenklichem, besorgtem Gesichtsausdruck ging er auf dem Bahnsteig auf und ab, während sein Sohn eine Fahrkarte kaufte. Auf einer Bank saß ein Mann vom Lande mit einer geflochtenen großen Tasche, darin ein Laib Brot. Eine Bäuerin herzte ein Kind auf ihrem Arm und brummte: »Husch, Kusch, Husch, Kuschkusch.« Der Bettler Chleboun, genannt »Majorchen«, brachte den säuerlichen Gestank seiner Lumpen mit auf den Bahnhof. Er blieb erwartungsvoll vor dem Kaufmann stehen, zog seinen Hut, bewegte seinen eingefallenen Kiefer und ließ unter seinem graugrünen Schnauzbart Gebetsworte erklingen. Der Kaufmann wandte sich ab, kramte in seiner Geldbörse und reichte dem Bettler eine Münze. Der Bettler war verwundert; das war das erste Mal, dass der Kaufmann ihn beschenkt hatte. Er öffnete seinen Mund und vergaß zu kauen;

dann steckte er die Drei-Kreuzer-Münze weg, und sein graugrüner Bart begann, mit großer Geschwindigkeit zu mahlen.

Der Zug fiel zackig und rücksichtslos in den Bahnhof ein. Es entstand Bewegung, Lärm zugeschlagener Türen und Geschrei. Der Handlungsgehilfe umarmte den Kaufmann und spürte den Geruch von Tabak und Alter.

Die Wangen des Alten begannen zu zittern wie Sülze; er brabbelte etwas, der Sohn aber entzog sich seiner Umarmung, der Dampf zischte bösartig auf, und die Hebel der Dampflok setzten sich in Bewegung.

Als es schließlich dunkel geworden war, setzte sich der Kaufmann an den Tisch und begann, im Buch »Fünf Wochen im Ballon« zu blättern. Er hielt es nicht aus zu lesen, schob das Buch beiseite und stöberte auf der Suche nach dem Konversationslexikon im Schrank. Er hörte damit auf und fing an, sich auszuziehen, wobei er keuchte und fortwährend hustete. Seine Frau löschte das Licht, und in der Stube breiteten sich zitternde Schatten aus, die das kleine Öllämpchen aussandte.

Der Kaufmann schloss die Augen, konnte aber nicht einschlafen, denn es drängte sich ihm das Bild einer kalten, unfreundlichen Fremde auf, wo Eile, Herumgeschubse und Gepolter herrschten, wo sich die Menschen gegenseitig nicht kannten, ja, wo es nicht einmal einen Löffel warmer Suppe und ein bequemes Bett gab. Er wälzte sich von einer Seite auf die andere, seufzte und dachte dabei an Kamil: »Der Bub ... der Bub ... in der Fremde ... ganz allein ... Wer wird ihm dort zur Hand gehen?«

»Der geht schon nicht verloren«, meinte seine Frau.

Die Uhr, ohne jede Eile, schnitt die Zeit in gleichmäßige Stücke.

»Er hätte doch noch ein ganz klein wenig hierbleiben können«, jammerte der Kaufmann.

»Von wegen«, antwortete seine Frau. »Herumlungern und nichts tun. Wo gibt's denn so was?«

Der Kaufmann antwortete nicht; sein altes Herz war mit einer unklaren Traurigkeit erfüllt; er tat ihm leid, sein Sohn, den der brüllende Zug in die weite Ferne trägt, hin zu fremden Menschen. Unter den Fenstern pfiff jemand, und eine betrunkene Stimme grölte. Frau Štědrá, die schon halb im Schlummer versunken war, kam zu sich und murmelte:

»Nicht mal in der Nacht geben die Ruhe.«

Der Alte seufzte immer wieder, weil ihm sein juckender Ausschlag zu schaffen machte.

»Kratz mich mal«, stöhnte er.

Die Mutter knetete seinen Rücken und dachte dabei: – Und was soll ich morgen Mittag kochen? Kamil ist weg, da könnte ich ja ein halbes Pfund Fleisch weniger nehmen …

Der Kaufmann schlief ein, und seine Frau drehte sich auf den Rücken.

Und noch bevor der Schlaf sie übermannte, sagte sie sich: – Ach, ich weiß. Ich werde Liwanzen machen, dann haben wir alle genug …

Erleichtert atmete sie auf: – Ja, das mach ich … Und schlief ein.

33

Über die Stoppelfelder jagte ein flottes Windchen, die Landschaft wurde breiter, die Berge verdunkelten sich. Die Dörfer am
Fuß der Berge, die Wälder und Baumreihen, die Wege und Weiden kamen näher, als ob die Augen der Menschen schärfer geworden wären. Die Schwalben setzten sich auf die Telegrafen-
drähte und piepsten aufgeregt; auf den Stoppelfeldern liefen
Ziegen und Kinder umher. Man konnte den angenehmen Geruch verbrannter Quecke wahrnehmen.

An jenem Tag kamen einige Soldaten auf Fahrrädern mit einem Feldwebel an ihrer Spitze in die Stadt. Die Soldaten liefen
im Ort umher und beschrieben die Scheunentore mit Kreide,
um Unterkünfte für die Mannschaften zu kennzeichnen. Die
Bezirksstadt wurde von Begeisterung gepackt: Soldaten kommen! Die Kinder rannten mit Geschrei zu den Rändern der
Stadt und kehrten mit der Nachricht zurück, dass sie eine lange,
graue, sich schlängelnde Reihe von Soldaten gesehen hätten.

In der Entfernung erklang dumpfer Trommelwirbel. Die
Fenster wurden geöffnet, und die Bewohner stellten sich an den
Rand der Bürgersteige. Als dann die Truppe die Straßen betrat,
hörte man plötzlich einen lauten Befehl; die Soldaten knöpften
sich eilig den Kragen zu und richteten ihre Reihen aus. Die Unteroffiziere rannten um die Viererreihen herum wie Schäfer-
hunde um die ihnen anvertraute Herde. Die ermüdeten und
staubigen Soldaten richteten sich gerade auf. Bärtige Reservisten schauten in die Fenster und lächelten jungen Mädchen zu.
Sie waren stolz auf ihre Waffen, des Kaisers Rock und auch darauf, dass an ihrer Spitze ein uralter General mit herabhängenden
Augenbrauen, einem weißen Schnurrbart und roten Lampassen
ritt.

Der Anblick der Reihen, dieser mächtigen Masse junger Lei-
ber, erfasste die Zuschauer auf eigenartige Weise. Und als die
Musik losdonnerte, lief ihnen ein wohliger Schauer über den

Rücken, und manch ein Greis richtete sich auf, männlich und kämpferisch, und dachte an seine eigene Militärzeit.

Die Stadt verwandelte sich in ein Militärlager. Zwischen den Scheunen dampften die Feldküchen, vor denen lange Reihen von Soldaten mit Schüsseln in der Hand standen. Die Köche, schmuddelig und selbstbewusst, schwangen die Schöpflöffel. Die Straßen waren angefüllt mit einem Geruch von Talg, feuchtem Holz und Kaffee. Jungen blickten sehnsuchtsvoll auf die glänzenden Gewehre, die zu Pyramiden aufgerichtet aneinandergelehnt waren. Hunde schnüffelten um die Küchen herum und stritten sich um Knochen.

Frau Štědrá befahl dem Dienstmädchen, den Hausflur zu schrubben und das beste Zimmer des Hauses aufzuräumen. Es erschien ein Leutnant, klirrte mit dem Degen und verbeugte sich mit einer ruckartigen Bewegung. Der Kaufmann empfing ihn barhäuptig und drückte dabei seine Pfeife gerade an die Hosennaht. Der Offizier sprach tschechisch, zog dabei aber die Silben unnatürlich in die Länge und hackte stockend die Worte ab.

Als es dunkel geworden war, spielte auf dem Marktplatz eine Militärkapelle, und der Kapellmeister, behängt mit einer Schärpe, gab mit einem Stock den Takt vor. Die Promenaden belebten sich. Auf der Promenade der Nordseite ging der General mit den Töchtern des Bezirkshauptmanns spazieren, die Offiziere schlugen mit ihren Beinen gegen die Säbel und machten mit ihren Handschuhen klatschende Geräusche. Die Beamten der Bezirkshauptmannschaft, der Richter und der Rechtsanwalt waren in heiterer Stimmung. Auf der Promenade fehlte nur der Bezirksarzt. Er war böhmischer Staatsrechtler und verabscheute das österreichische Militär. Die jungen Damen kicherten aufgeregt, stießen sich gegenseitig in die Seite, sprachen auffällig laut und zählten die Sternchen am Kragen. Die bärtigen Reservisten liefen in die Gastwirtschaften auseinander, lutschten an den Spitzen ihrer Bleistifte und schrieben Ansichtskarten. Die

Dienstmädchen standen kreischend um den Hydranten herum, und die Unteroffiziere bedrängten sie mit groben Späßen.

Der Kaufmann Štědrý gab Anweisung, die Stühle vors Haus zu bringen. Es tauchte der Handelsvertreter Raboch auf, und der Kaufmann lächelte ihm aufmunternd zu. Der Vertreter trat näher und grüßte, hatte die Feindschaft vergessen. Die Musiker bliesen in ihre glänzenden Instrumente und spielten ein Potpourri aus Wiener Operetten. Der Kaufmann rauchte Pfeife und bewertete die Truppe.

»Ein berühmter Heerführer hat einmal gesagt«, erklärte er, »dass, wenn er deutsche Infanterie, russische Kosaken und österreichische Artillerie unter sich hätte, er die ganze Welt erobern könnte.«

Der Handelsvertreter pflichtete ihm bei, sorgte sich aber um die hohen Kosten, die das Rüstungswesen erfordere. Die Steuern würden von Jahr zu Jahr steigen, und am meisten würden das die Gewerbetreibenden spüren.

Der Kaufmann erwiderte: »Schade, dass unser Kamil nicht da ist. Der würde uns alles übers Militär erzählen können.«

Und er fing langwierig zu erzählen an, wie der Handlungsgehilfe vor einigen Jahren gemustert worden sei und drei Jahre habe dienen sollen. Er als Vater aber habe sich an den Abgeordneten Dr. Alois Fábera gewandt, und dieser habe erwirkt, dass Kamil nur acht Wochen als Ergänzungsreservist habe dienen müssen.

Mit Ehrfurcht fügte er hinzu: »Ein großer Mann ist das, der Herr Abgeordnete Dr. Fábera. Der vermag alles. Er genießt bei denen da oben einen großen Ruf.«

Die Promenaden rauschten. Auf der Nordseite promenierten die Offiziere und Beamten. Gegenüber war die Promenade der Handwerker, Handlungsgehilfen und Mannschaften. In der Mitte des Marktplatzes, quer über die gepflasterte Diagonale, wiegten sich die Israeliten. Sie maßen die Offiziere mit einem schiefen Blick und plapperten auf Deutsch.

Zdeňka, die Tochter des Kastellans, und Marie, die Tochter des Hutmachers, beide zurechtgemacht und toupiert, fischten nach den Blicken der Offiziere. Auch sie sprachen übertrieben laut und stießen einander in die Seiten. Der Lehrer Král und der Student Štědrý versuchten, mit den beiden Schritt zu halten. Der Lehrer sprach dabei schmetternd und warf seinen flachsblonden Haarschopf hin und her. Er erzählte den jungen Damen seine militärischen Erfahrungen. Einmal hatte sie ein Offizier zur Strafe zwei Stunden im Schnee liegen lassen. Die Damen aber hörten ihm nicht zu, und Marie machte sich über ihn lustig. Der Lehrer fühlte sich beleidigt, und als er einen ihm bekannten Soldaten erblickte, begann er ein Gespräch mit ihm.

Der Student Jaroslav versuchte, die Aufmerksamkeit auf sich zu ziehen.

»Zdenička«, sagte er, »du wolltest mir etwas sagen ... Zdeňka, hörst du?«

»Was ist denn?«, fragte die Tochter des Kastellans unkonzentriert.

»Du hast gesagt, dass ich auf dich warten soll, und ich ...«

»Lassen Sie mich«, antwortete Zdeňka kurz angebunden, »ich habe heute für Sie keine Zeit.«

»Aber du hast doch ...«

»Es ist, wie ich es gerade gesagt habe, und bedrängen Sie mich nicht weiter!«

Und aufgeregt trieb sie, dabei nach Blicken der Offiziere lechzend, ihre Gefährtin zur Eile an.

Die Kapelle hatte zu Ende gespielt, und die Musiker machten sich zum Weggehen bereit. Sie gruppierten sich in Reihen, und der Kapellmeister mit seinem großen Schnauzbart gab mit dem Taktstock ein Zeichen. Eine Trommel erklang, und die Musiker verließen den Marktplatz unter den Klängen eines Militärmarsches. Eine Schar Jungen lief hinter ihnen her und wünschte sich, die Instrumente berühren zu dürfen.

Der Lehrer hatte genug mit dem Soldaten gesprochen und kehrte zu seinem Freund zurück. Der Student stand wie erstarrt an der Stelle, wo ihn Zdeňka hatte stehen lassen. Er blickte aufs Pflaster, als ob er etwas Verlorenes suchen würde, und bewegte seine Lippen.

– Na gut, sehr gut, murmelte er. Ich habe Sie durchschaut. Sie sind ein beschränktes Wesen und vermögen es nicht, sich aus dem Alltagstrott heraus zu erheben. Aber das ist schon in Ordnung ...

Er fühlte den Schmerz der Erniedrigung. Seine jugendliche Selbstgefälligkeit war ernsthaft verletzt worden. Und er begann zu träumen, dass er diese Stadt verlassen und nach dem Ende seines Studiums in die Bezirksstadt zurückkehren wird, zusammen mit einer jungen Frau von stolzem und feinem Antlitz. *Sie* wird ihn sehen und schrecklich jammern. Sie will alte Erinnerungen in ihm wecken.

– Es ist bereits zu spät, Fräulein, sagt er und wendet sich von ihr ab.

– Und nicht einmal die Hand reichen Sie mir?, schluchzt Zdeňka.

Seine willfährige Phantasie beginnt, seine zukünftige Frau zu zeichnen. Sie ist schlank, hat einen zarten Gang und spricht mit einem tiefen Alt. Wenn sie fröhlich ist, kann man in ihren Augen helle Pünktchen erkennen. Aber auch dieses Bild erinnert an Zdeňka, die Tochter des Kastellans. So vertreibt er dieses Trugbild und beginnt, sich ein neues Bild zu formen. Jedoch ist die Gestalt seiner künftigen Frau in Nebel gehüllt, er vermag ihr Antlitz nicht zu erkennen ...

Der Lehrer erriet seine Gedanken und versuchte, ihn zu trösten. Er beschimpfte Zdeňka und Marie, die Tochter des Hutmachers; und mit deftigen Worten verwarf er alle Frauen. Seinen flachsblonden Haarschopf hin und her schüttelnd, ereiferte er sich lautstark, dass das Weib der Stachel des Skorpions sei, das Tor zu Falschheiten und ein unnützes Geschöpf. Dies habe der

Dichter Machar gesagt, unter Berufung auf die Worte irgendeines Kirchenkonzils. Und am schlimmsten sei Marie, die Tochter des Hutmachers. Sie tut so, als ob sie eine fortschrittliche Frau sei, ihr Vater aber sei ein bekannter Frömmler und führe Prozessionen nach Vambeřice. Nach langem Drängen habe sie ihm zwei Bücher zurückgegeben, die jetzt aber voller Eselsohren seien. Es sei eine Frechheit, so mit fremdem Eigentum umzugehen. Er wüsste nur zu gern, was die Weiber an den Offizieren hätten. Das seien doch bloß hohle Gefäße, oberflächliche Schönlinge, die nicht einmal wüssten, was anspruchsvolle Lektüre sei.

Seine lebhafte Phantasie hatte den Studenten in den General mit den herabhängenden Augenbrauen und dem weißen Schnurrbart verwandelt. Er kommt an der Spitze einer Brigade junger und begeisterter Soldaten in die Bezirksstadt. Er zieht den blitzenden Säbel und gibt munter Befehle. Die Soldaten hängen an seinen Lippen. Sein edles Pferd erhebt sich und tänzelt auf den Hinterläufen. Nicht weit entfernt davon stehen junge Damen, lauter Zdeňkas, Tausende von Kastellanstöchtern, und versuchen den Blick des heldenhaften Befehlshabers zu erhaschen. Der General aber achtet nicht auf sie, er hat gelernt, auf das weibliche Geschlecht herabzuschauen …

Sie bummeln durch die still gewordenen Gassen, zwischen Häusern mit toten Fenstern, hinter denen stille, unschuldige Bewohner schlummern, unter einem dunklen Himmel, an dem die funkelnden Sternbilder an niemals entzifferte Inschriften auf alten, aus der Erde gegrabenen Tempeln erinnern. Ein riesiger Mond war aufgegangen, der die dickleibigen Häuser und das breitgemauerte Rathaus mit einem glänzenden metallischen Sand überschüttete.

Der Lehrer hob seine Faust und brüllte: »Und ich bin Antimilitarist. Ins Zuchthaus werde ich für meine Überzeugungen gehen. In einem dumpfen Verlies, an Ketten gefesselt, werde ich das Lied der Freiheit singen. Wir sollten eigentlich ins Wirtshaus gehen und die schlechte Laune vertreiben. Den Staub des

Alltags hinunterspülen. Was meinst du, Jarda, nehmen wir noch ein Bier?«

Der Student lehnte aber ab, und der Lehrer begleitete ihn nach Hause. Jaroslav schloss das Tor auf und zog die Schuhe aus, um den Vater nicht zu wecken. Vorsichtig schlich er die Treppe hinauf. Er stahl sich in sein Zimmer und entdeckte im zerwühlten Bett das Gesicht des Leutnants. Er schlief dort mit Bartbinde und offenem Mund. Das Zimmer war angefüllt mit einem Geruch nach Brillantine, Pomade und Leder. Auf den Stühlen hingen Uniformteile, der Säbel und eine glänzende Patronentasche. Auf dem Tisch lag ein angefangener Brief. Der Student griff nach dem Papier und las im Mondlicht die Worte: »*Innig geliebte teuerste Bertha! ...*« Auf der Garderobe hing der schwere Parade-Tschako, geschmückt mit dem Doppeladler. Jaroslav nahm den Tschako herunter und schaute hinein. An das Innenfutter war ein Schildchen mit Aufschrift genäht: »Kurt Seperowsky, Lt. 18. I. R«. Der Student setzte sich den Tschako mit jener Ehrfurcht auf, mit der ein Zivilist militärische Ausrüstungsgegenstände berührt. Unbewusst spannte er die Brust vor und blickte streng drein; der Spiegel aber warf ein Bild zurück, das an die komische Figur eines Theaterpolizisten erinnerte. Der Offizier schmatzte im Schlaf; der Student blickte hasserfüllt auf den Schnurrbart unter der Binde und schleuderte den Tschako auf den Boden.

34

Ganz früh am Morgen, als der Nebel von den Hügeln herabrollte und sich an die Bäume klebte, füllte sich die Umgebung der Stadt mit Unruhe und Gebrüll. Reihen von Soldaten schleppten sich über Erdschollen, Kämpfer duckten sich in Ackerfurchen und sprangen auf Befehl mit einem wachsamen, kämpferischen Gesichtsausdruck hoch. Die Offiziere knieten zwischen den Soldatenketten nieder und beobachteten mit dem Feldstecher die Bewegungen des Feindes, brüllten Befehle und fuchtelten mit ihren Säbeln. Die Telefonisten wickelten Drahtrollen ab, und Ordonnanzen galoppierten auf ihren Pferden umher. Ab und zu ertönte eine Trompete.

Eine blutige Sonne war über die Wipfel der Bäume gestiegen, und es hatte sich ein flottes Windchen erhoben. Man hörte das trockene Knattern der Gewehre, und über den Äckern schwebten Rauchwolken. Es roch scharf nach verbranntem Schießpulver. Auf das Schlachtfeld kam der Wagen eines Marketenders gefahren, beschwert mit geflochtenen Ketten von Speckwürsten und einem Fass Schnaps. Die Bürger hatten an jenem Morgen früh ihre Betten verlassen, um bei diesem interessanten Schauspiel zugegen zu sein. Unausgeschlafen und zitternd vor Kälte, beobachteten sie die Soldaten, die sich hinter Bäume und Büsche duckten. Sie blickten in Richtung der Textilfabrik, die von einem Regiment mit weißen Armbinden besetzt war. Die Bewohner begannen ein Gespräch über die Kriegskunst; sie stritten sich heftig und gaben ihre Meinungen zum Besten. Greise erinnerten an die bewegten Ereignisse des sechsundsechziger Jahres. Es stellte sich auch der Spediteur Wachtl zusammen mit dem Handelsvertreter Raboch ein. Der Spediteur zeigte stolz ein neues fotografisches Gerät, das er in Deutschland bestellt hatte. Er wollte damit einige Fotos vom Schlachtfeld machen, ein Offizier aber brüllte, dass das nicht erlaubt sei. Es erschien auch der Verwalter Wagenknecht; er war ausgedienter Feldwebel, und sein düsterer Blick fuhr über die Reihen der Soldaten hin und her, als ob er irgendwelche Unregelmäßigkeiten, die dem Dienstreglement widersprachen, aufdecken wollte. Der Handelsvertreter sprach die Soldaten an und benutzte dabei jenen leutseligen, lauten Tonfall, in dem man mit Kindern, Schwerhörigen und geistig Behinderten spricht.

»Und Soldat, wie ist denn so die Verpflegung?«

»Verpflegung ist ganz in Ordnung«, antwortete heiser ein bärtiger Infanterist.

»Das Wichtigste ist Essen und Trinken, stimmt's?«, ergänzte der Vertreter scherzhaft.

»Ganz genau«, erwiderte der Bärtige.

Der Handelsvertreter gab ihm eine Handvoll Zigaretten. »Hier haben Sie was extra, Soldat«, sprach er. »Ich bin der hiesige Kaufmann Raboch. Was ich habe, teile ich gern. Ich weiß, was Militärdienst bedeutet.« Der Soldat bedankte sich und steckte sich sein Geschenk hinter den Rand der Mütze. Im Lärchenhain begann ein verborgenes Maschinengewehr zu rattern. Ein Offizier kam auf einem Pferd herangaloppiert und brüllte eifrig etwas.

Man hörte den Befehl: »*Feuer einstellen!*«

Die Soldaten wiederholten: »*Feuer einstellen!*«

»*Aufsatz normal!*«

Durch die Kampfreihe lief: »*Aufsatz normal!*«

»*Auf!*«

Die Kämpfer erhoben sich und rannten vor. Sie ließen sich zu Boden fallen und drückten sich an die Erdhügel. Abermals wieherte das Maschinengewehr, und hinter der Fabrik erhob sich eine Rauchwolke. Nach einer Weile konnte man einen gewaltigen Kanonenschlag hören. Die Zuschauer hielten sich die Ohren zu.

»Na so was ...«

»Wenn das echt wäre, dann würden wir ganz schlecht aussehen.«

»In unserer Stadt würde kein Stein auf dem anderen bleiben.«

»Gott möge es verhüten.«

Der Handelsvertreter versuchte, sie zu beruhigen: »Keine Angst, liebe Leute! Solange der alte Monarch lebt, kann so etwas gar nicht passieren.« Eine Stimme des Zweifels ließ sich vernehmen: »Es geht nicht um den ... Was aber ist mit seinen Ratgebern?«

Abermals hörte man Befehle, die Soldaten sprangen auf und stürmten vorwärts. Der Trompeter blies Sturm. Die Soldaten pflanzten die Bajonette auf. Die Schützenreihe vereinigte sich zu einem dichten Karree, und man sah, wie sich in der vorderen Reihe die schwarz-gelbe Fahne mit dem Doppeladler wellte.

»Tuutata – tuutata – rammtarammtammta!«, kreischte die Trompete.

»Hurra!«, brüllten die Kämpfer. Die Textilfabrik ergab sich.

Dann stellten die Soldaten ihre Gewehre zu Pyramiden zusammen und ruhten sich aus.

Der alte General schrie: »*Die Herren Offiziere, Offiziersaspiranten, die Unteroffiziere und die Einjährigen zu mir!*«

Um den Kommandanten bildete sich ein Kreis.

Der Marketender goss Schnapsgläser voll, seine Frau verkaufte Würstchen und schnitt Brot. Die Telefonisten nahmen mit langen Gabeln die Drähte von den Bäumen ab und rollten sie auf Spulen. Die Bürger erzählten eifrig und ausholend, und die Frauen kreischten herum. Die Soldaten machten stolze und abweisende Gesichter. Die Feldküchen dampften, und die aufgedunsenen Köche teilten Suppe aus.

Am Nachmittag stellte sich die Truppe in Marschformation auf. Ein Offizier zu Pferde brüllte mit gezücktem Säbel einen Befehl. Die Kompaniekommandeure antworteten ihm wie ein Echo. Die Reihen der Soldaten standen stramm, und ihre Gesichter versteinerten. Es schlugen die Trommeln und bliesen die Blechinstrumente.

Brrr – bumm, bumm ...

Die Reihen setzten sich in Bewegung, und die Soldaten marschierten im Paradeschritt. Ihre Gesichter waren hart geworden, die Augen aber strahlten vor Begeisterung. Der General mit dem weißen Schnauzbart saß zu Pferde, zog grimmig die Augenbrauen zusammen, sein Mund unter dem Bart aber lächelte. Er sagte: »*Besser, besser, meine Kinder . . . besser, besser, Jungs!*«

Die Soldaten streckten die Beine lang und traten zackig auf das Pflaster. Sie freuten sich, dass ihr Alter zufrieden war, und sie waren im Angesicht der Zivilisten auch stolz auf ihre Waffen und darauf, dass sie als Befehlshaber einen so hervorragenden General mit einem goldenen Kragen und roten Lampassen hatten.

Dann berührte der Kommandeur den Schirm seiner Mütze und sagte zu den Offizieren: »*Ich danke Ihnen, meine Herren. Lassen Sie die Mannschaften ruhen.*« Er gab dem Pferd die Sporen und ritt davon. In den Reihen der Truppe hörte man: »*Abgeblasen!*« Die Soldaten öffneten ihre Feldblusen und zündeten ihre Pfeifen an.

Die Truppe rückte aus der Stadt ab. Die Soldaten blickten in die Fenster, winkten und riefen: »Lebt wohl, ihr schönen tschechischen Mädchen!« Irgendwo in den ersten Reihen hörte man den Vorsänger: »Eins – zwei! Die Infanterie . . .«

Die Soldaten schoben sich ihre Mützen keck auf die Seite, und hundert junge Stimmen fielen ein:

… die tapfere Armee,
erlitt für unsern Herrn Kaiser schon manches arge Weh.
Eins – zwei!
Für unseren Herrn Kaiser und seine Familia
musst' sie erobern die ganze Herzegowina.

35

Der Herbst war gekommen, ein silberner, klagender Herbst. Die Blätter hatten sich in Bronze verwandelt, die Bäume waren rostig geworden wie alte Fassreifen und schüttelten ihre kahlen Zweige. Der Wind raschelte in den Büschen und jagte das trockene Blattwerk über den Marktplatz. Oft dunkelte es über der Spedition von Julius Wachtl, und eine bösartige Wolke ließ einen nasskalten Regen auf die ausgeplünderte Erde fallen.

In die Kreisstadt kamen Leiterwagen angeholpert, und in ihnen saßen junge Gymnasiasten, die mit Buchteln dickgemästet worden waren. Um die Wagen scharten sich Frauen und kümmerten sich um die Jungen und deren Koffer. Leute vom Lande verabschiedeten sich von ihren Kindern, einige brüllten dabei mit polternder Stimme, um ihre Gefühle zu verbergen, andere weinten in ihre herabhängenden Schnauzbärte und machten über den neuen Gymnasiasten ein Kreuzchen. Die Zimmerwirtinnen gaben den Vätern die Hand und versprachen ihnen, sich um ihre Kinder zu kümmern wie um eigene, sie zu Sauberkeit und Ordnung anzuhalten und am Essen nicht zu sparen.

Dann fand vor der Buchhandlung des Herrn Oktávec eine Buchbörse statt. Die Gymnasiasten boten ihren jüngeren Kollegen Herodot, Ovid, die Ilias, schmutzige und beschmierte Geschichtsbücher, Algebrabücher und verbotene Übersetzungen mit fehlenden Seiten an.

Verkäufer und Käufer gestikulierten mit den Armen und führten lautstarke Handelsgespräche.

Dann wurde in der Gymnasiumskapelle das »Veni Sancte« gefeiert, zu dem das Professorenkollegium einschließlich Professor Pošusta sich mit einem schwarzen Schoßrock bekleidet hatte.

Den Haushalt des Kaufmanns Štědrý hatte Unruhe ergriffen. Schon am Tag zuvor war Frau Štědrá um den Herd herumgerannt und hatte immer wieder einen Blick in den Backofen geworfen. Sie wollte einen Gugelhupf sowie Ingwer- und Mandel-kipferl backen. Der Kaufmann wirkte eingefallen, zitterte mit dem Kopf und musste ständig seufzen. Ungelenk sprang er um seinen Sohn Jaroslav herum und wischte ihm ohne Grund Staub vom Rücken und glättete die Enden seines Jacketts. Es war zu sehen, dass er gerne ein Gespräch angeknüpft hätte, aber nicht wusste, wie er es anstellen sollte. Die Mutter sandte dem Stu-denten aus der Küche auffordernde Blicke: – Sprich mit Vati ... Dem Studenten tut der Vater leid, es quält ihn der Blick auf des-sen gelblichen Schnurrbart, die Bartfliege an der Unterlippe und seine vom Wasser aufgedunsenen Hände. Er sieht, dass der Va-ter abbaut und ihm bald wegsterben wird. Der Vater aber weiß nichts davon und beschäftigt sich mit kleinlichen Sorgen. Er denkt nicht an den Tod, vielmehr schlürft er mit Genuss seine Suppe und nagt Knochen ab. Er verfolgt Fliegen mit einer Flie-genklatsche und macht dabei ein listiges und ausgebufftes Ge-sicht. Im Laden bedient er die Kunden und macht sich über die Leute vom Lande lustig.

Der Student sprach mit zusammengeschnürter Kehle: »Das Wetter wird scheinbar schlechter«, und der Vater antwortete dankbar: »Was kann man da machen, es ist ja schließlich Herbst.« Von draußen kam die Katze mit matschverschmierten Tatzen ins Haus gelaufen. Der Kaufmann fuhr sie an: »Pfui, elendes Mistvieh! Wenn du keine Mäuse jagst, kommst du mir aus dem Haus!« Die Katze bekam einen Schrecken und machte einen Bu-ckel. Der Kaufmann aber achtete nicht auf sie, und die Katze suchte die Nische unter dem Ofen auf, wo sie sich zufrieden auf »Kasims Opanken« legte.

Dem Studenten wird traurig zumute bei dem Gedanken, dass er dieses alte Haus, das gewölbt ist wie eine Brauerei und kalt wie eine Basilika, verlassen muss. Ein Haus mit einer gläser-nen Pawlatsche, auf der wilder Wein rankt, Zimmer, in denen unentwegt Halbdunkel herrscht, und ein elender, ausgehöhlter Weidenbaum über der stinkigen Sickergrube; sein Zimmer, in dem an der Decke ein blauer Wasserfall und ein Jäger, der auf einen Hirsch zielt, aufgemalt sind, und die Gobelinbilder, die noch seine verstorbene Mutter gestickt hat. Es tut ihm leid, dass er aus der Bezirksstadt fortgeht, wo er die dickleibigen, friedvollen Häuser, das rechtschaffene Rathaus mit dem Stadtwappen, das Gymnasium und die Kirche, die Spedition von Julius Wachtl, die Apotheke und auch den Notar Dr. Tichay in seinem zugeknöpften Havelock zurücklassen wird ... Gern täte es ihm auch um Zdeňka leid, die Tochter des Kastellans. Er sagt zu sich selbst: – Ich habe sie geliebt, und sie hat mich verraten ... Ihr Bild hält sich aber nicht in seinen flatternden Gedanken, die schon nach der Hauptstadt drängen. Er wird an die Hochschule fahren.

Der Vater ergreift ihn am Ärmelrand, und man erkennt an seinem konzentrierten Gesicht, dass er gerne etwas sagen würde, sich aber nicht erinnern kann, was. Er runzelt die Stirn und brabbelt: »Warte mal, warte, was wollte ich nur ...«

Dann hellt sich seine Stirn auf, und er beginnt, mit kindlicher Stimme ein naives Gedicht zu rezitieren:

Ich bin ein großer Herr.
Ich bin fünfeinhalb Jahre alt.
Da greift er zu Vaters Stock und Mantel
und geht hinaus, gekleidet wie ein Herr ...

Der Alte lachte mit röchelnder Stimme und sagte: »Erinnerst du dich noch? Dieses Gedicht habe ich dir immer aufgesagt, als du noch ein kleiner Spund warst. Und du bist immer böse geworden.«

Die Mutter kam aus der Küche und ergänzte. »Ich kann mich gut daran erinnern. Er war damals gerade wieder gesund geworden und furchtbar nervös. Ich war sehr wütend auf dich, weil du ihn damit aufgezogen hast. – Lass ihn in Ruhe, habe ich gesagt, wenn er das nicht leiden mag. Du bist doch nicht recht gescheit. Siehst du denn nicht, dass er noch geschwächt ist?«

»Allerdings«, antwortete der Kaufmann. »Das war damals, als der Spiritus Feuer fing. Wir hätten abbrennen können. Erinnerst du dich noch?«

»Na, und ob ich mich erinnere. Das war ein großer Schrecken. Ich hab dir schon immer gesagt, dass du nicht mit der Pfeife ins Lager gehen sollst. Aber da kann man noch so viel reden, du musst immer die Pfeife im Mund haben. Bei dir ist alle Mühe umsonst.«

Die Glocke läutete. Der Kaufmann ging in den Laden, und man konnte hören, wie er rezitierte:

Die Leute sollen halten an
und reden mit dem kleinen Mann …

Den Laden betrat ein Bauer mit blauen, gerecht blickenden Augen. Der Kaufmann begrüßte ihn mit lauter Stimme: »Ah, Herr Izidor Doležal! Was bringt uns denn der Herr Izidor Doležal?«

»Ich bin nicht Izidor Doležal«, antwortete der Bauer ruhig. »Ich heiße Šabata und bekomme ein halbes Kilo Firnis.«

Der Kaufmann wog die Ware ab und sagte vorwurfsvoll: »Warum lasst ihr Bauern es bloß ständig regnen?«

»Wir machen das nicht«, antwortet der Mann vom Lande. »Da seid ihr Städter dran schuld. Euer Wort gilt mehr beim Herrgott. Ein Bauer ist da ein zu kleiner Herr.«

Beim Mittagessen war der Kaufmann aufgeregt; seine Hand zitterte, er schaffte es nicht mit dem Löffel zum Mund und bekleckerte seine Weste mit Suppe. Dauernd sprach er vom wissenschaftlichen Fortschritt. Plötzlich fing er an zu erzählen, dass ein gewisser Gelehrter eine Art Mineral erfunden habe, das sich aus eigener Kraft in der Luft zu halten vermochte. Er verhedderte sich mit der Erläuterung, brachte sich mit eigenen Worten durcheinander und verstummte schließlich.

Die Mutter trug wie benommen und mechanisch das Essen auf. Sie seufzte immer wieder und putzte sich verstohlen die

Nase. Nur Viktor war ruhig, kaute bedächtig die Speisen mit seinen viereckigen Zähnen und wischte die Soße mit einem Brotkanten auf.

Der Vater lobte den Studenten dafür, dass er sich für die juristische Fakultät entschieden hatte. Nach dem Studium wird er Rechtsanwalt. Die Leute werden ihm mit Respekt begegnen, und ein Abglanz dieses Respekts wird auch auf den Vater fallen.

»Wenn du nach Prag kommst«, ermahnte er den Sohn, »dann musst du Herrn Dr. Fábera aufsuchen, unseren Abgeordneten. Das ist ein gelehrter und weiser Mann. Er wird dir helfen können.«

»Das geht doch nicht an«, wandte die Mutter ein, »dass unser Jaroušek den Herrn Abgeordneten belästigt. Ich würde es ungern sehen, wenn er Jaroušek abwimmelt.«

»Schweig, Mutter«, sagte der Kaufmann mit fester Stimme. »Das hat es noch nie gegeben, dass der Abgeordnete Dr. Fábera einen Landsmann abgewimmelt hätte. Hör gut zu, Jaroslav, ich rate dir gut. Vielleicht wirst du einmal etwas nicht verstehen, im Buch steht es so, und in der Praxis ist es dann anders, dann kannst du ohne weiteres beim Herrn Abgeordneten anklopfen. Er wird es dir erklären. Er ist ein bekannter Doktor, ein berühmter Advokat. Jeder spricht von ihm nur mit Ehrfurcht.«

Frau Štědrá will ihren Sohn zum Bahnhof begleiten. Sie bietet an, den Koffer zu tragen. Sie lässt es nicht zu, dass der Student selbst sein Gepäck schleppt; er ist schwächlich, und es könnte ihm noch »etwas ... etwas ... in den Eingeweiden ... zerreißen«, beginnt Frau Štědrá krampfhaft zu weinen.

Der Student wehrt sich eifrig. Er schämt sich bei der Vorstellung, dass eine kleine dicke Frau mit einem rührenden kleinen Dutt im Nacken neben ihm geht und ihm den Koffer trägt. Die Leute würden ihm hinterherschauen und die Jungen würden ihn auslachen, dass er Mamis Liebling ist.

»Kommt nicht in Frage, Mutter«, sagte der Kaufmann: »Ich selbst werde gehen. Ich habe Kamil begleitet, ich werde auch Jaroslav begleiten. Sei ganz unbesorgt, wir zwei schaffen das schon. Du solltest inzwischen im Laden sitzen. Und den Koffer wird ihm Kristýna tragen.«

Und er zog seinen Rentnergehrock an.

Am Abend zündete der Kaufmann die Lampe an, setzte sich an den Tisch und schlug das Buch »Fünf Wochen im Ballon« auf.

Er las: »›Diese Barbaren! Ob sie ihn noch diese Nacht zu Tode bringen werden?‹

›Das ist nicht wahrscheinlich, meine Freunde‹, antwortete der Doktor. ›Diese wilden Völker pflegen ihre Gefangenen bei helllichtem Tage zu töten; sie benötigen die Sonne.‹

›Was, wenn ich die Nacht nutzte und mich zum Unglücklichen hinunterließe?‹

›Ich komme mit Ihnen, Herr Dick!‹«

Frau Štědrá schluchzte auf.

Der Kaufmann nahm den Zwicker ab und blickte vom Buch hoch. Er sah, wie seiner Frau dicke Tränen über die Wangen kullerten.

»Was ist los, Mutter?«, sagte er vorwurfsvoll. »Warum nimmst du dir das so zu Herzen? Andere sind gut angekommen, und er, so Gott will, wird auch ohne Probleme ankommen.«

»Andere, andere«, weinte Frau Štědrá, »aber Jaroušek ... Er ist doch noch ein völliges Kind ... Er hat zu jedem Vertrauen, und böse Menschen werden ihn betrügen können.«

»Warum sollten sie ihn betrügen? Und heul nicht!«, wurde ihr Mann wütend. »Ich kann das nicht leiden.«

Frau Štědrá leckte sich die Tränen ab und jammerte: »Ich ... ich habe ihm einen Gugelhupf gebacken ... einen guten Gugelhupf ... der ist kein bisschen eingefallen ... und er ... und er wird gar keine Freude daran haben ...«

»Warum sollte er keine Freude daran haben? Immer diese Reden! Ich kann so etwas nicht hören.«

»Er wird davon seiner Zimmerwirtin anbieten, und die wird sich etwas abschneiden.«

»Dann schneidet sie sich etwas ab, was soll schon sein?«

»Was sein soll? Wie dumm du doch bist. Du kennst diese Zimmerwirtinnen nicht. So eine Alte, die schneidet sich einmal was ab – zack, die Hälfte ist weg ... langt ein zweites Mal zu – und was bleibt vom Gugelhupf? Und für Jaroušek bleiben nur noch Krümel ...«

Der Kaufmann erhob sich, um nachzusehen, ob die Tür gut abgeschlossen war. Dann legte er sich hin und brummte: »Jeder hier heult herum und macht mir nur Sorgen ...« Dann verstummte er, denn auch ihn zwickten in der Nasengegend die Tränen.

36

Die Erde wurde hart, und die Luft stand unbeweglich wie eine Säule. Die Landschaft verstummte, nur Scharen gieriger Krähen stießen mit grobem Geschrei hinab in die Ackerfurchen, um dort nach Nahrung zu suchen. Die kahle Fläche des Hügels, der hinter der Spedition von Julius Wachtl emporragte, war ausgeblichen. Die Gäule des Spediteurs schnaubten und entließen dichten Dampf aus ihren Nüstern. Der Spediteur hatte sich einen Halbpelz angezogen, und man konnte auf dem Hof seinen mächtigen Bass hören.

Der Morgen erhob sich schlaff aus dem aufgebauschten Nebel. Auf den Spinnweben hingen Korallen von gefrorenem Morgentau. Am Himmel strahlte rot die Sonne, aus den Schornsteinen der dickleibigen Gebäude stieg blauer Dampf direkt zum Himmel, die Bewohner beschleunigten ihre Schritte, und die Tage erloschen zeitig.

Am vergangenen Sonntag hatte Zdeňka, die Tochter des Kastellans, geheiratet. Sie hatte Herrn Pecián geheiratet, den Postmeister im Ruhestand. Die Orgel dröhnte feierlich, als der Hochzeitszug sich in die Kirche begab. Am Eingang des Doms hatte der Bettler Chleboun, »Majorchen« genannt, Stellung bezogen, und auf der anderen Seite stand die Glatte Ančka; zwei elende Karyatiden schmückten so das Portal der Kirche.

Die mit einem struppigen Stoppelfeld bewachsenen Wangen des Bettlers blähten sich abwechselnd auf und fielen dann wieder zusammen. Bei der Glatten Ančka zitterte der verblühte Kopf auf ihrem dünnen Hals. Auch der heruntergekommene Braumeister Vokoun hatte sich dazugeschmuggelt, ein Fettwanst mit schmutzigem Kragen, einem eingedrückten steifen Hut, der sich in die Tür des Doms drängte und auf die Zehenspitzen stellte, um mit seinen verklebten Äuglein einen Blick auf die Braut zu erhaschen.

Chleboun fuhr ihn an: »Was hast du hier zu suchen? Hier gehörst du nicht her. Hier stehen wir schon seit immer.«

Er hielt den Braumeister auch schon für einen Bettler und wollte die Konkurrenz von der Pforte des Doms vertreiben. Der dicke Braumeister sank in sich zusammen, lächelte dümmlich und schlich davon.

Die Braut, weiß wie Schnee, auf dem Kopf einen Kranz von Rosmarin, ging eingehakt bei ihrem Bräutigam. Dieser, rot vor Glück und mit geschwärztem Schnurrbart, schritt steif und aufrecht einher, ohne seinen hölzernen Rumpf zu bewegen. Der Bettler Chleboun stierte triefäugig auf den herabfallenden Schleier; sein graugrüner Schnauzbart setzte sich in Bewegung, und darunter bildeten sich die Worte: – Hat ja doch noch geholfen, dass man dir die Röcke hochgehoben und dir was verpasst hat ... auf den Nackten was verpasst hat ... Das war gesund, gesund war's ...

Er wusste, dass es in der Familie des Kastellans stürmische Auftritte gegeben hatte. Der Kastellan hatte seiner Tochter Prügel angedroht, wenn sie ihm nicht gehorchte. Zdeňka wiederum hatte gedroht, eher von zu Hause fortzulaufen, als Herrn Pecián zu heiraten. Zuletzt aber hatte sie sich doch unterworfen.

Das Brautpaar schritt auf einem roten Läufer zum Altar, an dem es ein alter Priester mit einem grauen Wuschelkopf erwartete. Frauen trockneten sich die Augen; eigentlich rührte sie jede Trauung, jetzt aber waren sie umso mehr gerührt, als sie wussten, dass hinter dieser Hochzeit ein trauriger Roman steckte. Und gerade um diesen traurigen Roman wurde Zdeňka von ihren Freundinnen beneidet; eine traurige Hochzeit ist doch viel erhebender als eine fröhliche. Nur das einfache Volk feiert lebensfrohe Feste, bei denen ausgelassen getobt wird. Und die jungen Frauen verschlingen mit den Augen das Gesicht der Braut, das so durchsichtig und unwirklich zu sein scheint wie eine erfrorene Blume auf dem Fensterbrett.

Vom Chor herab blickt der Friseur Sedmidubský auf die Trauzeremonie, der Erste unter den Sängern. Seine Wangen glühen, und seine Augen haben sich mit Nebel verhüllt. Er sieht keine

Hochzeit vor sich, sondern seine eigene Beerdigung. Dort vor dem Altar steht ein hoher Katafalk, bedeckt mit einem schwarzen Tuch. Um den Sarg herum stehen vier Männer mit weißen Handschuhen und gezückten Säbeln als Ehrenwache.

– Eine Hochzeit ist etwas Schönes, aber eine Beerdigung ist viel schöner, flüstert er. Und wenn ich einmal sterbe, dann werde ich für euch, meine Mitbürger, eine solche Aufführung inszenieren, dass ihr mich nie vergesst und stets meine Erinnerung segnen werdet.

Der Bräutigam sagte sein Ja, richtete sich auf und schob seinen Kneifer zurecht. Der Priester fragte auch die Braut. Im Dom machte sich eine dumpfe Stille breit. Die Braut flüsterte etwas, und alle atmeten auf. Es entstand Bewegung. Der Postmeister sieht nachsichtig dabei zu, wie die Braut von Hand zu Hand gereicht wird. Dem Schlosskastellan zittert das Kinn. Der Handelsvertreter Raboch mit seinen geröteten Bäckchen lässt seine verschlagenen Äuglein hin und her fahren und achtet auf jede Kleinigkeit. Anwesend sind auch Buchhändler Oktávec und Notar Dr. Tichay, dessen dichterischen Geist Hochzeitsfeiern stets sehr erheben. Auch der Spediteur Wachtl ist gekommen, um Zeuge des Glücks seines Freundes zu werden. Ihm ist feierlich zumute, und sein dicker Schnauzbart reckt sich in die Höhe.

Der Engelchor gluckst ein Hochzeitslied, und durch den Wirrwarr der Stimmen dringt der umflorte Tenor des Friseurs Sedmidubský; er steigt hoch und immer höher, bis er das gotische Gewölbe berührt. Er singt kein Hochzeitslied, vielmehr singt seine Seele einen Lobgesang auf seinen verstorbenen Körper. Die Hochzeitsgäste verlassen den Dom, der Friseur aber sieht Trauergäste um sich. Der weiße Schleier der Braut hat sich in den schwarzen Schleier seiner Witwe verwandelt. Die Rosensträuße in den Händen der Brautjungfern erscheinen ihm wie Lorbeerkränze. Er geleitet selbst den Trauerzug auf den Friedhof und achtet persönlich darauf, dass die teilnehmenden Vereine in ausgerichteten Reihen einhergehen und die Ordnung durch nichts gestört wird. Der Friseur teilt sich in mehrere Personen auf, und all diese Friseure, mit Schärpen gegürtet, halten brennende Fackeln in der Hand. Seine Seele gesellt sich zu seiner schluchzenden Witwe, die von Verwandten gestützt wird, und er wird genau darauf achten, ob die am Boden zerstörte Witwe sich ihrem Gatten hinterher ins Grab wird stürzen wollen ...

Vor dem Dom gab es Gedränge. Die Hochzeitsgäste besteigen Kutschen und verabschieden sich von Freunden. Die Bettler strecken die Hände aus. Chleboun kaut mit seinem zahnlosen Kiefer. Er schielt nach der Braut und murmelt: – Na also ... Hat also die väterliche Ermahnung doch noch geholfen ... In den Wald mit dem Studenten gehen, das darf man nicht, nur zum Altar mit dem Bräutigam ... Ja, das ist in Ordnung ... Das lobe ich mir ...

Die Glatte Ančka wackelt mit dem Kopf und brabbelt: – Gebt auch was, meine Herren, gebt auch was, meine Herren ... Der schwachsinnige Hynek ist ganz verzaubert von so viel Feierlichkeit und knetet dauernd seine Mütze in der Hand. Nur Maryčka Gib's! schaut grimmig drein. In der Menge ist auch wieder der heruntergekommene Braumeister Vokoun aufgetaucht. Er blinzelt frech mit seinen verklebten Äuglein, zeigt sein ungewaschenes, mit blauen Flecken bedecktes Gesicht und will zur Erheiterung des Publikums lustig herumulken. Da allerdings tauchte ganz plötzlich der Verwalter Wagenknecht auf, der vor der Kirche seine Kreise gezogen hatte, um eventuelle Unordnung zu kontrollieren. Der Verwalter sprang auf den schmuddeligen Braumeister zu, packte ihn am Kragen und zog ihn aus der Menge.

»Ich werd's dir zeigen, du Zuchthäusler!«, brüllte er. »Habe ich dir nicht gepredigt, dass du nicht vor der Kirche herumkriechen sollst? Ich werde dich so grün und blau schlagen, dass dich deine eigene Mutter nicht mehr wiedererkennen wird, du Drecksack, saudreckiger!«

Der unglückliche Weltreisende stammelte nur: »Beschenken Sie, Herr Verwalter, beschenken Sie Abdul Hamid mit einem Fünfer ... Abdul Hamid wird Ihnen zu Ehren ein Schnäpschen trinken.«

Der Verwalter hingegen drehte den Fettwanst um seine eigene Achse, zeigte ihm die Faust und knurrte: »Von wegen einen Fünfer, du Haderlump ... Ich werd' dir so eine verpassen, dass du die Engelchen wirst singen hören. Ihr habt euch hier ganz schön breitgemacht, verdammtes Bettelvolk, ich werd's euch noch richten!«

Er brüllte, trampelte mit den Füßen und schwang den Knotenstock. Der aufgedunsene Vokoun bekam es mit der Angst und verschwand.

37

Hinab auf die Spedition des Julius Wachtl ergoss der traurige
Himmel einen feuchtkalten, mit Schnee vermischten Regen,
der Boden schwoll an, und der Matsch blieb an den Füßen der
Menschen und an den Hufen des Rindviehs kleben. Die Einwohner drückten sich an ihre Öfen und jammerten, dass man
zu viel Brennstoff verbrauchen würde. Morgens klingelte der
Frost wie eine silberne Glocke, danach aber flog wieder feuchter
Schnee durch die Luft. Er bedeckte das Dach der Bezirkshauptmannschaft mit einer weißen Schicht, formte auf dem Rathausturm ein weißes Mützchen und bedeckte die Felder mit
weißen Verwehungen.

Zu dieser Zeit kam in den Laden des Kaufmanns Štědrý der
Briefträger in einer blauen Regenpelerine und übergab ihm einen Brief mit den Worten: »Also hier bringe ich die große Überraschung, meine Verehrung!«

Der Kaufmann riss den Umschlag auf und begann zu lesen.
Seine Frau stellte sich hinter ihn und schaute mit aufs Blatt. Herr
Štědrý fuhr sie an: »Schau mir nicht über die Schulter, du weißt
doch, dass ich das nicht mag.« Frau Štědrá seufzte und ging in die
Küche.

Der Sohn Kamil schrieb: »Meine Lieben! Zuallererst nehmt
meinen herzlichen Gruß entgegen, verbunden mit dem dauer-
haften Gedanken daran, was ihr denn immer so macht und wie
es euch geht. Mir geht es erstklassig ...«

An dieser Stelle schüttelte der Vater unzufrieden den Kopf
und brummte: »Erstklassig ... erstklassig ... wo nimmt er nur
solche Worte her?«

»Verzeiht, dass ich nicht schon längst geschrieben habe, ich
bin aber so beschäftigt, dass ich nicht weiß, wo mir der Kopf
steht. Es ist ja auch nicht gerade eine Kleinigkeit, Geschäftsführer der Firma Weissbarth und Söhne zu sein. Das ist ein erstklassiges ...«

Der Vater zog die Augenbrauen zusammen.

»... erstklassiges Kaufhaus, ein lukratives Unternehmen, eine im In- und Ausland bekannte Firma. In diesem Geschäft geht es zu wie in einem Bienenstock. Die Anweisungen fliegen nur so hin und her, ständig kommen Leute, und alle wenden sich immer nur an mich ...«

Der Kaufmann nickte lobend: »Das ist ein Prachtkerl! Der geht nicht verloren in der Welt. Habe ich ja schon immer gesagt.«

Er las weiter: »Teurer Vati, du schreibst, ob ich in unserem Betrieb nicht diesen Herrn unterbringen könnte, der ein Verwandter von Herrn Raboch ist. Das ginge schon, mein Wort gilt hier sehr viel, wenn nur der Herr bereit ist, unter meiner Führung fleißig zu arbeiten? Bei mir hätte er keine Protektion und auch keine Extrawürste, denn dienstlich bin ich ganz scharf. Ich lasse keinem etwas durchgehen, und der Herr Chef lobt mich dafür.«

Der Kaufmann streichelte seinen Schnauzbart.

»In unserer Stadt herrscht ein ununterbrochenes Lärmen und Leben, vor allem m. Papa würde Augen machen, wenn er die hiesigen Geschäfte mal sehen könnte. Er würde erkennen, dass man so einen Laden nicht wie anno dazumal führen kann, die Welt eilt mit Siebenmeilenschritten voran, und m. Papa sollte es sich einmal erlauben, in seinem Geschäft weitreichende Reformen durchzuführen.«

»Weitreichende ...«, brummte der Kaufmann, »so ein Schmock! So ein Sonderling! Ich kann solche Worte nicht leiden! Bei mir rechne du mit nichts Weitreichendem. Ich habe es weit genug gebracht. Ich will mal sehen, wie weit du es noch bringst.«

»Ich habe zahlreiche gesellschaftliche Verpflichtungen, die mich zerreißen«, schreibt der Handlungsgehilfe, »die örtlichen Damen sind apart und gebildet. Die Kultur ist auf der Höhe. Ich werde in primissima Familien eingeladen. Oft weiß ich nicht, wo ich zuerst hingehen soll. Manch junges Fräulein denkt sich, dass der Geschäftsführer der Firma Weissbarth und Söhne gar keine so schlechte Partie wäre.«

Vater Štědrý wurde trübsinnig. Er drehte an seiner Bartfliege an der Unterlippe und sagte sich: – Bloß nicht das da! Bloß ganz langsam mit diesen aparten Damen! Primissima Familien … Das gefällt mir gar nicht. Du wirst da noch in etwas hineingezogen …

»Ich bin gesund und hoffe, dass es bei euch der nämliche Fall ist. Nehmt noch einmal viele Grüße entgegen, als auch einen Gruß an m. Bruder Viktor und m. Bruder Jaroslav. Es freut mich sehr, dass er sich für Jura entschieden hat, vor allem soll er fleißig lernen und schlechte Gesellschaft meiden. Bei Gelegenheit werde ich ihm etwas zur Aufbesserung zukommen lassen.«

»Ein braver Junge, alles, was recht ist«, lobte der Kaufmann.

»… grüßt mir auch alle Bekannten und nehmt ein Küss-die-Hand von eurem treuen Sohn Kamil entgegen.«

Die Unterschrift war mit vielen Kringeln geschmückt, und darunter stand: »P. S.: Im nächsten Brief werde ich Euch eine interessante Neuigkeit mitteilen, die Euch sicher sehr überraschen wird.«

Als der Kaufmann das gelesen hatte, rief er seine Frau und reichte ihr den Brief. Sie trocknete ihre Hände an der Schürze und nahm das Schreiben.

Sie überflog mit einem Blick die Zeilen und sagte lobend: »Einen wunderschönen Brief hat er geschrieben!«

Nachdenklich ergänzte sie: »Aber was meint er bloß mit der interessanten Neuigkeit?«

»Weiß ich nicht«, antwortete der Kaufmann.

Beide dachten eine Weile nach.

Plötzlich schrie Frau Štědrá auf: »Er wird doch nicht etwa zu Besuch kommen wollen?«

»Kann schon sein«, räumte der Kaufmann ein.

»Dass bloß … doch nicht wie das letzte Mal.«

»Das nicht. Ausgeschlossen. Er schreibt doch, dass die Herrschaften mit ihm zufrieden sind. Aber zu den Feiertagen will er wohl kommen.«

»Das ist doch nicht möglich«, jammerte die Mutter. »Ich bin doch noch auf gar nichts vorbereitet!«

Und sie lief auf den Hof und befingerte die Gans. Sie kam zurückgelaufen und meldete: »Die Gans hat gerade mal vier Kilo. Du siehst, es ist unmöglich!«

»Es brennt doch nicht«, beruhigte sie der Kaufmann.

Beim Mittagessen an diesem Tag zog der Kaufmann über dem Suppenteller die Brauen ganz besonders in die Höhe. Er kostete schlürfend vom Löffel und sprach: »Die Suppe, Mutti, ist heute geradezu etwas für Feinschmecker.« Frau Štědrá strahlte voller Freude und antwortete: »Ich dachte eine Zeitlang, dass ich das Fleisch nicht mehr beim Metzger Císař kaufen möchte, aber was soll man machen, bei ihm bekommt man eben doch die beste Ware.«

Der Kaufmann lebte auf, sein Kinn glänzte vor Fett, und er zeigte Neigung zum Gespräch. Er überschüttete seinen Sohn mit Fragen darüber, was dieser von den öffentlichen Angelegenheiten halte, und wollte auch seinen Standpunkt zur politischen Situation erfahren. Der Direktor des Elektrizitätswerks antwortete unwillig; er brummte etwas in sich hinein, beugte seinen runden, kurzgeschnittenen Kopf über den Teller und kaute mit Appetit gleichmäßig wie eine Maschine.

– Und er ist trotzdem ein ungebildeter Mensch, dachte sich der Vater unzufrieden mit Blick auf Viktors schwielige Handflächen. Wenn nur Kamil hier wäre, dann könnte man sich richtig mit jemandem unterhalten. Aber mit dem da … Hat keine Bildung, hat keine Manieren. Warum man den zum Direktor gemacht hat, Gott allein weiß es …

»Komm mit mir am Nachmittag ins Wirtshaus«, bot er dem Sohn an, »du musst dich mal etwas unter die Leute begeben.«

»Kann ich nicht«, zischte Viktor, »hab' heute Treffen mit Kumpels.«

»Treffen mit Kumpels …«, wiederholte der Vater feixend.

»Deine Kumpels kenne ich. Das wird wieder Ziehharmonika und Singerei sein, was?«

»Das auch«, antwortete knapp der Sohn.

Der Kaufmann wurde missmutig, sagte aber nichts. Nach dem Mittagessen bat er seine Frau, ihm seinen Sonntagsgehrock zu reichen. Er zog sich an, setzte seinen steifen Hut auf und verließ das Haus.

Im Restaurant des »Nationalhauses« saßen Bürger unter einem eingerahmten Diplom des Zentralen Kulturschulvereins, rauchten ihre Zigarren und käuten die Ereignisse des Tages wieder. Der strenge Frost hatte die Geselligkeit fester geschmiedet; die Christen tranken Bier, und die Israeliten schwarzen Kaffee.

Auch der Kaufmann bestellte einen Kaffee, zog aus der Tasche den Brief seines Sohnes Kamil und ließ ihn herumgehen. Die Bürger lasen den Brief des jungen Štědrý, nickten mit den Köpfen und äußerten lautstark ihr Lob.

»Wunderschön schreibt der Herr Sohn«, sagte Herr Raboch.

Der bleiche Kastellan, der Apotheker und der Buchhändler schlossen sich dieser Meinung an.

Der Kaufmann faltete den Brief vorsichtig wieder in den Umschlag und sagte: »Meine Jungs haben alle zusammen eine wunderschöne Handschrift. Die haben sie nach mir. Ich habe eine ganz besonders gut ausgeschriebene Handschrift. Nur unser Student kritzelt schrecklich.«

»Das ist doch klar – der Herr Doktor«, lachte der Handelsvertreter Raboch, »alle Doktoren kritzeln furchtbar.«

Er legte dem Kaufmann die Hand auf die Schulter und sprach: »Sie und ich, wir haben es so weit gebracht und haben dabei nicht all die Schulbildung wie diese jungen Leute da …«

38

In jener Nacht wurden die Bewohner der Bezirksstadt ganz unerwartet aus dem Schlaf gerissen.

Vom Turm des Doms herab schlug das metallene Herz der Glocke Alarm. Die Bewohner schüttelten ihre Federbetten von sich und zündeten die Lichter an. Die Turmglocke schlug immer eindringlicher, und zu ihrer Stimme gesellte sich das giftige Pfeifen der Fabriksirene. In den Straßen hörte man dumpfe Schritte und konnte Bewohner sehen, die sich in wildem Lauf ihre Kleidung zuknöpften. Ein roter Schein hatte die Dunkelheit zerrissen und mitten in der Nacht eine Art Morgenröte verursacht. Der Spediteur Wachtl trug eine Feuerwehruniform und hielt immer wieder vor Häusern, an denen weiß-rote Tafeln mit der Aufschrift »Feuermeldepunkt« angebracht waren. Dort blies er schrill ein Alarmsignal.

Scharen von Menschen eilten zu der Insel, die von dem faulen, gleichgültigen Fluss gebildet wurde. Auf dem Dach des gelben kleinen Hauses stand eine Feuersäule. Die Fenster waren hell erleuchtet, und hinter ihnen brauste das Feuer wie eine Maschine. Spediteur Wachtl, der Feuerwehrkommandant, kreiste um die Unglücksstelle und brüllte Befehle. Ihm zu Hilfe gesprungen war der Verwalter Wagenknecht. Er wedelte mit dem Knotenstock über seinem Kopf und forderte die Leute auf, eine Kette zu bilden und sich nicht dem Feuer zu nähern.

Mit Gerassel kam der Spritzenwagen angefahren. Die Feuerwehrleute befestigten Schläuche, und die Bürger nahmen Platz an den Hebeln. Der bleiche Kastellan, der Handelsvertreter Raboch, der Lehrer Král, Postmeister Pecián und Buchhändler Oktávec standen nebeneinander und bewegten die Hebel. In der Brust allen Volkes formten sich Begeisterung und Opferbereitschaft. Nur der Notar Dr. Tichay stand abseits, gehüllt in seinen Havelock, den Hut tief in die Stirn gedrückt. Er stand bewegungslos da und beobachtete das ungeheuerliche Schauspiel, während auf seine unbewegliche Gestalt der Widerschein der Flammen fiel. In seinem Dichtergeiste flatterten noch ganz undeutlich Verse, die einen Brand beschrieben.

Die Feuerwehrleute, auf einer Leiter stehend, schossen Ströme von Wasser in das brennende Gebäude. Das Dach hatte sich seitlich gelöst und den Blick auf die geschwärzten Dachbalken freigegeben. Das Wasser vereinigte sich unter Knistern mit den Flammen. Das Feuer verschmähte angeekelt das Wasser und entließ wütend ganze Säulen von Funken, die auf dem angekohlten Rasen verloschen.

An der Brandstelle taumelte ratlos Herr Facalít umher. Er fuchtelte mit den Armen und brüllte etwas mit seiner Kinderstimme. Er trug ein langes Jackett mit einer Seidenweste. Auf dem Kopf hatte er eine seltsame viereckige Mütze. Seine Hose anzuziehen hatte er jedoch in der Aufregung vergessen und lief verwirrt umher, wobei er ständig seine Plüschpantoffeln verlor. Die Bewohner konnten sich nicht erinnern, Herrn Facalít einmal außerhalb des gelben Häuschens gesehen zu haben, in dem er lebte wie eine Schnecke in ihrem Schneckenhaus. Jetzt dagegen bot er das Bild einer Nacktschnecke ohne Haus, und viele fragten sich: Was wird jetzt mit Herrn Facalít? Wo wird Herr Facalít wohnen? Wer wird ihm Obdach gewähren? Wer gibt ihm ein Bett und wer etwas zu essen, ihm, dem armen Kerl, der so hart vom Schicksal geschlagen ist?

Die Feuerwehrleute drangen mutig in das brennende Gebäude ein und trugen Sachen hinaus, um sie vor der Vernichtung zu retten. Auf der hellerleuchteten Freifläche vor dem brennenden Gebäude erblickten die Bewohner ein Orchestrion, das goldgerahmte Bildnis einer Frau mit einem dicken, rosaroten Busen, einen Blumentopf mit einer Papierpalme, einige Flaschen, hingeworfenes Geschirr, Tische, kleine Stühle ...

Die Bewohner pumpten ausdauernd, der Spediteur, geschwärzt im Gesicht und mit zerzaustem Schnurrbart, schrie seine Befehle, das Wasser knatterte, und der Dampf zischte.

Das Plüschmännchen jammerte voller Verzweiflung, dass das Fräulein noch drin sei und das brennende Gebäude nicht verlassen wolle. Der Gendarmeriewachtmeister kletterte mutig in ein Fenster, und nach einer Weile konnte man sehen, wie er das Mädchen, nur im Hemd und mit wirren Haaren, hinaustrug. Der Gendarm hatte ein qualmgeschwärztes Gesicht und einen angesengten Schnurrbart. Das versammelte Volk brach in Begeisterungsrufe aus und rühmte den heldenhaften Retter. Das Fräulein aber kreischte und wand sich in seinen Armen. Aus ihrem Geschrei war zu hören, dass sie im Gebäude das Poesiealbum vergessen hatte und den Verlust dieses Schatzes bejammerte. Der Wachtmeister aber setzte sie grob auf dem Boden ab und schrie sie an: »Du bleibst hier und rührst dich nicht von der Stelle!« Er war wütend, weil ihn das Mädchen mit den Fingernägeln heftig im Gesicht gekratzt hatte.

Dann stürzte der geschwärzte Dachstuhl ein, und eine Säule von Funken fuhr in die Höhe. Der Morgen dämmerte. Die Bewohner kehrten zwar müde, aber angenehm erheitert in ihre Wohnungen zurück und trugen in den Falten ihrer Kleidung den stechenden Brandgeruch. Lebhaft erörterten sie das Unglück, das Herrn Facalít ereilt hatte, und sorgten sich darum, ob er versichert sei und ob ihn der Brand nicht ins Unglück stürze. Sie lachten bei der Erinnerung daran, wie der Gendarm aus dem brennenden Haus das nur mit einem Hemd bekleidete Mädchen hinausgetragen hatte. Sie steckten sich gegenseitig die Nasen an die Ohren und flüsterten, wobei sie heiser röchelten und ausspuckten.

Am nächsten Tag pilgerten die Bürger zum Ort des Unglücks. Nachdenklich schauten sie auf die Trümmer des einladenden gelben Häuschens. Vom Gasthaus »Zur Fischerhütte« waren nur noch angekohlte Wände übrig geblieben; die Bürger konnten mit Mühe die Aufschrift »Kaffee – Tee – Wein« entziffern. Die Information »Schnelle Erfrischungen« konnte man nicht mehr lesen; sie war rußbedeckt.

Am Unglücksort stellte sich auch Herr Pecián zusammen mit dem bleichen Kastellan ein, genau wie der Handelsvertreter Raboch in Begleitung des Apothekers. Unbewegt, mit versteinerten Gesichtern blickten sie auf das Bild der nackten Frau, das ihnen zu Füßen lag. Der Farbdruck war geschwärzt und der vergoldete Rahmen beschädigt. Sie entdeckten auch das Orchestrion, dessen Milchglas zerschlagen war. Sie senkten die Köpfe, und keiner von ihnen sprach ein Wort. Aber alle dachten daran, dass in diesem Gerät nie mehr das Licht angehen und auch der Schwan sich nicht mehr unter Flügelschlagen der mythologischen Frau nähern würde. Der Spielschrank würde auch keinen zackigen Militärmarsch und keinen wiegenden Walzer mehr spielen. Sie fanden es seltsam, das Orchestrion so herumliegen zu sehen, dort auf der öden Freifläche inmitten von Splittern und Möbeltrümmern, kaputtgetreten durch die groben Schuhe der Feuerwehrleute. Wer wird dem Orchestrion Obdach gewähren? So ein Orchestrion kann doch nicht in einer normalen bürgerlichen Wohnung stehen! Wird eine kundige Hand das beschädigte Gerät reparieren können? Wird das Gerät mit seiner Musik wieder das Blut zu einem schnelleren Kreislauf antreiben können? Sie blickten sich gegenseitig an, atmeten schwer und traten auf der Stelle, so beschäftigt waren sie mit ihren düsteren Gedanken. Inmitten des angebrannten Dachgebälks loderte aber plötzlich eine kleine Flamme auf. Der pensionierte Postmeister entdeckte das in Plüsch gebundene Poesiealbum. Die Flammen wendeten flink die Blätter. Herr Pecián beugte sich herab und las: »Wenn du dich einstmals in der Fremde wiederfindest, oh, vergiss bitte deine Heimat nicht ...« Die Blätter bogen sich und wurden schwarz. Der Text wurde rot und verblich dann, das Blatt zerfiel; aus der Asche aber erhob sich deutlich eine Schrift, und der Postmeister buchstabierte: »Zur Erinnerung eingetragen von Arnošt Sezima, Schüler der dritten Klasse der Bürgerschule.«

Auch die Bauern aus den umliegenden Dörfern besuchten die Brandstelle. Sie waren traurig darüber, dass ihre Fahrräder nicht mehr angelehnt an der Wand des gelben Häuschens würden stehen können und auch der Jahrmarkt nicht mehr durch den Besuch dieses Etablissements eingeleitet werden würde. Der Spediteur Wachtl verjagte die neugierigen Gaffer. Er wirkte stolz und herrisch, in dem Bewusstsein, dass er der Brandkommandant war und ihm die Brandstelle unterstand. Im Publikum tauchte auch der Bettler Chleboun auf. Er stand über dem zerstörten Orchestrion und bewegte seinen graugrünen Schnauzbart. Der Spediteur fuhr ihn an: »Hier hast du nichts zu suchen! Du behinderst nur alles, du Saukerl!« Der Bettler machte eine Bewegung und entfernte sich aufrecht gehend, seine triefenden Augen starr nach vorne gerichtet. Auf der hölzernen Brücke drehte er sich um; ein letztes Mal schaute er auf das verwüstete Häuschen, und sein Mund murmelte: »Selber Saukerl! Du bist hier gewesen ... Ich weiß das ... Ich hab nicht gedurft, ihr aber schon ... Aber jetzt ist auch für euch Schluss ... Der Herrgott konnte das nicht mehr mit ansehen, wie ihr euch aufführt, und er befahl dem Feuer, dieses Spitzbubennest zu vernichten ...«

39

Weihnachten näherte sich. Es war matschig und feucht; nur die Berge waren weiß geworden, und der Hügel, der sich über der Spedition von Julius Wachtl erhob, atmete dichten Nebel. Über der Bezirksstadt lag ein trüber Himmel, so wenig einladend wie die Decke eines Lagerhauses, die mit Spinnweben bedeckt ist; dieser Himmel hing so niedrig, dass eine Hausfrau ihn mit dem Besen erreicht hätte.

In der Stadt verbreitete sich die Nachricht, dass die junge Frau Peciánová vor ihrem Mann geflohen sei und jetzt in Prag lebe. Diese Neuigkeit hatte der Handelsvertreter Raboch mitgebracht. Erfrischt von dieser interessanten Neuigkeit, wirbelte der Handelsvertreter durch die Stadt, blieb mit alten Weibern an den Hausecken stehen und diskutierte eifrig. Er wuselte durch die Straßen und drang mit dieser Botschaft in die Haushalte ein; aufgedreht und mit Feuereifer betrat er auch die Wirtshäuser. Er wirkte verjüngt, und seine heimtückischen Äuglein bewegten sich schnell hin und her wie Quecksilberkügelchen. Der Kastellan irrte, den Rücken gebeugt unter der Schwere der Schande und mit grau gewordenem Gesicht, durch die Gänge des Schlosses. Er mied die Menschen, gestikulierte heftig mit den Armen und führte lange Selbstgespräche. Der pensionierte Postmeister hingegen trug seinen Kummer ostentativ an die Öffentlichkeit, und sein Gesicht sagte: – Ich habe es ja gewusst. Da sieht man die moderne Erziehung ...

Zu dieser Zeit erhielt der Kaufmann Štědrý einen Brief. Als er das Schreiben aufriss, fiel ein Porträt heraus. Das Bild zeigte eine junge Frau mit einem schmalen, gleichmäßigen Gesicht, die auf einem ausgestopften Pferd saß. Sie schaute lächelnd auf den Handlungsgehilfen Kamil herab, der die Zügel hielt. Der Handlungsgehilfe war in einen Pelz mit Biberkragen gekleidet, auf dem Kopf trug er einen Hut nach Art eines Helms, und seine Beine steckten in weißen Gamaschen. In seinem Blick war ein überraschter Ausdruck, als ob neben ihm jemand ganz plötzlich auf eine Metallplatte geschlagen hätte. Das Pferd stand unter ausladenden Bäumen. Im Hintergrund sah man eine Art griechischen Tempel mit dorischen Säulen, dahinter wellte sich das Meer.

Der Fotografie war ein Brief beigelegt. Der Handlungsgehilfe schrieb: »Meine Lieben! Ich schicke Euch ein Porträt meiner Braut und auch von mir. Ich hoffe, dass es euch auch gefällt ...«

»Um Gottes willen!«, murmelte der Kaufmann. »Das gibt's ja nicht ...«

Kamil schrieb, dass seine Braut Klára heiße. Sie sei die Tochter eines dortigen Kaufmannes für Kurz- und Galanteriewaren. Das Kaufhaus sei erstklassig, und die Braut habe eine primissima Erziehung genossen. Sie sei beider Landessprachen mächtig, beherrsche auch das Französische und zeige eine große Neigung zur Musik.

»Mutter!«, schrie der Kaufmann auf.

»Was ist?«, hörte man aus der Küche.

»Lass alles liegen und komm her!«

Frau Štědrá wies das Dienstmädchen an, die aufkochende Milch im Auge zu haben, und lief in den Laden.

Der Kaufmann las vor: »Ihre Eltern haben über mich Informationen eingeholt, und als sie in Erfahrung gebracht hatten, dass ich über die besten Referenzen verfüge, gaben sie ihr Einverständnis. Das Weitere mündlich. Was gibt es zu Hause Neues? Ich hoffe, dass mein Schreiben Euch in bester Gesundheit erreichen wird, was auch bei mir der Fall ist.«

Den Worten war in einer weiblichen Handschrift hinzugefügt: »Unbekannterweise sende ich Ihnen hiermit einen herzlichen Gruß und freue mich auf ein Zusammentreffen. Ihre Klári Weinsteinová.«

Der Kaufmann faltete den Brief zusammen und nahm den Kneifer ab.

»Was sagst du dazu?«, fragte er.

Frau Štědrá ergriff den Brief, um ihn ein zweites Mal zu lesen. »Er schreibt«, merkte sie an, »dass seine Braut musikalisch sei. Aber ob sie wohl auch Ahnung vom Haushalt hat? Solche wie sie können doch keinen Kochlöffel in die Hand nehmen ...«

Den Kaufmann ergriff eine Aufregung, die auf das ganze Haus überging. Er griff sich ans Herz und jammerte: »Das ist zu viel für mich. Lasst mich doch bloß in Frieden! Ich bin ein alter Mensch. Er stellt doch noch irgendeinen Unsinn an, ich kenne ihn ja ...«

Er schaute wieder auf die Fotografie und bemerkte, dass den Handlungsgehilfen Koteletten wie Stemmeisen zierten.

»Siehst du! Siehst du!«, tobte er. »Er hat sich Pejes wachsen lassen, obwohl ich es ihm untersagt habe. Den werde ich noch zu Hause am Hals haben, das weiß ich, das weiß ich ...«

Es entstand Unruhe, und man konnte das Schlagen von Türen hören. Frau Štědrá lief auf den Hof, um die Gans abzutasten.

»Ich bin so, so aufgeregt«, jammerte der Kaufmann, »wer kann mir da heraushelfen?«

»Beruhige dich, mein Alterchen«, tröstete ihn seine Frau, »alles wird sich zum Guten wenden. Ich wundere mich nur, dass es so plötzlich gekommen ist. Die ganze Zeit nichts, und dann so eine Mitteilung.«

Sie zeigte sich betrübt: »Hätte er nicht schon vorher ein paar Zeilen schicken können? Nur, damit man weiß, wie und was. Die Gans hat schon gute sechs Kilo, das wäre das kleinste Problem ... Aber schreiben hätte man ruhig mal können. Das steht uns ja wohl zu. Die sind aber alle so heimlichtuerisch, und man weiß nicht, woran man ist ...«

Der Ehemann schluchzte in einem fort und fing ohne jeden Zusammenhang an, von seinen Leiden, die er als Lehrling hatte durchmachen müssen, zu erzählen.

»Das war ... weißt du ...«, brabbelte er, »das war nicht so wie heute ... Ich war vierzehn Jahre alt, und der Prinzipal hatte mich mit einer Kanne Milch zu einem Kunden geschickt. Er führte nämlich alles, auch Lederwaren, Schnaps und Haushaltswaren. Geh mal, sagte er, mit der Milch. Zwei Stunden musste ich gehen ... Es war fürchterlicher Frost, und ich dachte, dass mir die Hände abfallen. Ich habe vor Kälte geweint, das ist ja klar ... ein vierzehnjähriger Junge. Was wissen die schon? Haben zu Hause immer gelebt wie in Watte eingepackt ... Setzt sich dann hin und schreibt: Ich schicke Euch ein Porträt meiner Braut ... Nicht, dass er mal fragen würde: Vati, Mutti, so und so steht es, was sagt ihr denn dazu? Ich hatte ganz erfrorene Hände, und als ich zurückkam, da hat mir der Lehrherr noch eine Ohrfeige gegeben ...«

Frau Štědrá strich ihm über den Kopf.

»Na, Vati ... vielleicht wird sich doch alles zum Guten wenden.«

Der Alte wurde wieder heiter.

»Mag wohl sein, dass du recht hast«, brummte er, »er schreibt, dass sie aus gutem Hause ist. Und sie heißt Klárka. Kamil ist nicht dumm, er weiß, was er darf und was nicht ...«

40

Einige Tage gingen vorüber, und Silvester näherte sich. Die Bezirksstadt bereitete sich vor, dieses Fest mit einer ungeheuer großen Feier zu begehen. Aus dem Theatersaal des Nationalhauses wurden die Sitzbänke entfernt und Tische hineingetragen. Arbeiter schmückten die Wände mit Reisig, in das Bänder in den Nationalfarben geflochten waren. Musiker erschienen und nahmen unter der Bühne Platz. Und als der Abend gekommen war, strömten die Leute scharenweise zum Nationalhaus. Hochtoupierte Damen in zierlichen Pelerinen und feierlich gekleidete Herren, alle zu Späßen aufgelegt. Am Eingang stand der Verwalter Wagenknecht und kontrollierte die Eintrittskarten. Nur dieser Mann blickte ernst und finster. Bei der Entgegennahme der Eintrittskarten bedachte er jeden Besucher mit einem feindseligen Blick.

Zu dieser Zeit war der Friseur Sedmidubský bettlägerig, glühte vor Fieber und wand sich unter krampfartigem Husten. Selig erwartete er den Tod, der ans Fenster klopfte und mit seinem Knochenfinger in die Richtung des heiligen Berges wies, auf dem die hiesigen Toten ruhten. Der Friseur aber stand auf. Das Silvesterprogramm wäre arm gewesen ohne ihn, den beliebten Komiker. Alle mochten ihn, und der Friseur wollte die Leute nicht enttäuschen.

Die Gesellschaft lärmte, es klirrte das Besteck. Der Restaurantbesitzer half persönlich mit, drehte sich behände, verneigte sich nach allen vier Himmelsrichtungen und beschimpfte seine Angestellten. Die Herren prosteten sich mit ihren Biergläsern zu und begrüßten einander mit Augenzwinkern.

Der Handelsvertreter Raboch hielt es an seinem Platz nicht aus; ständig drehte er sich hin und her, sprang herum und spitzte die Ohren; von Tisch zu Tisch laufend, ließ er seine Späßchen fallen. Inmitten des Publikums entdeckte er seinen Sekretär, der frisiert und gebügelt mit einigen jungen Damen zusammensaß.

Der Handelsvertreter zögerte nicht und brüllte durch den ganzen Saal: »Růžička!«

Der Sekretär sprang auf, die Arme stramm seitwärts.

»Sie befehlen, Herr Chef?«

»Alles in Ordnung?«

»Bitte sehr, jawohl, Herr Chef!«

Der Handelsvertreter blickte sich stolz um, wie der Besitzer eines gut dressierten Hundes, der gerade sein Kunststückchen vorgeführt hat.

Auch der pensionierte Postmeister stellte sich ein, und sein Erscheinen rief ein Raunen hervor. Die Köpfe beugten sich zueinander, und die Zungen setzten sich in Bewegung. Die Bewohner der Bezirksstadt verurteilten die leichtfertige Tat von Zdeňka, der Tochter des Kastellans und Ehefrau des pensionierten Postmeisters.

– Ein schlechtes Weibsbild, urteilten sie.

– Hat ihr Glück weggeworfen.

– Sie hätte bleiben können, wo sie war, meinten erfahrene Leute. Was hat ihr denn gefehlt? Sie hatte ihr Auskommen und ihre Ruhe. Herr Pecián war vernarrt in sie. Eine andere hätte hundertmal am Tag Gott gedankt.

– Das ist diese moderne Erziehung, seufzten die älteren Damen. Gab es denn früher so etwas?

Die Bezirksstadt hatte die Tochter des Kastellans verdammt.

Postmeister Pecián saß aufrecht da, wie ein Hase am Feldrain, und auf seinem Gesicht stand wie versteinert ein ironisches Lächeln. Er blickte umher, drehte sich dabei mit seinem ganzen Rumpf um, und sein ironisches Lächeln sprach: »Ihr Elenden! Ihr ahnt nicht, dass ein grimmiger Feind meine Frau Zdeňka entführt hat, der Zwerg Sanhedrin, die Gottheit der Schande, der Falschheit und des Verrats ... Die unterirdische Versammlung des Weltjudentums hat sich entschlossen, mein familiäres Glück zu zerstören. Ich aber lasse mich nicht brechen und werde diese geheimen Intrigen aufdecken.«

Die Musiker stimmten ihre Instrumente. Das Publikum blickte auf den Vorhang, auf dem in sehr bunten und klaren Farben Ereignisse aus dem Leben der alten Slawen aufgemalt waren. Ein Slawe in der Tracht eines Bergmanns kletterte gerade mit einer angezündeten Grubenlampe aus einer Grube. Am Rande des Vorhangs beschnitt ein Winzer eine Weinrebe. Ein pummeliges Kind versuchte, nach den Trauben zu greifen. Der Maler hatte mit großer Entschlossenheit einen Hügel gemalt, auf dem junge, in edle Togen gekleidete Mädchen um ein Götzenbild aus Lehm tanzten. Ein Greis mit gekräuseltem Bart spielte dazu auf einer altslawischen Leier. Es waren sehr sorgfältig ausgeführte Bilder; der Maler hatte keine einzige Kleinigkeit ausgelassen.

Der Vorhang begann sich zu wellen, und das Licht erlosch. Das Publikum verstummte. Da lief der Friseur Sedmidubský auf die Bühne. Er trug das Kostüm eines Bauernknechts, hatte rotgeschminkte Wangen und eine große Nase. Auf seinen Kopf ergoss sich ein Regen an Beifall, als ob plötzlich Tauben aufflögen. Das Orchester wartete, bis das Publikum sich beruhigt hatte, und begann dann, eine schelmische Melodie zu spielen.

Der Komiker trat an den Bühnenrand und fing an zu singen:

Was ist denn da los? Sieh an, sieh an,
in Schlackdorf feiern alle Mann.
Musike spielt dort bis zum Morgen,
Kirchweih feiern wir ohne Sorgen.
Des Grafen Kutscher und die Frau vom Chef,
sie tanzen alle um die Wett',
Mattes und Mariechen, seine Braut,
die tanzen in Holzschuhen, da nur schaut!

Das Publikum tobte. Die Zuschauer wanden sich vor Lachen und bekamen keine Luft mehr. Man hörte Ausrufe von Bewunderung. Na klar, unser Sedmidubský, hieß es stolz. Auch auf einer großen Bühne würde er Ruhm ernten. Der Handelsvertreter Raboch beugte sich zu seinem Nachbarn und erklärte ihm, dass er gehört habe, wie sogar der Abgeordnete Dr. Fábera sich bei der Vorstellung des Friseurs köstlich amüsiert habe. Der Nachbar nickte, ohne den Blick von der Bühne zu wenden. Nur der pensionierte Postmeister saß aufrecht und mit versteinertem Antlitz da. Das ironische Lächeln verließ seine Lippen nicht. Der Spediteur Wachtl saß neben ihm und versuchte, die Trauer seines Freundes zu zerstreuen. Ständig bediente er ihn; hier bot er ihm eine Zigarre an, da schob er ihm einen Aschenbecher hin und reichte ihm ein Glas. Der Postmeister aber nahm diese Dienste mit einer abweisenden Miene entgegen und legte seine stolze Trauer nicht ab.

Der Friseur stimmte den Refrain an:

Wenn die Keilerei beginnt,
wozu die Tür, mein liebes Kind?
Durchs Fenster fliegt man gleich hinaus,
der Mattes kriegt eins auf die Plauz',
die Musike fängt zum dritten Male an,
und bald tanzen sie wieder alle Mann.

Der Friseur tanzte mit dem Gesichtsausdruck eines dümmlichen Bauerntölpels auf der Bühne herum, klatschte dabei in die Hände und jauchzte:

Juchhe! Juchhe! Und wiederum im Kreis herum,
tradadaa, im Kreis herum,
tradadaa und holo, spielt uns mal ein Solo,
tradadaa und holo, ein Solo.

Es erklang dröhnender Beifall, und der Schauspieler bebte vor Wonne wie unter einer heißen Dusche. Er blickte in den dunklen Zuschauerraum, der vor freudigem Lachen widerhallte, und flüsterte zu sich selbst: »Wie sie mich mögen ... Sie alle werden zu meiner Beerdigung kommen ... Dies, meine Lieben, ist kein

Theater ... Meine Beerdigung, das wird ein Theater, ihr werdet noch sehen, meine Freunde ...«

Nach dem Friseur kam ein junges Fräulein. Es sang mit Gefühl und viel Können das Lied »Auf der Kaiserwiese, da steht eine Pappelallee« ... Während dieses Liedes klirrten Gläser und wurden Zigarren angezündet. Das Fräulein bekam einen eher mäßigen Applaus und entfernte sich mit trotzigem Gesicht. Danach spielte man einen Einakter, in dem es darum ging, dass ein Großstadtschönling mit hochgezwirbeltem Schnurrbart ein Mädchen belästigt hatte, von dem er annahm, es sei nur ein Dienstmädchen. Dann aber erfuhr er, dass es die reiche Tochter eines Müllermeisters war, die aber einen flotten Jägerburschen liebte. Der Schönling bekam Dresche, woraufhin er in gebrochenem Deutsch losjammerte. Der Vorhang fiel.

Das Publikum blickte auf die Uhren. Die zwölfte Stunde näherte sich. In diesem Moment kletterte der Kaufmann Štědrý aus dem Bett und tapste vorsichtig durch die Dunkelheit, um seine Frau nicht zu wecken. Er tastete nach dem Schalter und machte das Licht an. Dann kramte er in der Speisekammer, zog eine Flasche hervor, goss sich Wein in ein Glas und blieb bewegungslos stehen. Als es am Rathausturm dann zwölf schlug, hob der Alte das Glas, und ein unterdrücktes Lächeln bildete einen Fächer von Runzeln um seine Augen.

Der Alte hub an: »Ich begrüße dich, du neues Jahr. Gebe Gott, dass alles besser werde. Unser Kamil soll eine gute Partie machen, und alles soll wieder in Ordnung kommen. Unser Viktor soll aufhören, durch die Gastwirtschaften zu ziehen und Ziehharmonika zu spielen. Er soll endlich zur Vernunft kommen und sich benehmen, wie es sich für seinen Stand gehört.«

Die Uhr am Turm hörte auf zu schlagen.

»Tja, ja«, brummte der Kaufmann, »und unserem Jaroušek gib alles erdenkliche Glück. Dass er seine Prüfungen besteht. Na, und dass er bald wiederkommt, um sich mit dem Papa zu unterhalten ...«

Der Alte dachte nach.

»Und meiner Frau gib Zufriedenheit. Sie wünscht sich nichts für sich selbst. Sie ist schon froh, wenn die anderen alle genug haben. Sie hat sich immer große Sorgen gemacht, jetzt soll sie sich einmal so richtig ausruhen.«

Er stockte wiederum und fügte dann hinzu: »Und für mich? Nur Gesundheit, Gesundheit ...«

Er schaltete das Licht aus und schlich sich wieder ins Bett.

Und im Saal des Nationalhauses gingen die Lichter aus.

Durch die Dunkelheit hörte man Schläge auf ein Zymbal. Eins, zwei, drei ... Es schlug zwölf, das alte Jahr verabschiedete sich. Die Musiker spielten einen Trauermarsch.

Dann wurde das Licht wieder angemacht, die Gläser wurden gehoben, einige Herren fielen sich um den Hals und begannen, sich zu küssen, andere kletterten auf die Tische und sangen: »Mnoga ljeta, mnoga ljeta, mnoga ljeta, živio!«

Die Musiker spielten einen fröhlichen Marsch. Plötzlich hörte man ein lautes Lachen. Damen fingen entsetzt zu kreischen an. Von der Bühne aus hatte man ein rosafarbenes Ferkelchen in den Saal laufen lassen. Das kleine Ferkel war mit einem Kranz geschmückt und trug um den Hals eine Tafel mit der Aufschrift:

– 1914 –

Die Gläser wurden angestoßen. Die Leute riefen lautstark: »Fort mit dem alten Jahr! Es lebe das neue Jahr!« »Es lebe hoch! Das alte Jahr hat uns nichts Gutes gebracht. Das neue Jahr möge glücklicher werden.« »Na, wir werden ja sehen, was es uns Gutes bringt ...«

Danach trugen die Kellner die Tische hinaus, und die Leute begannen zu tanzen.

41

Über der Spedition von Julius Wachtl waren die Wolken gerissen, und es hatte sich ein Stück blauen Himmels gezeigt. Die Sonne konnte sich in den Pfützen sehen, aus den Regenrinnen gurgelte das Wasser, die Spatzen unterhielten sich angeregt und rauften sich dabei manchmal, bis die Federn flogen. Der Schnee wurde dunkel und verbraucht wie ein altes Gesicht; und unter der festen Schneedecke plätscherten kleine Rinnsale. Auf dem Hof lieferte sich der Spediteur Wachtl ein Gefecht mit einem Automobil der Marke Daimler. Es war ein ausladender Wagen, der einer Kutsche glich. Wachtl drehte mit gerötetem Gesicht an der Kurbel; eine herumstehende Menschenmenge sparte nicht mit gehässigen Bemerkungen. Da entstand eine Unruhe in der Menge. Viktor, der Sohn des Kaufmanns Štědrý, bahnte sich mit seinen Ellbogen einen Weg und rief dabei: »Lasst mich durch, ich will mir das mal anschauen.«

Viktor kletterte unter den Wagen, kam wieder hervor, hob die Motorhaube an und machte sich mit flinken Händen an der Maschine zu schaffen. Plötzlich knurrte in der Maschine etwas, wie in den Innereien eines bösartigen Hundes, der Wagen fing an zu zittern, als hätte er Schüttelfrost, Viktor setzte sich hinter das Lenkrad und fuhr unter dem Jubel der Zuschauer zum Tor hinaus.

Die Insel, die der träge und gleichgültige Fluss bildete, belebte sich. Es wimmelte dort von Maurern, sie bauten ein Gerüst, mischten Mörtel und legten Ziegelstein auf Ziegelstein. Überall konnte man hemdsärmeliges, grobes Geschrei hören. Um die Baustelle herum lief Herr Facalít und piepste mit seinem dünnen Stimmchen. Über den Kopf hatte er sich ganz fest eine Wollmütze gezogen, um den Hals trug er ein Tuch, in den Ohren Watte, an den Händen Pulswärmer, und seine Beine steckten in Galoschen. Das Männchen baute am Ort des Unglücks ein neues Lokal. Wird das Lokal genauso gemütlich sein wie das gelbe, durch den Brand vernichtete Gebäude? Wird es eine neue Lasterhöhle werden, die respektvoll zu den Bürgern ist, die, eingehüllt in ihre Capes, über die hölzerne Brücke hierher zu pilgern pflegen?

Zuweilen passiert es schon, dass die Abende lau sind, weil der grimmige Frost seine Wut verbraucht hat und schwächelt. Dann beleben sich auf dem Marktplatz die Promenaden. Auf der Nordseite promenieren die Beamten, die Richter und der Bezirksarzt; gegenüber lärmen die Handwerker und kreischen die jungen Damen. Und mittendrin auf der gepflasterten Diagonale bewegen sich die Mitbürger israelitischer Konfession. Nichts kann diese Einteilung aufheben, niemand wird diese altertümlichen Gesichter je entfernen.

Der Kaufmann Štědrý wetteifert immer noch mit dem Kaufmann Zoufalý, der sein Schaufenster mit einer beweglichen Figur dekoriert hat und sich immer neue, süße Worte ausdachte, um die Kunden anzulocken. Der Kaufmann Štědrý hingegen macht sich die ganze Zeit über die unbedarften Leute vom Lande lustig, die ganz plötzlich zum Gegner übergelaufen sind, um sich dort an den süßlichen Nettigkeiten zu ergötzen. Der Laden des Kaufmanns Štědrý verwaist immer mehr; er ist aber nicht bereit, den Laden zu schließen, bevor nicht sein Konkurrent es ebenso getan hat.

In der Apotheke »Zum barmherzigen Bruder« war die bekannte Gesellschaft zusammengekommen. Sie saßen eingehüllt in ihre Capes um das Pult und schlürften Rosoliolikör, den ihnen der gerötete, leutselige Apotheker eingoss. Der Handelsvertreter Raboch hatte die Neuigkeit mitgebracht, dass Zdeňka, die Tochter des Kastellans, in Prag mit einem Maler zusammenlebte. Ein Bekannter von ihm war ihr dort begegnet und hatte sie angesprochen, da er wissen wollte, wie es denn jetzt stehe. Sie aber hatte getan, als ob sie ihn nicht kenne.

Der pensionierte Postmeister schwieg mit finsterer Miene, der bleiche Kastellan aber kreischte: »Ich habe sie zu wenig gestraft. Ich hätte sie mit allem prügeln sollen, was ich zur Hand hatte, bis sie sich unter meinen Füßen windet.«

»Tja, da geschehen vielleicht Sachen!«, warf der Handelsvertreter zufrieden ein. Er empfand jedes Mal ein süßes Kribbeln, wenn er vom Unglück eines Nächsten hörte. Dann fing er an zu erzählen, dass er schon lange alles gewusst habe, vor allem, dass Zdeňka sich mit dem Studenten Štědrý trifft und die beiden verbotene Dinge miteinander treiben. Er habe darüber aber nicht gesprochen, weil er sich grundsätzlich nicht in fremde Angelegenheiten einmische.

»Also so was!«, seufzte der Kastellan und verschränkte die Hände.

Der Spediteur Wachtl betrat die Apotheke, und der Apotheker reichte ihm ein Gläschen Likör. Der Spediteur nahm einen Schluck, zog dann die »Monatsschrift für Kunst« aus der Tasche und zeigte seinen Freunden die Reproduktion eines Bildes.

Das Bild bestand aus bunten Flecken und dicken Strichen; darunter stand: »Raymond Matějka, Frau im Bade. Öl.«

Die Herren blickten auf das Bild: Der Spediteur legte erwartungsvoll seine Arme auf dem Rücken zusammen. Nun ertönten Rufe.

»Das ist sie«, erklärte der Apotheker.

»Eine gewisse Ähnlichkeit wäre schon da«, stellte der Handelsvertreter fest. Er war ganz aufgedreht durch den Anblick nackter Hüften und rundlicher Schenkel. Seine Äuglein sprühten. Allerdings verbarg er seine Befriedigung, indem er sich empört zeigte.

Auch der pensionierte Postmeister erkannte in der »Frau im Bade« seine untreue Ehefrau.

»So eine Schande, Schande …«, stöhnte der bleiche Kastellan.

»Da haben wir's!«, rief Herr Pecián, und aus seiner Stimme klang ein bitterer Sieg. »Eine Hure! Eine gefallene Frau! Schämt sich nicht, ihre Nacktheit in die Zeitung zu setzen!«

Er rief gegen den Maler und seine geflohene Frau die Behörden, die Gendarmen und die Polizei zu Hilfe.

»Ich kenne sie nicht mehr!«, schrie der Kastellan Vepřek und fügte einen fürchterlichen Fluch hinzu: »Sie darf nicht zu meiner Beerdigung kommen!«

Der Spediteur entschuldigte sich, ließ die »Monatsschrift für Kunst« auf dem Pult liegen und entfernte sich. Die Gesellschaft vertiefte sich wieder in das Bild. Es missfiel ihnen. Sie vermissten daran die Ähnlichkeit. Sie wünschten sich, dass die Brüste runder seien und die Nacktheit rosafarbener. Vor allem der Handelsvertreter bedauerte, dass der Schoß der »Frau im Bade« in einem unklaren Schatten zerlief.

»Rumgeschmiere!«, urteilte er voller Verachtung.

Der Apotheker wollte denjenigen Irren kennenlernen, der bereit wäre, dieses Bild zu kaufen.

Herr Pecián hingegen vergaß in all dem Kummer und der Erniedrigung nicht sein einschlägiges Wissen. Er knirschte, jene Schmiererei sei nur Ausdruck der heutigen geistigen Strömungen. Er sprach von Verschwörern, die sich vorgenommen hätten, die Gesellschaft durch Schrift und Bild zu verderben. Zuerst würde man die Sitten verderben, dann wolle man die gesellschaftliche Ordnung stürzen. All das geschehe unter den Augen der Behörden, die blind seien. Mögen doch die Wächter der öffentlichen Sicherheit einmal sehend werden! Er zischte dabei, und sein künstliches Gebiss wackelte. Seine Züge wurden grob und seine Augen wild, als er sich der Weisen von Zion erinnerte. Ja, Sanhedrin, der verbissene Feind der Christenheit, stecke dahinter. Er habe den Befehl erteilt, den Geschmack mittels moderner Kunst zu vergiften. Und dieser Maler da sei nur ein willenloses Werkzeug in den Händen der unterirdischen Verschwörung.

Die Freunde hingen an den Lippen dieses gelehrten Mannes. Ja, ja, genau so war's … Der Apotheker füllte die Gläser abermals mit Likör, und der pensionierte Postmeister fügte hinzu: »Schade, dass Herr Wachtl schon gegangen ist. Ich hätte ihn direkt dazu etwas gefragt. Aber er hätte ja nichts gesagt. Vergebliche Sache das! Er darf ja kein Geheimnis verraten. Er weiß, dass ihn sonst die Rache ereilen würde. Er würde eines schrecklichen Todes sterben.«

Er nahm einen Schluck aus dem kleinen Glas und fing wieder an zu raunen: vom unechten Evangelium, von falscher Lehre und von trügerischer Kunst, die das Christenvolk in die Irre führen solle.

»Man hat uns die Handschriften genommen«, kreischte er, »und ein altes Dokument zu einer Fälschung erklärt. Stattdessen aber gibt man uns Schmierereien. Wartet nur! Alles zu seiner Zeit. Es wird der Erzengel mit dem Feuerschwert kommen und die Dämonen vertreiben.«

Die Apotheke betrat der Bettler Chleboun, genannt »Majorchen«. Er blieb demütig an der Tür stehen, und sein eigefallener Kiefer käute Gebetsworte wieder.

»Ah, Majorchen!«, begrüßte ihn der Apotheker. »Und, Majorchen, hast du denn schon eine Braut?«

»Eine Braut hätte ich, gnädiger Herr, noch nicht«, brabbelte der Bettler.

Der Apotheker wieherte los und gab ihm eine Münze.

Chleboun nahm die milde Gabe entgegen, kaute, und unter seinem graugrünen Schnauzbart formten sich Worte: »Wenn mich der Herrgott mit einer Frau beschenkt hätte, hätte ich die nicht losgelassen. Ich hätte sie nicht abhauen lassen wie Herr Pecián. O nein, so dumm bin ich nicht. In eine Truhe hätte ich sie gesperrt, eine Truhe. Ich würde den Deckel anheben, sie anschauen und sie streicheln, ständig würde ich sie streicheln, ihren schönen Körper, ihre Füßchen ... Ich würde sie respektieren ... Und wenn ich hören würde, dass der Verwalter Wagenknecht kommt, dann würde ich den Deckel zuhauen, mich auf die Truhe setzen und so schauen, als ob gar nichts wäre. Der würde sie mir sonst klauen, der will doch alles auffressen, ich aber bin schlau … Aber schlauen Leuten gibt der Herrgott keine Frau, nur Trotteln, Trotteln, wie Herr Pecián einer ist.«

Noch auf der Straße brummelte er vor sich hin: »Trottel, Trottel … Haben eine Frau im Bett und gehen zu Huren … Und manch anderer hat gar nichts. Für Bettler ist auf der Welt nichts übrig geblieben …«

Nach einer gewissen Zeit fand sich die »Monatsschrift für Kunst« in der Stadtbibliothek wieder, und zwar in dem Ordner mit der Aufschrift »Goldenes Prag«. Bald war die Zeitschrift durch häufiges Befingern stark verschmutzt. Auf der Rückseite der Monatsschrift war das »Futuristische Manifest« des Schriftstellers Marinetti abgedruckt.

> Wir erklären, dass sich die Herrlichkeit der Welt um eine neue Schönheit bereichert hat: Die Schönheit der Geschwindigkeit!
> Wir wollen den Krieg verherrlichen, diese einzige Hygiene der Welt!
> Den Patriotismus, den Militarismus, die Vernichtungstat der Anarchisten!
> Die schönen Ideen, für die man stirbt!

Diesem schrillen Aufschrei war mit einem Füllfederhalter hinzugefügt: »Mein Gott, wie gern ich saufe. Arnošt Španihel.« Irgendjemand hatte die Brüste der »Frau im Bade« umrandet, um ihnen eine klare Linie zu verleihen. Ein anderer wiederum hatte ihren Schoß, der in einem unklaren Schatten zerlief, sorgfältig ausschraffiert. Bald war die Zeitschrift so mit unzüchtigen Bemerkungen verschmiert, dass der Kustos der Stadtbibliothek, Professor Pošusta, sie entfernen ließ. Stattdessen lag nun in dem Ordner mit der Aufschrift »Goldenes Prag« die erste Nummer der Zeitschrift »Horizont des Müllerhandwerks«, die von der Verlagsleitung zur Ansicht übersandt worden war.

42

Zaghaft schlich sich der Frühling durch die Tore der Bezirksstadt. Heulend jagte der Wind aus den Bergen herbei und tobte auf dem Marktplatz. Auf der Straße kullerten Hüte, und ihnen hinterher liefen schwer atmend dicke Herren. Die Kastanienblüten glänzten fettig. Das Moos auf den verwitterten Dächern grünte auf, und auf den Müllplätzen blühten Gänseblümchen und wilde Kamille. Die alte Weide auf dem Hof des Kaufmanns Štědrý hatte sich mit zarten Kätzchen behängt. Über der stinkenden Sickergrube tanzten Schmeißfliegen, und ihre emailleartigen kleinen Körper blinkten wie Funken. Auf dem Hof des Spediteurs Wachtl waren Büschel von Brennnesseln hochgeschossen, und von der kahlen Fläche des Hügels, der über den Pferdeställen emporragte, war der Schnee verschwunden.

Ostern war herangerückt, und der Friseur Sedmidubský war von seinem Lager aufgestanden. Er stand im Korallenvorhang, der den Eingang in den Laden verdeckte, kniff beim Anblick der aufdringlichen Strahlen der verjüngten Sonne schmerzvoll die Augen zu und wunderte sich, dass er noch am Leben war. Jungen spielten Glücksspiele um Eier. Einer hielt ein bemaltes Osterei in der Faust, und ein anderer versuchte, eine Münze so zu schleudern, dass sie in der Schale steckenblieb. Wenn ihm das gelang, gehörte das Ei ihm. Ansonsten verlor er seinen Einsatz.

Durch die Straßen der Bezirksstadt ratterte eine Droschke. Auf dem Bock saß ein Kutscher, dessen Gesicht an einen frischgeputzten Kupferkessel erinnerte. Vorhänge bewegten sich, die Leute beugten sich aus den Fenstern, um zu sehen, wen die Kutsche brachte. Der Handelsvertreter Raboch kam aus seinem Haus geschossen. Er kreiste durch die Stadt, fiel in die Wirtshäuser ein und blieb mit alten Weibern an Hausecken stehen. Sein Gesicht war ganz besonders gerötet, und seine Äuglein spielten. Überall musste er mitteilen, dass Kamil, der Sohn des Kaufmanns Štědrý, sich eine junge Ehefrau mitgebracht hatte.

Er wusste, wessen Tochter die junge Frau war, aus welchem Hause sie stammte, ja, er hatte sogar herausgefunden, wie viel an Mitgift sie ihrem Mann mitgebracht hatte.

Hinter der Droschke trabte der Bettler Chleboun, genannt »Majorchen«. Er blieb abseits stehen, um zu beobachten, wie Kamil seiner Frau aus der Kutsche half. Das ging nur schwer; sie trug einen zu engen Rock und konnte mit ihrem Füßchen das Trittbrett nicht erreichen. Der junge Mann nahm sie in den Arm und stellte sie auf den Boden.

Im Haus des Kaufmanns Štědrý schlugen Türen und stampften eilige Schritte. Das alte Haus durchfuhr ein Sturm. Der Kaufmann und seine Frau traten an die Hausschwelle, um die Brautleute zu begrüßen. Kamil umarmte seinen Vater. Der Kaufmann küsste ihn mit seinen welken Lippen und trat dann nach hinten, um seinen Sohn zu betrachten. Was er sah, gefiel ihm nur zum Teil. Kamils Gesicht zierte ein Backenbart, der bis zum Unterkiefer reichte. Der Kaufmann machte ein etwas grimmiges Gesicht; der Backenbart blickte ihn herausfordernd an: »Haben Sie etwas gegen mich? Sagen Sie es nur! Na also …«

Den Kopf des jungen Mannes bedeckte ein grauer steifer Hut; und als er den Hut gezogen hatte, kam ein fast kahler Schädel zum Vorschein. Der kleine Schnurrbart war auf englische Art gestutzt; das Gesicht war bleich, verbraucht.

Kamil stellte seine Frau vor. Die Neuvermählte verbeugte sich und gab Frau Štědrá und ihrem Schwiegervater einen Handkuss. Der Kaufmann geriet in Verlegenheit und trat auf der Stelle. Frau Štědrá wurde ganz rot vor so viel Ehre und dachte sich: – Man sieht, dass sie gut geführt wird.

Der Kaufmann rieb sich die Hände und brabbelte: »Seid ihr also angekommen? Und wann seid ihr angekommen? Na, Hauptsache ihr seid angekommen. Ich freue mich.«

Frau Štědrá unterzog ihre Schwiegertochter einer sorgfältigen Untersuchung. Zuerst fiel ihr der breite, gelbe Hut auf, der mit einem kleinen Kranz aus künstlichen Feldblumen geschmückt war. Gekleidet war sie in ein blaues Kostüm, sehr eng in der Taille, dafür aber mit breiten Ärmeln, die mit Hermelinpelz geschmückt waren. Sie trug zierliche Schuhe aus Schlangenleder mit sehr hohen Absätzen. Dann erst schaute sie ihr ins schmale, etwas bleiche Gesicht; der Mund war eher breit, aber sanft; an der Oberlippe hatte sie einen Leberfleck in Form einer Linse, was ihr ein etwas schnippisches, aber zugleich verschämtes Aussehen verlieh.

Die Schwiegermutter wog sie im Geiste und schätzte sie auf fünfundsechzig Kilo. Das war entschieden zu wenig für eine verheiratete Frau. Sie verübelte es Kamil, dass er sich nicht eine dickere Ehefrau ausgesucht hatte; ihrer Meinung nach sollte ein junges Mädchen aus guter Familie nach etwas aussehen.

Sie sagte laut: »Sie sollten etwas zunehmen, meine Teure. Sie sind etwas untergewichtig.«

Sie lachte: »Offenbar hat man Sie zu Hause schlecht ernährt.«

Der Kaufmann verteidigte seine Schwiegertochter: »Na, na, Mutter ... Mutter ... Lass nur die Klárinka in Ruhe. Sie wird schon zu Kräften kommen. Wir werden uns um sie kümmern.«

Er wurde unruhig: »Aber warum stehen wir auf der Straße herum und geben für die Leute ein Theater ab ...?«

Die Jungvermählten begaben sich ins Haus, um sich frischzumachen. Frau Štědrá trat unterdessen eilig zu ihrem Mann und flüsterte: »Na? Was denkst du?«

»Noch weiß man nichts«, antwortete der Kaufmann, »mir scheint ...«

»Psst!«, zischte seine Frau. »Sie sind wieder da.«

Die Eheleute brachten Geschenke. Der Kaufmann bekam ein Seidenhemd und eine sehr moderne Krawatte. Er wand sich verlegen und zupfte an seinem gelben Schnurrbart. Frau Štědrá erhielt Stoff für ein Kleid. Sie nahm das Geschenk mit begeisterten Rufen entgegen.

»Nein, so etwas! Was meint ihr? Bin ich nicht schon zu alt für etwas so Schickes?«

Sie nahm den Stoff und schloss ihn im Schrank ein. Dabei entschied sie, ihn zu Weihnachten dem Dienstmädchen zu schenken.

Kamil stellte seiner Frau den Studenten Jaroslav vor: »Das ist mein Bruder, der auf Doktor studiert.«

Jaroslav wurde ganz rot und wand seinen Hals, als würde ihn der Kragen drücken.

»Sehr erfreut«, säuselte die junge Frau. »Ich hoffe, dass wir gut miteinander auskommen werden.«

Frau Štědrá kam aus der Küche und sagte bestimmt: »Das will ich wohl meinen. Mit unserem Jaroušek muss wirklich jeder auskommen. Er ist ein solches Lämmchen. Es wäre eine Sünde, ihm weh zu tun.«

»Aber Mami!«, stöhnte der Student.

Der Kaufmann klopfte ihm liebevoll auf die Schulter.

»Er studiert, ständig studiert er«, zwitscherte er. »Seinen Kopf martert er. Wenn er fertig studiert hat, wird er ein großer Herr sein, ein – gro – ßer – Herr, und der Papa wird seine Freude an ihm haben.«

Kamil wollte vor seiner Frau nicht zurückstehen.

»Ich habe nicht studiert«, sagte er, »und bin dennoch etwas geworden. Heutzutage gehört die Zukunft dem Handel und der Industrie.«

Er stand vor dem Spiegel, fuhr sich selbstverliebt über die Koteletten und drehte sich, um sich auch von der Seite sehen zu können. Er tätschelte mit dem Blick seine gestreiften Hosen, die schmeichelnd seine Schenkel umfingen, auch seine Lackschuhe mit ihren breiten Bändern. Er schnüffelte an seinem Ellbogen, und sein Gesicht zog sich vor Wonne zusammen; er sagte zu sich: – Alles erstklassiges Material. Ich bin komplett.

Mittags kam Viktor angerannt. Er steckte im blauen Arbeitskittel und roch nach Schweiß und Öl. Kamil begrüßte ihn lautstark: »Und, Bruderherz? Wie geht's, wie steht's?« Er sprach zu ihm laut und leutselig, wie es Herren zu ihren Untergebenen zu tun pflegen.

Viktor überraschte ihn mit der Frage: »O weh! Wird irgendwann einmal ein gelehrter Reisender zufällig auf diese Proben stoßen?«

Kamil antwortete etwas verwirrt: »Sei versichert, Dick, dass er sehr überrascht sein und seiner Überraschung Raum in zahlreichen Büchern geben wird. Einmal werden wir noch von dieser merkwürdigen Lagerstätte goldhaltigen Quarzes inmitten der Wüsteneien Afrikas vernehmen …«

Unvermittelt brach er ab und sagte: »Das da hört jetzt auf. Es gibt andere Sorgen. Das Leben ist eine ernste Sache, Klári«, er wandte sich an die junge Frau, »das ist mein Bruder Viktor. Macht euch bekannt.«

Er ließ die Mundwinkel hängen, unzufrieden darüber, dass er seinen Bruder in abgenutzter Kleidung vorstellen musste, die nach Schweiß und Öl stank. Viktor hingegen tätschelte Klárka die Wangen und sagte galant: »Du gefällst mir, Mädel. Du bist ein Mädchen ganz nach meinem Geschmack.«

Kamil machte eine leicht empörte Miene, die junge Frau hingegen lachte geschmeichelt. Dann zog sie sich eine Schürze über und ging in die Küche, um der Schwiegermutter bei der Zubereitung des Mittagessens zu helfen. Frau Štědrá wehrte ab.

»Ruhen Sie sich aus, Klárka. Ich schaffe das schon alleine.«

»Ich bin nicht müde. Und ich bin Hausarbeit gewohnt.«

»Das ist gut«, lobte Frau Štědrá. »Daraus kann ich sehen, dass Ihre Eltern Sie gut erzogen haben. Die heutigen jungen Fräulein, meine Teure, die denken an alles Mögliche, nur nicht an den Haushalt.«

Der Kaufmann gab Kamil ein Zeichen, ihm in den Laden zu folgen. Dort sagte der Vater streng: »Ich will alles wissen, so, wie es sich gehört.«

Der Handlungsgehilfe erklärte. Klárka sei die einzige Tochter. Ihr Vater – erste Firma am Platz. Primissima Betrieb. Er beugte sich zum Vater und flüsterte ihm zu, was seine Frau ihm an Mitgift eingebracht hatte. Als der Kaufmann die Zahl hörte, zwirbelte er die Bartfliege an seiner Unterlippe. Der Laden des Schwiegervaters beschäftigt drei Handlungsgehilfen, einen Buchhalter und einen Ladendiener. Umsatz dieses Jahr: Einhunderttausend.

Dem Vater kamen die Tränen. Er klopfte dem Sohn auf die Schulter und sagte gerührt: »Da bin ich aber froh, mein lieber Kamil. Ich habe ja gewusst, dass du mir keine Schande machen wirst. Tja, meine Buben …«

Ein Mädchen betrat den Laden und wünschte einen Liter Essig. Der Kaufmann zwinkerte ihr schelmisch zu und zeigte auf Kamil. »Das ist ein Kerl, was? Machen Sie nur ruhig seine Bekanntschaft, junge Dame, er ist noch zu haben.«

Als er das Geld entgegennahm, fügte er hinzu: »Oho! Jetzt ist es zu spät! Sie hätten früher kommen sollen. Heute ist er ein verheirateter Mann!«

Das Mädchen kicherte und lief davon.

43

Vor dem Mittagessen kam es zu einer langen Diskussion. Es konnten nicht alle an der gemeinsamen Tafel Platz nehmen. Sie beschlossen, dass sich Viktor an den Schreibtisch setzen müsse. Kamil atmete auf. Er schämte sich für den Bruder, der nach Öl und Schweiß roch und beim Essen ungehobelt schmatzte. Der Direktor des Elektrizitätswerks war zufrieden; er genoss das Vergnügen des Essens gerne ohne Zeugen. So kann er sich Brot in die Suppe krümeln und auch die Soße mit einem Brotkanten aufwischen; er muss nicht auf gute Sitten achten. Dennoch gab es immer noch nicht genug Platz. Kamil war verärgert.

»Konntet ihr denn nicht einen größeren Tisch anschaffen?«, sagte er vorwurfsvoll und fügte im Geiste hinzu: – Hier gibt es wirklich gar keine Kultur. Man muss sich absolut schämen.

Der Kaufmann war in Verlegenheit.

»Ich werde schon noch einen größeren Tisch kaufen«, entschuldigte er sich, »gerade gestern habe ich daran gedacht ... nur sobald ... na, das da ... eins nach dem anderen ...«

»Ich setze mich zu Viktor«, schlug Jaroslav vor.

Die Mutter empörte sich. Warum sollte Jaroušek am Schreibtisch Mittag essen? Habe er denn etwas angestellt? Sie erlaube nicht, dass der Student so gedemütigt werde. Sein Platz sei an der gemeinsamen Tafel. Sie selbst könne sich ihretwegen sogar auf die Türschwelle setzen, sie lasse es aber nicht zu, dass Jaroušek so abgeschoben werde ...

Der Student versuchte, die Mutter zu überzeugen, dass er darin keine Demütigung sehe. Frau Štědrá gab schließlich nach. An ihrer Miene konnte man aber erkennen, dass sie die Demütigung stellvertretend für ihren Sohn empfand. Sie ging in die Küche und lärmte dort mit den Töpfen. Sie war der Schwiegertochter und Kamil böse; niemals würde sie ihnen das vergessen.

»Bringt eine fremde Frau mit nach Hause«, knurrte sie, »und Jaroušek soll sich vor ihnen ducken.«

Sie goss ihrem Mann Suppe in den Teller und blieb abwartend stehen. Der Kaufmann zog die Augenbrauen hoch und kostete schlürfend vom Löffel. Sein Gesicht hellte sich auf, und er nickte mit dem Kopf. Ohne Frau Štědrá anzusehen, schnippte er mit den Fingern zum Zeichen, dass ihm die Suppe zusagte. Frau Štědrá atmete erleichtert auf.

Stille trat ein, und man gab mit Schlürfen der Suppe die Ehre. Kamil saß aufrecht da wie ein Känguru und berührte mit seinen Ellbogen nicht den Tisch. Er hielt den Löffel mit drei Fingern und streckte dabei elegant den kleinen Finger zur Seite. An seinem Handgelenk glänzte ein Goldkettchen; er hatte seine Manschetten nicht abgelegt und seine Krawatte mit ihren changierenden Farben mit einer Serviette abgedeckt.

Nachdem sie die Suppe gegessen hatten, brachte die Mutter den Braten. Der Kaufmann legte der jungen Frau vor. Sie schlug kokett die Hände zusammen und rief: »Ach Herrgottchen! So viel schaffe ich doch gar nicht!«

»Essen Sie nur, Klárinka«, forderte sie der Kaufmann auf, »Sie müssen bei uns doch ordentlich zulegen.«

Dazu ergänzte Frau Štědrá, dass die junge Frau zunehmen müsse, damit man sie in der Bezirksstadt achte.

»Ich denke so an acht bis zehn Kilo. Mindestens. Dass Sie uns keine Schande machen.«

Die junge Frau begann zu essen und sah ein, dass ein Mädchen aus besserer Familie nicht schlank sein dürfe.

Die Brüder am Schreibtisch lebten auf wie Kinder, denen es gelungen ist, der elterlichen Aufsicht zu entkommen. Ihnen war fröhlich zumute; sie stießen sich gegenseitig an, und Viktor machte Fratzen, mit denen er Kamils affektiertes Benehmen nachahmte. Der Handlungsgehilfe meckerte und näselte wie ein verzogenes Kind. Er stocherte im Essen herum und deutete an, dass der zarte Magen eines Mannes von Welt eine so grobe Hausmannskost nicht vertrage.

»Iss, Kamil!«, mahnte ihn der Vater.

»Ich kann nicht«, stöhnte der Handlungsgehilfe. »Ich bin absolut satt.«

»Absolut …« Der Kaufmann verzog das Gesicht. »Zu Hause hat man zu essen, da gibt's kein ›absolut‹. Wenn du wieder in der Fremde bist, kannst du es ja absolut oder nicht absolut machen.«

Viktor lachte laut auf. Der Kaufmann blickte streng zum Schreibtisch hinüber und zischte: »Psst! Was soll das?« Er beruhigte sich aber wieder und fügte mit einem Lächeln hinzu: »Ach, unsere Buben … Ständig muss ich hier den Dorfrichter spielen. Und der schlimmste von ihnen ist Kamil.« Er wandte sich zu seiner Schwiegertochter und erinnerte sich: »Einmal, da hat die Tante unseren Buben ein Buch mitgebracht. Sie war noch nicht einmal abgefahren, da hatte Kamil schon das Buch zerstört. Er hat alle Bilder bemalt.«

»Das stimmt doch gar nicht!«, explodierte der Handlungsgehilfe. »Das war ich nicht, das war Viktor. An allem bin ich schuld …«

Er richtete sich auf und machte eine Bewegung, als ob er sich mit dem Ellbogen das Gesicht schützen wolle.

»Schweig!«, fuhr ihn der Vater an. »Ich weiß nur zu gut, was ich sage. Wenn man euch mal etwas Schönes in die Hand gibt! Ihr macht doch alles kaputt!«

Die junge Frau musste lachen, als sie in Kamils Gesicht den Ausdruck eines getadelten Kindes sah. Auch der Vater heiterte sich wieder auf und sprach: »Ach, unsere Buben … Von denen könnte ich ganze Chroniken erzählen …«

Nach dem Mittagessen streckte sich der Vater etwas und sagte: »Es hilft alles nichts, ich muss mich mal kurz ausruhen. Das mache ich nämlich immer so.«

Kamil sagte zu seiner Frau: »Aber wir werden doch nicht zu Hause hocken. Das ist absolut ausgeschlossen.« Klárka stimmte zu und zog ihren Umhang mit dem Hermelinkragen an. Verstohlen puderte sie sich die Nase und drückte ihre Frisur unter den Turban, den vorne ein weißer Pinsel schmückte. Die Hände versteckte sie in einem riesigen Muff mit weißen Anhängern.

Der Handlungsgehilfe blickte höchst zufrieden auf ihre schlanke Gestalt; sein Herz pochte voller Stolz, und er dachte sich: – Jetzt, da zeigen wir der Stadt einmal, was Kultur heißt.

Er reichte seiner Frau den Arm, und sie traten auf die Straße. Er führte sie ganz vorsichtig, als ob er auf einem Seil ginge und auf einem Tablett eine hohe Sahnetorte trüge. Sie schritten zaghaft voran, die junge Frau machte kleine Trippelschritte, weil der enge Rock sie behinderte. Kamil zog die Mundwinkel herab, und sein schmachtender Gesichtsausdruck verkündete: – Die Zeit der Jugend ist nun vorüber, und es stehen uns jetzt ernsthafte Aufgaben bevor.

Die Jungvermählten hatten Besuche bei den führenden Familien der Stadt zu machen, wie es der Anstand gebot. Sie betraten die dickleibigen Häuser, die gewölbt und dunkel waren und gläserne Pawlatschen hatten. Dort stank es nach Toilette, fettem Kraut, altem Krempel und Mäusedreck. Überall knarrten Holztreppen, und wenn sie an die Tür geklopft hatten, hörte man in der Wohnung Getrappel, Türenknallen und wirres Geflüster. Überall öffnete ihnen ein zerzaustes Dienstmädchen, ließ sie an der Schwelle stehen und lief mit vor Staunen geweiteten Augen davon. Danach führte man die Jungvermählten in den Salon und schmiedete sie an Stühle mit hohen Lehnen. Überall standen ein Plüschsofa und eine Glaskredenz mit klirrendem Geschirr.

Man reichte ihnen Likör oder grünlichen Wein. Sie saßen stocksteif da, nippten an den Gläschen und knabberten dazu Kekse. Die junge Frau sagte scherzhaft: »Aber ich werde ja betrunken«, worauf die Dame des Hauses jedes Mal antwortete: »Ach, i wo – nach so einem bisschen!« Sie sprachen mit dünnen Stimmchen und rundeten die Lippen. Überall wurden sie gefragt, wann sie gekommen seien und wie die Fahrt gewesen sei. Danke der Nachfrage, die Fahrt verlief ohne Störungen. Überall sprachen sie die vorgeschriebene Menge an Worten, ganz so, als tauschten sie diplomatische Noten aus. An vielen Orten führte man ihnen frisch gewaschene und gekämmte Kinder vor. Die braven Kindlein grüßten auf Aufforderung mit singenden Stimmen. Überall zeigte man ihnen ein Familienfotoalbum, das in einen Plüscheinband gebunden war. Dann erhoben sie sich, und die Dame des Hauses begleitete sie hinaus, während sie sich entschuldigte, dass die Wohnung sich nicht in einer solchen Ordnung befinde, wie es sich gehöre. Worauf die junge Frau antwortete: »Aber das ist doch ganz normal«, und die Besucher empfahlen sich. Die Dame des Hauses rief ihnen hinterher: »Und lassen Sie sich wieder einmal blicken. Bloß sich nicht rar machen. Und ergebenste Grüße an die Eltern!«

Auf diese Weise absolvierten sie alle Besuche. Die Bezirksstadt begann zu raunen, musterte und vermaß die junge Frau Štědrá und urteilte, ob die junge Frau Štědrá nun ihr Glück gemacht habe oder nicht.

Als dann der Tag zur Neige ging und der Abend auf die Bezirksstadt herabgekommen war, zündete der Kaufmann sich seine Pfeife an, auf der der Landesherr in Jägertracht abgebildet war, und er setzte sich an den Tisch und begann im Buch »Fünf Wochen im Ballon« zu lesen. Frau Štědrá stopfte mit konzentriertem Gesicht einen Strumpf. Und als die Uhr zehn geschlagen hatte, klopfte der Kaufmann seine Pfeife aus und löschte das Licht.

Das Ehepaar lag still nebeneinander im Bett und blickte an die Decke, an der Schatten tanzten. Frau Štědrá spürte, wie sich in ihr Zorn auf die junge Frau zusammenbraute. Sie konnte es ihr nicht vergessen, dass der Student sich ihretwegen an den Schreibtisch hatte setzen müssen. Kommt von wer weiß woher, keiner kennt sie, keiner hat um etwas gebeten, und Jaroušek muss die gemeinsame Tafel räumen. Wer nicht bei Jaroušek sitzen will, der hat auch nicht bei ihr zu sitzen …

Plötzlich platzte es aus ihr heraus: »Die pudert sich!«

»Wie, wie?«, der Kaufmann verstand nicht.

»Die pudert sich, die schamlose Kokette«, wiederholte seine Frau.

»Das ist doch nicht möglich ...«, beunruhigte sich der Kaufmann.

»Ich hab's genau gesehen ...«

Der Kaufmann schwieg. Nach einer Weile tat er einen Seufzer und sagte dann: »Was er sich genommen hat, das hat er jetzt!«

Er stöhnte auf: »Kratz mich mal!«

Seine Frau knetete den juckenden Ausschlag und dachte unterdessen: – Wenigstens sechs Kilo sollte die zunehmen. So sieht sie doch nicht aus wie eine verheiratete Frau ...

44

Der Eingang ins Nationalhaus war mit Plakaten geschmückt, auf denen ein junges Mädchen mit einer zerzausten Frisur abgebildet war, das von einem jungen Mann in Matrosenuniform umarmt wurde. In den Fenstern waren Fotografien ausgestellt: träumerische Landschaften, schäumende Wasserfälle, Segelschiffe auf einem gewellten Meer und Porträts von Filmschauspielern. Die Leute schauten sich die ausgestellten Fotografien an und strömten dann ins Nationalhaus.

Der Bettler Chleboun schlich um den Eingang, blieb ebenfalls vor den Plakaten stehen und glotzte, mit seinem eingefallenen Kiefer mahlend, auf die Fotografien. Er hatte gehört, dass man innen bewegliche Bilder sehen könne. Angeblich zeigten sie dort Bäume, an denen der Wind rüttelt, aufgewirbeltes Wasser, Wolken, die am Himmel vorbeiziehen, Schatten von Menschen, die auf einer weißen Leinwand herumlaufen, mit den Händen fuchteln und tun, als ob sie sprechen würden; auch das Bild eines Zuges würde man sehen, wie dieser über die Gleise rattert und weißen Dampf ablässt; alles sei angeblich wie echt.

Er wäre auch gern in den Saal geschlüpft, um dieses Ereignis zu sehen. Er hätte sich auch eine Eintrittskarte kaufen können, denn in seiner Tasche klimpern Messing- und sogar Nickelmünzen. Aber das ist eine Unterhaltung nur für Herrschaften. Schließlich hatte es damals große Entrüstung in der Stadt gegeben, als man erfuhr, dass er auf dem Jahrmarkt gewesen war und sich dort Süßigkeiten gekauft hatte.

Der Bauer, der ihn gesehen hatte, war ohne jeden Anlass in die Stadt gefahren, um dann im Wirtshaus zu verbreiten, dass Chleboun in den Feldern Süßigkeiten gefressen hätte. Die barmherzigen Menschen waren empört und hatten ihm die Tür gewiesen.

– Damit hab ich mir sehr geschadet, erinnerte sich der Bettler. – Sie haben mich angeschrien und mit den Füßen gestampft.

Fast hätte ich was auf den Buckel bekommen. Geschieht mir ja auch recht. Süßes vom Konditor und Fettes vom Metzger ist nur etwas für Herren ...

Er sah Kamil kommen, den Sohn des Kaufmannes Štědrý. Der führte eine Dame mit sich, die einen weißen Turban trug, der mit einem Pinsel geschmückt war. Chleboun weiß, dass das Kamils Ehefrau ist. Schon gestern hat er den Armen, die sich auf der Treppe des Gemeindearmenhauses versammelt hatten, verkündet: »Er ist mit dem Zug gekommen, war ganz neu angezogen ... feiner Anzug, feine Schuhchen ... Und ein Frauchen hat er sich mitgebracht ... ein Frauchen hat sich dieser da ... mitgebracht ... Und die ist dürr wie 'ne Bohnenstange ... Nichts ist an ihr dran, was einem Mann gefallen könnte ... Ich meine, dass das eine dürre Ziege ist, obwohl sie doch das Süße vom Konditor und das Fette vom Metzger essen könnte ... Keiner kann sie daran hindern ... Sie kann das alles haben, und es hilft ihr doch nicht ... Wenn ich so ein Herr wäre, dann würde ich mir so 'ne Dicke aussuchen, so 'ne Mollige, die Fetteste von allen. Warum sollte ich mir nicht was gönnen, wenn ich dazu das Recht hätte?«

Er streckte die Mütze aus und murmelte etwas. Kamil warf eine Münze hinein. Als die beiden im Eingang des Nationalhauses verschwunden waren, befingerte der Bettler die Münze. Er erkannte, dass es eine Zwanzig-Heller-Münze war. Er erstarrte so, dass er vergaß, den Schnauzbart zu bewegen. Dann begann der graugrüne Schnauzbart wieder wie wild zu rollen. Der Bettler murmelte: »Du hast wohl zu viel zum Rausschmeißen, du oller Angeber ... du dummer Blödian! Nicht, dass dir das selbst mal fehlen sollte. Mit Sechsern herumschmeißen, gehört sich nicht! Der Herr Bezirkshauptmann hat mehr und schmeißt damit auch nicht herum ...«

Er entfernte sich, indem er seine mit Sacktuch umwickelten Füße mühevoll auf und ab bewegte und mit seinem Stock klopfte wie ein Blinder.

Am Eingang des Theatersaals stand der Verwalter Wagenknecht; sein Unteroffiziersschnauzer war nach oben gezwirbelt, und er kontrollierte die Eintrittskarten mit einem missmutigen, stolzen Gesichtsausdruck. Es schien, als warte er auf einen Gruß; er zitterte vor Wut, als er erkannte, dass selbst die Leute vom Lande an ihm vorbeigingen, ohne auch nur die Mütze leicht zu verschieben. Er hatte Lust, einen solchen Bauern am Kragen zu packen und ihn mit Fußtritten aus dem Saal zu befördern. Wissen nicht, was sich gehört, Bauerntölpel, schmuddelige Heustampfer. Aber es wird einmal eine Zeit kommen, wo sie ihm unter die Finger kommen werden, und er, Wagenknecht, wird sie dann Mores lehren ...

Im Saal füllten sich die Vordersitze. Die Galerie war von Arbeitern und Leuten vom Lande besetzt. Die Studenten hatten die Stehplätze im Parterre eingenommen. Von der Bühne hatte man den bemalten Vorhang abgenommen, und die Leute schauten auf eine weiße Leinwand. Der Handelsvertreter Raboch, der Spediteur Wachtl, der Apotheker und der pensionierte Postmeister Pecián hatten sich in den Sesseln breitgemacht. Der Handelsvertreter stand die ganze Zeit von seinem Sitz auf, blickte umher und grüßte in bester Laune Bekannte. Ein Grammophon spielte die Barkarole aus »Hoffmanns Erzählungen«. Es hatte acht Uhr geschlagen, und die Vorstellung sollte eigentlich beginnen. Allerdings waren die hinteren Sitze immer noch leer. Vorne saßen die Handwerker, in der Mitte die israelitischen Kaufleute mit ihren Familien, hinten aber klapperten immer noch die Sitze. Es kamen der Notar Dr. Tichay, nach ihm der Bezirksarzt und schließlich der Rechtsanwalt. Man fing immer noch nicht an, und das Grammophon ging zum Vorspiel aus den »Glocken von Corneville« über. Die Studenten fingen demonstrativ an zu klatschen, und die Arbeiter auf der Galerie schlossen sich an. Nur die Bauern saßen bewegungslos da und starrten die weiße Leinwand an. Nun kam auch der Bürgermeister, der Buchhändler Oktávec. Aber es begann immer noch nicht. Das

Grammophon spielte »Es war einmal«. Der Amtsrichter kam. Die Studenten pfiffen und trampelten. Endlich führte Wagenknecht den Bezirkshauptmann mit seinen beiden Töchtern hinein. Dieser setzte seine Töchter mit einem väterlichen, fürsorglichen Ausdruck in die hinteren Sessel, überzeugte sich davon, dass sie bequem saßen, und hob dann den Arm. Die Lichter erloschen, und ein weißer Lichtstrahl durchschnitt die Dunkelheit. Auf einem erleuchteten Rechteck erschien die Aufschrift »Frühling«. Der Zwischentitel verschwand und wurde durch eine bunte Landschaft ersetzt. Ein Fräulein tollte auf einer frischen Wiese herum und pflückte Blumen. Dann folgte der Sommer, das Fräulein lag mit einem Buch in der Hand auf dem Rasen, und neben ihr ließ ein weißer Windhund hechelnd seine Zunge aus dem Maul hängen. Als dann der Herbst einsetzte, pflückte das Fräulein rote Äpfel von einem Baum. Der Zwischentitel »Winter« kündigte eine verschneite Landschaft an, und das Fräulein tauchte in einem weißen Pelz auf und winkte dem Publikum mit einem Muff.

Im Saal ging das Licht an, das Publikum rauschte laut auf. Kamil spürte, wie ihn jemand mit der Hand berührte. Er hob den Kopf und erblickte den Lehrer Král. Er stand vor ihm in dem Hemd mit den folkloristischen Stickereien und schüttelte seinen blonden Schopf. Kamil stellte ihm seine junge Frau vor, der Lehrer beugte sich zu ihrer Hand herab und beglückwünschte dann seinen Freund zur Gefährtin des Lebens. Er wünschte ihm, dass die Strahlen des Glücks seinen weiteren Lebensweg erleuchten mögen. Dabei bedauerte er, nicht über die Fähigkeit der Redekunst zu verfügen. Seinen Gedanken fehlten eben die Höhenflüge; und so fragte er zuletzt: »Und wo wirkst du jetzt?«

Kamil nannte die Stadt.

»Du hast also die Wirkungsstätte gewechselt, wie ich merke«, sagte der Lehrer. »Ich kenne jene Stadt. Sie hat eine Kathedrale aus dem 16. Jahrhundert. Ein bemerkenswertes Beispiel der Spätgotik. Und das barocke Schloss überragt die ganze Gegend.

Die Stadt zeichnet sich auch durch eine liebliche Umgebung aus ...«

»Mein Schwiegervater«, unterbrach ihn der Handlungsgehilfe, »hat das größte Geschäft im Ort. Er beliefert alle Einzelhändler in der Gegend. Es ist eine weltbekannte Firma ...«

»Ich wirke immer noch hier in dieser Stadt«, sagte der Lehrer, »und ich kann mich im Ergebnis einiger Erfolge rühmen. Ich würde dir gerne meine Jungs zeigen. Manchmal ärgern sie mich, aber das ist ja ganz normal. Sie mögen mich, und ich würde mich nur ungern von unserer Schule verabschieden, obwohl ich doch eigentlich nach Prag möchte, um im Zentrum des kulturellen Geschehens zu sein.«

Die Lichter erloschen, und auf der Leinwand tauchte zusammen mit einer Bande exzentrischer Polizisten der Schauspieler Mack Sennett auf. Die Schauspieler zerbrachen Möbel, fielen ins Wasser, schlugen Purzelbäume, jagten sich gegenseitig und machten andere verrückte Dinge. Im Saal erklang lautes Gelächter. Nur die Frauen lachten nicht und beobachteten mit einer gewissen Wut, wie die Schauspieler ganz unnötig die Wohnungseinrichtung demolierten. Frau Klárka lutschte einen Bonbon und wartete, dass das Licht anginge, damit sie sich die Frisur richten könne.

In der Pause hörte der Handlungsgehilfe ein Rufen: »Psst! He, Kamil, alter Freund!«

Er schaute sich um und erblickte den Absolventen der Handelsakademie Růžička. Der Sekretär winkte mit beiden Armen und rief: »Wie geht's dir, alter Hallodri? Wie stehen die Aktien?«

Kamil blickte mit kalten Augen auf den Platz, auf dem der Sekretär saß. Růžička löste sich in ein Nichts auf. Der Handlungsgehilfe wandte hochmütig den Blick ab und antwortete nicht. Der Sekretär fiel in sich zusammen.

»Wer war das?«, fragte die junge Ehefrau.

»Niemand!«, antwortet Kamil mit Nachdruck. »Ein völliges Nichts. Ich kenne ihn eigentlich fast gar nicht richtig.«

Es wurde wieder dunkel, und das Grammophon begann, den Walzer »Herkulesbad« zu spielen. Auf der Leinwand strömte ein breiter Fluss, die Stromschnellen spritzten weißen Schaum, und die Sonne ging unter. Auf dem Fluss schwamm ein Segelschiff. Das Schiff näherte sich dem Ufer, und ihm entstieg eine schlanke Dame mit schwarzen Locken und großen Augen. Ein Zwischentitel erklärte: »Jana war die einzige Tochter des reichen Reeders Sörensen.« Die Dame trifft sich mit einem jungen Mann in weißer Seemannsuniform. Der Zwischentitel erklärt, das sei Leutnant Olaf. Das Bild wackelt. Es scheint, dass es über die Leinwand regnet. Das Grammophon krächzt einen Walzer.

Kamil flüsterte seiner Gattin zu: »Ich weiß gar nicht, was die Leute an dieser Asta Nielsen finden. Mir gefällt sie überhaupt nicht.«

»Oh, sag so was nicht«, antwortet die junge Frau. »Sie ist doch ungemein schick. Schau dir doch bloß mal ihre Haltung an. Der Valdemar Psilander dagegen, der ist fad. Den kann ich mir gar nicht anschauen. Bei uns waren alle Mädchen ganz verrückt nach ihm und wollten ein Foto von ihm haben. Ich aber nicht. Ist nicht mein Geschmack.«

Der Zwischentitel kündet: »Einige Monate sind vergangen ...«

Die schwarzhaarige Dame erhält einen Brief. Sie öffnet den Umschlag und überfliegt die Zeilen. Sie legt den Kopf in die Hände, und ihre dünnen, schmalen Schultern schütteln sich in einem Weinkrampf. Das Grammophon spielt »Es war einmal«. Ein weißhaariger Mann tritt an das weinende Mädchen heran und streichelt ihr über das Haar. Das Grammophon verstummt. Vermutlich wird eine neue Platte eingelegt. Das Publikum trocknet sich die Augen. Auf der Leinwand sieht man zitternde Schatten, und plötzlich geht das Licht an. Die Galerie rauscht: »Hohoho!«, und die Studenten im Parterre trappeln mit den Füßen. »Pssst!«, rufen die Herrschaften in ihren Sesseln, und ihre Köpfe schauen vorwurfsvoll nach oben.

Nach geraumer Zeit wird es wieder dunkel, und die Zuschauer erblicken ein Fest. Der Zwischentitel sagt, dies sei ein Ball im Hause des reichen Reeders Sörensen. Damen und Herren tanzen mit ruckartigen Bewegungen. Über die Leinwand rinnt die ganze Zeit ein grauer Regen. Die schlanke Dame verharrt in den Armen des Leutnants zur See. Ihre Köpfe nähern sich, ihre Blicke versenken sich ineinander, und ihre Nasenflügel beben. Die Galerie und die Studenten machen das schmatzende Geräusch eines Kusses nach, und im Parterre hört man: »Psst! Ist denn endlich mal Ruhe?« Das Grammophon krächzt den Hochzeitsmarsch, und die schlanke Schauspielerin verlässt die Kirche am Arme ihres Leutnants zur See. Zum Schluss erscheint das kolorierte Foto eines Kindes, das einen Nachttopf in der Hand hält. Darunter steht: »Gute Nacht«. Die Zuschauer lachen und drängen hastig zum Ausgang.

45

Und wieder waren zwei Monate vergangen. Die Sonne war auf ihrer Laufbahn höher gestiegen und hatte mit glänzenden Strahlen das Gebäude der Bezirkshauptmannschaft, das Rathaus, die Kirche und auch die gräfliche Brauerei übergossen. In den anschwellenden Früchten der Kirschbäume spiegelte sich der jubelnde, fröhliche Juni. Auf dem Marktplatz begannen die Linden zu duften; ihre vorzeitig abgestorbenen Blätter fielen schweigend zur Erde. Die Vögel sangen voller Verlangen, und der Kaufmann Zoufalý säuselte in seinem Laden die süßesten Höflichkeiten. Der Kaufmann Štědrý spähte mit der Schere in der Hand nach den naschsüchtigen Wespen, die seine Zitronenbonbons und Schokoladentafeln attackierten.

In den dickleibigen Häusern wurden die Böden geschrubbt und gewienert. Man konnte Frauen sehen, die Tücher um den Kopf gebunden hatten. Sie wirbelten mit Besen umher und rannten alle Augenblicke aus dem Haus, um das Schmutzwasser in die Kanalisation zu gießen. Die Bewohner der Bezirksstadt jäteten im Birkenwäldchen Unkraut und schmückten ihre Fenster und Auslagen mit frischen Zweigen. Vor dem Eingang eines jeden Wirtshauses standen zwei gutgewachsene Birken, und die Gastwirte schmückten ihre Schankstuben mit Nadelholzgirlanden. Selbst die ausgemergelten Häusler aus der Vorstadt weißelten ihre windschiefen Häuser mit den zerzausten Dächern.

Über die kaiserliche Hauptstraße fuhren Komödiantenwagen, die von zottigen Pferden gezogen wurden. Neben einem Pferdchen schreitet ein braungebrannter Mann mit einem Messingknopf im Ohr. Hinter dem Wagen hinkt eine eckige Ziege, die ein schwarzer, langhaariger Hund mit heraushängender Zunge bewacht. Über dem Zug wirbelt eine Staubwolke. An der Stadtgrenze werden die Wagen der Komödianten vom Verwalter Wagenknecht empfangen. Er steht wie eine Säule mitten auf der Straße und überlegt, ob er nicht Vorkehrungen treffen sollte.

Wagenknecht ist mit einem Obrigkeitstrieb auf die Welt gekommen. Alte Leute erinnern sich noch, dass er schon als Kind missmutig und verstockt gewesen ist. Sein grenzenloser Stolz verbot es ihm, mit den anderen Kindern zu spielen. Die höchste Befriedigung empfand er, wenn ihn der Lehrer beauftragte, in der Pause Aufsicht über die anderen Kinder zu führen. Damals traf er zum ersten Mal Vorkehrungen; er trug unartige Schüler in ein Notizbuch ein. Angeblich musste sich die eigene Mutter vor ihm in Acht nehmen; ihr schien, als ob der Junge sie ununterbrochen überwachte, damit sie nicht etwas anstellte. Man gab ihn zu einem Weber in die Lehre. Aber aus Stolz beendete der Junge die Lehre nicht. Er ertrug es nicht, wenn der Meister ihm etwas befahl. Als er erwachsen wurde, nahm er sich eine Frau, die genauso hochmütig war wie er. Und diese gebar ihm ein hochmütiges, dickköpfiges Kind, das ungern spricht, stattdessen aber mit den Augen rollt und ihre Schritte überwacht.

Zuständig für die Aufsicht über das fahrende Volk sind die Gendarmen; die aber sitzen lieber im Wirtshaus herum, statt Vorkehrungen zu treffen, überlegt sich Wagenknecht. Er beneidet die Gendarmen um ihren Helm mit der glänzenden Spitze, den gebogenen Säbel und den Karabiner. Ihn hätte man lieber zum Gendarmen machen sollen. Dann würde er es den Komödianten nicht erlauben, in der Stadt ihr Lager aufzuschlagen. Er würde den Gemeindearrest mit schädlichen Habenichtsen anfüllen, und die Bewohner der Stadt könnten so ruhig schlafen wie in Gottes Hand.

Wagenknecht hob den Arm, und der Zug der Komödianten blieb stehen. Ihr Anführer, ein rothaariger, zotteliger Typ, nahm den Hut ab. Wagenknecht befahl mit scharfer Stimme, er solle ihm die Papiere zeigen. Der Rothaarige reichte ihm ein schmuddeliges Papier, der Verwalter sah mit einem Auge in das Dokument, mit dem anderen maß er den Komödianten. Er drehte das Papier hin und her und gab es dann dem zotteligen Mann widerwillig zurück. Der Zug setzte sich wieder in Bewegung, und Wagenknecht schlenderte langsam von dannen. Ständig drehte er sich nach den Komödianten um und überlegte, ob er eingreifen oder ob er nicht eingreifen sollte.

Die Komödianten schlugen ihr Lager zwischen Scheunen hinter der Stadt auf. Aus den Fenstern der Wagen schauen braungebrannte, wilde Gesichter. Ein Jüngling in gestreiftem Trikot rennt mit einer Gießkanne zur Pumpe; auf seiner Schulter sitzt ein Äffchen mit einem runzligen, sorgenvollen Gesicht; der junge Mann schöpft Wasser, das Äffchen aber klammert sich an seiner Schulter fest und kratzt sich fiebrig am Kopf. Um die Wagen tollen dunkelhäutige Kinder. Ein struppiges Pferd streunt am Feldrain, schlägt mit dem Schweif hin und her und rupft Gras.

Auf dem Platz vor dem Schloss des Grafen hatte sich eine Menge Leute eingefunden. Man konnte dumpfe Hammerschläge hören, die Schausteller bauten ihre Stände auf. An einem Nachmittag hatten sie Schaukeln, ein Karussell und einen Schießstand errichtet. Verkäufer boten Apfelsinen an, schmierige Datteln, Erdnüsse und türkischen Honig. Vor einer Bude mit der Aufschrift »Panoptikum« steht ein kleiner, lockenköpfiger Mann, schlägt auf eine Messingglocke und ruft etwas aus. Hinter ihm stehen drei junge Männer, die als Teufel verkleidet sind; sie rollen mit den Augen und winken mit einem Dreizack. Vor einem Stand, an dem ein fröstelnder Papagei kauert, drängeln sich Dienstmädchen. Der grüne Vogel zieht für sie mit seinem krummen Schnabel Planetenkonstellationen. Die rotbackigen Mädchen öffnen die Briefumschläge und laufen zur Seite, um ihre Horoskope zu lesen. Ein an den Armen tätowierter Kerl in einem Matrosenanzug und mit einer Rose hinter dem Ohr bedient die Schaukeln. Halbwüchsige kneifen ein Auge zusammen und zielen auf eine Schießscheibe. Sie freuen sich, wenn sich nach einem Treffer mit Getöse eine Blechtür öffnet, hinter der ein Mann erscheint, der ein kreischendes Kind im Arm hält, während ihn ein wütendes Weibsbild dabei mit einem Pantoffel auf den Kopf schlägt. Ununterbrochen dreht sich das Karussell, das mit Porträts weiblicher Schönheiten und mit verträumten Landschaften bemalt ist. Es kreischt auch eine mit zahlreichen Schnitzereien und einem Spiegel geschmückte italienische Drehorgel: »Oh jé, supé, oh schamber separé …«

Über den Marktplatz hatte man ein Stahlseil gespannt, das mit einem Netz gesichert war. Die Komödianten zogen durch die Stadt, einer spielte dabei auf dem Flügelhorn, ein Mädchen in Zigeunertracht mit einem Stirnband voller Messingdukaten schlug auf einem Tamburin, während der Kerl mit dem Messingknopf im Ohr verkündete, dass am Abend eine Seiltanzaufführung stattfinde. Das hiesige Publikum werde Kunststücke sehen können, die mit ihrer Perfektion schon den König von England, den Schah von Persien und führende Persönlichkeiten des politischen Lebens begeistert hätten. Unter Blasen und Trommeln zogen sie weiter, gefolgt von einer schreienden Kinderschar.

Als es dunkel geworden war, wartete der Kaufmann Štědrý, bis sein Konkurrent den Laden geschlossen hatte, und folgte dann seinem Beispiel. Dann stellte das Dienstmädchen Stühle vor das Haus. Der Kaufmann nahm Platz, paffte aus seiner Pfeife und blickte zufrieden auf den Marktplatz, wo sich zahllose Leute herumdrückten, die auf die Vorstellung warteten. Es kamen auch Herr Raboch und seine Gattin.

»So viele Leute, so viele Leute«, wundert sich der Kaufmann. Der Lokalpatriotismus in ihm ist erwacht.

»Nicht einmal in der Hauptstadt gibt es so viel zu sehen wie bei uns«, loben alle gemeinsam.

Dann sprachen sie über die bevorstehenden Feierlichkeiten. In der Bezirksstadt würde es eine Wirtschaftsausstellung geben. Auch würde der hundertste Geburtstag eines gewissen Dichters gefeiert werden, der in dieser Stadt geboren worden war. Dafür würden die Absolventen des hiesigen Gymnasiums aus allen Gegenden des Reiches anreisen.

»Was wir so alles zu sehen bekommen …«, seufzte Frau Štědrá.

Der Handelsvertreter erwähnte, dass auch der Abgeordnete Dr. Alois Fábera kommen wolle. Er wisse das aus erster Hand. Der Kaufmann warf ein, dass sein Sohn Jaroslav Dr. Fábera einige Male aufgesucht habe. Der Abgeordnete würde ihn zu sich einladen. Er habe den Studenten richtig liebgewonnen und spreche mit ihm über juristische Probleme. Der Handelsvertreter wusste, dass der Kaufmann log. Der Student ist noch nie in der Rechtsanwaltskanzlei von Dr. Alois Fábera gewesen. Sollte er ihn tatsächlich einmal besucht haben, müsste er, Herr Raboch, etwas davon wissen. Der Handelsvertreter erfährt alles.

Auf dem Marktplatz gingen die Bogenlampen an. Unter dem Hängeseil kreischte das Flügelhorn und scheppterte das Tamburin. Die Menschenmenge wurde dichter. Durch die Menge bahnte sich der Verwalter Wagenknecht mit Hilfe seines Knotenstocks den Weg. In seinen Fingern juckten seine Obrigkeitstriebe; in ihm brannte eine unstillbare Wut. Die Menschenmenge, die sorglos lachte und lärmte, machte ihn unerträglich aggressiv. Er hatte Lust, diese Menschenmenge auseinanderzutreiben und die Komödianten in den Gemeindearrest zu sperren. Er möchte den Marktplatz ganz leer haben, tote Häuser und schweigende Wohnungen mit herabgezogenen Vorhängen. Jede Fröhlichkeit, jeden Lärm empfand er als eine Art Aufruhr. Wenn er nur könnte, dann würde er ein Gesetz erlassen, nach dem sich die Leute nur noch wie lautlose Schatten bewegen dürften.

Die Musik war plötzlich verstummt. Über den Marktplatz braust Beifall. Ein Mann in weißen Hosen und blauer Jacke klettert eine Leiter hoch, die am Hauptmast befestigt ist. Eine Trommel wird geschlagen, und das Flügelhorn beginnt mit einem Walzer. Der Mann in weißen Hosen balanciert mit einer Holzstange und läuft im Tanzschritt über das Seil. Er läuft bis an das Ende und schickt dann dem Publikum einen Kuss herab. Wieder braust Beifall auf. Ein kleiner Junge in einer Matrosenjacke klettert die Leiter hoch. Der Mann in der weißen Hose setzt ihn sich auf die Schultern und schreitet wieder vorwärts. Er täuscht jetzt Unsicherheit vor; seine Füße rutschen, der Mann taumelt, als ob er im nächsten Augenblick zur Erde stürzen würde. Die Menge schreit entsetzt auf. Der Mann aber hebt nur kurz die Stange an und läuft dann elegant über das ganze Seil. Neuerlicher Applaus.

In der Menge ist Bewegung zu beobachten. Manche Zuschauer wenden sich ab und entfernen sich langsam. Durch die Menge geht eine Frau in Zigeunertracht mit einem Teller in der Hand. Viele tun so, als würden sie den Teller nicht bemerken, den ihnen die Komödiantin unter die Nase hält. Sie schauen in den Himmel und zählen die Sternlein.

Der Trommelwirbel schwoll an, und das Flügelhorn kreischte einen Marsch. Der Mann in den weißen Hosen setzte sich auf ein Fahrrad, der Junge kletterte auf seine Schultern, und der Mann auf dem Seil fuhr los. Die Menge auf dem Platz verstummte.

Frau Rabochová unterdrückte einen Aufschrei. Frau Štědrá legte sich die Hand auf den Mund. Als der Akrobat am anderen Ende des Seils angekommen war, atmete der Kaufmann erleichtert auf.

»Dass diese Leute gar keine Angst haben ...«

»Es kann gar nichts passieren«, beruhigte ihn der Handelsvertreter. »Die sind doch durch ein Netz gesichert.«

»Ich weiß ja, aber trotzdem ... Allein der bloße Gedanke. Die armen Leute ...«

Er zog die Schultern zusammen bei dem Gedanken, dass die Komödianten von Ort zu Ort ziehen müssen; sie haben keinen festen Wohnsitz, kein festes Dach über dem Kopf, keine bequemen, sicheren Betten, und vielleicht haben sie nicht einmal einen Teller heißer Suppe.

Die Vorstellung war zu Ende, und die Leute gingen auseinander. Der Kaufmann wies das Dienstmädchen an, die Stühle hineinzubringen, und schlurfte selbst ins Haus, voller Zufriedenheit darüber, dass er einer so interessanten Vorstellung beigewohnt hatte.

46

Der Bahnhof war mit knisternder Seide angefüllt, mit hoch-
frisierten Kranzjungfern, mit steifen, sorgenvollen Spießbür-
gern, mit angstvollen Schleifen, mit harten Hüten und gestärkten Kragen. Angespannte und aufmerksame Gesichter; auch die
Eisenbahnbediensteten machen heute eine irgendwie bedeut-
same Miene, und die Schilder ihrer Dienstkappen glänzen ganz
besonders feierlich. Der Bürgermeister der Stadt, Oktávec, war
wie gelähmt, sein Gesicht versteinert; seine Augen blickten ab-
wesend, zuweilen schaute er in seinen Hut, der ein beschriebenes Papier verdeckte, und bewegte seine bleichen Lippen. Etwas
abseits steht eine Gruppe von Sängern; ihre steifen Hemdbrüste
leuchten, und sie müssen ständig ihre Manschetten zurück-
stecken, die aus den Ärmeln rutschen wollen.

Der Bettler Chleboun hatte den säuerlichen Gestank seiner
Lumpen in den Bahnhof mitgebracht. Unwiderstehlich zogen
ihn Orte an, wo Herrschaften zusammenkamen; er schlich umher wie ein Huhn an den Tischen eines Gartenrestaurants.
Triefäugig blickte er geradeaus; seine eingefallenen Wangen
blähten sich auf und fielen zusammen wie Seifenblasen. Die feierliche Gruppe wandte sich um und maß den Bettler überrascht
und empört mit ihren Blicken. Aus der Menschenmenge tauchte
plötzlich der Verwalter Wagenknecht auf; bleich vor Wut stürzte er sich auf den Eindringling. Der Bettler erschrak, auch sein
graugrüner Schnauzbart hörte auf, sich zu bewegen. Der Verwalter schüttelte den Bettler und beförderte ihn dann mit Tritten aus dem Bahnhof hinaus. Der Bettler setzte sich in Bewegung und entfernte sich langsam und leicht hinkend.

Man konnte hören, wie der Verwalter ihm hinterherbrüllte:
»Warte nur, du Halunke, ich werd's dir zeigen! Gesindel, Gesindel, elendes! Ich werd's euch zeigen, hier einfach herumzu-
lungern ... Ich ... ich werde ... ich werde noch Vorkehrungen
treffen ...«

Auf dem Bahnhof erklang ein Signal. Die feierliche Menge raunte; die Damen richteten ihre Schleifen und glätteten die Falten ihrer Kleider; die Herren fuhren sich mit dem Finger hinter ihren steifen Kragen; die Sänger fingen an zu summen; es war eine Stimmprobe. Der Bürgermeister machte große Augen; seine steife Hemdbrust hob und senkte sich.

In der Ferne konnte man das Pfeifen des Zuges hören. Die mit Nusssträuchern und Akazien bewachsenen Hänge werfen beunruhigt den Schall zurück. Man kann die Dampflok sehen, die zwischen den Hügeln auftaucht und sich wieder verliert; sie überschüttet die Arbeiterkolonien und die zerzausten Dächer der schiefen Bauernhäuser mit Ruß. Der Zug fuhr mit Getöse über die Eisenbahnbrücke, die sich über den seichten Fluss wölbte, und fiel in den Bahnhof ein. Da gab der Chorleiter ein Zeichen, die Sänger richteten sich auf und begannen zu singen. Der Spediteur Wachtl donnerte los, der Friseur Sedmidubský gluckste. Die Münder der Bässe zogen sich breit zu einer Ellipse auseinander, die Münder der Tenöre formten sich zu einer Acht. Der Bass des Spediteurs donnert und rollt über das steinerne Pflaster, der Tenor des Friseurs hingegen klettert über die Reben des wilden Weins, die sich um die Säulen ranken, die das Dach des Bahnhofs stützen; er springt höher und höher, flitzt über das Dach und verliert sich im blauen Dunst des Äthers. Ständig jagen sich die Worte »Vaterland«, »Kranz«, »sei gegeben«, »sei gegeben«; voran eilen die hohen Stimmen, hinter ihnen eilt die brummende Secondostimme; sie scherzen und raufen miteinander wie verspielte Welpen; manchmal springt der Bass in die Höhe, ein andermal der Tenor.

Der Chor verstummte. Der Bürgermeister hüstelte. Aus dem Eisenbahnwagen trat der Abgeordnete der Freisinnigen Nationalpartei Dr. Alois Fábera. Der Bürgermeister begann seine Rede. Der Abgeordnete stand vor ihm, legte dabei seine rechte Hand an die Brust, und den Daumen der linken Hand steckte er in die Hosentasche. Sein Kopf war zur Seite geneigt und sein rechtes Bein vorgeschoben. Der Bürgermeister verhaspelte sich am Anfang seiner Rede; krampfhaft griff er nach dem in seinem Hut versteckten Papier. Die Blicke aller sind auf den geschmeidigen Kinnbart und den kastanienbraunen Schnurrbart des Abgeordneten gerichtet, auf seine hohe Stirn, die rund ist wie ein Turm, und auf seine lockigen Haare. Seine braunen Augen blicken den Bürgermeister freundlich an.

Hinter dem Abgeordneten steht seine Gattin, eine hochgewachsene Dame mit einem winzigen Gesichtchen. Daran hat sie ein unbewegliches Lächeln befestigt, das in Lehranstalten zur Erziehung junger Mädchen aus besseren Familien gezüchtet und von ausländischen Gouvernanten gelehrt wird. Es ist ein abstraktes Lächeln, das an keinen konkreten Zweck gebunden ist. Sie hält zwei Jungen an der Hand, die blaue Mäntel mit goldenen Knöpfen tragen. Unweit davon steht die Erzieherin; ihr Lächeln ist aus derselben Zuchtanstalt wie das Lächeln ihrer Herrin.

Der Bürgermeister ist in Schwung gekommen, seine Rede murmelt und gurgelt eintönig daher. Auf seiner Stirn stehen Schweißtropfen; er spürt, dass sein steifer Kragen aufgeweicht ist. Der Abgeordnete wechselt seine Position nicht; immer noch hat er die rechte Hand auf der Brust und den Daumen der linken Hand in der Hosentasche. Er lächelt leutselig, und sein Nacken bildet mit seinem Rumpf einen stumpfen Winkel. Der Bürgermeister beendet seine Rede mit den Worten: »Und noch einmal: Seien Sie uns herzlich willkommen!«

Der Abgeordnete der Freisinnigen Nationalpartei Dr. Alois Fábera machte eine Bewegung. Er antwortete, dass ihn die Liebe und Ergebenheit seiner Landsleute ungemein rühre und freue. Im Geiste, so sprach er, würde er ständig in das Land seiner Geburt fliegen; vor seinem geistigen Auge würde er stets die gesegneten Flure, die verträumten Auen und die Bläue der Berge in der Ferne sehen.

Der Stationsvorsteher und die Eisenbahnbediensteten stehen in militärischer Habachtstellung da. Die Teilnehmer der

Feier saugen gierig die wohltönende Rede auf. Der Friseur Sedmidubský klebt an den Lippen des Abgeordneten, bewegt unbewusst die Lippen und wiederholt lautlos dessen Worte.

Der Verwalter Wagenknecht hat die Brust vorgewölbt; seine wachsamen Augen rollen in den Augenhöhlen hin und her und bewachen aufmerksam die Ordnung. Abseits wartet ein Fotograf mit dem vorbereiteten Apparat. Der Spediteur Wachtl umarmt den Abgeordneten mit durstigem Blick, sein Gefährte aber, der pensionierte Postmeister, lächelt ironisch. Der Handelsvertreter Raboch springt mit seinen flinken Äuglein hin und her über die Menschenmenge, um sich alle Einzelheiten fest ins Gedächtnis einzuprägen.

Und der Abgeordnete spricht vom Lied des Heimatlandes, von glucksenden Bächen, von Wäldern, die auf Felsen rauschen, vom Grün, das dem Auge ein Wohlgefallen ist; mit seinem dicklichen Händchen gibt er dazu den Takt. Er erklärt, dass der Gedanke an die heimatliche Scholle ihn in seinem Kampf für die unveräußerlichen Rechte unseres Volkes stärke. Er hat eine glatte Stimme, die an eine Mandel erinnert, und die Worte fließen von seinen Lippen wie der süße Saft einer überreifen Pflaume. Es ist dies eine Stimme, die im Kreis der Freunde unter dem Klirren der Kelche häufig ein kräftiges »Mnoga ljeta, mnoga ljeta, mnoga ljeta živio! Živio!! Živióóó!!!« zu singen pflegte. Seine Rede wand sich in wohlgestalteten Ornamenten und machte die Zuhörer munter wie ein heißer Tee. Sie summte wie eine Stimmgabel, streichelte über die Wangen, schüttelte aber zugleich freundschaftlich die rechte Hand und klopfte auf die Schulter. Frau Fáberová lächelte die ganze Zeit unverändert; auch die Erzieherin lächelte, ihre kleinen Augen jedoch bewachten den älteren Jungen, einen lockigen, aufgeschossenen Halbwüchsigen, der sich sichtlich langweilte. Er bewegte sich ungeduldig und trat auf der Stelle. Der kleine Junge hingegen stand ruhig da und schaute artig geradeaus. Er hatte erstaunte Lämmchenaugen und einen winzigen roten Mund. Er war seinem Vater sehr ähnlich, nur fehlten ihm der kastanienbraune Schnurrbart und der geschmeidige Kinnbart.

Der Abgeordnete beendete seine Rede mit einer kunstvoll geformten Periode und verstummte. Er richtete seinen Zwicker und glättete seinen Schnurrbart mit einem Taschentuch. Es erklang Beifall. Nur der Postmeister im Ruhestand nahm an der Ovation nicht teil. Argwöhnisch blickte er auf den Abgeordneten, und das ironische Lächeln verflog nicht von seinen Lippen. Ein dumpfes Gefühl verriet ihm, dass der Abgeordnete Mitglied einer Freimaurerloge war.

Danach traten zwei kleine Mädchen vor. Beide trugen weiße Kleidchen und hatten glattes, gelbes Haar, das an Weizenstroh erinnerte. Die größere Kranzjungfer überreichte Frau Fáberová einen Blumenstrauß, während die kleinere eifrig begann, ein Gedicht vorzutragen, das Notar Dr. Tichay verfasst hatte. Der Abgeordnete ging in die Hocke, und ein Lächeln weitete sein Gesicht. Er hörte:

> Künstliche Worte kenn' ich nicht, mit denen
>   ich glänzen sollte,
> nur einfach sagen möchte ich dir, was unser Herze wollte:
> Großer Slawe, du, wohlgeratener der Heimat Sohn,
> rein ist dein Schild, ganz ohne Spott und Hohn.
> Dein Leben ist ein aufgeschlagener Roman,
> jede Zeile darin zeigt deine Opfer an.
> So viele Leiden, wo es ging um deine Existenz,
> und dieses Buch nunmehr als Leuchtturm für uns glänzt …

Das Mädchen stockte, aber der Notar soufflierte: »Gesundheit wünsch …«

> Gesundheit wünsch ich dir, o Vater, mnogaja ljeta!
> Wer dich nicht liebt, ein Feigling ist und ein Verräter.

Das Mädchen machte eine Verbeugung. Der Abgeordnete nahm es in den Arm und gab ihm einen Kuss auf die Stirn. Die Herren lächelten gerührt, und die Damen wischten sich die Tränen ab. Dann sprang der Fotograf herbei und bat, zusammenzurücken und eine malerische Gruppe zu bilden. Der Abgeordnete richtete sich auf. Abermals legte er seine rechte Hand auf die Brust und steckte den Daumen der linken Hand in die Hosentasche. Er schob das rechte Bein vor und wandte das ganze Gesicht dem Objektiv zu; er zeigte sich nur ungern aus dem Profil; er hatte eine unscheinbare Nase, die einer Beere glich. Der Abgeordnete bildete das Zentrum der Gruppe. Den Platz zu seiner Rechten nahm seine Gattin mit den Kindern ein; der Bürgermeister, Buchhändler Oktávec, stand zur Linken. In der Gruppe entstand Unruhe; alle drängelten nach vorne. Dem Spediteur gelang es, einen günstigen Platz in der Nähe des Abgeordneten zu ergattern; aber genau in dem Augenblick, in dem der Fotograf den Finger hob und bedeutungsvoll zischte, sprang der Postmeister vor den Spediteur. So geschah es, dass sich das Gesicht des Spediteurs in der Menge verlor.

Als die Begrüßungsfeier vorüber war, stieg die Gesellschaft in die Kutschen, die sich vor dem Bahnhof gesammelt hatten. Die erste Kutsche war für den Abgeordneten, den Bürgermeister und ihre Gattinnen bestimmt. Die zweite Kutsche besetzten die Söhne des Abgeordneten mit der Erzieherin. Eine Droschke mit einigen Beamten bildete den Abschluss. Bevor sich jedoch die Kutschen in Bewegung setzten, kam es zu einem unangenehmen Vorfall. Der Bettler Maryčka Gib's! tauchte auf. Zerlumpt wie er war, schnitt er vor der Kutsche Grimassen und rief dem Abgeordneten rhythmische Beleidigungen zu. Aber noch bevor der Abgeordnete den Bettler bemerkt hatte, sprang der aufmerksame Wagenknecht hinzu, packte den Bettler am Kragen und zog ihn beiseite. »Ich werd's dir zeigen, du Schmutzfink!«, zischte er, grau vor Wut. »Sobald ich nach Hause komme … Ich werd's euch zeigen, ich werde Vorkehrungen treffen. Ihr werdet noch die Engelein singen hören …«

Der Kutscher schnalzte mit der Zunge und ließ die Peitsche kreisen; die Kutsche des Abgeordneten setzte sich in Bewegung und mit ihr die übrigen Droschken. Der Apotheker, der Handelsvertreter Raboch, der pensionierte Postmeister, der Spediteur und die Sänger zogen zu Fuß los.

Der Friseur Sedmidubský blickt mit verträumten Augen in die Ferne und sinnt darüber nach, wie wohl einmal die Beerdigung des Abgeordneten sein wird. Er sieht ein imposantes Schauspiel vor sich. Vereine, Folkloregruppen in Tracht. Fahnen wehen über dem Aufzug. Musik, mehrere Kapellen. Eine hört auf zu spielen, und eine andere setzt ein … Der Aufzug verlässt das Haus der Trauer am frühen Morgen, er schreitet langsam und erreicht den Friedhof erst in der Abenddämmerung. Denn durch die Straßen ergießt sich ein Meer an Menschen, und man kann nur ganz langsam Schritt für Schritt vorankommen. Musik, viel Musik, wunderbare, anrührende Musik, lateinische Gebete und Trauerreden und die vielen Kränze, so schöne wohlduftende Blumen … Der Friseur Sedmidubský seufzt schwer und schmerzvoll; nur den Mächtigen dieser Erde wird eine so erhabene Beerdigung zuteil.

47

Ausgebreitet auf Lederpolster, die Beine mit einer gestreiften Decke bedeckt, fährt der Abgeordnete durch die Straßen der Bezirksstadt. In seinem Antlitz zeigt sich ein wohlgeneigtes Lächeln, das Monarchen zu eigen ist, denen ihre Untertanen huldigen. An den Dacherkern knattern dumpf die Fahnen. Auch die Fenster der schiefen Bauernhäuser sind mit Papierfahnen geschmückt. Überall sieht man heiter gestimmte Feiertagsgesichter. Die Leute bleiben stehen und ziehen ihre Hüte; an einigen Stellen sieht man begeisterte Häuflein, die in Jubelrufe ausbrechen. Die Kutschen durchfahren die Gruppe der Bauernhäuser mit ihren zerzausten Dächern, und der Abgeordnete winkt mit seiner dicklichen Hand den Blumentöpfen mit ihren Fuchsien, Passionsblumen und dem Ruprechtskraut zu, weil er dahinter Wähler vermutet. Als dann die Bauernhäuser von Steingebäuden abgelöst werden, hebt der Abgeordnete öfter den Hut, und sein Gesicht wird von einem gütigen Lächeln erhellt.

Jedes Mal, wenn der Abgeordnete Dr. Fábera in seine Heimatstadt kommt, ergreift ein beklommenes, beseligendes Gefühl sein Herz; Zärtlichkeit erfüllt seinen Geist, wenn er die dickleibigen, friedlichen und selbstzufriedenen Häuser mit ihren Holzvorbauten sieht. Er spürt dann, dass seine Gedanken sich in lange, rundliche und wellige Perioden einreihen; unbewusst gibt er mit seinem dicklichen Händchen den Takt dazu vor; er spannt die Brust, und sein Kiefer beginnt, sich zu bewegen. Seine Gedanken sagen ihm: – Im Geiste fliege ich an die Orte meiner Kinderspiele. Oh, so viele wunderbare, sonnige Augenblicke, die nimmermehr wiederkehren werden. An jedem Stein, an jedem Baum steckt ein Stück deines Lebens. Ich muss meinen Kindern jene Orte zeigen, wo ich heranwuchs, mich entwickelte und Kämpfe bestand …

Aus einem Haus trat ein alter Mann mit einem Handwerkergesicht; er ging mit einer Gießkanne in der Hand zum Hydranten. Er blieb stehen und blickte unverwandt auf die glänzende Kutsche. Der Abgeordnete hatte ihn bemerkt und neigte seinen Kopf; vielleicht erwartete er, dass der Alte sich vor die Kutsche werfen und um irgendeine Gnade bitten würde. Der Greis hingegen schaute sich sorgfältig das Pferdegeschirr an und griff wieder nach seiner Gießkanne. Der Abgeordnete wandte den Kopf ab.

Der Bürgermeister macht den Abgeordneten auf den Neubau des Finanzamtes aufmerksam, den der Vertreter des Landkreises mit seinem Einfluss möglich gemacht hatte. Der Abgeordnete strich sich über den kastanienbraunen Kinnbart. Der Neubau ist ein Lobgesang auf ihn, die ganze Stadt und der ganze Wahlkreis lobpreisen ihn. Das Wort des Abgeordneten hat bewirkt, dass die Bezirksstadt einen Eisenbahnanschluss erhielt; das Wort des Abgeordneten hat den trägen kleinen Fluss in ein neues Flussbett gezwängt und ihn daran gehindert, den Bauern im Frühling Flurstücke wegzureißen. Es preist ihn der Bauer hinter seinem Pflug, der Kutscher auf dem Leiterwagen, der Fabrikarbeiter; manch ein Bürger hat es ihm zu verdanken, dass er vom Militärdienst befreit wurde; manch ein Gastwirt preist ihn, weil er eine Schnapskonzession hat, und die alte Witwe, weil sie Tabak und Wertmarken verkaufen darf. Zuweilen schwellt sich die Brust des Abgeordneten, und ein geheimer Gedanke spricht ihn schmeichelnd an: »Vater des Vaterlandes!« Seine Wähler aber halten ihn mehr für ihren Handelsagenten, den Bevollmächtigten des Kreises; der Landkreis ist eine Firma, die vom Abgeordneten vertreten wird. Der Abgeordnete selbst ist der Meinung, Politik sei die Kunst, mit jedem gut auszukommen; die erste Aufgabe des Volksvertreters sei es, die Wähler an sich zu binden. Der Abgeordnete dient seinem Wahlkreis, und er dient ihm gern und unermüdlich. Er war flink wie ein Wiesel, immer aufmerksam und vorsichtig. Schon als kleiner Junge war er stets bereit, hinzuzuspringen, zu helfen. Er reicht Hut und Stock, er schiebt der Dame den Stuhl heran, er öffnet die Tür und bückt sich für ein fallengelassenes Taschentuch. Er kann eine anmutige Verbeugung machen und lautstark grüßen. Ein jeder lobt den anstelligen Buben. Er stieg leicht empor; es beschwerten ihn keine tiefen Gedanken, es beunruhigten ihn keine Gefühlskonflikte, es benagten ihn keine Meinungsverwirrungen. Er bewegte sich frisch und leicht wie ein Wasserliebhaber im Weiher. In der Menge lebte er auf, in der Vereinzelung langweilte er sich; im Übrigen war er nur selten allein.

Die Kutsche ratterte weiter, und hinter ihr her galoppierten des Abgeordneten Verdienste. Der Kaufmann Zoufalý kam aus seinem Laden gelaufen und besprühte die Kutsche des Abgeordneten mit den süßesten Höflichkeiten. Der Bürgermeister hob den Hut, und der Abgeordnete winkte mit seiner dicklichen Hand. Der Kaufmann Štědrý nahm Haltung an und drückte die Pfeife fest an seine Hosennaht; auch ihm winkte der Abgeordnete mit seiner dicklichen Hand zu.

Die Kutschen kreuzte ein ländlicher Jauchewagen; die Jauche hatte die Straßen mit stinkenden Spuren gekennzeichnet. Die Kutschen blieben stehen, der Abgeordnete rümpfte die Nase, und der Bürgermeister brabbelte etwas. Da aber tauchte aus der Versenkung plötzlich der flirrende Schatten des Verwalters Wagenknecht auf; er stürzte sich mit wütenden Beschimpfungen auf den Bauern. Wahnsinnige Wut hatte ihn gepackt. Hatte er doch gerade gestern alle Bewohner des Armenhauses hinausgetrieben und ihnen befohlen, zu Ehren des Abgeordneten die Straßen zu reinigen. Auch dem heruntergekommenen Braumeister Vokoun hatte er einen Besen in die Hand gedrückt. Der unglückliche Weltreisende leistete schwachen Widerstand; dann aber unterwarf er sich. Er stellte sich mit in die Reihe, ein Gleicher unter Gleichen, und schwang den Besen.

Und jetzt beschmutzt dieser Bauerntrottel, dieser Dorfdepp, ihm, Wagenknecht, die frischgefegte Straße! Der Verwalter bekam vor lauter Wut keine Luft mehr; er brüllte und drohte dem Bauern mit der Faust. Der starrköpfige Dörfler aber beachtete ihn gar nicht. Aufmunternd pfiff er seinem Pferd zu, das gerade pisste. Dann schnalzte er mit der Zunge, das Pferd spannte die Zugriemen an, und der Wagen setzte sich in Bewegung. Der Holzkanister mit der Gülle machte dem Abgeordneten den Weg frei. Wagenknecht prägte sich das Gesicht des Bauern fest ein; vielleicht wird Gott ihm einmal diesen Starrkopf in die Hände liefern, dann wird er ihm das Fell ordentlich durchwalken; bis zu seinem Tod wird dieser elende Heustampfer sich noch an den Verwalter Wagenknecht erinnern.

Das Gesicht des Abgeordneten weitete sich zu einem Lächeln.

»Wie ich sehe«, sprach er, »ist Frau Kuncová immer noch gesund.«

Der Bürgermeister folgte dem Blick des Abgeordneten und sah die Obstfrau mit ihren glänzenden, runzligen Wangen. Sie saß über einem Korb mit Apfelsinen und döste vor sich hin.

»Gesund und in gutem Zustand«, fuhr der Abgeordnete fort.

»Jawohl, Herr Abgeordneter«, murmelte der Bürgermeister.

Der Abgeordnete strich über seinen kastanienbraunen Kinnbart.

»Ich erinnere mich«, führte er aus, »ganz deutlich steht vor meinem Geiste die Erinnerung, wie ich einmal nach der Matura bei ihr haltgemacht habe. Ich kam geradewegs von meiner Reifeprüfung. Im Kaiserrock, einem schwarzen, langen Mantel. Ich freute mich, weil ich bestanden hatte. Sie selbst kennen ja, Herr Bürgermeister, diese Gefühle. Ich habe mir eine eingelegte Gurke gekauft. Ich habe dann so herzhaft in diese Gurke gebissen ... und die Salzlake hat mir meine Hemdbrust bekleckert. Ach ja, eine eingelegte Gurke, eine eingelegte Gurke, ich erinnere mich daran, als sei es heute gewesen. Wie schnell die Zeit dahineilt ...«

»Jawohl, Herr Abgeordneter«, brummelte der Bürgermeister.

»Eine eingelegte Gurke«, wiederholte der Abgeordnete mit freudiger Nostalgie, »ich erinnere mich gern an alle Details aus meinem Leben. Denn Erinnerungen sind ja, wie man zutreffend sagt, kleine Steinchen, aus denen das Gebäude unseres Lebens erbaut ist.«

»Genauso ist es, Herr Abgeordneter.« Der Bürgermeister wischte sich den Schweiß von der Stirn.

Das Geratter der Kutsche hatte die Alte aus ihrem Dämmer geweckt. Sie erblickte den Abgeordneten, sprang hoch und hob die Arme, als ob sie ihn segnen wollte. Sie galoppierte seitlich an der Kutsche mit und rief: »Herr Abgeordneter, unser guter, gnädiger Herr! So eine Freude, so eine Freude! Haben Sie geruht, sich uns einmal anzusehen?«

Der Abgeordnete gab ein Zeichen, zu halten. Nun wird er zeigen, wie ein Abgeordneter mit einer Frau aus dem Volke spricht. Er schaute sich um; auf seinen unmerklichen Wink hin drehte sich der gelenkige Fotograf hinzu. Der Abgeordnete lächelte gütig; die Menschen, die dieses Phänomen beobachteten, lächelten ebenfalls; in jedem Fenster zeigte sich ein lächelndes Gesicht. Sogar über das Brummgesicht des Bürgermeisters lief ein verstohlenes Lächeln. Nur Wagenknecht lächelte nicht; er beobachtet die Alte aufmerksam, feindselig. Der Fotograf hüllte sich in schwarzes Leinen.

»Und, immer gesund, Frau Kuncová, immer schön gesund?«, fragte der Abgeordnete wohlgeneigt.

»Ich danke für die Nachfrage, gnä' Herr. Wenn nur das Ziehen im Kreuz nicht wäre.«

»Das ist leider ganz natürlich, Mütterchen. Und was macht Ihr Sohn?«

»Ach Gottchen!«, kreischte die Obstfrau. »Mein Sohn ist ganz und gar glücklich. Ich habe ihm gesagt, dass er für den Herrn Abgeordneten beten soll. Ich selbst bete für den Herrn Abgeordneten Tag und Nacht. Letztes Jahr waren wir in Albendorf, um dort für den gnädigen Herrn eine Kerze zu opfern.«

Oho! Haha! Eine Kerze hat sie geopfert. Der Abgeordnete zwinkerte dem Bürgermeister zu. Der begriff zwar nichts, zwinkerte aber aus Höflichkeit zurück.

Die Alte plapperte weiter. Sie wusste nicht, auf welche Weise sie dem Herrn Abgeordneten ihre Dankbarkeit dafür bezeigen sollte, dass er ihrem Sohn eine Stelle als Amtsdiener beim Kreisgericht in Krakau besorgt hatte. Der Abgeordnete aber hob den Arm und gab bedächtig ein Zeichen, dass die Anhörung jetzt beendet sei. Der Kutscher ließ die Peitsche durch die Luft knallen, und die Pferde trabten los.

48

Der Sommersitz des Abgeordneten Dr. Alois Fábera lag in einem Stadtteil, der ursprünglich den Namen »An der Krümmung« getragen hatte, der aber später »František-Palacký-Viertel« genannt wurde. Als aber der Abgeordnete eine Subvention zum Bau einer städtischen Wasserleitung erwirkt hatte, wurde dieser Stadtteil nach dem Namen des Wohltäters des Kreises umbenannt.

Die Villa war an einen massiven Turm angelehnt, den ringförmig die Inschrift »Unter den Bergen meine Heimat« umschloss. Ein Bewuchs von Efeu maskierte zur Hälfte die Spitzbogenfenster, die mit buntem Mosaik verglast waren, und die Fassade, die mit stilisierten Blumen reich geschmückt war. Über dem Eingang schaukelte ein Leuchter aus Schmiedeeisen zwischen kugelförmigen Myrten in Blumenkübeln aus Holz.

Der Garten, von einem schweren, gusseisernen Gitter umgeben, war in gleichmäßige Beete unterteilt. Der Gärtner hatte sich viel Arbeit gemacht, um den Beeten das Aussehen geometrischer Felder zu verleihen. Über den gepflegten Wegen rankten sich Bögen von kleinen Wildrosen. Stiefmütterchen und Vergissmeinnicht bildeten große Sterne. Entlang des Zaunes zeigten Hahnenfuß und Rittersporn ihre verdrehten Stängel, und schreiend brannten die Blüten des Mohns. Der Garten war so vielfältig und opulent wie ein Park in einem Kurbad. Unter einer dichten Decke von Moosfarn und Winden versteckte sich ein geschnitzter Gartenaltan. Mitten in einem Beet breitete eine Aloe ihre fleischigen und dornigen Blätter aus. Alle Pflanzenarten in diesem Garten waren bauschig, wellig und ornamental. Der Abgeordnete blickte nur allzu gern auf diese Pflanzenarabesken; vielleicht spürte er, dass seine leicht wogenden Sätze, seine pompösen Perioden und schmetternden Phrasen, die seine Zuhörer so zu begeistern pflegten, auch durch diese Pflanzen verkörpert wurden.

Lautlos hatte sich die Abenddämmerung in die Stadt geschlichen. Die Luft roch nach Heumahd, Lindenblütenhonig und Kuhstall. Die Promenaden belebten sich. Auf der Nordseite spazierten die feschen Beamten der politischen Verwaltung. In den Laubengängen konnte man die Stimmen angeheiterter Bürger hören. In der Mitte des Marktplatzes, quer über die gepflasterte Diagonale, bewegten sich die israelitischen Kaufleute mit ihren sorgenvollen Gesichtern. Lautes Geschrei erklang aus der Promenade der Handwerker. Die Fräulein kicherten, die Mädel kreischten, und die Burschen wieherten. Die Promenade an der Nordseite zerfaserte; der Abgeordnete hatte sich nebst Gattin unters Volk begeben. Der Platz rauschte wie ein Hain von Zitterpappeln, den der Wind berührt hat. Die Kaufleute an der gepflasterten Diagonale blieben stehen und nahmen grüßend die Hüte ab. Der Spediteur Wachtl donnerte: »Nazdar!« Der Abgeordnete winkte kurz und wohlwollend mit seiner dicklichen Hand. Frau Fáberová hob die Brauen und lächelte das unbewegliche Lächeln eines ehemaligen Zöglings des Klosters »Sacré Cœur«. Der Spediteur stürmte nach vorne in der Hoffnung, der Abgeordnete würde ihn ansprechen. Aber genau in diesem Augenblick stieß der Abgeordnete auf den Dechanten. Die Einwohner traten zur Seite, damit die beiden mehr Raum zum gegenseitigen Grüßen hätten.

Der winzige, dickliche Priester nahm die Kopfbedeckung ab und drückte den glänzenden steifen Hut an seine Brust. Der Abgeordnete ergriff die rechte Hand des geistlichen Herrn und zog sie an sich. Sie atmeten sich gegenseitig ins Gesicht, lächelten breit und schüttelten sich ausdauernd die Hände.

»Der Herr Abgeordnete geht spazieren?«, gluckste der Priester.

»Genauso ist es, Hochwürden«, antwortete mit geschmeidiger, saftiger Stimme der Abgeordnete.

»Und die gnädige Frau geht auch spazieren, auch spazieren?« Frau Fáberová spitzte die Lippen.

»Ja, spazieren, Hochwürden«, säuselte sie dünn.

»Dann also spazieren, spazieren, hehehe!«

»Etwas frische Luft schnappen, hehehe!«

»Sich mal an etwas laben, hehehe!«

»Das haben Sie treffend gesagt, Hochwürden, hehehe!«

»Sehr gut, das Wetter ist beständig, die Luft ist lau, hehehe!«

Und sie wanden sich vor Lachen, jenem zittrigen, endlosen Lachen, mit dem sich Würdenträger gegenseitig beehren. Sie konnten sich nicht verabschieden, da sich keiner entschließen konnte, die Hand des anderen loszulassen. So gaben sie sich eine geraume Weile diesem meckernden, verlegenen Lachen hin. Endlich trennten sich die beiden rechten Hände; die Würdenträger nahmen Abstand voneinander, um jeweils ihres Weges zu gehen; dennoch wandten sie sich ständig um und winkten mit den Hüten. Der Spediteur beobachtete dieses Ereignis mit finsterem Blick und sagte verbittert zu sich: – Nun gut, Herr Abgeordneter. Wenn dir so ein Klerikaler lieber ist als unsereiner, dann soll es mir recht sein. Ich werde daran denken, wenn die nächsten Wahlen kommen. Und er bog zur Apotheke ein.

Der Handelsvertreter Raboch lauerte auf den Augenblick, in dem sich der Abgeordnete vom Dechanten losmachte, und trat ihm in den Weg. Er trug dem Volksvertreter einen recht verzwickten Handelsfall vor und bat den Volksvertreter um Beistand. Der Abgeordnete neigte den Kopf und hörte aufmerksam zu; er hörte Worte, verstand aber nicht deren Sinn. Im Verkehr mit den Wählern hatte er gelernt, konzentriertes Interesse vorzutäuschen. Er zog die Augenbrauen hoch und rieb sich sorgenvoll den kastanienbraunen Kinnbart, als ob er sein ganzes Leben nur auf den Augenblick gewartet hätte, in dem sich der Handelsvertreter mit dieser Bitte an ihn wenden würde. Er wusste im Übrigen, dass es Herrn Raboch gar nicht um die Sache ging; Raboch sprach und schaute sich dabei die ganze Zeit um, ob die Stadt denn auch bemerkte, dass er mit dem Abgeordneten sprach. Er beendete seine Bitte, und der Abgeordnete säuselte, dass er sich darum kümmern werde, Schritte einleite, etwas veranlasse, an einflussreichen Stellen etwas bewirken wolle; zur Sicherheit trug er sich Herrn Rabochs Namen in ein dickes Notizbuch ein.

Der Kaufmann Štědrý saß vor dem Haus und paffte aus seiner Pfeife. Er beobachtete die Unruhe an der nördlichen Seite der Promenade und war neidisch auf den Handelsvertreter, weil dieser ein Gespräch mit dem Abgeordneten führte.

»Überall muss er der Erste sein«, meckerte er unzufrieden. Er animierte den Studenten, der neben ihm saß.

»Geh, Jaroušek, und sprich mal mit dem Herrn Abgeordneten.«

»Was soll ich denn mit ihm besprechen?«, verteidigte sich der Student.

»Was! Was! Woher soll ich das wissen?«, regte sich der Vater auf. »Sag ihm einfach irgendetwas. Er ist doch dein Bekannter. In Prag seid ihr doch ständig zusammen.«

»Das ist nicht wahr. Ich kenne ihn doch überhaupt nicht.«

»Erzähl mir doch nicht solche Sachen«, brummte der Kaufmann drohend, »ich weiß doch, dass ihr was miteinander unternehmt, dann geh halt jetzt zu ihm hin, damit man das auch sieht.«

Die Mutter griff ein: »Jaroušek möchte jetzt gern etwas Ruhe haben. Lass ihn doch einfach. Ich mag das nicht.«

»Gebildete Leute sollten miteinander sprechen«, brummelte der Vater. »Was kann denn der Abgeordnete mit so einem Herrn Raboch schon besprechen?«

Er klopfte die Pfeife aus und gab dem Dienstmädchen Anweisung, die Stühle ins Haus zu tragen.

Die Uhr am Rathausturm hatte zehn geschlagen. Der Kaufmann klappte das dicke Buch zu, auf dessen Rücken die Wörter »Alqueire – Ažušak« eingraviert waren. Er löschte das Licht, und dann stöhnte das Bett unter ihm. Er beobachtete die flackernden Schatten, die das Öllämpchen aussandte, und brummte: »Gebildete Leute gehören zusammen … In Prag sind sie so dicke, und hier will einer vom anderen nichts wissen. So etwas mag ich nicht ...«

Dann stöhnte er: »Kratz mich mal!«

Seine Frau knetete seinen juckenden Rücken und sagte: »Du solltest mal zum Arzt gehen, damit er dir etwas zum Draufschmieren gibt.«

»Geld zum Fenster rausschmeißen, das hätte gerade noch ...«, murmelte der Kaufmann. »Ärzte haben doch sowieso von nichts Ahnung.«

Er drehte sich auf die Seite und schlief ein.

Zu dieser Zeit stand der Abgeordnete vor dem Spiegel. Sein langes Nachthemd reichte ihm bis zu den Fersen. Er legte die rechte Hand auf die Brust, genau an die Stelle, die mit bunten Stickereien geschmückt war; der Daumen der linken Hand suchte die Hosentasche; er fand sie aber nicht, und die Hand fuhr den feisten Schenkel hinab. Der Abgeordnete neigte den Kopf, spannte die Brust und sprach voller Saft: »*Hohes Haus!*«

Dann blickte er mit Wohlgefallen auf seinen kastanienbraunen Kinnbart, zwirbelte seinen Schnurrbart und blickte geringschätzig auf sein Profil. Er löschte das Licht und ging schlafen.

In diesem Moment hatte der Bettler Chleboun, genannt »Majorchen«, eine Gruppe von Armen um sich versammelt und sprach zu ihnen: »Der Dingsda ist gekommen ... so ein Großkopferter. Das war ein großes Hallo, Musik hat gespielt. Und deswegen hat Herr Wagenknecht verboten, dass wir auf die Straße gehen ... weil dieser Herr sich vor uns Bettlern ekeln würde. Er darf unsere Lumpen nicht sehen, den Schmutz und die Wunden ... Ich aber habe alles gesehen, mich hält zu Haus nix, weil ich klug bin. Da war wirklich mächtig was los, tschinderassa – bum – bum, und so viel Gerumpel. Und sein Frauchen hat er mitgebracht, so 'ne schöne, dicke, prima beisammen war die. Die hat er sich aufgepäppelt mit Süßem vom Konditor und mit Fettem vom Metzger. Und jetzt hat er seinen Spaß im Bett.«

Der wütende Maryčka Gib's! rief seine rhythmischen Beleidigungen in die Nacht hinaus. Hunde antworteten ihm mit langgezogenem Heulen. Der schwachsinnige Hynek summte ein frommes Lied und kratzte sich unter der Achsel. Und die Glatte Ančka wackelte mit ihrem verblühten Kopf auf dem dürren Hals und brabbelte: »Ich habe ja gewusst, dass es was Großes geben wird, weil ich einen wunderschönen Wachtraum gehabt hab ... Ich hab geträumt, dass ich am Stauwehr sitze und ein süßes Kindchen im Arm halte, so ein liebreizendes Kindchen wie das göttliche Jesulein ... Heia, heia ... schlaf, Kindchen ... ich hab mit einem kleinen Zweig die Fliegen vertrieben, damit das Kindchen gut schlafen kann ... Plötzlich sehe ich, dass ich selbst das Kindchen bin, und ich hab mich sehr gewundert, dass ich mich selbst im Arm halte. Ich hab mich aber gefreut, dass ich so rosarot bin und so schön heia mache, vor allem nicht so unartig bin wie andere Kinder ... Und ich würde einfach nur zu gerne wissen, was der Traum zu bedeuten hat, damit mir jemand die Glücksnummern weissagen kann. Wenn ich dann gewinne, dann lass ich Kaffee kochen, und wir werden es uns alle gemütlich machen ...«

Sie schläft, die Bezirksstadt. Friedlich atmen die bauchigen Häuser. Es döst das Rathaus mit dem Stadtwappen; es schlafen die gotische Kirche, das Schloss mit seinen vier mächtigen Türmen und auch die Bezirkshauptmannschaft, auf deren Dach geschrieben steht: »Erbaut A. D. 1902«. Durch die stillen Straßen zuckt nur der unruhige Schatten des Verwalters Wagenknecht; ein wachsamer Schatten, der bereit ist, irgendjemanden zu erwischen, dingfest zu machen, zu ermitteln und auch ein klein wenig zu würgen.

49

In diesen Tagen war ganz unvermittelt der Sohn Kamil gekommen. Er war auf Geschäftsreise in der Gegend und hatte einen Abstecher nach Hause gemacht. Die Mutter schlug die Hände zusammen und lief auf den Hof, um den grauen Hahn abzutasten. Aus dem Hühnerstall erklang das aufwühlende Geschrei des entsetzten Geflügels. Der Kaufmann war hochgradig beunruhigt, weil ihn jede Ankunft eines Familienmitgliedes in Unruhe versetzte. Beim Mittagessen befragte er den Sohn, was er denn in der Bezirksstadt mache. Der Sohn nagte gerade Knöchelchen ab, und seine sanft gewordenen Züge stöhnten nur: – Um Gottes willen, verschont mich doch! Seht ihr denn nicht, wie müde ich bin?

Der Vater begutachtete seinen Sohn argwöhnisch. Er bemerkte, dass aus seinem Kragen ein Doppelkinn hervortrat. Der Bauch unter der Seidenweste war vorgewölbt. Die Koteletten hatte er um die Hälfte stutzen lassen; sein Schnurrbart dagegen war völlig verschwunden.

»Warum hast du keinen Bart?«, fragte unzufrieden der Kaufmann.

Kamil fuhr sich mit dem Finger über die Stelle unter der Nase und lächelte mitleidig: »Einen Schnurrbart trägt man zurzeit nicht.«

»Einen Bart solltest du haben«, meckerte der Vater, »du siehst ja aus wie ein Weib. Was werden die hiesigen Leute von dir denken?«

Darauf antwortete der Sohn nicht.

– Warum sollte ich mich mit dem kulturlosen Vater unterhalten?, sagte er sich.

Er schwieg mehr als früher. Er deutete an, dass gewisse Erkrankungen seinen delikaten Körper bedrohten, wobei er die Gebrechen mit lateinischen Namen bezeichnete. Die Treppe stieg er so vorsichtig hoch, als ob er aus Glas sei, und auf jeder Treppenstufe kam er außer Atem und musste sich ausruhen.

»Du solltest viel essen«, sagte die Mutter. »Wenn du nicht so wählerisch wärst, dann wärst du gesund. Papa und ich, uns fehlt nichts, und wir sind alte Leute. Und warum? Weil wir essen, was es gibt. Ich koche schließlich gut.«

»Das will ich wohl meinen«, bestätigte der Vater.

Kamil zog die Lippen zu einer verächtlichen Grimasse. Er schwieg die ganze Zeit, näselte unbestimmt und lächelte von oben herab. Nach dem Mittagessen fing er plötzlich an zu erzählen. Die ganze Zeit lief er dem Vater hinterher; er begleitete ihn aus dem Esszimmer in die Küche und aus der Küche in den Laden. Er sprach eilig und gehetzt. Er erzählte, dass sein Schwiegervater ihm das Geschäft übertragen und sich zur Ruhe gesetzt habe. Wenn er von seinem Geschäft sprach, verwandelte er sich in einen Dichter. Sein Laden habe Schaufenster, die so groß seien wie Kirchenfenster. Der Vater packte einen Zuckerhut aus und legte sich die Hacke zurecht. Er sagte sich: – Ich muss mir Zucker auf Vorrat hacken. Kamil erklärt, dass sein Laden der größte in der Stadt sei; der Kaufmann dachte sich: – Auch den Kaffee muss ich auf Vorrat abwiegen, weil morgen Markttag ist. Der Sohn brummte wie eine Hummel auf der Kleeblüte; ständig umflatterte er den Vater und legte noch nach: »Mein Umsatz steigt ununterbrochen.« Der Kaufmann legte die Schürze ab und trat vor den Laden. Er dachte sich: – Du redest zu viel, und ich mag das nicht. Er trat einige Schritte zurück, um sich das Haus anzusehen. Beim Anblick der Sgraffitomalereien nickte er lobend, bei den leeren Stellen war er bekümmert. – Dieses Jahr, beschloss er, werde ich den Maler kommen lassen, damit er das in Ordnung bringt.

Kamil verstummte, als sei sein Redevorrat zur Neige gegangen. Er blickte nachsichtig auf den Marktplatz. Alles kam ihm so winzig vor. Die Bezirksstadt könnte er sich in die Tasche stecken; das Rathaus könnte er zwischen seinen Fingern zerreiben; die gotische Kirche würde in seinen eleganten Lacklederkoffer passen. Die ganze Stadt mitsamt ihrer Umgebung bis hinauf zu den bläulichen Bergen am Horizont hatte sein prosperierendes Unternehmen verschlungen.

Aus der Seitenstraße kam plötzlich Viktor in Begleitung eines Arbeiters, der eine Rolle Isolierdraht trug. Beide lachten laut über irgendetwas. Beiden konnte man ansehen, dass sie sehr viel Bier tranken, sehr gerne Wurst aßen und beim Klang der Ziehharmonika in Verzückung gerieten. Ein semmelfarbener Hund hüpfte um sie herum. Viktor hob einen Stein, spuckte darauf und holte aus. Voller Erwartung richtete sich der Hund auf und tänzelte auf seinen Hinterläufen. Viktor warf den Stein, und der semmelfarbene Hund rannte dem Stein mit einer solchen Begeisterung hinterher, dass er sich beim Laufen überschlug.

Kamil nahm die Zigarre aus dem Mund und merkte kurz an: »Ein seltsames Benehmen, das Viktor da an den Tag legt. Er sollte doch etwas mehr Haltung zeigen. Heutzutage achtet man sehr auf solche Dinge. Solch ein Benehmen wirkt geradezu shocking.«

»Shocking, shocking«, sagte grimmig der Kaufmann, dem das Wort missfiel. »Er ernährt sich selbst, will von keinem etwas, dann soll man ihn einfach in Ruhe lassen. Behalt dieses dein ›shocking‹ für dich, bis du wieder weg bist. In unserer Stadt gibt es kein ›shocking‹.«

Der Sohn war beleidigt: – Hier gibt es einfach keine Kultur, da kann man eben nichts machen.

Viktor erblickte ein Dienstmädchen beim Hydranten. Er drehte sich von hinten an sie heran und packte sie an den Hüften. Das Mädchen kreischte, und Viktor wieherte zufrieden. Der Monteur salutierte und entfernte sich. Viktor winkte kurz und ging auch seines Weges. Seine Gedanken waren offenbar fröhlicher Art, denn zuweilen schob er sich die Mütze in den Nacken und dann wieder zur Seite. Er pfiff vor sich hin und spuckte kräftig aus. Manchmal blieb er mit Bekannten stehen und plauderte begeistert mit ihnen. An anderer Stelle brüllte er in ein offenes Fenster hinein: »Und, was gibt's heute Gutes zu Mittag?« Überall traf er auf breite, lächelnde Gesichter, die dem seinen glichen.

Er ging an den Kleingärten entlang, die unordentlich waren und vollgestopft mit üppigen Blumen. Er riss ein Salbeiblatt ab, zerrieb es zwischen den Fingern und roch daran. Galant bat er ein junges Mädchen um eine Rose; er bekam sie nach kokettem Widerstand.

Den Rosenstängel zwischen den Zähnen, ging er die Straße hinab, die zum Fluss führte. Sie war angefüllt mit Sonnenlicht und bewachsen mit freundlichen Erlen und Weiden. Das Stauwehr rauschte, und unter ihm wirbelte schmutziger Schaum. Blaue Libellen flatterten über dem Wasser. Nackte Jungen und Mädchen jagten nach Grundeln und kreischten. Frauen spülten Wäsche aus. Viktor merkte, dass sich ein Schnürsenkel am Schuh gelockert hatte; er hob den Fuß und stellte ihn auf einen großen Stein. Während er sich den Schuh zuband, schielte er zu den Wäscherinnen, ob man ihnen nicht etwa unter den Rock schauen konnte. Die Frauen spürten instinktiv den Männerblick und richteten schnell ihre Kleidung. Viktor rief ihnen ein grobgestricktes Kompliment zu. Die Frauen lachten kurz auf und antworteten leicht überdreht, weil ihnen seine Aufmerksamkeit schmeichelte.

Etwas abseits sauste und sang mit dünner Stimme das Elektrizitätswerk. Viktor wollte dort hin, als seine Aufmerksamkeit von einem nahegelegenen Tennisplatz abgelenkt wurde, von dem Stimmen erklangen. Vormittags war der Tennisplatz den Söhnen und Töchtern der jüdischen Fabrikanten vorbehalten; nachmittags spielten hier die christlichen Würdenträger. Viktor drückte sein Gesicht an den Drahtzaun. Einige Damen in weißen, geschlossenen Blusen mit einem steifen Herrenkragen sahen dem Spiel zu. Flache Strohhüte waren wacklig an ihren hochaufgetürmten Frisuren befestigt. Der ältere Sohn des Abgeordneten, knochig und braungebrannt, spielte mit einer hoch-

gewachsenen Dame, deren Hüften von einem Korsett eingezwängt wurden.

Viktor bemerkte, dass ihn ein Schatten traf; er hob den Kopf
und erkannte Professor Pošusta. Er sprach ihn leutselig an: »Aus
dem Jungen wird mal was. Steht richtig und bewegt sich richtig.« Der Professor lächelte aufgeschlossen und streichelte von
unten seinen ergrauten Kinnbart.

»Das ist nämlich der Sohn des Abgeordneten«, führte Viktor
aus. »Der andere sitzt bei der Mutter. Hübscher Bengel, sieht
aber nicht aus wie ein Junge, mehr wie ein Mädchen.«

Unter den Damen thronte Frau Fáberová. Sie legte eine Lorgnette an die Augen, und das unveränderliche, eintönige Lächeln haftete an ihrem Antlitz.

»He«, schrie Viktor, »das war vielleicht ein gemeiner Schlag.
Und genauso! Das Fräulein hat ihn nicht bekommen. Schon
wieder im Aus. Auweia, die hält ja den Schläger wie einen Kochlöffel.«

»Sie verstehen etwas vom Tennis?«, fragte der Professor.

»Etwas«, antwortete Viktor, ohne den Blick von den Spielern
zu wenden, »schauen Sie mal, wie der Junge abfälscht. Ich schaue
mir das zwar gerne an, dass ich das aber groß betreiben würde,
das nicht.«

Er plapperte vor sich hin und legte seine Weisheiten dar. Den
Professor interessierte dieser Arbeiter, der aus der bürgerlichen
Klasse hervorgegangen war. Er wusste, dass einige Viktor ihren
Kindern als abschreckendes Beispiel vorhielten, fast wie den
heruntergekommenen Braumeister Vokoun, der nicht zu Hause
geblieben war und sich stattdessen in der Welt herumgetrieben
hatte. Dieser junge Mann verwirrte ihn. Er hätte doch alle Schulen absolvieren und Beamter werden können, um dann seine
Untergebenen zu drangsalieren.

Warum war er von seiner eigenen Klasse abgefallen? Warum
hatte er sich freiwillig gedemütigt? Er blickte ihm aufmerksam
ins Gesicht, als könnte er daraus das Geheimnis ergründen, das

ihn so beunruhigte. Der Arbeiter tratschte leutselig vor sich hin, während er das Spiel beobachtete, und man konnte sehen, dass er vor dem Professor keine Scheu empfand.

Je länger der Professor ihn beobachtete, umso größer wurde seine Verwirrung. Der Professor gehörte zu der Art von Menschen, deren natürliche Instinkte durch ein langes und anstrengendes Studium erschlaffen. Er war nicht in der Lage, die Phänomene des Lebens direkt anzuschauen, nein, nur durch den Filter der Lektüre. Er suchte unentwegt nach einem Programm, einem Lebensprogramm, an das er mehr glaubte als an das Leben selbst. Er quälte sich ab mit der Frage: Wie sollten wir leben, um nicht umsonst zu leben? Er irrte im Labyrinth der Probleme umher, mit denen er sich umgeben hatte. Und er nahm an, dass Viktor sich auf Basis eines festen Programms, das er nach qualvollen geistigen Kämpfen errungen hatte, befreit habe. Was aber war sein Programm? Welche war seine Wahrheit? Er versuchte, diese Wahrheit zu ergründen; vielleicht würde er in ihr ein Medikament gegen seine schwärenden Wunden finden.

Und er fragte ihn: »Und wie leben Sie, mein Freund?«

Er hatte erwartet, dass Viktor anfinge zu erzählen, ihm seine Lehre offenbarte und sich daraus eine lange, interessante Debatte entspinnen würde.

»Wie ich lebe?«, erwiderte Viktor. »Wie es halt so geht. Sie wissen ja. Wir essen, wir trinken. Arbeit gibt's immer die Menge. Letztens haben wir in der Villa des Abgeordneten an den Leitungen gearbeitet. Würden Sie glauben, dass er zu Hause mindestens hundert Uhren hat? Wirklich, ich lüge nicht. Uhren aller Art, altmodische, komische. Eine Uhr hat die Form einer Lampe. Das Zifferblatt ist auf den Lampenschirm gemalt. Ich hab' geglotzt wie blöde. Ich hätte gern mal in die Maschine reingesehen; eine ganz ungewöhnliche Sache. Gehen Sie mal beim Abgeordneten rein, wenn Sie in der Nähe sind. Sie, Herr Professor, würde das ganz bestimmt interessieren.«

Auf dem Platz hatte man zu Ende gespielt. Die Damen gruppierten sich um den Jungen und umarmten ihn. Der Junge wehrte sich heftig gegen ihre Küsse.

»Na«, seufzte Viktor auf, »wunderbar hat er gespielt, der Junge. Er hat eine geschickte Hand und auch Begabung. Seine Mutter kann stolz auf ihn sein. Und ich ... ich muss mich beeilen, was hilft's. Ein anderer wird es für mich nicht erledigen. Lassen Sie es sich gutgehen, Herr Professor, meine Verehrung!«

Der Professor blickte ihm hinterher und streichelte versonnen seinen ergrauten Kinnbart. – Ich sollte, sprach er zu sich selbst, einen Vortrag für die Arbeiter vorbereiten. Zum Beispiel über die ideengeschichtliche Entwicklung der europäischen Menschheit. Ich würde unter der Arbeiterschaft sicherlich dankbare Zuhörer finden ...

50

Tschinderassa – bum – bum – bum ... Die schlaftrunkenen Bürger schoben die Gardinen zur Seite und ließen den rosaroten, putzmunteren Morgen in ihre dumpfen Schlafzimmer hinein. Die Bezirksstadt rieb sich die verklebten Lider und gähnte langgezogen. Durch die Straßen zog ein Grüppchen von Musikern in Feuerwehruniformen. Sie blieben an den Kreuzungen und am Marktplatz stehen. Vorlaut kreischte das Flügelhorn, beleidigt dudelte die Basstuba, es rasselte die Trommel, es dröhnte die Pauke. Aus den Fenstern beugten sich Nachthemden und Haarkränze unter Nachtmützen. Um die Musiker herum hüpfte der verkommene Braumeister Vokoun, genannt Abdul Hamid; in seinem zerdrückten Gesicht konnte man die durchzechte Nacht sehen; er trappelte auf der Stelle wie ein Bär und äffte den Kapellmeister nach. Die Musiker versuchten ihn mit groben Worten zu vertreiben. Er achtete aber nicht auf die Schimpfworte, lief davon wie ein Lausbub und kehrte gleich wieder mit einem dümmlichen Lächeln auf seinem aufgedunsenen Gesicht zurück.

Im Schatten des gräflichen Schlosses, dort, wo die Kastanienallee einmündet, stand das altertümliche Gebäude des Gymnasiums. Über dem Steinportal thronte ein kleines Türmchen, das eine Glocke barg; der metallene Klöppel dieser Glocke rief seit zweihundert Jahren Tag für Tag die Schüler zum Unterricht. An einer Seite war das Gebäude einstöckig, duckte sich demütig vor dem Schloss und trat dienstbeflissen hinter die Kirche zurück. Auf der anderen Seite aber war ein Abhang, und auf diesem Abhang wuchs ein mächtiges, düsteres Mauerwerk nach dem Bild einer Zitadelle. An jenem Tage bereitete sich die Bezirksstadt vor, das Jubiläum dieses Instituts zu feiern.

Schon vom frühen Morgen an brachte die örtliche Eisenbahn Teilnehmer dieser Feierlichkeit herbei. Einige kamen allein, andere waren von ihren Familien umzingelt. Man konnte Geschrei hören. Manche fielen einander mit freudigen Rufen in die Arme.

Sie ergriffen sich an den Händen, traten voneinander weg, um ihr Gesicht im Gesicht des anderen zu ergründen; manch einem schlich eine ungläubige Trauer in die Seele. Das soll ich sein? In ihrer Erinnerung wandten sie sich ab von diesen faltigen, verwitterten Wangen, diesem holprigen Spiegel mit dem abgeblätterten Amalgam.

– Bist du das?, fragten sie schüchtern.

Und sie hörten die Antwort des halbblinden Spiegels: – Ja, ich bin es …

Am Nachmittag gab es einen Umzug durch die Stadt. Ganz vorne ging eine Standarte mit der Aufschrift »Jahrgang 1857«. Sie wurde von einem uralten Geistlichen getragen, der einen rentnerhaften, abgewetzten Priesterrock trug. Sein kleiner, zur Seite gebeugter Kopf wackelte. Hinter ihm trippelten zwei Greise mit hervortretenden Vogelaugen. Die Jahrgänge 1853 und 1856 fehlten. Danach kam ein Häuflein von Greisen mit der Standarte 1855. Sie waren gebeugt wie alte Weiden und stützten sich auf sorgfältig zusammengefaltete Regenschirme. Ihre kahlen, mit einem gräulichen Haarkranz versehenen Köpfe waren zur Erde gebeugt, wacklig bewegten sich ihre ausgetrockneten Körper, die überweite Kleidung trugen.

Je niedriger die Jahreszahlen wurden, desto höher erhoben sich die Köpfe. Die alten Schüler schauten sich neugierig um. Viele erkannten diese Stadt nicht mehr, in die sie vor einer unsinnigen Anzahl von Jahren – vielleicht waren ganze Jahrhunderte vergangen? – ihr Vater zusammen mit einem gestreiften Federbett auf einem Leiterwagen gefahren hatte.

Was ist denn das? Dort war doch nicht das Schaufenster einer Eisenwarenhandlung gewesen. An dieser Stelle war früher ein Erkerfenster, hinter dem man immer zwei alte Frauen sehen konnte. Sie saßen einander gegenüber in Lehnstühlen und bewachten unentwegt den Marktplatz; wenn eine Person vorüberging, beugten sie sich zueinander und wisperten wie ein Blatt Papier. Wo ist dieser Erker? Wo sind diese alten Frauen?

Sie mal einer an ... Wo kommt denn diese Tafel mit der Aufschrift »Růža Adamírová, geprüfte Lehrerin der deutschen und der französischen Sprache« her? Hier hat doch früher der Schneidermeister Krahulec gewohnt. Sie hatten ihn damals ständig gesehen, so einen Dürren, mit zitterndem Adamsapfel und einem Schneidermaß um den Hals. Sie waren stehen geblieben am Fenster, aber nicht wegen des Schneiders Krahulec, sondern um sich dessen drei Töchter anzuschauen, alle drei fröhlich lachend, mit drei Grübchen, zwei auf den Wangen und einem am Kinn. Manch ein Teilnehmer des Umzuges, ein welker Greis mit einem Kopf, der wirkt, als ob er von Motten ausgehöhlt wäre, hat für eine der drei ordentlich Karzer aufgebrummt bekommen. Und nun ... Wo sind sie hin, die drei schönen Töchter des Schneiders?

He! Was will denn diese Metzgerei hier, das frischgeschlachtete Kalb, der Schweinskopf aus Porzellan, der Aushang »Heute leckere hausgemachte Leberwürste«? Mit Verlaub, hier war aber doch die Kurzwarenhandlung von Frau Secfusová ... Hinter der Glastür konnte man ein liebes weißes Köpfchen mit einem Scheitel in der Mitte sehen, den freundlichen Kopf einer netten Oma. Bei ihr hatten sich sowohl die Primaner als auch die Oktavaner getroffen. Frau Secfusová fragte die Primaner ebenso aus wie die Oktavaner, die schon einen Bart trugen: – Na, und? Hat man dich heute aufgerufen? Hast du was gekonnt oder hast du einen Sechser bekommen? Ist Post von zu Hause angekommen? Was schreiben sie denn? Du musst fleißig lernen, wenn du später mal ein Herr sein willst ... In diesem kleinen Laden saßen die Schüler auf Kisten, naschten Cremerollen, die Frau Secfusová ganz vorzüglich backen konnte, und diskutierten eifrig miteinander. Manch ein Rechtsanwalt, Pfarrer oder Stationsvorsteher schmatzt noch heute im Schlaf, wenn er von den Cremerollen der Frau Secfusová träumt.

Nur das Häuschen der Frau Lengsfeldová, wohin die Schüler zum Mittagessen zu gehen pflegten, ist so wie früher. An den

Wänden sieht man noch immer Schmähkritzeleien. Die Greise schauten sie an und lächelten dabei nostalgisch.

Sie blickten ungläubig auf diese Stadt, die sie nicht mehr wiederkannten, diese Stadt, die die böswillige Zeit bis zur Unkenntlichkeit verändert hatte. Die Einwohner winken mit Taschentüchern und begrüßten den Umzug mit freudigen Rufen. Auch der Umzug winkte, die alten Jahrgänge aber grüßten eine fremde Stadt zurück.

Der Kaufmann Štědrý schaute mit begeistertem Lächeln zu und wunderte sich unentwegt: »So viele Leute! So viele Leute! Wo kommen die denn alle her?« Kamil ärgerte sich, dass er sich nicht am Umzug der Abiturienten beteiligen konnte; er verzog die Lippen zu einem verächtlichen Grinsen und sagte: »Vielleicht wäre manch einer von denen lieber an meiner Stelle. Manch einer verdient in einem Monat nicht so viel wie ich in einer Woche. Wir Kaufleute sind eigentlich die allergebildetste Schicht. Der Handel ist die Zugwelle des Fortschritts!«

Er blickte auf den Umzug, sah vor sich aber eine amerikanische Registrierkasse, die »kling« macht, wenn sie Geld entgegennimmt; im Geiste befühlte er bunte Seidenstoffe, die Frauen bezaubern, und er dachte auch an seine junge Ehefrau, die hinter einem gläsernen Schalter saß und sich über das Buchhaltungsjournal beugte. Sie hatte nicht mitkommen können, da sie ein Kind erwartete. Bald wird sie ihm ein elegantes Baby gebären, einen ganz rosigen, feisten und klugen Buben. Er weiß nicht, warum, aber er stellt sich diesen Buben in einem kleinen Frack aus farbig changierendem Stoff vor, er hat einen kleinen Zylinder auf dem lockigen Köpfchen und trägt zitronengelbe Halbschuhe. Der Bub kann die Kurbel am Telefonapparat drehen und mit strengem Ausdruck »Hallo, hallo …« rufen.

Die meiste Aufmerksamkeit aber weckte der Jahrgang 1885, denn hinter dieser Jahreszahl marschierte auch der Abgeordnete der Freisinnigen Nationalpartei, Dr. Alois Fábera. Er schritt nicht, nein, er schwebte; er hatte das Gefühl, in einer goldenen, von sechs Braunen gezogenen Karosse gefahren zu werden. Hoch empor streckte er seinen lockigen Kopf; er vibrierte in den Hüften; sein Nacken bildete mit dem Rücken einen stumpfen Winkel. Den kastanienbraunen Kinnbart trug er waagerecht; er stand sich im Zentrum der Feierlichkeit und winkte mit seinem dicklichen Händchen nach allen Seiten der jubelnden Menge zu.

Und als am Haus mit den Sgraffitomalereien die Standarte 1913 vorüberging, röteten sich die schweren Augensäcke des Kaufmanns, und auch Frau Štědrá wehrte sich nicht gegen die wonnigen Tränen, die ihr über die dicklichen Wangen kullerten. Die Standarte 1913 trug der Student Jaroslav. Er wurde tiefrot, als er die Eltern erblickte. Er schämte sich, weil er beim Umzug mitmarschierte; unsicher hob er die Beine in dem Gefühl, dass er der Brennpunkt sei, an dem die Blicke der ganzen Stadt zusammenlaufen.

Der Umzug hatte den Marktplatz verlassen und schob sich zur Insel, die von dem faulen, gleichgültigen Fluss gebildet wurde. Und siehe da, dort war ein neues kleines Haus entstanden; es war nicht mehr gelb, vielmehr leuchtete auf seinen Mauern, die mit schreiend rosaroter Farbe gestrichen waren, eine blaue Inschrift: »Schnelle Erfrischungen im Gasthaus Zur Fischerhütte. – Kaffee, Tee, Schokolade, Wein«.

Vom schiefergedeckten Haus hängt eine große Fahne herab. Vor dem Haus steht Herr Facalít. Das Plüschmännchen ist in einen roten Mantel eingehüllt, seinen Hals schützt ein Wollschal, an den Füßen hat er Galoschen und in den Ohren Watte. Er winkt dem Umzug zur Begrüßung mit einer rot-weißen Fahne, piepst freudig, und seine Stimme kollert dabei wie bei einem jungen Hahn. Eine Gardine am Fenster bewegt sich. Offenbar eine neue Kraft, ein neues Fräulein schaut sich den Umzug an. Die älteren Jahrgänge sind am Häuschen vorübergegangen, ohne es zu beachten. Die Greise senkten die Köpfe, als ob sie einen verlorenen Gegenstand suchten. Je höher aber die Jahreszahl auf den Standarten wurde, umso lebhafter wurde es in den Reihen. Die jüngeren Jahrgänge stießen sich gegenseitig an, zwinkerten schelmisch und kicherten vorlaut. Viele aber verspürten beim Anblick des einsamen Häuschens etwas wie Trauer, einen Windhauch der Trauer über die sonnige Jugendzeit, die unwiederbringlich vergangen war.

51

Und so gelangte der Umzug, sich auf den Wellen der Erinnerungen wiegend, bis zum Gebäude des Gymnasiums. Vor der Anstalt erhob sich ein kleiner Hügel, der mit kurzem Rasen bedeckt war. Und auf diesen Hügel kletterte der Abgeordnete Dr. Alois Fábera. Die Standarten gruppierten sich um ihn herum, die Menge verstummte. Der Abgeordnete legte die rechte Hand auf die Brust und steckte den Daumen der linken Hand in die Hosentasche. Er hob den Kopf, um die Menge zu überblicken; er öffnete den Mund, und in seiner Stimme war ein süßes Tremolo. Herzlich begrüßte er die teuren Landsleute und Kollegen, die sich an diesem Tage vor dem ehrwürdigen Gebäude des Instituts versammelt hatten. Leicht bewegten sich die Kiefer des Abgeordneten; sein saftiger Bariton strich über die Wangen und ließ die Eingeweide erbeben; die Stimme wird mächtiger, die Stimme donnert; ähnlich dem Efeu auf der Villa des Abgeordneten klettert sie immer höher und höher, bleibt auf einem runden Wölkchen stehen und trällert dann von oben herab wie der Gesang einer Nachtigall. Unwillkürlich verfolgen die Zuhörer die Bahn dieses Gesangs; ihre Blicke erheben sich bis zu der Höhe, zu der auch die Glocke gelangt. Sie dachten an die spöttische Stimme des eisernen Glockenklöppels, der jeden Morgen die Schüler zusammenrief, als würde er sagen: »Studenten – kommt – her – bei – holt – euch – die – Fünfer.« Manch ein Greis mit erloschenem Blick hört diese Stimme bis heute in bedrückenden Träumen.

Der Abgeordnete sprach saftig und saftiger, sein Mund bewegte sich leicht wie eine Drehtür. Sprach er von der Vergangenheit, drehte er sein strahlendes Gesicht zur glanzvollen Sonne. Zwei glanzvolle Sonnen begegneten einander auf ihrer Bahn. Die Vergangenheit stellte er seinen Zuhörern wie einen idyllischen Farbdruck dar. Auf der grünen Wiese erblühen die Tausendschönchen. Über den Blüten flattern Schmetterlinge. Im Hain gurren die Turteltäubchen. Die Stimme des Abgeordneten gurrt, dass damals, in der guten alten Zeit, das Volk gut gewesen sei, ehrlich, und keine Falschheit gekannt habe. Es habe die alten Bräuche gepflegt, und seine Gerechtigkeit sei felsenfest gewesen. Das Wort eines ehrlichen Nachbarn hatte mehr gegolten als ein Wechselpapier. Mit einem Seufzer riss sich der Redner los von diesem wunderbaren Bild, um der grauen, unehrlichen Gegenwart ins Gesicht zu schauen. Mit seinem dicklichen Händchen zeigte er auf den Turm des Kollegs; er apostrophierte die hochberühmte Alma Mater, aus deren Brust wir die süße Milch der Weisheit gesogen hatten; aus dieser Höhe kehrte er auf die Erde herab; er umarmte mit einem sentimentalen Blick die Menge und nannte die studierte Intelligenz das Salz der Erde. »Geht unter das Volk«, brüllte der Redner, »und schwenkt die Fackel der Freiheit. Es ist an euch, das Volk aus dem Dunkel der Unterdrückung zur Sonne der Freiheit zu führen.« Ohne studierte Köpfe käme das Volk in den Sümpfen der Unwissenheit um. Mit einem letzten Triller verstummte er und trocknete sich mit einem Taschentuch das kastanienbraune Kinn ab. Die begeisterte Zuhörerschaft überhäufte den Redner mit Beifall und Heilrufen.

Nach ihm ergriff Professor Pošusta das Wort. Er steckte in einem dunklen, strengen Jackett, und seinen Hals umschloss ein steifer Kragen. Er nahm den Kneifer ab und bewaffnete sich mit einer Brille. Er hob die Schöße des Jacketts und machte eine Bewegung, als wolle er sich hinter ein Lehrerpult setzen. Er orientierte sich aber wieder, nahm ein beschriebenes Blatt Papier hervor und maß seine Zuhörer mit strengem Blick, als wolle er vorab mögliche Störer warnen. Dann hüstelte er und begann. Schon die Anrede, »Liebe Kollegen und sehr verehrte Freunde«, las er vom Papier ab. Er sprach über die Geschichte des Gymnasiums von seiner Gründung bis zu unserer Zeit. Es war dies ein sorgfältiger Vortrag, gestützt auf fleißige Studien und genaue Daten. Er las mit eintöniger, pedantischer Stimme und streifte die Zuhörer zuweilen mit einem warnenden Blick. Während seiner

Rede entstand in der Menge eine Wellenbewegung. Einige hüstelten und traten unruhig auf der Stelle, andere wieder fingen an, zu flüstern und Unfug zu machen. Alte Spaßvögel versuchten sich dabei an ihren Gefährten, wobei sie darauf achteten, dass der Redner sie nicht erwischte. Der Professor verstummte einige Male bedeutungsvoll und warf einen scharfen Blick auf die Störer, der sagen sollte: »Ist denn endlich Ruhe? Ich habe euch schon einmal ermahnt. Nicht, dass ich euch noch bestrafen muss.« Nur der Abgeordnete stand unbeweglich da, und sein Gesicht täuschte respektvolle Aufmerksamkeit vor.

Einige Zuhörer hatten sich von der Gruppe entfernt und waren vorsichtig zum Eingang des Gymnasiums geschlichen. Sie schauten sich ängstlich nach dem Professor um und verschwanden mit einem Sprung im Gebäude, erfüllt von dem seligen Gefühl von Schülern, denen es gelungen ist, sich vor dem Unterricht zu drücken. Gleich am Eingang war die Wohnung des Schulhausmeisters; hinter dem Fenster legte er Briefe aus, die die Schüler von zu Hause bekommen hatten. Dort drängelten sie sich auch in der Pause, um sich ein Würstchen mit Semmel zu kaufen. Nostalgisch dachten sie an diesen Leckerbissen; seit dieser Zeit hatte ihnen nichts mehr so gut geschmeckt wie die Würstchen des Hausmeisters.

Ihre Schritte hallten unter der gewölbten Decke, absichtlich stampften sie auf und brüllten voller Freude über das dumpfe Echo. Vor vielen Jahren hatten sie sich mit lautem Geschrei aus den Unterrichtsräumen gedrängelt, und auch jetzt hatten die verwitterten Greise Lust herumzuschreien. Sie blieben vor den Bildern stehen, die auf dem Gang hingen. Hier ein Farbdruck, der die Hochzeit eines österreichischen Herzogs mit der Prinzessin von Aragon darstellte. Darunter war die Inschrift: »Tu felix Austria nube.« Daneben muss jetzt das Bild mit den essbaren und den giftigen Pilzen hängen, die in unseren Gegenden vorkommen. Aber ja, hier ist es, stellen sie beruhigt fest. Etwas weiter ist die vergrößerte Fotografie des Mondes mit seinen Bergen und Kratern; sie buchstabieren: »Der Kopernikus und die Umgebung der Karpatenberge«. Sie sind neugierig, ob das Bild der mittelalterlichen Festung in der Ecke noch den bräunlichen Feuchtigkeitsfleck hat; sie jubeln freudig: Ja, der Fleck ist da. Nichts ist verlorengegangen, nichts hat sich verändert; die Gänge mit ihren gewölbten Decken antworten bei jedem etwas lauteren Wort warnend: – Was sind mir denn das für Allotria? Nicht, dass ich euch noch bestrafen muss ...

Sie betraten einen Klassenraum. An der Decke befindet sich ein buntes Bild, in das eine lateinische Inschrift hineingewebt ist, die die örtliche Grafenfamilie preist. Sie setzten sich in die Bänke, so wie sie früher gesessen hatten. Die Bänke sind irgendwie niedriger geworden; dabei sind es doch die alten Bänke, denn sie sind mit zahlreichen Inschriften verunstaltet, die die Schüler aus Langeweile hineingeritzt hatten. Sie setzen sich in die Bänke und verstummten ganz unbewusst; es scheint ihnen, als hätte die Glocke des Hausmeisters den Unterrichtsbeginn angekündigt; und den ehemaligen Schülern schleicht Beklemmung in die Herzen. Ich habe vergessen, mir die Lateinvokabeln herauszuschreiben; ich habe nicht für Algebra gelernt, und *er* wird mich bestimmt drannehmen. Einige blicken hasserfüllt auf ihren Banknachbarn. Das ist so ein Streber – ich komme dran, und er wird mir nicht vorsagen wollen. Mit beklommenem Gefühl warten sie, ob sie nicht die bekannten Schritte hören. Die Tür geht auf und *er* stürzt hinein, wirft den Schlüssel auf das Lehrerpult, zieht im Gehen den Wintermantel aus, im Gesicht ein heimtückisches, rachsüchtiges Lächeln. Manch ein Greis zittert: *Er* wird mich aufrufen, und ich werde durchrasseln. Ein anderer Greis wiederum blickt aufgeschlossen, selbstbewusst: Mich kann er ruhig aufrufen, ich habe mich vorbereitet. Die alten Herren blickten einander an und lächelten. Der Zauber verschwand. Die Alten begannen lautstark zu plappern. Einer von ihnen – das war immer so ein rechter Spaßvogel und Klassenclown – setzte sich hinter das Lehrerpult und ahmte den Klassenlehrer nach.

Und als es dunkel geworden war, saßen in der Apotheke »Zum barmherzigen Bruder« in Capes gehüllte Männer und tranken Rosoliolikör, den ihnen der höfliche und lächelnde Apotheker eingoss. Sie sprachen von den Ereignissen in der Stadt, den Feierlichkeiten, dem Abgeordneten. Der Handelsvertreter war unzufrieden. Er war der Auffassung, man mache um den Abgeordneten so ein Gewese, dass es nicht mehr schön sei. Als ob er der »Vater des Vaterlandes« František Palacký persönlich wäre. – Wir sind schließlich auch jemand, sagte er. Wir sind mit bloßen Händen in diese Stadt gekommen, und wenn wir uns hier eine Position erworben haben, dann ist das unser eigenes Verdienst.

Der pensionierte Postmeister zischte wie Milch auf einer heißen Herdplatte. Er hatte die Botschaft erhalten, der Abgeordnete sei Mitglied einer Freimaurerloge. Er treffe sich, in einen grotesken Umhang gehüllt, mit anderen Logenbrüdern und schmiede Intrigen gegen die Christenheit. Herr Pecián wurde abermals von Schreckensbildern attackiert. Er fuchtelte mit den Armen, als müsse er gegen Vorzeichen ankämpfen, und sprach jaulend von Geheimgängen und Falltüren. Gerade wollte er anfangen, über die Juden zu sprechen, denn sein Gesichtsausdruck war ganz entstellt. Da aber trat der Spediteur Wachtl in die Tür. Der Apotheker sprang auf und servierte ihm Rosoliolikör. Der Spediteur zog stolz ein Foto hervor, das die Begrüßung des Abgeordneten auf dem Bahnhof zeigte. Neben dem lächelnden und wohlwollend geneigten Antlitz des Abgeordneten sah man das rebellische, fanatische Gesicht des pensionierten Postmeisters, der sich im letzten Augenblick nach vorne gedrängelt hatte. Von der Person des Herrn Wachtl konnte man nur die Spitzen des Schnurrbartes sehen; der Spediteur aber war zufrieden darüber, dass wenigstens ein Teil seines Bartes auf dem Erinnerungsfoto verewigt worden war.

In diesem Moment klirrten in der Gastwirtschaft die Gläser. Die Abiturienten stießen miteinander an und ließen stotternd die Anekdoten aus ihrer Schulzeit wieder auferstehen. Ihre Ehefrauen befragten sich gegenseitig nach den Einkommen der Kollegen ihrer Ehemänner. An der Stirn der Tafel saß angeheitert und wohlwollend der Abgeordnete. Professor Pošusta saß bescheiden vor einem Glas mit Himbeerschorle und wartete geduldig, bis sich der Lärm wieder gelegt haben würde. Er hatte einen Vortrag vorbereitet zu dem Thema, wie die Intelligenz unter den Menschen sowohl auf dem Felde der Volksbildung als auch der kleinen Kulturarbeit wirken sollte. Der Lärm aber wurde immer stärker. Der Professor nippte an seiner Himbeerschorle und las in seinen Aufzeichnungen. Der Lärm ließ nach, als der Abgeordnete an sein Glas klopfte. Der Abgeordnete gab Anweisung, die Gläser mit dem »perlenden Nass« zu füllen, und trug dann ein »kerniges Grußwort« vor. Die Gläser klirrten, und es erklang ein donnerndes »Hurra!« zu Ehren der alten Schule, der Bezirksstadt und der Kollegen. Das altehrwürdige Studentenlied »Gaudeamus igitur« wurde gesungen. Es wurde viel Bier getrunken. Am Tisch wurde reihum gesungen. Professor Pošusta faltete seine Aufzeichnungen zusammen und verschwand. Hinter ihm her auf die Straße hinaus dröhnte: »Mnoga ljeta, mnoga ljeta, mnoga ljeta – živio! Živio!! živióóó!!!, wobei sich ganz besonders der saftige Bariton des Abgeordneten einbrachte.

52

Und wieder: Tschinderassa – bum – bum – bum ... Durch die Straßen der Stadt zog ein besonders glanzvoller Umzug. Ganz vorne hopsten Kinder, dahinter zogen Mädchen aus der Stadt in buntbestickten ländlichen Trachten. Hinter ihnen schritt eine Gruppe von Männern in Lederhosen und langen Mänteln mit Messingknöpfen einher. Der Nachtwächter im Pelz mit seiner Hellebarde, der Dorfschulze mit der Holzpfeife im Mund, der komische Hochzeitsbitter mit einem roten Regenschirm; ganz so, als ob jemand den Figuren im Volkskundemuseum Leben eingehaucht hätte und diese dann aus ihren Vitrinen getreten wären. Unter diesen Figuren sorgte der Friseur Sedmidubský in seinem Kostüm als gräflicher Amtsbüttel für besondere Aufmerksamkeit; er schritt unter einem Dreispitz einher, hatte ein bemaltes Gesicht und einen aufgeklebten Schnurrbart; die Hand auf einen Säbel gelegt, der an einem weißen Riemen hing, rollte er mit den Augen und blaffte mit gekünstelter Strenge umherstehende Jungen an.

Es war ein wunderschöner, endloser Zug. Die Musiker bliesen in die Bleche, bis die Fenster bebten. Und hinter der Kapelle gingen die breitschultrigen Fleischer in weißen Kitteln, mit umgehängten Schärpen und Hackebeilen auf der Schulter, und der Schornsteinfeger mit seinem Gehilfen, beide rosarot gewaschen und mit blankgeputzten Geräten; die Sokoln, rotgesichtig und stolz, stampften mit ihren glänzenden Stiefeln aufs Pflaster; die Feuerwehrleute mit ihren blitzenden Helmen wurden vom Spediteur Wachtl mit seinem Kommandantenschnurrbart angeführt. Und am Ende ratterten mit Birkenruten geschmückte Leiterwagen, in denen Bauern saßen. Die Bäuerinnen trugen dunkle Joppen, und ihre Köpfe waren in weiße Tücher gehüllt, die Männer trugen unförmige Festtagskleidung, die an ihnen herabhing, als ob sie aus Brettern gezimmert, mit einem Meißel ausgehöhlt und mit einer Axt befestigt worden sei. Diese An-

züge, nach langem, intensivem Feilschen auf dem Jahrmarkt gekauft, wirkten wie dunkle Flecken inmitten der reich verzierten
und bestickten Trachten der Stadtdamen.

Vor dem Haus des Webers Nobilis stand die Figur eines Mannes mit Rokokoperücke. Die steinerne Statue stand breitbeinig
da, als wäre sie gerade dabei, ihr Podest zu verlassen; in der einen Hand hielt sie eine Schreibfeder aus verrostetem Blech, in
der anderen eine Rolle Papier. Sie blickte mit toten Augen auf
eine Wasserpumpe, die das Zentrum des abgetretenen Rasens
im Geviert zwischen den traurigen Bauernhäusern bildete. In
das Podest war eine Inschrift gemeißelt, die von allen vier Jahreszeiten schon halb verwischt war. Eine Flechte zersetzte den
altersschwachen Stein, und durch seine Risse drang Unkraut.
Die Statue war das Bildnis eines gewissen Dichters, der in der
Bezirksstadt geboren und am Beginn des vorigen Jahrhunderts
gestorben war. Er hatte wohl didaktische Verse geschrieben und
war auf diese Weise zu Ruhm gelangt. In der Bezirksstadt aber
las diese Gedichte niemand; ja, kaum jemand erinnerte sich an
diesen Dichter. Und so wucherte der steinerne Dichter allmählich zu und blickte mit seinen toten Augen unverwandt auf die
Wasserpumpe.

An diesem Tag aber hatte man vor das Denkmal eine Tribüne
gestellt und sie mit Bändern in den Nationalfarben behängt;
hierher zog die Menge und umstellte die Tribüne. Der Abgeordnete der Freisinnigen Nationalpartei, Dr. Alois Fábera, betrat die
Rednertribüne, um dem toten Dichter »seine Huldigung zu entbieten«. Der Abgeordnete blickte mit klarem, zufriedenem Blick
auf die Versammlung und öffnete dann den Mund, um auf die
Zuhörer einen warmen, angenehmen Strom seiner saftigen
Rede zu ergießen. Auch der Abgeordnete las nicht die Verse des
steinernen Dichters, und es verlangte ihn auch nicht danach; er
verehrte den toten Dichter aber aufrichtig. Er – und mit ihm
auch die Bewohner der Bezirksstadt – verehrte nur tote Dichter.
Passierte es ihm, dass er mit einem lebenden Dichter zusam-

mentraf, fing er an, unruhig zu blinzeln und auffällig zu kichern. Unbewusst knöpfte er sich dabei sein Jackett zu. Er verdächtigte die lebenden Dichter des Leichtsinns und der ungeordneten Lebensführung; er hatte Angst, dass der Dichter ihn um Geld anpumpen oder aber seine Würde mit einer freisinnigen Bemerkung berühren könnte. Mit einem lebenden Dichter pflegte er stets eilig zu sprechen, war ständig bereit, davonzuspringen. Sein Blick sagte dabei: »Leichtsinnig bist du, Freundchen, begabt, aber leichtsinnig ... Wenn du mehr Ernsthaftigkeit hättest, dann würdest du es vielleicht genauso weit bringen wie ich.«

Dabei erkannte er doch die Nützlichkeit der Literatur oftmals an. Von Dichtern konnte man sich einen Vers ausleihen, einen Gedanken, mit dem man seine Rede vor der Wählerschaft oder sein Plädoyer vor dem Gerichtstribunal ausschmücken konnte. Eine Rede ohne Zitate, das wäre wie seine Villa ohne ihr Türmchen, ohne Verzierungen und ohne das kunstgeschmiedete Gitter.

Der Abgeordnete formte den Dichter nach seinem Bilde; er nannte ihn einen Propheten, der die erschöpften Seelen aufrüttele, einen Propheten, der unter einem Strohdach geboren war, um seinem Volk lautstark ins Gewissen zu reden. Er lobte den steinernen Dichter aber besonders dafür, dass er ein Sohn der Bezirksstadt war. Und der steinerne Dichter spürte, dass die Bewohner nicht hierhergekommen waren, um ihn zu ehren, sondern um sich selbst zu huldigen.

Der Abgeordnete zauberte seinen Zuhörern das Bild eines slawischen Greises mit biblischem Vollbart vor, der ununterbrochen die goldenen Saiten einer altslawischen Leier schlägt. Der Dichter isst und trinkt nicht, er segelt in den Wolken und wetteifert mit den Vögeln des Himmels im Gesang. Die Zuhörer plätscherten in den lauwarmen Wellen der Rede des Abgeordneten. Das Trugbild des bärtigen Dichters, der durch den Äther schwimmt, berauschte sie. Sie fühlten sich selbst als Dichter. Die Mitglieder der Vereine reckten sich stolz. Der Friseur Sedmidubský in seiner Rolle als gräflicher Amtsbüttel konnte seine Tränen nicht zurückhalten, seine Schminke zerlief. Er sah sich selbst als einen Greis mit biblischem Vollbart; sein bleiches Trugbild schwebt unruhig über einem Trauerzug. In die bläulichen Höhen hinauf gelangt zu ihm die saftige Stimme des Abgeordneten; seine Worte stoßen an die goldenen Saiten der Leier, und deren Widerhall erklingt süß und sanft ...

Aus dem Fenster des Bauernhauses schaut das misstrauische Gesicht des Webers Nobilis. Seine Augen, zur Hälfte mit herabhängenden Augenbrauen überwuchert, blicken feindselig auf die feierliche Menge voller Sorge, dass diese ihm seinen kleinen Vorgarten zertreten könnte.

Nach dem Abgeordneten betrat Professor Pošusta die Tribüne. Er nahm den Kneifer ab und setzte die Brille auf. Ohne jede Eile zog er aus der Tasche ein Blatt Papier. Er fuhr mit einem Blick über die Zuhörer, der zur Aufmerksamkeit ermahnte und vor Störungen warnte. Er begann, mit knarrender, pedantischer Stimme zu lesen. Er als Einziger aus der gesamten Stadt kannte die Verse des Dichters und verneigte sich aufrichtig vor ihnen. Er schüttelte eine Menge von biografischen Daten auf die Häupter der Zuhörer, er türmte einen Berg an Fakten auf; er benannte alle Gedichte und würdigte kritisch das Werk des Jubilars. Den Zuhörern schien es, als müssten sie in nasser Kleidung in einem Luftzug stehen. Eine unangenehme, nasskalte Stimmung ergriff sie. Die Vereinsmitglieder bekamen Durst und dachten sehnsüchtig an Bier; die Frauen blickten auf die Goldstickereien an ihren Schnürmiedern und richteten ihre Schleifen. Einige von ihnen fingen an zu tuscheln. Der Professor erteilte den Zuhörern durch missmutige Redepausen öfter eine Rüge. Nur die Dorfbevölkerung stand unbeweglich und mit demütig durchgedrücktem Rücken, als warte sie im Vorzimmer einer Behörde auf ihren Termin bei der Obrigkeit. Zudem wurde sie vom Verwalter Wagenknecht aufmerksam bewacht, der die Bauern verachtete und auf sie herabsah. Man konnte sehen, dass er jeden

Augenblick bereit war, sich auf die Dörfler zu werfen und sie mit seinem Knotenstock auseinanderzujagen.

Ein Wind hatte sich erhoben, der dem Professor die Papiere aus der Hand zu reißen drohte. Die bunte Versammlung verließ eiligst den Ort der Feierlichkeit. Der steinerne Dichter blieb allein zurück; mit seinen blinden Augen blickte er unbewegt in Richtung der rostigen Wasserpumpe. Zu seinen Füßen hatte man einen Kranz niedergelegt. Kaum war die Menge verschwunden, waren schon die gierigen Hühner da und liefen mit ihren hungrigen Augen um den Kranz herum. Der Weber Nobilis trat aus seinem Haus, rief: »Kschsch!«, und die Hühner stoben gackernd auseinander.

53

Im Rahmen dieser Feierlichkeit fand im Gebäude der Knabenschule auch eine Landwirtschafts- und Industrieausstellung
statt. Das Ausstellungskomitee begrüßt den Abgeordneten
Dr. Alois Fábera auf der Schwelle des Gebäudes. Der Vorsitzende der Handwerkerinnung spricht; mit brüchiger Stimme nennt
er den Abgeordneten einen Vater, einen Beschützer und Wohltäter der gesamten Region. Und er bittet ihn, sich für den Hand-
werkerstand einzusetzen, der unter dem unerträglichen Joch
der Steuern stöhne.

Der Abgeordnete drückt dem Handwerker die Hand; sein
Mund setzte sich in Bewegung; über seinen kastanienbraunen
Kinnbart fließen die Worte wie der Saft einer reifen Pflaume.
Das Handwerk, sagt der Abgeordnete, sei der zünftigste Aus-
druck tschechischer Arbeit. »Der tschechische Handwerker!«,
ruft der Redner voller Seligkeit und hebt die Augen zum Him-
mel. »Gesegnet seien die schwieligen Hände des Handwerkers!
Das Aufblühen unserer Städte legt Zeugnis ab von dem Fleiß
und der Tüchtigkeit der tschechischen Handwerkerschaft. Der
tschechische Handwerker war zu keiner Zeit ein Verräter seines
Vaterlandes und vermochte bei Gefahr immer das Schwert zur
Verteidigung unserer unveräußerlichen Rechte zu ergreifen.«

Das Komitee führt den Abgeordneten ins Gebäude. Der
Abgeordnete betrachtet Zeichnungen von Schülern der Auf-
bauschule, begleitet von einem Schweif schwarzgewandeter
Herren. Er bleibt vor einem Stand mit Fertigprodukten stehen,
spricht einige Worte mit einem Weber, der hinter einem Webstuhl sitzt. Mit heiserer Leutseligkeit spricht er einen Schuster
an, der gerade auf eine Schuhsohle schlägt. Unweit steht Professor Pošusta und macht einen beleidigten Eindruck. Er hatte einen Vortrag über die historische Entwicklung des Handwerks
im Königreich Böhmen vorbereitet; er wollte den Zuhörern
einige Probleme erläutern, die das Verhältnis zwischen Hand-

produktion und Maschinenproduktion betreffen. Das Ausstellungskomitee aber hatte von ihm gar keinen Vortrag gewünscht; nun steckt er in der Ecke fest und streicht mit dem Handrücken gedankenverloren von unten über sein angegrautes Kinn.

Der Abgeordnete rückt von Stand zu Stand; mal befühlt er mit Kennermiene einen Ballen Kanevasleinen, dann klopft er auf eine Vase aus Kristallglas. Es trägt zur Beliebtheit des Feldherrn bei, wenn er die Namen und die persönlichen Verhältnisse der einfachen Soldaten kennt. Als erfahrener Demagoge kümmert er sich auch um die Kleinigkeiten im Leben seiner Wähler. Der Abgeordnete spricht manchen Aussteller mit Vornamen an. Er klopft ihm auf den Rücken und fragt, wie es der Familie gehe. Das Gesicht des Wählers wird breit vor Wohlgefallen; ein kleiner Mann beginnt, lang und breit von seinen Hoffnungen und Sorgen zu erzählen. Der Abgeordnete hört mit einem Gesichtsausdruck zu, der konzentrierte Aufmerksamkeit vortäuscht, unterbricht plötzlich mit einer scherzhaften Bemerkung die Ausführungen des Handwerkers und schreitet weiter.

Als der Abgeordnete die ganze Ausstellung durchschritten hatte, kam die Feierlichkeit zu einem effektvollen Abschluss. Zwei von den Veranstaltern stellten dem Abgeordneten einen winzigen, bläulich rasierten, kahlköpfigen Greis vor. Der Greis trug einen Festtagsanzug, der um seinen eingeschrumpften Körper unzählige Falten warf. Seine Vogelaugen blickten schief und angstvoll. Das Ausstellungskomitee schob dem Abgeordneten einen Arbeiter hin, der die Ausstellung durch die Tatsache bereichern sollte, dass er ohne Unterbrechung fünfzig Jahre lang in der hiesigen Weberei gearbeitet hatte. Nun wohnte er im Armenhaus und ernährte sich, wie er nur konnte. Er lungerte vor den Läden herum und half, Ware von den Wagen zu laden. Er stromerte auf den Wochenmärkten umher, schmutzig und zerlumpt, und sammelte Abfall. An jenem Tag aber war er so sauber, als hätte ihn der Verwalter Wagenknecht unter Aufsicht des Festkomitees und des Stadtrates mit einer Scheuerbürste abgeschrubbt.

Der Mund des Abgeordneten begann sich zu bewegen. Er streckte den Kopf nach oben, so dass sein Nacken mit dem Rumpf einen stumpfen Winkel bildete. Er drückte die schwielige Hand des Arbeiters. Heilig sind die abgearbeiteten Hände des Arbeiters! Tschechischer Arbeiter, du bist das Salz der Erde! Mit deiner schweren Arbeit schaffst du Gegenstände von unendlichem Wert, verrätst dabei doch nie das Vaterland und wirst deinem Volk auch nicht untreu.

Der Arbeiter Hejzlar versteckte furchtsam sein Kinn im niedrigen, steifen Kragen, der einem Hundehalsband glich. Ihm ging es wie dem Klassenprimus, der öffentlich ein Gedicht vorträgt und dabei ahnt, dass ihn der Spott der übrigen Jungen noch treffen wird. Schuldbewusst musste er blinzeln und schielte zur Seite, und man konnte sehen, dass er sich am liebsten verdrückt hätte. Man ließ ihn aber nicht. Unweit wachte der furchterregende Wagenknecht, immer bereit, hinzuspringen und an ihm zu rütteln. Der Abgeordnete aber und die übrigen Herren lächelten wohlwollend; deshalb macht auch der Verwalter des Armenhauses ein feierliches, freundliches Gesicht.

Als der Abgeordnete zum Ende gekommen war, sprang der Vorsitzende der Handwerkerinnung herbei und übergab ihm einen eingepackten Gegenstand. Es zeigte sich, dass es sich um ein gerahmtes Diplom handelte, das den Arbeiter Hejzlar für seine fünfzigjährige treue Arbeit auszeichnete. Das Diplom hatte der örtliche Kunstlehrer angefertigt. Es stellte eine Frau in einer Art griechischer Tracht dar, die in einer Hand ein Zahnrad und in der anderen eine brennende Fackel hielt. Im Hintergrund sah man den rauchenden Schornstein einer Fabrik und bläuliche Berge. Das ganze Bild war mit einem Streifen aus folkloristischen Ornamenten gerahmt.

Der Abgeordnete überreichte dem Jubilar das Geschenk mit der Bemerkung, jenes Diplom stelle für Hejzlar eine schöne Erinnerung dar. Eine Erinnerung an seine schöpferische, tatkräftige Arbeit, die zum Aufblühen der Industrie und zur Entwicklung unserer Heimatstadt beigetragen habe. Der Alte nahm das Bild mit zitternden Händen entgegen und schielte unsicher zum Publikum. Machten die sich nicht gerade lustig über ihn? Im Geiste murmelte er: – Wenn die mir lieber etwas Geld für Bier gegeben hätten!

Sehnsüchtig wartete er darauf, gehen zu dürfen. Aber der Abgeordnete sprach ihn abermals an. Hejzlar hörte: »Ja, mein lieber Herr Hejzlar. Ich kann mich an Ihren Bruder erinnern, Ladislav hieß er, stimmt's? Ich erinnere mich sehr gut an ihn. Er hat in der hiesigen Schleiferei gearbeitet, oder? Er hatte dann einen Arbeitsunfall. Ein glühender Funke ist ihm ins Auge geflogen. Das war vermutlich sehr schmerzhaft. Schade ... Schade um diesen Mann. Er war ein nationalbewusster, überzeugter tschechischer Patriot!«

Wenn der Abgeordnete mit einem Mann in untergeordneter Stellung sprach, verloren seine Worte ihren glatten Zusammenhang, und seine Rede wirkte ungewollt zerrissen; er blökte, als versuche er mit großer Mühe, sich auch an die allergeläufigsten Ausdrücke zu erinnern. Die Veranstalter lächelten ehrfürchtig, und auch über das grimmige Gesicht Wagenknechts huschte ein fahler Schimmer. Hejzlar zitterte am ganzen Leibe, so winzig vor dem Abgeordneten wie ein Meerschweinchen in seinem Käfig.

54

– Wenn die mir lieber Geld für Bier gegeben hätten, brummte er. Sein geschrumpfter Körper verlor sich im ausgeliehenen Anzug. Er bewegte sich darin wie eine Sau im Sack. Es sah aus, als ob der Anzug lebendig geworden wäre, die Garderobe verlassen und sich selbst auf den Weg gemacht hätte.

Das verglaste Diplom unter dem Arm, schritt er über den staubigen Weg und stützte sich dabei auf einen entrindeten Stock. Durst quälte ihn, und die Vorstellung eines Glases Bier zog ihn mächtig an.

– Wenn die lieber 'ne Kleinigkeit gezahlt hätten, brummte er in Erinnerung an die Feierlichkeit.

– Ich hab gedacht, gleich ist Schluss, und er hat ganz von vorne angefangen. Der hat vielleicht ein Mundwerk. Manometer! So was könnte ich nicht mal für einen Gulden. Und der Bürgermeister auch nicht. Nur wenige Leute haben so eine Begabung.

Er blieb stehen, um das Diplom von der rechten Hand in die linke zu nehmen.

– Bloß nicht kaputtmachen. Das wär ja was! Das muss 'ne schöne Stange Geld gekostet haben ...

Es herrschte furchtbare Hitze. Der Staub brannte in den Augen. Der Alte blieb von Zeit zu Zeit stehen, um die Hosen hochzuziehen. Sein schwarzer Feiertagshut war vom Staub ganz grau geworden. Er beschleunigte seine Schritte, da er ein Wirtshaus erblickt hatte.

Das Wirtshaus war ein langgezogenes, niedriges Haus, das mit Schindeln gedeckt war. Über dem Eingang war ein hölzernes Kummet befestigt. Zwei Ziegen benagten einen Hagedornstrauch. In der Ferne konnte man einen Webstuhl hören: Tadellram – tadellram – tadellram – kraaatz! Hejzlar schob den steifen Hut nach oben, kratzte sich nachdenklich und betrat den Schankraum. Hinter dem Schanktisch saß der Wirt und las in einem Kalender. Der Alte setzte sich, atmete voller Wonne auf und bestellte sich ein Bier. Der Gastwirt goss ihm ein Glas ein, ohne den Blick von den Zeilen zu wenden; er stellte es vor den Gast und kehrte zu seinem Kalender zurück.

Über der Stadt wölbte sich eine dumpfe Hitze, im Wirtshaus aber war es kalt wie in einer Gruft. Hejzlar pustete den Schaum beiseite und nahm gierig einen Schluck. Aaah, das tat gut! Listig kniff er ein Auge zusammen, und in seinem Körper breitete sich Zufriedenheit aus. Der Wirt achtete nicht auf ihn, an den Kalender gefesselt, bewegte er die Lippen. Die Fliegen summten vertraulich. Durch die offene Tür schlich ein Huhn in den Schankraum und begutachtete vorsichtig den Gast. Der Wirt, ohne mit dem Lesen aufzuhören, warf nach ihm mit seiner Mütze. Das Huhn gackerte entsetzt und lief davon.

»Wir haben ja prima Wetter«, sagte der Gast.

»Jo«, brummte der Wirt.

»Und es will und will nicht regnen«, knüpfte Hejzlar an.

»Hm.«

»Eine kleine Husche würd gar nicht schaden.«

Der Wirt antwortete nicht.

An der Tür, die den Schankraum von der Küche trennte, bewegte sich ein weißer Vorhang; es zeigte sich ein Altweibergesicht mit den Augen einer Eule. Der Wirt stand auf und trat gegen die Tür; aus der Küche hörte man ein Wimmern.

Hejzlar kniff schalkhaft ein Auge zu und klopfte ans Glas.

»Noch eins«, befahl er. »Das erste war zum Verkosten, das zweite ist für den Durst.«

Der Wirt erhob sich trödelnd, füllte das Glas und ward wiederum vom Kalender angezogen. Die Uhr tickte kraftlos, draußen hörte man das Rattern eines Bollerwagens und das heisere Bellen eines Hundes. Der Wirt befeuchtete seinen Finger mit Spucke und drehte die Seite um.

– Wenigstens Geld für Bier hätten die mir geben können, sann Hejzlar vor sich hin und dachte an die Feier. Das hätte denen nichts ausgemacht. Nicht, dass ich das nötig gehabt hätte.

Für ein Glas reicht es bei mir selbst auch noch. Aber es geht ja darum, dass man die Anerkennung sieht.

Er fuchtelte mit den Händen.

– Du treuer Diener, du, der du geackert hast ... in einem fort ... schwielige rechte Hand ... oder wie der das gesagt hat. Kann sich ja keiner merken. Ganz bestimmt nicht! Das hättet ihr mal sehen sollen, was der für ein Mundwerk hatte. Ihr könnt mich alle mal! Die jungen Leute werden sich lustig über mich machen. Jetzt kann ich mich nicht mehr unter die Leute trauen.

Er trank zu Ende und leckte sich den Schnurrbart trocken. Er klirrte mit dem Glas. Der Wirt legte seinen Kopf in die Hände und beugte sich bequem über das Schankpult.

Hejzlar hüstelte und schwenkte das Glas.

»Pst! Pst!«

Der Wirt reagierte nicht; er schnaufte und verdrehte die Augen.

»He! He, hab ich gesagt!«

Der Wirt kratzte sich an der Nase.

»Noch eins darauf, hab ich gesagt.«

Der Wirt wandte den Blick vom Kalender und schlurfte zum Gast.

»Is was?«, fragte er.

»Noch eins«, wiederholte der Gast.

Der Wirt streckte den Arm aus.

»Und was ist mit Zahlen?«, fragte er kühl.

Hejzlar war beleidigt.

»Ich bin noch nie jemand was schuldig geblieben«, empörte er sich.

»Ich kenne Sie gar nicht, guter Mann. Sie sind wer?«

Hejzlar erklärte es ihm ausführlich. Der Wirt hörte ihn an, stand aber unbewegt da, den rechten Arm ausgestreckt. Der Alte legte vierzehn Kreuzer auf den Tisch.

»Das wäre also für zwei Bier«, stellte der Wirt fest, »und wo haben Sie das Geld fürs dritte?«

Keuchend und seufzend durchsuchte der Gast seine Taschen. Er legte deren Inhalt auf den Tisch: ein Taschenmesser, ein Stück Schnur, eine Spule ohne Garn, einen Kanten Brot, einen zerbrochenen Manschettenknopf und eine Menge Krümel.

Der Wirt stand unbeweglich da; er klopfte sich auf den Nacken und blinzelte sehnsüchtig zum Kalender hinüber.

»Das kapier ich nicht«, brummte der alte Arbeiter. »Ich muss doch noch acht Kreuzer hier haben. Gestern habe ich Herrn Štědrý mit einer Kiste geholfen, dem Kaufmann, und er hat mir einen Fünfer und ein Glas Schnaps gegeben. Und drei Kreuzer sollte ich doch noch von letztens haben ...«

Wieder drehte er seine Taschen nach außen, aber wo nichts ist, da ist nichts.

»Ich muss die doch haben. Ich hab die gar nicht ausgegeben. Das müsste ich doch wissen. Dem ollen Kaufmann Štědrý hab ich mit der Kiste geholfen. Der, wo auf dem Platz wohnt ...«

»Habe ich bereits gehört. Das hilft mir aber herzlich wenig«, sagte der Wirt hart.

»Wo sind bloß meine acht Kreuzer hin?«, rief der Gast verzweifelt. »Wenn ich die doch in die Tasche getan hab, dann müssen die da auch sein. Dass ich die etwa verloren hätte? Ausgeschlossen! Mit so was bin ich ganz vorsichtig.«

Der Wirt riss ohne Umstände dem Gast das Glas aus der Hand und trug es zum Schankpult.

»Da kann ich nicht helfen«, sagte er spöttisch, »wo kein Geld ist, da wird auch nicht getrunken.« Und er vertiefte sich wieder in seine Lektüre.

Hejzlar schlug sich auf die Stirn.

»Jetzt hab ich's! Ich bin ja schon ganz verblödet! Ein alter Trottel bin ich, das muss ich zugeben. Das da«, und er zupfte an seinem Ärmel, »das sind gar nicht meine Klamotten. Die haben mir die Herrschaften ausgeliehen wegen dieser Feier da. Deshalb muss ich das Geld in der alten Hose haben. Genauso ist es und nicht anders.«

Er blickte sehnsüchtig auf den Wirt. Der aber bewegte sich nicht.

Der Alte saß traurig da und zog die Nase hoch. Wieder hob sich die weiße Gardine, und dahinter erschienen die forschenden Eulenaugen. Der Wirt stand auf, ohne die Augen vom Kalender abzuwenden, und trat gegen die Tür. In der Küche hörte man bitterböses Meckern.

Hejzlars Gesicht heiterte sich auf; offenbar hatte er eine rettende Idee. Er erhob sich und legte dem Wirt das gerahmte Diplom vor.

»Was ist das?«, fragte der Wirt uninteressiert.

»Das ist ein Diplom«, rühmte sich der Gast. »Das hab ich von den Herrschaften für treue Dienste bekommen.«

»Und was soll ich damit?«

»Schauen Sie mal, das is 'n feines Stück, was? Hier, die schöne Puppe mit dem Rädchen. Manometer! Die is wie lebendig, so schön mit Farben bemalt. Und hier, da steht 'ne Fabrik. Gucken Sie mal, wie's da aus dem Schornstein raucht. Und rundherum sind Blümelings. Achachach! Ich kann mich gar nicht davon trennen …«

Der Wirt ergriff das Diplom, streckte die Arme aus und betrachtete das Bild mit zusammengekniffenen Augen.

»Na ja … Schön ist das schon, aber was soll ich damit?«

Hejzlar jubelte: »So was Schönes! Und alles handgemalt. Kein Fabrikmist. Da kann sich jeder von überzeugen. Ich würd's nur ungern hergeben. Is ja schließlich ein Geschenk von den Herrschaften. Ich könnt ohne das fast gar nicht mehr auskommen. Aber für Sie wär's doch wirklich was ganz Passendes.«

Die Gardine an der Tür wurde zur Seite geschoben, und aufs Glas klebte sich ein rundes Altweibergesicht. Der Wirt trat heftig gegen die Tür und brüllte wuterfüllt: »Was soll immer dieses Herumspionieren? Man kann ja nicht mal ein Wörtchen hier miteinander reden.«

Aus der Küche kam ein böses Gackern.

»Ich sag ja bloß«, knüpfte der Alte an, »bei Ihnen hier würd das ungemein hineinpassen. Ich weiß nicht, wohin ich's tun soll. Sonst würde ich mit Ihnen kein Wort drüber verlieren. So 'ne Sache würd ich sonst nicht aus der Hand geben. Das hat einen Wert von … (er überlegte) wenigstens … einem Gulden, wenn nicht sogar zwei. Allein schon der Rahmen is was wert. Ich würde Ihnen das für vier … (er korrigierte sich schnell), sagen wir mal drei Sechser geben. Da mach ich noch 'nen schönen Verlust dabei. Greifen Sie zu, Herr Wirt! Damit ich das nicht mit mir herumschleppen muss …«

Der Wirt schien zu schwanken. Hejzlar raunte eintönig: »Ein schönes Stück, was zum Anschauen für die Gäste … Und drei Sechser, das ist ja lachhaft … Na, was ist, schlagen wir ein?«

Der Wirt gab ihm schweigend das Diplom zurück.

»Na, was is? Damit Sie mich jetzt richtig kennenlernen: Zwei Sechser nehm ich nur dafür. Wenn ich schon draufzahlen muss, dann aber ordentlich!«

Der Wirt winkte ab.

»Ach, lassen Sie mich doch in Frieden! Meine Gäste wollen keine Bilder. Geld ist mir lieber.«

Und er schlurfte zurück zum Schankpult.

Hejzlar seufzte und schlich zur Tür. Auf der Schwelle drehte er sich um.

»Ach, wissen Sie was?«, sagte er mit neuer Hoffnung. »Gießen Sie mir doch noch eins ein und ich lass Ihnen das Bild da. Damit ich's los bin.«

Der Wirt markierte mit dem Fingernagel die Stelle, bis zu der er gelesen hatte, hob sein Kinn und sagte drohend: »Genug ist genug. Gehen Sie jetzt in Herrgotts Namen! Damit ich Ihnen dabei nicht helfen muss.«

Und Hejzlar ging.

55

Humpelnd machte er sich auf den Heimweg; seine winzige Gestalt verlor sich völlig im ausgeliehenen Anzug. Er war niedergeschlagen, weil der Wirt ihm nichts mehr eingeschenkt hatte; das eingerahmte Diplom behinderte ihn beim Laufen. Sein Bedauern säuerte sich allmählich zur Wut an. Er drehte sich um und drohte dem Wirtshaus, das zwischen Fluss und Sandsteinfelsen eingezwängt war, mit der Faust.

– Armleuchter! Schafskopf! Kindskopf, kindsköpfiger, brabbelte er wütend vor sich hin. Wenn der Herr ein Bier bestellt, dann sollst du es bringen und nicht herumquatschen!

Er blieb stehen und schlug sich gegen die Brust: – Ist Hejzlar etwa jemals irgendjemand was schuldig geblieben? Oho! Hejzlar lässt sich nicht lumpen. Für dieses Glas da reicht Hejzlar sein Geld immer noch.

Er bückte sich, lüpfte die Schöße seines Kaiserrocks und zeigte dem Wirtshaus seinen Hintern.

– Schau nur! Das lässt dir der Hejzlar bestellen. Du weißt ja, Blödian, was Hejzlar für einen Wert hat. Hättest mal hören sollen, was der Herr Abgeordnete gesagt hat. Der hat gesagt: Herr Hejzlar, Herrschaftszeiten, wir zwei beide … also Sie und ich … wir kennen doch die Welt, wir haben das Gute und das Schlechte erfahren. Weswegen ich Ihnen, Herr Hejzlar, Ihre schwielige Rechte drücke. Achten Sie gar nicht darauf, was Ihnen der Trottel von Wirt erzählt. Der würde doch sein Bier am liebsten ganz allein aussaufen, und das können Sie mir glauben, wenn ich Ihnen das sage, als Abgeordneter. Kein Galgen ist hoch genug für so einen Schankwirt. Wenn ich nach Wien komme, dann werde ich denen erzählen, was ihr hier für einen Gastwirt habt. Machen Sie sich da nichts draus, Herr Hejzlar. Sie sind ein feiner Kerl. In aller Ehrlichkeit haben Sie Ihren Herren fünfzig Jahre lang gedient. Deswegen also Ruhm und Ehre für Sie …

Am Wegesrand weidete eine Schar Gänse. Der Ganter entfernte sich von den übrigen und stürmte mit drohendem Zischen auf Hejzlar zu. Die Gänse schlugen mit den Flügeln und fingen an, durchdringend zu schnattern.

– Kusch, du! Hab ich etwa nach dir gerufen? Hab ich nicht. Dann geh wieder zurück zu deinen Gänsen. Auch du willst gegen Hejzlar groß das Maul aufmachen?

Er stöberte in seinen Taschen.

– Und was zu rauchen is auch nicht da, murrte er unzufrieden. Wenigstens 'ne Kippe hättet ihr mir schenken können. Das Bildchen konntet ihr ruhig behalten. Wohin jetzt damit?

Der Weg wand sich zwischen vernarbten Buchenstämmen und schorfigen Kiefern über eine steile Böschung nach oben; Brombeerstacheln griffen nach den Falten seiner Hose. Schatten gab es wenig, und die glühenden Sonnenstrahlen attackierten den Alten ohne Unterbrechung. Der Schweiß lief ihm den Nacken herunter und juckte ihn am ganzen Körper.

– Na, und ob ich gedient hab! Mir muss das keiner erzählen. Wer kann das besser wissen als ich. Fünf – zig Jahre! Das ist ein Wort! Im Winter, im Sommer, bei jedem Wetter. Und immer ehrlich. Wie ein Soldat.

Er durchsuchte erneut seine Taschen, in der Hoffnung, doch noch etwas zu entdecken. Er fand den Brotkanten und fing an, ihn in seinem zahnlosen Mund zu lutschen.

– Ein Bier, brummte er, nur noch ein Bier, und ich bin ein ganzer Kerl. Ich muss mir mal den Magen ausspülen. Gedient hab ich, und bei wem wohl? Beim Schidlof hab ich gedient. Waren ja zwei. Leopold war der Ältere. Das war so ein Gauner, der keinem was gegönnt hat, nicht mal sich selbst. Der hätte sich unzählig viele Bier bestellen können. Wenn ich an seiner Stelle gewesen wäre, dann hätte sich der Wirt die Fersen mit Schmalz einfetten müssen, so sehr hätte ich den durch die Gegend gescheucht. Sofort einspannen müsste der und in die Brauerei fahren für 'ne neue Fuhre. Und der Zweite, das war der Herr Alfred, der 'ne

Wienerin geheiratet hat. Der war lieb zu den Leuten. Der ist dem alten Schidlof missraten, weil er ein Schwachkopf war. Hatte so 'ne Narbe über dem linken Auge. Den hat ein Pferd getreten, hat bei der Kavallerie gedient. Sein Frauchen hat sein Vermögen dann ganz schön wirbeln lassen; hätte ja auch ein hiesiges Mädchen heiraten können und nicht extra nach Wien fahren müssen. Und jetzt hat er nichts mehr, der ganze Herr Alfred, beide haben wir nichts.

Das getrunkene Bier drückte ihn. Er blieb stehen, stellte das Diplom an einen Baum und begann, mit ungelenken, steifen Fingern seine Hose zu öffnen. Er berührte aus Versehen das Diplom, so dass es über das glatte Gras rutschte und den ganzen Abhang hinabstürzte. Der Alte sah, wie das Bild gegen einen Felsen stieß, hochsprang und in einer Kreisbewegung verschwand. Man hörte das Klirren von Glas.

Er schaute mit großen Augen dem verschwundenen Bild hinterher und fluchte: – Das hab ich ja schön hingekriegt!

Beinahe musste er weinen: – So ein schönes Bild und ist jetzt weg. Wenn man dir was in die Hand gibt, du wurmstichiges Stück Holz, du alter Hejzlar, du ... Du weißt so was wirklich zu würdigen ...

– Ich darf nichts in die Hand bekommen, heulte er. Wenn ich mal Glück hab und was umsonst bekomme, schon ist es futsch. Ich hab unglaubliches Pech, meine Herren ... Und was für ein wunderschönes Bild das war! Da war 'ne Jungfrau draufgemalt, 'ne Fabrik, und darunter stand geschrieben: »Hejzlar hat fünfzig Jahre gedient«. Fünfzig Jahre sind weg, und das Bild ist auch weg. Geschieht dir ganz recht. Warum kannst du nicht auf deine Sachen aufpassen?

Er schüttelte über sich selbst den Kopf.

– Hejzlar, Hejzlar, ermahnte er sich unzufrieden. Wenn du noch ein Jüngelchen wärst, dann würde ich nichts sagen. Aber sollte so ein alter Kerl nicht etwas Verstand besitzen? Ich glotze und glotze und weiß nicht, was ich von dir halten soll ...

Sein steifer Hut ragte über die wogenden Getreidefelder; er tauchte auf und verschwand dann wieder. Unsichtbare Insekten ließen die weiten Felder und Wiesen wie eine Uhrmacherwerkstatt erklingen. Hejzlars Hand strich über die unruhigen Garben. Er legte die Stirn in Falten, gestikulierte mit den Armen und brummte nach Art alter Leute vor sich hin. Seine Kehle war ausgetrocknet, und er musste laut und gereizt ausspucken. Unabwendbar bedrängte ihn das Bild eines Glases Bier. Er kramte alte Erinnerungen aus und schickte Klagen über sein mühseliges, anstrengendes Leben in den blauen Himmel. Es tat ihm das Diplom leid, es taten ihm seine Kinder leid, die vor vielen Jahren am Scharlach gestorben waren. Es tat ihm auch leid, dass er häufig wegen Kleinigkeiten gewütet und seine Frau verprügelt hatte.

Plötzlich aber beruhigte er sich. Das verlorengegangene Diplom war ihm egal. Ihm wurde klar, dass er das Bild nirgendwo hätte aufhängen können. Er ist kein privater Armer, sondern ein Armer der Gemeinde. Er hat keine eigene Ecke, die er ausschmücken könnte. Das versteht sich von selbst, dass ein Diplom nicht ins Armenhaus gehört.

Beinahe wurde er wieder heiter; er schob den Hut in den Nacken und kniff schelmisch die Augen zusammen.

– Der hätt's mir gezeigt, sprach er in Gedanken an den Verwalter Wagenknecht zu sich selbst; der hätt mir das Bild um den Schädel gehauen.

Piepsend lachte er auf.

– Ich hab ein Bildchen bekommen, und er nichts. Geglotzt hat er, geglotzt und die Augen aufgerissen. Hat gewartet, dass die Herrschaften auch ihm was schenken. Wollten die aber nicht. Und so war er Neese. Der hätt sich vielleicht aufgeführt, wenn ich mit dem Bild in die Anstalt gekommen wäre. Ist unerwünscht! Ist verboten! Gemäß den Vorschriften gehören Bilder nicht ins Armenhaus. Sachte, sachte, Herr Verwalter! Gegen mich müssen Sie Ihr Maul nicht so weit aufreißen. Ich bin ein alter Mann, und Sie sind im Vergleich zu mir ein Rotzlöffel. Von wegen, ich soll ein Bildchen haben? Aha! Im Abwassergraben ist das Bildchen, im Abwassergraben, ich weiß doch, dass ich mit so was nicht ins Haus kommen darf …

56

Die Feierlichkeiten gingen weiter; auf der Wiese, die sich hinter der Knabenschule erstreckte, fand die Landwirtschaftsausstellung statt. Auf der gesamten Freifläche waren Hühnerställe aufgestellt, in denen Haubenhühner gackerten. Durchdringend krähten stolz aufgeplusterte Hähne, Tauben pickten nachdenklich Körner auf und gurrten dabei zufrieden. Die Bauern führten der Jury sich aufbäumende Pferde vor, die sorgfältig gestriegelt waren und glänzende Kruppen sowie geflochtene Mähnen hatten. Scheckige Kühe wehrten sich mit den Schwänzen gegen aufdringliche Fliegen; sie senkten demütig ihren Nacken und verfolgten ihre Herren mit wehmütigen Augen. Bärtige Ziegen blickten misstrauisch auf die erheiterten Städter, die das Vieh und die Bauern lächerlich fanden.

Auch hier stand der Abgeordnete der Freisinnigen Nationalpartei Dr. Alois Fábera im Zentrum der Aufmerksamkeit. Begleitet vom Ausstellungskomitee, flitzte er zwischen den Koben und Stallungen hin und her und spendierte den Nackthalshühnern einen aufmunternden Blick. Er tätschelte die Kühe und beklopfte unsicher und zurückhaltend die Kruppen der Pferde. Der Abgeordnete hatte einem Bauern, der die Ausstellung mit einem riesigen Stier bereichert hatte, eine Medaille mit einem weißroten Band an die Brust geheftet. Er drückt dem Landwirt die Hand, und sein Mund fängt an, sich zu bewegen. Seinen beredten Worten gibt er mit seinem dicklichen Händchen den Takt vor. Rundherum sieht man misstrauische Bauerngesichter. Der Abgeordnete preist den Bauernstand, den er die Basis des Wohlstands nennt. Er hat sich in seiner Rede in die Frühzeit verirrt und spricht von Allmenden und Gesamthandsgemeinschaften. Wenn der Bauer nichts hat, dann hat erst recht niemand etwas. »Der tschechische Bauer!«, tönte er und blickte hinauf zum Himmel. »Gepriesen seien die schwieligen Hände des Bauern!« Er sprach von goldenen Feldreihen, fruchtbaren

Äckern, der Nachtigall, die feine Perlen aus ihrer zarten Kehle schüttelt. Seine Worte liefen seinen kastanienbraunen Kinnbart hinab; seine Rede dröhnte wie ein Brauereikeller. Und doch, plötzlich bricht seine Stimme, und seine Worte sinken zu Boden wie eine angeschossene Ente. Seine Rede verliert an Höhe und klingt fad; der Abgeordnete schaut unkonzentriert auf seine Uhr. Er beendet die Rede vorzeitig; ihm ist klar geworden, dass das Dorf nicht zu seinem Wahlkreis gehört.

Als dann der Abend seine weichen Schatten auf die Bezirksstadt legte, führten die Bauern ihr Vieh von der Ausstellung nach Hause. Vor den geschmückten Eingängen der Wirtshäuser warteten geduldig und mit gesenktem Kopf die Pferde. Die demütigen Kühe muhten traurig; sie sehnten sich nach ihren Ställen, und der Lärm und die aufdringlichen Stimmen der Städter beunruhigten sie. Die Bauern aber nahmen geräuschvoll an den Tischen Platz, pusteten in den Bierschaum, mischten mit ihren hartkrustigen Händen die Karten und brüllten mit heiseren Stimmen.

Die Bürger aber blieben auf der Wiese und im anliegenden Wäldchen. Die Musik donnerte; ein Feuerwerk ritzte Feuerzeichen in den samtenen Himmel. Mit dumpfem Krachen zerstoben rote und grüne Sterne und senkten sich unter dem begeisterten Applaus des Publikums lautlos zur Erde hinab. Man hatte farbige Lampions entzündet, die an Ästen hingen und bunte Flecken auf die heiteren Gesichter in der Menge warfen. Die Bürger, nur in Weste und mit Zigarre im Mund, kegelten um die Wette. Man konnte das glockenähnliche Geräusch der umgestoßenen Kegel und die begeisterten Rufe der Zuschauer hören. Woanders wieder schoss man mit Luftdruckgewehren auf Tontauben. Geschickte Schützen bekamen Preise in Form von Porzellanfiguren, Majolikavasen und Küchenweckern. Leute blieben vor Ständen stehen, wo Stadtdamen, gekleidet in aufwendige, golddurchwirkte Trachten, Erfrischungen anboten. Die Gattin des Bürgermeisters bot mit kapriziösem Gesichtsausdruck Eis an, Frau Rabochová Ansichtskarten und Ausstellungssouvenirs. Und Frau Pošustová goss Likör ein und blickte verträumt über die Köpfe der Käufer hinweg. Ihre Lippen flüsterten: – Und täglich wird Musik unter meinem Fenster spielen, und die Fontänen werden rauschen ...

Der Friseur Sedmidubský, in seiner Tracht als gräflicher Amtsbüttel, mit bemaltem Gesicht und gewichstem Riesenschnauzer, geht in der Menge umher und rollt mit den Augen. Zuweilen bemächtigt er sich eines Bürgers, verhaftet ihn unter strengem Poltern und führt ihn in den improvisierten Gemeindearrest. Der Verhaftete lächelt verlegen und beschwört den gestrengen Amtsbüttel, ihn laufen zu lassen. Aber jeder Verhaftete muss sich aus der Haft freikaufen.

Einmal fällt die Hand des Amtsbüttels auf den Rücken des Verwalters Wagenknecht, der zwischen den Ständen herumflitzt und nach Unordnung Ausschau hält. Der Friseur packt den Kragen des Verwalters und schüttelt ihn. Der Friseur erklärt den Verwalter für verhaftet. Wagenknecht treten die Augen aus dem Kopf, und sein Gesicht läuft dunkelrot an. Mit einer heftigen Bewegung entwindet er sich dem Arm des Friseurs.

Was? Wie bitte? Ihn, den Verwalter Wagenknecht, verhaftet man? Er brüllte auf. Was erlaubt man sich da? Er fuchtelte mit dem Knotenstock über seinem Kopf. Der Amtsbüttel erbleichte und trat zurück. Der Verwalter versteht keinen Spaß. Niemals hat er je mit jemandem Späße gemacht, und er akzeptiert auch keine Späße. Der Friseur murmelte eine Entschuldigung. Der Verwalter brüllte und duckte sich, bereit zum Sprung. Der Amtsbüttel verschwand in der Menge. Schwer atmend blickte Wagenknecht umher. Unerhört! Die Zuschauer, die sich um dieses Ereignis gruppiert hatten, verstummten, der Anblick des grimmig tobenden Verwalters hatte jede Fröhlichkeit aus ihren Gesichtern gewischt.

Die Nacht überflutete die Bezirksstadt, am Himmel aber ging ein glänzendes Mondmedaillon auf, das mit den Lampions auf der Wiese wetteiferte. Die Musiker begannen, einen zackigen

Marsch zu spielen. Und auf jener Wiese, auf der vor ewigen Zeiten Feen und Wassernixen getanzt hatten, tanzte nun der Abgeordnete der Freisinnigen Nationalpartei Dr. Alois Fábera mit der Gattin des Bürgermeisters. Hoch empor reckte er das lockige Haupt, streckte die Brust heraus und drehte die Beine im Kreis. Der Bürgermeister Oktávec führte Frau Fáberová; er tanzte nur unwillig, als würde er in seinem Büro um den Schreibtisch laufen; sein Gesicht war verfinstert, während auf dem Antlitz seiner Tanzpartnerin das unbewegte, unveränderliche Lächeln eines ehemaligen Zöglings des Klosters Sacré Cœur haftete. Der pensionierte Postmeister Pecián tanzte mit Frau Rabochová, es tanzten der Apotheker, der Handelsvertreter Raboch und der Spediteur Wachtl; alle wirbelten mit Damen umher, die reichgeschmückte Nationaltrachten trugen. Nur der bleiche Kastellan tanzte nicht, sondern rieb sich den gelben Backenbart. Auch der Notar Dr. Tichay reihte sich nicht mit ein. Mit verschränkten Armen, den Hut in die Stirn gedrückt, beobachtete er das fröhliche Treiben. Vielleicht sammelten sich unter seiner Stirn Reime und Gedichte, die das Fest beschreiben sollten.

Bis tief in die Nacht toste und tobte die Bezirksstadt. Und als dann die Sonne aufging, hoben und senkten sich in den dickleibigen Häusern lautlos die Federbetten über den schlafenden Bewohnern. Gerade da jagte der Verwalter Wagenknecht die Armen der Gemeinde hinaus, damit sie die Wiese von fettigem Papier, Kuhmist und Erdnussschalen reinigten. In eine Reihe stellten sich der Bettler Chleboun, genannt »Majorchen«, das alte Flüsterweib Glatte Ančka, der Wüterich Maryčka Gib's! und der schwachsinnige Hynek. Unterwegs bekam Wagenknecht noch den verkommenen Weltreisenden Vokoun zu fassen, der mit offenem Mund und bemaltem Gesicht auf der Schwelle einer Gastwirtschaft schlief. Er schüttelte ihn und drückte ihm einen Besen in die Hand. Der aufgequollene Braumeister gähnte, ergriff den Besen und marschierte stumpfsinnig mit der Rotte der Armen in Richtung Gemeindewiese.

57

Ein heftiger Wind pfiff durch die Straßen der Bezirksstadt und griff den Plakatierer an, der gerade eine Bekanntmachung an die Gemeindetafel zu kleben versuchte. Ein Haufen Neugieriger umringte den Mann mit seinem Besen und einem Eimer voll Kleister. Der Plakatierer kämpfte gegen den Wind an, der versuchte, ihm ein Bündel Plakate zu entreißen und auf dem Platz zu zerstreuen. Endlich wurde die Geduld der Neugierigen belohnt. Der Plakatierer hatte unter wütendem Fluchen sein Werk beendet, und die Leute konnten lesen, der Abgeordnete der Freisinnigen Nationalpartei Dr. Alois Fábera werde bei einer öffentlichen Volksversammlung im Saal des Nationalhauses über die politische Situation sprechen. Die Bekanntmachung forderte alle politisch denkenden Einwohner auf, sich in großer Zahl zur Veranstaltung einzufinden, um Eintracht und Solidarität in einer schweren Zeit zu demonstrieren. Im Anschluss an die Rede des Abgeordneten werde eine Debatte stattfinden.

Die Nachricht von dieser Versammlung erreichte auch die umliegenden Dörfer. Und als die Dörfler, die nach Unterhaltung lechzten, erfahren hatten, dass im Saal des Nationalhauses eine unentgeltliche Veranstaltung stattfinden würde, kamen sie mit Fahrrädern und Kastenwagen in die Bezirksstadt. Noch lange vor Beginn der Versammlung hatten sie die Stehplätze besetzt. Es stand ihnen nicht zu, auf den Stühlen Platz zu nehmen. Die Stühle bewachte für die Stadtbevölkerung der Verwalter Wagenknecht. Er begrüßte die Dorfbewohner mit feindseligem Blick; er verachtete sie bis zum Wahnsinn wegen ihres Stallgeruchs, mit dem sie jeden Raum füllten. Er gab ihnen zu verstehen, dass er am liebsten seinen Stock an ihren Bauernschädeln zersplittern lassen würde. Die Bauern aber achteten nicht auf ihn und warteten geduldig auf ihren Plätzen; sie glotzten mit aufgerissenen Augen auf die leere Bühne, auf der ein kleiner Tisch für den Vorsitzenden aufgestellt war.

Kurz nach den Bauern kamen die Arbeiter; sie stampften über eine Wendeltreppe nach oben auf die Galerie und schauten missmutig und ernst hinunter. Erst gegen acht Uhr trudelten die ersten Bürger ein. In der ersten Sitzreihe fläzte sich der Handelsvertreter Raboch. Fast gleichzeitig erschien der bleiche Kastellan zusammen mit dem pensionierten Postmeister Pecián. Der Kastellan legte die Hände in den Schoß und fing mechanisch an, beide Daumen zu drehen. Auf dem ausgemergelten, fanatischen Gesicht des pensionierten Postmeisters spielte ein ironisches Lächeln. Die Handwerker und Schüler, die überall im Saal verstreut waren, schwatzten die ganze Zeit, in den Reihen der Arbeiter und Dörfler aber herrschte starre Ruhe. Den Handelsvertreter juckte es in allen Gliedern. Er wandte sich immer wieder nach hinten und begrüßte lautstark seine Mitbürger. Unter den Schülern bemerkte er seinen Buchhalter und rief ihm zu:

»Růžička!«

»Sie befehlen, Herr Chef?«, antwortete dienstfertig der junge Mann.

»Alles in Ordnung, Růžička?«

Der Buchhalter schlug die Hacken zusammen: »Alles in Ordnung!«

»Briefe abgeschickt?«

»Zu Diensten!«

»Gut so!«

Der Handelsvertreter verschränkte die Arme und ließ seinen stolzen Blick einmal reihum durch das Publikum kreisen. Auf der Galerie sagte gerade Viktor zu den Fabrikarbeitern: »Ich rechne damit, dass was passiert. Das wird ein Spaß!«

Professor Pošusta stand an eine Säule gelehnt und strich gedankenverloren mit dem Handrücken von unten über sein ergrautes Kinn. Der Lehrer Král in seiner bestickten Hemdbrust erblickte Marie, die Tochter des Hutmachers, und grüßte sie artig. Marie zog eine Grimasse, und der Lehrer wurde missmutig.

Er warf seine blonde Mähne nach hinten und sagte zum Studenten Štědrý: »Ich weiß gar nicht, was die von sich denkt. Ich leihe ihr jedenfalls kein Buch mehr aus. Erst gestern hat sie mir ›Die Dombaumeister‹ zurückgegeben. Das ganze Buch hatte Kaffeeflecken.«

In der Ecke duckte sich der alte Arbeiter Hejzlar. Der Verwalter Wagenknecht hatte den Armenhäuslern verboten, die Straße zu betreten, Hejzlar aber war doch entkommen. Er wollte es sich nicht nehmen lassen, die Versammlung des Abgeordneten zu besuchen. Der Abgeordnete hatte ihm ein Diplom geschenkt, und Hejzlar betrachtete ihn als seinen Freund. Auch der Bettler Chleboun, genannt »Majorchen«, hatte das Verbot missachtet. Er hatte es jedoch nicht gewagt hineinzugehen, vielmehr lungerte er draußen herum und schaute begierig durchs Fenster.

Der Bürgermeister, Buchhändler Oktávec, hatte zusammen mit dem Notar Dr. Tichay und dem Apotheker am Tisch für den Vorstand Platz genommen. Der Bürgermeister erhob sich. Durch die Zuhörerschaft ging Bewegung. Viktor brüllte von der Galerie herab: »Ruhe!«

Der Bürgermeister begrüßte stotternd die Anwesenden und erklärte, dass die Zeiten ernst seien. Wir müssten uns zu einer festen Schlachtordnung vereinen und dürften nicht den falschen Propheten Gehör schenken, die mit trügerischen Worten unsere Reihen zerschlagen wollten. Viktor schrie von der Galerie herab: »Hervorragend!«, der Bürgermeister wischte sich den Schweiß von der Stirn und und kündigte an, dass er nunmehr dem Abgeordneten Dr. Alois Fábera das Wort erteile.

Der Abgeordnete rannte auf die Bühne wie ein beliebter Komiker. Der Saal reagierte mit ohrenbetäubendem, nicht enden wollendem Applaus. Der Abgeordnete legte seine rechte Hand auf die Brust und steckte den Daumen der linken Hand in die Hosentasche. Er verbeugte sich mit lächelnder Miene, und der Applaus floss an ihm herab wie eine warme Dusche. Er titulierte die Zuhörer mit »Hochverehrte Versammlung und meine lieben

Landsleute«, und dann triefte seine Rede an seinem kastanienbraunen Kinnbart herab wie der Saft einer reifen Pflaume. Er bestätigte, dass die Zeit ernst sei, wie es gerade zutreffend der Herr
Bürgermeister gesagt habe. Wir müssten uns der Ernsthaftigkeit dieser Situation bewusst sein, sprach der Abgeordnete, und
gab mit seinem dicklichen Händchen den Takt dazu vor. Sein
Mund bewegte sich leicht wie eine Drehtür, und er beobachtete
aufmerksam die Stimmung der Versammlung. Er war nicht zufrieden. Von der Galerie wehte eine Eiseskälte herab, und die
Dörfler standen unbewegt und finster da. Wo sind die Zeiten
hin, erinnerte sich sentimental der Redner, als mir die Herzen
aller begeistert entgegenschlugen? Nur die Bürger auf den Sitzen nickten lobend und klatschten von Zeit zu Zeit.

– Die feindliche Agitation zersetzt mir den Wahlkreis, sann
der Redner nach, wenn das so weitergeht, werde ich mein Man-
dat nicht retten können. Und mit mächtiger Stimme mahnte er
zur Eintracht. Seine Stimme donnerte, als er gegen die Annenpatente wetterte, durch die der böhmische Landtag gelähmt
worden sei, und auch gegen die Sabotage der Deutschen, die
durch ihre Obstruktion die Tätigkeit dieses gesetzgebenden Or-
gans vereitelt hätten. Die Bürger riefen: »Nieder mit den Deutschen!« Aber von der Galerie wehte Kälte wie aus einem Eis-
schrank, und die Dörfler glotzten unbewegt auf die Bühne.

– Ich habe den Wahlkreis etwas vernachlässigt in der letzten
Zeit, überlegte der Abgeordnete. Ich hätte eine ganze Reihe von
Versammlungen veranstalten sollen. Alles wäre wieder gut gelaufen. Was habe ich mich für die abgerackert, was habe ich für
die alles herausgeholt ... Die sollten mir alle dankbar sein.

Der Abgeordnete war von Beruf Rechtsanwalt und betrachtete die politische Tätigkeit advokatisch. Die Wähler waren Kli-
enten seiner Kanzlei. Er vertrat die Nation vor dem Gerichtshof
in Wien. Die Politik war eine Abfolge kniffliger Prozesse, in die
die Nation hineingeraten war, und der Abgeordnete war als Pro-
zessbevollmächtigter seiner Nation verpflichtet, alle Tricks und

Finten zu benutzen, damit sein Klient gewinnen konnte. Der Prozessgegner musste zermürbt werden, aber nicht etwa durch die Kraft der Ideen, vielmehr musste er ganz plötzlich überrascht und in einem klug ausgelegten Netz gefangen werden. Kein Prinzip hat unendlich Gültigkeit, kein Programm, keine Weltanschauung ist verpflichtend. Gegen alles gibt es eine Berufung, eine Remonstration, eine Beschwerde mit Suspensiveffekt.

Als er von Wien, der bösen Stiefmutter, sprach, legte sich seine Stirn in Falten, er ballte das dickliche Händchen zur Faust und schlug damit auf den Tisch.

Der alte Hejzlar reckte den Hals und drückte sich die Augen aus dem Kopf. Plötzlich brüllte er: »Und was ist mit den Fundamentalartikeln? Weg mit Hohenwart!«

Der Verwalter Wagenknecht bemerkte ihn. Er erbleichte vor Wut darüber, dass der Bettler es gewagt hatte, seine Anweisung zu missachten. Er hätte sich gern auf ihn gestürzt und ihn zur Tür geschleift. Allerdings lag zwischen ihm und dem Armenhäusler ein vollgestopfter Saal.

Der Bettler Chleboun blickte triefäugig in den Raum und raunte unter seinem graugrünen Schnauzbart.

Der pensionierte Postmeister zitterte vor freudiger Erwartung, dass der Abgeordnete gegen die Juden sprechen würde. Warum spricht er nicht über die Juden? Der Postmeister musste ironisch lächeln. Er selbst weiß nur zu genau, warum der Abgeordnete sich nicht zu den Feinden der Christenheit äußern möchte.

Von den innenpolitischen Verhältnissen kam der Redner zur außenpolitischen Situation. Sein Gesicht trübte sich leicht ein, und er verglich Europa mit einem Pulverfass, das jeden Augenblick explodieren könne. Die Großmächte würden den kranken Mann am Bosporus schützen und sich den berechtigten Forderungen der Slawen auf dem Balkan in den Weg stellen, die doch so viele Jahrhunderte unter dem türkischen Joch gelitten hatten.

Hejzlar schrie: »Wir wollen ein kaiserliches Reskript! Weg mit Hohenwart!«

Das Gesicht des pensionierten Postmeisters geriet in Rage. Er brüllte:

»Juuuden! Saujuuuden!«

Hejzlar fuchtelte mit den Armen und verlangte hartnäckig nach einem kaiserlichen Reskript, als wäre dieses sein verlorenes Diplom. Einige Zuhörer versammelten sich um ihn und redeten ihm zu. Starrköpfig jedoch verlangte der Alte weiter nach den Fundamentalartikeln und der Absetzung Hohenwarts.

In der Versammlung entstand Unruhe. Die Bürger riefen »Nieder mit den Deutschen und den Türken!«, während die Galerie höhnisch lachte. Nur die Dörfler standen nach wie vor starr da und glotzen auf die Bühne.

Die Rede des Abgeordneten, die die Bürger nur ganz leicht beunruhigte, wurde fortgesetzt. Der Abgeordnete lobte das schwesterliche Frankreich, zu dem wir ein gutes Verhältnis hätten. Danach blickte er nach Osten, wo sein Blick dem weißen Zaren begegnete. Der Herrscher des russischen Reiches sei die mächtigste Schutzmacht der slawischen Nationen und werde sich sicherlich auch darum kümmern, dass die altehrwürdige Krone der Könige von Böhmen abermals im funkelnden Glanze ihrer Schönheit erstrahlen werde. Seine Worte stiegen zur Decke empor wie Rauchkringel, und mit seinem dicklichen Händchen gab er den Takt dazu vor.

Der Abgeordnete glich einer indischen Statue mit sieben Paar Händen. Eine Hand drückt die Rechte des mächtigen Zaren der orthodoxen Russen. Die zweite winkt dem schwesterlichen Frankreich zum Gruß. Die dritte Hand streichelt die Slawen des Balkans, die vierte klopft den Wählern auf den Rücken. Eine Hand aber ballt sich zur Faust, und zwar dann, wenn er gegen die Regierung in Wien anredet.

Gegen Ende zerstreute der Redner mit freundlichen Worten die Wolken, die sich so mächtig am europäischen Horizont erhoben hatten. Er versöhnte die zerstrittenen Großmächte und beseitigte die Missverständnisse zwischen den Nationen. Er war ein guter Mensch und wollte mit jedem in Frieden leben.

»Fort mit Hohenwart! Wir wollen die Fundamentalartikel!«, brüllte Hejzlar hartnäckig.

»Tod den Juuuden!«, tobte heftig der Postmeister.

Im Fenster steckte das Gesicht des Bettlers Chleboun; er kaute mit seinem zahnlosen Kiefer, und sein graugrüner Schnauzbart hob und senkte sich.

Der Abgeordnete gluckste kurz auf und verstummte. Auf den Sitzen wurde stürmisch applaudiert. Die Galerie stampfte mit den Füßen und zischte. Die Dörfler standen unbeweglich da wie eine Gänseschar, die einer davonfahrenden Kutsche hinterherschaut. Der Redner wischte sich mit einem weißen Taschentuch die Stirn und den Nacken und verbeugte sich mit dem zufriedenen Ausdruck eines Schauspielers, der seine Rolle gut gespielt hat.

Der Vorsitzende gab bekannt, Professor Pošusta habe sich zu Wort gemeldet. In den Sitzen raunte es unzufrieden, und von der Galerie erklang schwacher Applaus. Der Professor bahnte sich seinen Weg durch die Menge und sprang behände auf die Bühne. Der Bürgermeister, Buchhändler Oktávec, machte eine finstere Miene. Er mochte diesen Professor nicht, der Bücher verschlang und ständig auf der Jagd nach neuer Lektüre war. Die Bürger teilten seine Antipathie. Mit scheelem Blick begrüßten sie den Redner, der mit kurzen Hosen und ohne Kopfbedeckung durch die Stadt zu rennen pflegte, die Taschen vollgestopft mit Broschüren und Zeitungen, die unruhige, vorwitzige Gedanken enthielten.

Der Professor nahm den Kneifer ab und bewaffnete sich mit einer Brille. Mit strengem Blick mahnte er die Zuhörer zur Aufmerksamkeit. Dann schaute er in seine Aufzeichnungen und begann mit trockener, leidenschaftsloser Stimme vorzutragen.

Er warf dem Abgeordneten der Jungtschechen charakterlosen Aklerikalismus vor.

Die Jungtschechen würden versuchen, Hus mit der Jungfrau Maria zu vereinen. Die tschechische Nation könne sich aber mit Rom nicht versöhnen. Der Professor griff den Abgeordneten wegen dessen unklarer Programmatik an; er tadelte ihn, weil die Grundprobleme nicht hinreichend geklärt worden seien.

Der Professor versuchte sachlich zu sprechen; er verabscheute die Demagogie und berief sich auf das Urteilsvermögen der Zuhörer. Die Seele des Volkes aber gleicht einem gewissen Kraut, das nur nachts zu blühen pflegt. Diese Blüte welkt unter den glühenden Strahlen des Verstandes und öffnet ihren Kelch begierig jedem Irrglauben. In den Sitzen wurde es unruhig. Der Handelsvertreter Raboch rief provokant »Oho!« Der Abgeordnete faltete die Hände und lächelte mitleidig. Der bleiche Kastellan nickte, und der Postmeister brüllte: »Wir wollen keine jüdische Philosophie! Hier ist doch keine Judenschule!« Der alte Hejzlar forderte hartnäckig die Erfüllung des kaiserlichen Versprechens, das den Ländern der böhmischen Krone ihre eigene staatsrechtliche Stellung garantiert hatte. Der Verwalter Wagenknecht tobte. Er wollte den Armenhäusler für sein ungehöriges Benehmen bestrafen, konnte aber nicht zu ihm gelangen. Nur die Bauern schwiegen und blickten dumpf auf das Podium. Hinter dem Fenster bewegte sich heftig der graugrüne Schnauzbart, und unter ihm blubberten Worte: – Hört bloß nicht auf den Herrn Professor! Der kennt keine Religion. Er lästert Gott, und dieser Dingsbums … will uns bloß behumpsen … Ein Abtrünniger … in der Hölle wird er schmoren …

Der Redner hob die Stimme, seine Worte aber konnten den Lärm nicht durchdringen. Die Zuhörer wurden wütend und gereizt. Die Sitzreihen buhten, und die Galerie antwortete mit Trampeln und Pfeifen. Der Professor steckte seine Aufzeichnungen ein und verschwand in der Menge. Der Vorsitzende läutete und bewegte die Lippen; er wollte wohl zur Ruhe mahnen.

Da aber sprang ein kleiner, ziemlich dicker Mann mit schwarzer Schleife unter dem Kinn und ergrauten Locken auf einen Stuhl. Sein Name war Pangrác, und er war von Beruf Seifensieder. Das war ein unbeherrschter Mann, der stets auf Krawall aus war. Er respektierte niemanden, liebte weder Ruhe noch Frieden, war immer in Rage und überdies ein Freund von Exzessen. Er sprach heftig, mit einer sich überschlagenden Stimme; seine kreischende Stimme schien vor Hass zu ersticken. Er ballte die Fäuste und gestikulierte dabei heftig. Er griff den Abgeordneten an und nannte ihn einen Lakaien der Regierung. Er warf den Jungtschechen vor, aus den Mitteln des Dispositionsfonds bestochen worden zu sein.

Die Jungtschechen verstünden sich darauf, um jeden Preis das Wasser zu trüben, um dann im Trüben fischen zu können. Unser Volk aber lasse sich nicht glanzvolle Phrasen in die Augen blasen, nein, es habe Durchblick. Professor Pošusta nannte er einen Helfershelfer der Juden – bestochen vom preußischen König. Der pensionierte Postmeister lebte auf und rief: »So ist es!« Der Bürger Pangrác hatte ein Grüppchen von Leuten um sich gesammelt, die ihn mit Gebrüll unterstützten. Der kleine Mann wetterte gegen die Kirche, die Bezirkshauptmannschaft, den Gemeinderat und das Kaiserhaus, er hatte Schaum vor dem Mund. Als er dann die Sozialdemokraten »Knechte des deutschjüdischen Großkapitals« nannte, erhob sich auf der Galerie ein Sturm.

Die Arbeiter hoben die Fäuste und riefen dem Seifensieder zu: »Du Šviha-Sau!« Zu jener Zeit empörten sich die Leute gegen einen gewissen Dr. Šviha, einen Abgeordneten und Amtsrichter, der beschuldigt worden war, unter dem Namen »Wiener« für die Prager Polizei Spitzeldienste geleistet zu haben. Die Arbeiter stampften die Treppe hinunter. Viktor rief: »Auf sie! Schlagt feste zu!«

Der Abgeordnete Dr. Alois Fábera erbleichte. Wie bitte? Das hier soll sein Wahlkreis sein? Das ist also der Dank, den er für seine aufopferungsvollen Dienste empfängt? Er sieht, dass sein Volk gespalten ist und ein jeder mit anderer Zunge spricht. Er begreift diese leidenschaftlichen Menschen nicht, für die er doch so manchen Vorteil erkämpft und von denen er manches Unheil abgewendet hat ...

Der Vorsitzende läutet. Die Bürger erheben sich und gestikulieren. Der Seifensieder Pangrác kreischt, sein Gesicht läuft blau an. Das fanatische Gesicht des pensionierten Postmeisters ist von seiner Erregung ganz entstellt. Seine Hemdbrust steht heraus. Er brüllt zur Galerie hoch: »Sozis – Juuuden!«

Der alte Hejzlar brüllt starrköpfig: »Wir wollen die Fundamentalartikel – weg mit Hohenwart!« Der Abgeordnete der Freisinnigen Nationalpartei, der Bürgermeister und der Apotheker verschwinden hinter der Bühne.

Im Fenster steckt das Gesicht des Bettlers Chleboun, genannt »Majorchen«; triefäugig beobachtet er das Durcheinander im Saal, sein zahnloser Kiefer käut Worte wieder: – Fabrikpack, elendes! Ihr seid mir vielleicht eine Bagage, eine Bagage, die Gott nicht recht und den Menschen zuwider ist ... Ihr vergesst euch und erlaubt euch was gegen die Herren, gegen die Herren, die euch euer Brot geben ...

Der Verwalter Wagenknecht ließ seinen Knotenstock kreisen und warf sich auf das Häuflein der Prügelnden. Viktor sprang hinzu und zog ihm blitzschnell die Beine weg. Der Verwalter wankte und fiel hin. Auf ihn fielen zahllose Körper. Er hörte das Knirschen zerbrochener Stühle. Die Dörfler erwachten aus ihrer Ruhe und begannen mit ihren Fäusten in alle Richtungen zu schlagen. Die Bürger flüchteten aus dem Saal. Dann kam es zu einer heftigen Keilerei zwischen den Arbeitern und den Bauern.

Als der Verwalter Wagenknecht den verwüsteten Saal verließ, hatte er ein blaues Auge und eine blutige Nase. Draußen beim Fenster erwischte er den Bettler Chleboun. Er stürzte sich auf ihn und brüllte voller Wut: »Aah, du nichtsnutzige Figur! So befolgst du meine Anweisungen?«

Er packte ihn am Kragen, schüttelte ihn und geleitete ihn unter Tritten ins Armenhaus der Gemeinde.

»Ich werde euch ...«, krächzte er, »ich werde euch alle ... niedermetzeln ... vernichten ... Pack! Pack! Pack!«

58

Es war Peter und Paul. Die Bezirksstadt, friedfertig und unschuldig, ruhte sich unter dem blauen Himmelsgewölbe aus. Hoch oben über dem gotischen Turm der Kirche, über dem Dach der Bezirkshauptmannschaft, über dem gräflichen Schloss mit seinen vier Türmen, flogen Tauben in verwegenen Kreisen. Die Schwalben tschilpten, und allerlei Insekten tanzten über dem Fluss. Eingetaucht in den Sonnenglast lag das Land breit da, goldene Felder und grüne Auen, unterbrochen von den dunklen Streifen der Wälder. Alles war still, und ein warmes, sattes Lüftchen wehte durch das ganze Land bis zu den anmutigen Bergen.

Alle Gasthäuser in der Bezirksstadt waren verwaist, und die Bevölkerung strömte in den Wald, da die örtliche Laienspielvereinigung dort eine Theateraufführung veranstaltete. Damen in engen Röcken und mit zahlreichen Volants staksten durch die Kirschbaumallee und beschatteten ihre Gesichter mit Sonnenschirmen aus Spitze. Herren in Panamahüten, mit hochgezwirbelten Schnurrbärten und leichten Mohairjacken, geleiteten ihre Damen vorsichtig hinauf. Vor den Eltern hüpften Kinder in quietschenden neuen Sommerschuhen und hielten sich an den Händen; Ammen schoben Kinderwagen. Auch viele Dörfler, blauäugig und hellhaarig, kamen auf dem Fahrrad angefahren, angelockt von den Theaterplakaten.

Drei Brüder schritten empor zum Wald: Kamil, Viktor und Jaroslav. Kamils bleiches, aufgequollenes Gesicht wurde von einem Hut in der Art eines Helms beschattet. Er wackelte unruhig in den Hüften und humpelte leicht und stützte sich dabei auf einen Bambusstock mit Goldknauf. Unter dem steifen Kragen leuchtete eine breite Seidenkrawatte. Seine Mundwinkel hingen herab, und er grüßte Bekannte, indem er mit dem Stock das Oberteil seines Hutes berührte. Viktor hatte sich die Jacke über die Schulter gehängt. Seinen runden Kopf bedeckte ein Taschentuch. In seinem Mund steckte eine zerfaserte Zigarre. Der

Student Jaroslav schritt mit unbedecktem Kopf voran, und die Sonnenstrahlen spielten mit seinen rötlichen Locken.

Und Kamil sagte: »Jungs, ich zahle alles. Den Eintritt fürs Theater und was ihr esst und trinkt.«

»Das hört sich gut an«, lobte ihn Viktor.

»Und auch sonst, wenn ihr etwas brauchen solltet, dann schickt mir ohne weiteres ein paar Zeilen. Ich bin jetzt mächtig in Fahrt. Alles läuft jetzt ganz hervorragend bei mir.«

Jaroslav pfiff vor sich hin. Viktor dachte sich: – Dann kann ich ja ruhig ein, zwei Bier trinken, wenn er zahlt.

Sie verließen die Kirschbaumallee und betraten den Lärchenhain. Es erfasste sie Kälte wie im Schiff einer Kathedrale.

»Aah«, atmeten alle drei Brüder gleichzeitig auf.

Viktor nahm die Zigarre aus dem Mund und sagte: »Im Skiffwettbewerb hat der ČVK gewonnen. Hab ich heut in der Zeitung gelesen.«

»Merci«, antwortete Kamil höhnisch. »Was geht uns der ČVK an? Heutzutage gibt es andere Sorgen.«

Auf einem lichten Hügel war aus Pappmaché und Holzlatten eine Art Mühle errichtet worden. Unweit hatten sich die Musiker versammelt und stimmten ihre Instrumente. Der Verwalter des Gemeindearmenhauses, Wagenknecht, verkaufte Eintrittskarten. Jeden Besucher bedachte er mit einem feindseligen Blick; unter seinem Kommando nahmen die Bürger auf improvisierten Sitzen Platz; der Verwalter erteilte die ganze Zeit knappe Befehle und sorgte unter heftigem Fuchteln des Knotenstocks für Ordnung. Dabei bewachte er ununterbrochen die Dörfler, die sich auf den Stehplätzen drängelten.

Wagenknechts Ehefrau bot dem Publikum Brezeln feil, die an einem Stock aufgehängt waren. Unter einem ausladenden Baum hatte der Lebkuchenverkäufer seinen Stand aufgeschlagen und am Baumstamm ein Ladenschild angebracht. Er hatte Schokolade, Bonbons, Lebkuchenherzen, Eis, Apfelsinen und Limonade im Angebot. Um den Stand drängelten sich zahllose Käufer; die

Kinder stopften sich mit Lebkuchen voll, und ihre Mütter wischten ihnen die verschmierten Hände sauber, wobei sie schimpften und mit strengen Strafen drohten für den Fall, dass die Sonntagskleidung schmutzig werden sollte.

Die drei Brüder schritten über den Waldweg, der von Sonnenstrahlen gesprenkelt war. Viktor blickte sich verdrossen um: – Verdammt, hier wird man kein Bier bekommen. Kamil trat an Wagenknecht heran und bat um Eintrittskarten. Der Verwalter aber brüllte plötzlich los, ließ den Knotenstock kreisen und lief davon. Vor den Musikern hüpfte der verkommene Braumeister Vokoun herum und gab nachäffend den Takt vor. Wagenknecht stürzte sich mit fürchterlichem Gebrüll auf ihn. Der aufgedunsene Weltreisende versteckte sich im Walddickicht.

Das Publikum war ungeduldig, denn schon längst hatte die Stunde geschlagen, in der die Vorstellung hätte beginnen sollen. Der Regisseur aber konnte das Zeichen zum Beginn der Vorstellung nicht geben, solange sich der Abgeordnete der Freisinnigen Nationalpartei, Dr. Alois Fábera, noch nicht eingefunden hatte. Der Abgeordnete war beleidigt und wollte die Bevölkerung damit bestrafen, dass er die Theateraufführung nicht besuchte. Er ließ sich lange bitten. Da er aber ein weichherziger Mensch war, entschloss er sich zuletzt, dem verirrten Volk zu verzeihen. Der Dirigent gab ein Zeichen, und die Musiker begannen mit einem Marsch. Weil sich der Abgeordnete aber immer noch nicht zeigte, wiederholte die Kapelle mehrfach ein Trio. Das Publikum klatschte und murrte. Die Minuten vergingen, und die Musik spielte. Aus den Fenstern der Mühle schauten geschminkte Schauspieler.

Die drei Brüder setzten sich auf eine Bank, Kamil in der Mitte.

»Ihr solltet mal das Theater bei uns sehen«, sagte Kamil hochnäsig.

»Bei uns haben wir erstklassige Kräfte. Alles prima primissima. Auf unserem Theater gastieren sogar Schauspieler aus Wien. Aber hier … hier gibt es keine Kultur.«

Kamil trägt eine phantastische Krawatte in changierenden Farben, und sein Hals wird von einem steifen Doppelkragen umschlossen. An seiner Hand klimpern die Anhänger seines goldenen Armbands. Mit Wonne riecht er an seinem Ärmel, der nach einem Parfüm namens Ylang-Ylang duftet.

Er greift in seine Tasche und holt ein Lederetui mit Silberecken und Monogramm hervor.

»Ein Geschenk meiner Gattin«, meldet er und streichelt sinnlich das Leder. »Echtes Saffianleder. Importware. Das hat gut – sagen wir mal – mindestens sieben Gulden gekostet.«

Er zwingt die Brüder, das Leder zu betasten. Kamil öffnet das Etui und zeigt Fotografien. Ein Bild zeigt eine junge Frau, die sich an einen Baum lehnt. Die Frau blättert in einem Buch. Ein anderes Bild zeigt Kamils Ehefrau, wie sie mit einem weißen Hündchen spielt. Kamil steht mit seiner Frau vor einem Schaufenster.

»Das alles habe ich selbst fotografiert«, rühmt sich Kamil. »Ich habe eine Kodak für zweihundert Kronen. Ein herrliches Gerät, mein Ehrenwort.«

Viktor nimmt die Fotografien in seine groben Hände, untersucht die Bilder und bezweifelt, dass das Gerät zweihundert Kronen gekostet hat. »Höchstens achtzig bis hundert«, erklärt er kennerhaft.

»Du Schlaumeier!«, regt Kamil sich auf. »Achtzig Kronen? Absolut ausgeschlossen. Geh du mal so etwas kaufen. Überall wird man dich auslachen.«

Der Student Jaroslav irrt mit seinem Blick durch das Publikum. Er sieht den pensionierten Postmeister Pecián, neben ihm sitzt der bleiche Kastellan. Handelsvertreter Raboch dreht sich ständig um; vermutlich sucht er seinen Sekretär Růžička. Der aber verbirgt sich vor ihm und unterhält sich mit einem jungen Mädchen. Professor Pošusta streichelt gedankenverloren mit dem Handrücken von unten über sein ergrautes Kinn, und seine Frau blickt versonnen über die gezackten Spitzen der Kiefern ins

Unbestimmte. Der Lehrer Král in seiner bestickten Hemdbrust verschlingt mit seinen Blicken Marie, die Tochter des Hutmachers; die aber schaut ihn nicht einmal an. Eine unbestimmte Erinnerung raunt im Herzen des Studenten; er sieht ein Mädchen mit einem runden, süßen Kinn und lachenden, glänzenden Augen vor sich. Was wohl die verirrte Tochter des Kastellans jetzt macht, die Ehefrau des pensionierten Postmeisters? Es gibt von ihr keine Nachricht; die Bezirksstadt hat sie einfach vergessen.

Kamil zeigt seine goldene Uhr mit doppeltem Gehäuse.

»Ein Geschenk meines Schwiegervaters. Eine echte Schaffhausener. Dreißig Rubine. Die wird so – und da sage ich eher zu wenig – dreihundert Kronen gekostet haben.«

Die Brüder mussten sich das Instrument ansehen. Viktor öffnete das innere Gehäuse und schaute sich mit Interesse die Rädchen an.

»Und?«, plustert Kamil sich auf. »Ob wohl einer von euch, meine Herren, so eine tolle Sache hat?«

Er legte die Uhr in ein Etui aus Hirschleder und lehnte sich nach hinten. Er schwärmte: »Alles habe ich. Alles im Überfluss.«

Auf seinen Lippen spielt ein freudiges Lächeln.

»Ich hab mich ins gemachte Nest gesetzt, weil ich schlau bin. Aber alles, was ich habe, vermehre ich auch. Schwiegervater weiß schon, wem er das Geschäft anvertraut hat.«

Er kniff die Augen zusammen und machte eine fröhliche Miene.

»Wenn ich so daran denke, dass ich nach Hause gekommen bin wie so ein fahrender Wandergeselle. Erinnert ihr euch, wie der Alte getobt hat? Und sie – grauenhaft! Dabei gibt es doch bei jedem eine Zeit, wo er keine Stelle hat, oder nicht?«

»Ich habe harte Barthaare«, erklärt Kamil, »und das nur deshalb, weil ich damals täglich zum Sedmidubský gelaufen bin, um mich dort rasieren zu lassen. Damals habe ich das gar nicht nötig gehabt, ich habe es nur gemacht, damit die Zeit schneller vergeht. Das war damals vielleicht 'ne Langeweile. So was Ödes! Aber wisst ihr eigentlich, dass ich heute gerne daran denke? Papa ist heute zu mir weich wie Butter, und sie buckelt geradezu. Wenn ich nach Hause komme, schlachten die gleich eine Gans. Früher, da hätten sie mir am liebsten gar nichts gegeben. So viel, wie ich damals gehungert habe – eine Schande ist das ...«

Er musste lachen.

»Und die ... wie hieß das doch gleich?«, pfiff er atemlos, »›Kasims Opanken‹? Was ist mit denen? Gibt's die noch? Die haben mir das Leben vergällt, diese ... ›Kasims Opanken‹. Ich habe gebettelt, ich habe geheult, aber Papa – Nein! Ich musste ›Kasims Opanken‹ tragen. Und heute ...« Ein seliges Lächeln glitt über seine Wangen. »Heute habe ich Wildlederschuhchen, extrafeine, so richtige Märchenschuhe ... Die haben mich 15 Gulden gekostet ... Das habe ich aber gern gezahlt, so feine Schuhe hat sonst keiner auf der Welt ...«

Der Student Jaroslav blickte auf den Spediteur Wachtl, der in Feuerwehruniform unweit der Bühne stand. Er hatte die Arme vor dem Rücken verschränkt; er schaute sehr feierlich, und seine Erscheinung strahlte Hochmut aus.

59

Endlich kam der Gendarm herbeigelaufen. Er war außer Atem, und das Portepee an seinem Degen flog auf und ab. Er machte Meldung, dass der Abgeordnete jetzt angefahren komme. Eine glänzende Equipage ratterte heran und machte nicht weit entfernt halt. Der Bürgermeister, Buchhändler Oktávec, sprang zum Wagen, um Frau Fáberová seinen Arm anzubieten. Der Abgeordnete reckte den Kopf und machte sich auf den Weg; auch sein Gang war voller Saft. Sein Gesicht war von einem wohlwollenden Lächeln geweitet, aber auf dem Gesicht seiner Gattin war ein erstarrtes Lächeln befestigt, ähnlich einer Blume im Raureif.

Der Regisseur kam angelaufen, um den Vertreter des Bezirks zu begrüßen. Der Abgeordnete senkte den Kopf und hörte aufmerksam zu. Dann setzte sich sein Mund in Bewegung. Eine Rede, süßer als der Saft einer reifen Pflaume, floss an seinem kastanienbraunen Kinn herab. Er erklärte, er sei schon immer ein Verehrer der Thalia gewesen. Und er sei zu diesem Platz der Künste geeilt, um von den Brettern, die die Welt bedeuten, den Worten des Dichters zu lauschen. Poesie erbaue und Musik erhebe. Das Theater, so sprach er, habe einen großen Anteil an unserer nationalen Wiedergeburt gehabt. Die Worte des Dichters, auf der Bühne vorgetragen, hätten damals vermocht, die müden Seelen aus ihrem Dämmer zu wecken.

Die Zuhörer plantschten voller Wonne in den süßen Strömen der Rede des Abgeordneten. Ihre Gesichter wurden weich; ihre Antlitze veränderten sich. Alle waren gerührt; auch der wilde Radikalinski, der Bürger Pangrác, war begeistert; in gehobener Stimmung zog er seinen Hut und rief: »Bravo! Heil!«

Der Verwalter Wagenknecht führte den Abgeordneten, Frau Fáberová und die zwei Jungen, die von der Gouvernante bewacht wurden, in die erste Reihe. Der Abgeordnete bot seiner Gattin mit einer galanten Verbeugung ein Opernglas an. Der Bürgermeister legte seinen grünen Hut mit Gamsbart auf die Knie und blickte streng auf die Mühle aus Pappmaché. Ein Glöckchen erklang, und die Musik setzte ein. Auf die Bühne trat eine Gruppe von Jünglingen und jungen Mädchen in farbenfrohen Kleidern. Der Chor sang:

In böhmischen Mühlen, da geht's lustig zu,
überall hört man fröhliches Singen,
die Müllerburschen geben niemals Ruh',
nach Frohsinn die Mühlräder klingen.

Der Abgeordnete nickte beifällig mit dem Kopf. Der Bürgermeister blickte streng auf die Bühne. Auf dem finsteren, fanatischen Gesicht des pensionierten Postmeisters zeigte sich Misstrauen. Der Spediteur Wachtl stand neben der Bühne wie ein Soldat in Habachtstellung. Jedes Mal, wenn ihn zufällig der Blick des Abgeordneten traf, legte er die Finger an den Helm. Frau Fáberová führte das Opernglas an die Augen, und das Lächeln aus dem Kloster Sacré Cœur wich nicht von ihrem Gesicht. Der jüngere Sohn des Abgeordneten schaute mit Begeisterung auf die Bühne; der lockige, muskulöse Sohn hingegen fummelte die Baumrinde von der Sitzbank ab.

Das Publikum fing an zu lachen, denn auf der Bühne erschien ein Mann mit roter Nase, wildem Vollbart und grünem Jägerhut. Der Jäger rief: »Pulver und Schrot! Hier geht's lustig zu!«

Das war der Konzipient aus der Kanzlei des Notars Dr. Tichay. Der Vollbart hatte sein junges Gesicht verwandelt. Er sprach mit rauer, grunzender Stimme, so wie Theaterförster zu sprechen pflegen.

Auch Kamil Štědrý musste lachen. Er nahm sich aber sofort zusammen und ließ seine Mundwinkel wieder hängen. Er sagte zu seinen Brüdern: »Das ist doch nix. Bei uns war mal ein Komiker ... Wartet nur, bis wir zu Hause sind. Ich werde euch seinen Auftritt vormachen. Ihr werdet euch kugeln vor Lachen.«

Der Jäger fluchte: »Pulver und Schrot! Du Millionenbursch! Von mir werdet ihr kein Wort mehr hören, ihr Teufelsbuben!«

Die erheiterten Bürger klatschten. Der Abgeordnete beugte sich zum Bürgermeister und sprach: »Tatsächlich vorzüglich dargeboten.« Der Bürgermeister antwortete: »In der Tat, Herr Abgeordneter«, und strich über den Gamsbart auf seinem Hut. Die Gouvernante ermahnte den lockigen Jungen, und dieser machte eine faule Kopfbewegung.

Das Publikum aber wartete gespannt auf den Auftritt des Starschauspielers des Laientheatervereins, den Friseur Sedmidubský. Diesem gelang es immer, das Publikum zu belustigen. Die Kapelle setzte mit einem zackigen Marsch ein, und aus dem Hintergrund trat ein Mann mit einer flachen Müllermütze. Er machte dem Takt entsprechend einige lustige Bewegungen und klopfte sich dabei auf die Schenkel; dann sang er:

Ich heiße Sebastian Safran,
als Müllerbursch ein weltbekannter Landsmann.
Wohin ich komm', ist Lachen und Gesang,
manch schönes Fräulein ich zur Freud' mir fang.
Alle begrüßen mich mit Küssen,
wollen die neueste Kunde wissen.
Zu erzählen gibt's bei mir immer g'nug,
den einen zur Freud, den andern zur Wut.

Das begeisterte Publikum klatschte. Frau Fáberová nahm ihr Lorgnon an die Augen und blickte auf ihre Kinder. Der großäugige Junge war rot vor Begeisterung. Der lockige kaute an seinen Fingernägeln. Der Abgeordnete musste lachen und sagte zum Bürgermeister: »Ein famos witziges Kerlchen!« Der Bürgermeister antwortete: »Guter Vortrag«, und wischte sich den Schweiß von der Stirn. Der bleiche Kastellan rieb an seinem gelben Backenbart und seufzte. Der pensionierte Postmeister blickte grimmig. Er beneidete den Friseur um seinen Erfolg. Kamil dachte nach und fragte dann seine Brüder: »Ratet mal, welchen Umsatz ich dieses Jahr hatte?« Viktor ermahnte ihn säuerlich, nicht zu stören.

Der Schauspieler drehte sein Gesicht zum Abgeordneten. Die Musik setzte ein, und der Müllerbursch stimmte an:

Parlamente so wie Mühlen mahlen,
Abgeordnete als Mehl zu Boden fallen.
Für den Michel gibt es Weißmehl pur,
für den Vašek bleibt die Kleie nur.
Das Beste wäre, das weiß ein jeder,
'ne schöne, große Springfeder,
und ohne Gnad' in aller Ruh',
schütt' man ihnen den Mühlkorb zu.

Es wurde so laut geklatscht, wie Kohlen in den Keller fallen. Der Bürgermeister geriet in Verlegenheit und schaute unsicher auf den Abgeordneten. Diesem aber zitterte der Bauch vor Lachen, und er wiederholte mehrfach außer Atem: »Zum Totlachen, wirklich, zum Totlachen!« Der Bürgermeister beruhigte sich und sagte: »Es ist sehr humorvoll«, und blickte streng auf die Bühne.

Der Schauspieler wurde noch einige Male auf die Bühne gerufen und warf dem Publikum scherzhaft Küsse zu. Er bemerkte, dass der Abgeordnete sich gut unterhielt, und dachte sich: – Vielleicht wird er mich nicht vergessen. Vielleicht wird er mir noch einmal die letzte Ehre erweisen. Schließlich habe ich ihn erheitern können.

Er rannte auf der Bühne herum und machte eine lustige Verbeugung nach der anderen; dann dachte er gerührt nach: – Wird er vom Papier ablesen oder aus dem Stegreif reden? Ach, er kann so anrührende Reden halten ... Wunderschön, wunderschön wird meine Beerdigung werden! Das Allerschönste auf der Welt ...

Und er sieht vor sich den Abgeordneten, wie er über der offenen Grube steht, sich nach den Trauergästen umschaut, noch eine Weile wartet und dann beginnt, mit seiner samtenen Stimme zu reden. Dann aber erinnerte er sich, dass er selbst seine Beerdigung nicht wird sehen können; und eine kleine Träne lief seine geschminkte Wange hinunter.

Es war Pause, und das Publikum belagerte den Stand des Lebkuchenhändlers. Die Leute tranken Limonade aus der Flasche. Mütter führten ihre Kinder ins Gebüsch, und wenn sie zurückkamen, schimpften sie mit ihnen und richteten den Kindern die Kleidung. Kamil kaufte jedem Bruder eine Apfelsine. Viktor schälte sie und dachte sehnsüchtig: – Sakra, wenn's jetzt ein Bier gäbe, da würde ich aber zulangen. Kamil fragte: »Ratet mal, was für einen Umsatz ich dieses Jahr gemacht habe?« – »Ach, lass uns doch in Ruhe!«, schnitt Viktor ihm verdrießlich das Wort ab.

Dann klingelte es, und die Vorstellung ging weiter. Über die Bühne trippelte eine alte Jungfer, verdrehte die Augen und sprach gebrochenes Tschechisch. Das Publikum lachte schallend. Kamil sagte: »Dieses Jahr habe ich einhundertachtzigtausend Umsatz gemacht. Absolutes Ehrenwort, dass ich nicht lüge.«

Die Musik setzte ein, der Friseur betrat zusammen mit einem anderen Schauspieler die Bühne. Sie sangen ein Duett:

Im Trinken liegt die Seligkeit,
und Heil verheißet nur der Trank.
Wer am Gläschen nur kurz nippen kann,
zeigt Jubel, Tanz und frohen Sang.

»Einhundertachtzigtausend, und das im ersten Jahr«, sprach Kamil voller Selbstlob, »das will was heißen!«

In dem Augenblick drängelte sich ein vom Laufen völlig verschwitzter Mann zwischen den Bänken hindurch, trat an den Bürgermeister und den Abgeordneten heran und teilte ihnen sehr aufgeregt etwas mit. Der Bürgermeister machte große Augen. Der Abgeordnete erbleichte. Der zweite Schauspieler rannte hinter die Kulissen. Der Friseur Sedmidubský aber hatte nichts bemerkt und sang weiter:

Bier, das ist ein Nektar Gottes,
vom Scheitel bis zur Sohle.
Prostet deshalb allen zu
und ruft: Auf, auf – zum Wohle!

Der Regisseur zog die Schauspieler an den Rockschößen von der Bühne. Das Publikum hatte sich erhoben. Geschminkte Schauspieler liefen um die Mühle herum, entsetzt und ratlos.

»Einhundertachtzigtausend«, wiederholte Kamil selbstverliebt, »und so Gott will, werde ich es im nächsten Jahr auf zweihunderttausend bringen. Ich bin unermüdlich, meine Herren. Vielleicht richte ich mir eine Filiale ein, dann wird man sehen können, was für einer ich bin.«

Das Publikum sprang über die Bänke. Kamil hob den Kopf und fragte: »Was ist los? Warum spielen die nicht?«

Viktor antwortete: »Eben ist die Nachricht eingetroffen, dass der Thronfolger in Sarajevo ermordet worden ist.« Er stand auf und machte sich bereit zum Aufbruch. Auch Jaroslav erhob sich. Die Menge strömte aus dem Wald. Mütter schoben Kinderwagen vor sich her und waren so in Eile, als stünde ein Gewitter bevor. Der Himmel war allerdings ganz klar, und nur ein warmes, sattes Lüftchen wehte durch die Äste.

Der glänzende Fiaker des Abgeordneten schaukelte davon. Der Abgeordnete war bleich, sein Gesicht eingefallen. Frau Fáberová nahm ihr Lorgnon an die Augen, und an ihrem Gesicht hing das versteinerte, unveränderliche Lächeln.

»Einhundertachtzigtausend«, flüsterte Kamil mit bleichen Lippen.

Plötzlich stöhnte er: »Gerade habe ich mich etabliert, es fing an, mir gutzugehen und plötzlich … so ein tiefer Fall! Es gibt

Krieg! Es gibt Krieg! Ich werde einrücken müssen, und mein Geschäft wird zugrunde gehen!«

Der Verwalter Wagenknecht fuchtelt mit seinem Knotenstock herum. Er spürt, dass in der Welt nunmehr Unordnung entsteht und dass man ihn, den Verwalter Wagenknecht, ganz besonders benötigen wird. Er schaut sich um, auf wen er sich stürzen könnte, an wem er rütteln könnte, wen er würgen könnte. Er entdeckt das aufgequollene Gesicht des Braumeisters Vokoun, der irgendwelche Fratzen schneidet. Der Verwalter brüllt auf und stürzt sich auf den Weltreisenden.

»Es gibt Krieg! Es gibt Krieg!«, jammert Kamil.

»Jammer nicht herum!«, ermahnte ihn Viktor. »Noch weiß niemand etwas. Vielleicht wird sich das wieder irgendwie beruhigen.«

»Du hast gut reden«, antwortete der Bruder verzweifelt: »Du hast ja nichts, aber ich bin Eigentümer. Eine Frau habe ich, ein Geschäft habe ich, Geld habe ich. Alles habe ich. Und ich bin Reservist. Ich bin so unglücklich, so verdammt unglücklich …«

Die Mühle aus Pappmaché und Holzlatten ist verwaist. Der Lebkuchenhändler legt seine Ware in eine Kiste. Sein Gehilfe lässt versehentlich ein Lebkuchenherz fallen. Es fällt zu Boden und zerbricht. Der Lebkuchenhändler schimpft und droht dem Lehrling mit der Faust. Die Dörfler haben sich auf ihre Fahrräder gesetzt und sind weggefahren. Der Wald ist verlassen und still. Über den Weg läuft ein rötliches Eichhörnchen.

Die Menschenmenge drängelt sich über die Kirschbaumallee. Man konnte hören, wie jemand in der Stadt ein Fenster zuschlug.

Anhang

Zu dieser Ausgabe

Die vorliegende Neuübersetzung fußt auf der Ausgabe

Karel Poláček: Okresní město. Román. Prag: Nakladatelství Franze Kafky, 1994.

Das Tschechische, anders als das Deutsche, kennt keinen Konditional zur Markierung der indirekten Rede; alle Verben stehen in diesen Fällen gleichermaßen im Indikativ. Auch der Gebrauch der Zeitenfolge ist sehr variabel; ein Prädikat, das im Hauptsatz in der Vergangenheitsform steht, führt nicht zwangsläufig zu einem Nebensatz-Prädikat in der gleichen Zeitform. Die Übersetzung weicht hier vom genauen Wortlaut der Vorlage ab und gleicht an die deutschen Regeln an.

Innere Monologe werden in der tschechischen Ausgabe durch Gedankenstriche eingeleitet. Die Übersetzung folgt hier konsequent der Vorlage; auch Gedankenstriche mitten im Absatz oder innerhalb einer Klammer wurden unverändert übernommen. Wo der Gedankenstrich allerdings in der Vorlage fehlt, die innere Rede ihn aber verlangt, wurde er ergänzt; versehentliche Wiederholungen des Gedankenstrichs innerhalb eines fortlaufenden inneren Monologs wurden getilgt. Diese Änderungen betreffen folgende Stellen:

22,14 f. – Kommt plötzlich angefahren,
22,21 f. – Och, ich habe ja nicht geahnt,
23,1 f. – Ich weiß es nur zu gut,
46,12 – Sieh mal einer den an!
82,22 – Jaroušek spricht mit dem Papa.
87,7 f. – Jaroušek, sprich doch über etwas.
87,13 f. – Sag etwas, sag ganz viel, frank und frei,
99,15 – Hier sollte noch was hinkommen,
127,19 f. – Man kennt dich, Herr Raboch!
127,33 Man sagt doch, überlegte er,
145,17 – Ja, das ist leicht gesagt.

In zwei Fällen wurde der Gedankenstrich durch doppelte Anführungszeichen ersetzt:
91,4 f. sang vor sich hin: »Meine liebste Baruschka ...«
220,24 – 221,2 »Wenn mich der Herrgott ... wie Herr Pecián einer ist.«

Nach folgenden Textstellen wurden um der besseren Lesbarkeit willen
Absätze neu eingefügt:

12,15 »wir hier wissen uns schon zu helfen.«

13,29 f. sprach den Gedanken des Herrn Raboch laut aus:

18,26 Wehmütig dachte er sich nur:

20,23 verfielen sie ins Deutsche.

45,13 f. ganz angeschwollen ist.

55,17 und wünschte sich:

58,14 schon als die Bettlerin Glatte Ančka auf die Welt gekommen.

72,4 Das Männlein sagte zu sich:

75,18 wie lange habe ich euch nicht gesehen ...

91,4 f. »Meine liebste Baruschka ...«

92,19 f. »Ich ... ich ... soll ein Konservativer sein, ich?«

105,21 f. breitete die Süßigkeiten aus und brabbelte:

105,23 f. vom Jahrmarkt mitgebracht.«

116,22 und sagte grimmig:

156,27 f. sang er leise vor sich hin:

157,32 Er las:

158,21 und als es unten war, meldete es:

172,6 kam zu sich und murmelte:

184,26 führten lautstarke Handelsgespräche.

213,21 und jauchzte:

253,7 und die Sänger zogen zu Fuß los.

293,13 f. überzeugter tschechischer Patriot!«

310,16 und rief ihm zu:

322,30 f. sagte Kamil hochnäsig.

Der Übersetzer dankt Dorothee Lieberknecht.

Anmerkungen

5,12 *vorigen Jahrhunderts:* also um 1870.

7,20 *Terno:* Begriff aus der österreichischen Zahlenlotterie: Bei drei Richtigen (»Terno«) beträgt der Gewinn das 3000fache des Einsatzes.

9,21 *Kalk:* Kalkfarbe oder Kalktünche war früher das am weitesten verbreitete Anstrichmittel für gemauerte und verputzte Außenwände; vgl. ›kalken‹ für ›weiß streichen‹ oder ›weißeln‹.

9,30 *Mohair:* (arab.) Gewebe aus Haaren; Bezeichnung für die Haare der Angoraziege.

10,6 *Zwicker:* auch »Kneifer« genannt; bügellose Brille, die zwischen den Gläsern auf der Nase festgeklemmt (›gezwickt‹) wurde.

10,10 *Raglan:* eleganter weiter Mantel mit hoch angesetzten Ärmeln.

11,20 *Koteletten:* Backenbart, Barthaare an beiden Gesichtshälften neben den Ohren.

11,22 *Olmütz:* tschech. Olomouc; bedeutende Stadt in Mittelmähren.

11,24 *Pejes:* Orthodoxe Juden dürfen ihren Kopf nicht rundum scheren und tragen deshalb Schläfenlocken, jiddisch »Pejes« genannt.

15,13 *Kragen:* Hemden hatten abknöpfbare Kragen, die man separat waschen und stärken konnte.

15,17 *Manschetten:* hier separate steife Manschetten, die über den Ärmelabschluss geschoben und seitlich geknöpft wurden.

15,32 *»Fünf Wochen im Ballon«:* erster Abenteuerroman von Jules Verne (1828–1905), erschienen 1863 in Frankreich (*Cinq semaines en ballon;* 1874 in tschechischer Übersetzung).

16,7 *Studenten:* im Tschechischen ältere Gymnasiasten, Abiturienten und Hochschüler.

19,2 *Buchteln:* süße, gefüllte oder ungefüllte Hefeteigtaschen, die im Ofen gebacken werden. B. sind eine typische Mehlspeise der böhmischen Küche.

19,4 f. *Bezirkshauptmannschaft:* in Österreich bzw. Böhmen mittlere Verwaltungsbehörde, vergleichbar einem deutschen Landkreis.

20,1 *»Cercle français«:* »französischer Zirkel«, d. h. eine kulturelle Organisation, die sich der Förderung der französischen Sprache und der frankophonen Kultur widmet (Vorläufer des *Institut Français*).

20,7 f. *Winzer in Frankreich:* 1911 gab es heftige Winzerstreiks in der Champagne

20,8 *Unruhen wegen der Stadt Skadar:* 1912 beanspruchten Serbien und

Montenegro die bis 1913 unter osmanischer Herrschaft stehende albanische Stadt Shkodra (serbokroat. Skadar; alter deutscher Name nach dem Italienischen: Scutari) jeweils für sich; 1914 wurde die Stadt auf Druck der Großmächte Albanien zugeschlagen.

20,9 *Blériot den Ärmelkanal überflogen:* 1909 überflog der französische Flugpionier Louis Blériot (1872–1936) als erster Mensch den Ärmelkanal.

20,13 *Bogenlampen:* Das Licht der Kohlenbogenlampen entsteht durch einen in der Luft brennenden Lichtbogen zwischen zwei Elektroden aus Graphit (»Kohle«); diese Lampen lieferten die erste elektrische Beleuchtung in Städten.

21,12 *Orchestrion:* mechanisches Musikinstrument, das mit gelochten Papierstreifen (Notenrollen) funktioniert und ein ganzes Orchester ersetzt.

22,1 *blakte:* rußte, qualmte.

23,18 f. *Gedenke, o Mensch …:* Worte aus der katholischen Aschermittwoch-Liturgie (»Gedenke, o Mensch, dass du Staub bist und wieder zum Staub zurückkehren wirst«; nach Psalm 90,3), die beim Auftragen des Aschekreuzes auf die Stirn des Gläubigen gesprochen werden und an die Vergänglichkeit des Menschen erinnern sollen.

26,7 *Luzerne:* landwirtschaftlich genutzte Kleeart.

26,9 *Häusler:* Kleinbauern mit sehr geringem Grundbesitz, aber eigenem Haus.

26,16 *Schafbock:* umgangssprachliche Bezeichnung für tschechische Protestanten.

26,18 *Böhmischen Brüder:* Als »Schafböcke« wurden vor allem die Böhmisch-Mährischen Brüder bezeichnet, eine bedeutende protestantische Sekte, die sich am Urchristentum ausrichtete. Ihr lokaler Schwerpunkt lag in Ostböhmen, in Deutschland im sächsischen Herrnhut.

29,16 f. *der Türspion sich öffnete:* Loch in der Haustür mit einer innen angebrachten Verschlussklappe.

29,27 *Einbrennsuppe:* aus Mehl und Fett wird im Topf ein »Einbrenn«, also eine Mehlschwitze, hergestellt und daraus durch Aufgießen mit Wasser eine Suppe gekocht.

30,21 *Dreier:* Drei-Heller-Münze; vgl. Anm. zu 299,1.

30,30 f. *der Landesherr in Jägertracht:* Franz Josef I., Kaiser von Österreich, König von Ungarn und Böhmen.

31,2 *Sgraffito:* Stucktechnik der italienischen Renaissance, bei der Putzteile dekorativ abgekratzt werden; besonders in Böhmen verbreitet.

35,21 f. »*Lasst … Herren … .*«: im Original auf Deutsch.

35,25 »*Liedes der Arbeit*«: seit 1868 Hymne der österreichischen Arbeiterbewegung und Sozialdemokratie.

37,5 *Bartriemen:* Streichriemen aus Leder für die Feinschärfung des Rasiermessers.

37,9 *Kontumation:* Begriff aus der österreichischen Amtssprache für Quarantäne, also für die Isolation von Tieren oder Menschen, die als Überträger einer Krankheit gelten.

37,25 *Katafalk:* Gerüst bzw. Unterbau zur Aufbahrung Verstorbener im offenen oder geschlossenen Sarg.

38,16 *Kalixtiner:* eigentlich »Kelchner«, von lat. *calix* ›Kelch‹; gemäßigte protestantische Hussiten, auch Utraquisten genannt, die beim Abendmahl auch Wein aus dem Kelch zu trinken pflegten. Sie setzten sich im 15. Jahrhundert in Böhmen religiös und politisch durch.

38,33 *Korallenvorhang:* vgl. Vorhänge aus Plastikperlen auf Schnüren zum Schutz vor Fluginsekten.

39,2 *Sterbeglöckchens:* Glocke, die beim Begräbnis geläutet wird.

39,19 *Konduktes:* Kondukt: das feierliche Geleit eines Sarges zur Grabstelle.

40,13 *Prinzipal:* der Chef, der Leiter.

40,17 f. *Rosoliolikör:* vor allem im 19. Jahrhundert beliebter italienischer Likör aus Rosenblättern.

41,23 *mit dem Grafen Esterházy:* Kaiserin Elisabeth von Österreich (1837–1898) soll jedoch tatsächlich ein Verhältnis mit dem ungarischen Grafen Gyula Andrássy (1823–1890) gehabt haben.

41,32 *Lucheni:* 1898 wurde Kaiserin Elisabeth in der Schweiz von Luigi Lucheni (1873–1910), einem italienischen Anarchisten, mit einer Feile erdolcht.

42,3 *Sanhedrin:* »Hoher Rat«, höchste politische und religiöse Instanz der Juden in der Antike.

44,9–11 *Dem Propheten … haben sie zerrissen:* 2. Könige 2,23: Als Kinder dem Propheten Elisa »Kahlkopf, Kahlkopf« hinterherrufen, schickt Gott zwei Bären, die 42 Kinder zerreißen.

44,14 f. *Indianerkrapfen:* Biskuitgebäck mit Schokoladenguss und Sahnefüllung.

44,15 *Seidenbonbons:* Karamellbonbons mit seidigem Glanz.

48,11 *Konversationslexikons:* Gemeint ist *Ottův slovník naučný* (»Ottos

Konversationslexikon«), das von 1888 bis 1909 als eine Art tschechischer Brockhaus erschien. Dessen zweiter Band umfasst tatsächlich die angeführten Schlagwörter.

48,11 f. »*Alqueire*« – »*Ažušak*«: Alqueire: ein portugiesisches Volumenmaß, Ažušak: ein Götzenbild der Ureinwohner von Kamtschatka.

50,11 *ohne Kragen:* vgl. Anm. zu 15,13.

50,15 *Opanken:* sandalenähnliche Schuhe keltischen Ursprungs; werden bis heute auf dem Balkan und im Orient getragen.

50,17 *Kasim:* ist auch ein reicher Kaufmann und Bruder des armen Ali Baba aus der Geschichte »Ali Baba und die 40 Räuber« aus der Märchensammlung *1001 Nacht,* die im 8. Jahrhundert aus dem Persischen ins Arabische übertragen worden war.

52,11 *Cancan:* schneller, französischer Tanz, der um 1830 in Paris entstand und schnell verboten wurde, da man den Tänzerinnen bei hohen Beinwürfen unter die Röcke schauen konnte.

52,13 *Primas:* erster Geiger in einer Zigeunerkapelle.

54,31 *Kredenz:* Anrichte.

54,33 *Gobelinbilder:* bestickte Wandteppiche.

55,9 *Carros:* Gemeint ist der Luftfahrtpionier Roland Garros (1888–1918), der 1913 mit 4250 Metern einen Höhenrekord aufstellte.

55,22 *Kuchelbad:* Chuchle, dt:. Kuchelbad, Vorort von Prag, mit bekannter Pferderennbahn.

Graf Latham: Hubert Latham (1883–1912), französischer Flugpionier, umrundete mit seinem Flugzeug 1910 zweimal (nicht dreimal) den Eiffelturm, war aber kein Graf.

56,14 *Kolatsche:* süßes, rundes Gebäck mit Mohn-, Quark- oder Pflaumenmusfüllung – auch das eine typisch böhmische Mehlspeise.

57,5 *Terno:* drei richtige Zahlen in der Ziehung.

57,5 f. *Ambo secco:* Ambo: zwei richtige Zahlen; Ambo secco: zwei richtige Zahlen in nur einer Ziehung.

58,4–9 *Lotteriekollektant … Brünn:* Die staatliche österreichische Lotterie wurde von konzessionierten Lotteriekollektanten (Loseinsammlern) betrieben. Es fanden u. a. Ziehungen in Prag und in Brünn statt, bei denen maximal fünf Zahlen gezogen wurden.

59,23 *Professor:* ein »Gymnasialprofessor«, also ein Studienrat.

60,15 *Alpha und Omega:* der erste und der letzte Buchstabe des griechischen Alphabets; sie stehen hier für Anfang und Ende, für Gott und Christus (der sich in der Offenbarung des Johannes so bezeichnet).

65,8 *Tragödie von Mayerling:* Kronprinz Rudolf von Habsburg (1858–1889) erschoss auf Schloss Mayerling zuerst seine Geliebte, die Baroness Mary von Vetsera (1871–1889), und dann sich selbst.

66,4 *Kutscher Bratfisch:* Josef Bratfisch (1847–1892), Leibfiaker des Kronprinzen, hatte ihn zusammen mit Mary von Vetsera nach Mayerling gefahren (vgl. Anm. zu 65,8).

67,10 »*Protokolle der Weisen von Zion*«: aus verschiedenen fiktionalen Quellen zusammengestelltes Dokument, das eine jüdische Weltverschwörung belegen soll. Eine erste Version erschien 1903 in Russland. 1921 wurden die »Protokolle« in der Londoner *Times* als dreiste Fälschung entlarvt.

67,11 *Sanhedrin:* vgl. Anm. zu 42,3.

67,21 *Rabbiners Raschi:* Schlomo Jizchaki, auch: Schlomo ben Jizchak, Schelomo ben Isaak, Salomo ben Isaak oder Rabbi Schlomo Jizchaki, jedoch meist Raschi (1040–1105), berühmter jüdischer Talmudkommentator aus dem französischen Troyes. Das Zitat ist nicht nachweisbar.

67,32 *J. Gross-Hoffinger:* Anton Johann Gross-Hoffinger (1808–1875), Verfasser zahlreicher Bücher mit historisierend-erotischem Einschlag, wie z. B. *Das galante Wien, Cilli, die Tirolerin* oder *Mönch und Gräfin.*

69,11 *Gartenaltan:* Altan: vom Boden aus durch Säulen, Mauerwerk oder hier eine Holzkonstruktion gestützter Anbau.

70,23 *Tschako:* hohe Uniformmütze österreichischer Offiziere und Beamter.

70,30 *Taburett:* Schemel, Hocker.

74,3 *Karyatiden:* Skulptur einer weiblichen Person, die in der Architektur eine Säule oder einen Pfeiler ersetzt.

74,17 *Ite missa est:* (spätlat.) wörtl.: »Geht, das ist die Entlassung«; Entlassungsruf am Ende der katholischen Messe (»Gehet hin in Frieden!«).

74,28 f. *ängstlich vor den Sonnenstrahlen:* entsprechend dem damaligen Schönheitsideal, das einem blassen Teint huldigte (als Ausweis dafür, nicht unter freiem Himmel arbeiten zu müssen und so nicht den niederen Ständen anzugehören).

75,15 *Pepitastoff:* Pepita: schwarz-weiß karierter Stoff, heute noch oft verwendet bei Hosen für Köche.

80,10 *achten Rangklasse:* Die österreichische Rangklasse VIII entsprach der heutigen deutschen Besoldungsstufe A 13, also der eines Studienrats, Regierungsrats oder Majors.

80,15 *Čárská:* tschechische Namensform für die russische Schriftstellerin Lidija Alekseevna Čarskaja (1875–1937), die vor allem in der Zeit nach 1900 populäre und damals als modern geltende Jugendromane aus der Welt der Gymnasiastinnen schrieb.

80,15 f. *»Drei Musketiere«: Les Trois mousquetaires,* berühmter historischer Abenteuerroman von Alexandre Dumas (1802–1870), in Frankreich 1844, in tschechischer Übersetzung 1851 erschienen.

80,21 *F. X. Šalda:* František Xaver Šalda (1867–1937), berühmter tschechischer Literaturkritiker und Theoretiker. Veröffentlichte 1913 das Buch *Duše a dílo* (»Werk und Seele«), das sich mit der geistigen Basis dichterischen Schaffens auf der Grundlage des Romantizismus beschäftigt.

83,9 f. *Cercle français:* vgl. Anm. zu 20,1.

83,32 *Miss Pankhurst:* Emmeline Pankhurst (1858–1928), radikale britische Feministin, die sich zusammen mit anderen Suffragetten für das Frauenwahlrecht einsetzte. 1913 wurde sie wegen eines Bombenanschlags zu einer mehrjährigen Gefängnisstrafe verurteilt.

85,17 *vom kranken Mann am Bosporus:* Bezeichnung der internationalen Presse des 19. Jahrhunderts für das Osmanische Reich, das als »krank« galt. Das Osmanische Reich hatte – neben einem großen inneren Reformstau – im 19. Jahrhundert und zu Beginn des 20. Jahrhunderts große Gebietsverluste in Europa und Afrika hinnehmen müssen.

85,20 *Skadar:* vgl. Anm. zu 20,8.

86,5 f. *In Prag … die Bierpreise:* Zwar nicht in Prag, aber in Náchod, Ostböhmen, wurden die Bierpreise erhöht, wo es aus diesem Grunde 1908 sogar zu Straßenschlachten kam.

89,25 f. *Esperanto:* 1887 von dem Augenarzt Ludwik Lejzer Zamenhof (1859–1917) entworfene Kunstsprache, die heute noch von Einzelnen in über 100 Ländern gepflegt wird; Zamenhofs Pseudonym »Doktoro Esperanto« (»Doktor Hoffender«) wurde zum Namensgeber der Sprache.

89,32 *Jarda:* (tschech.) familiäre Rufform von »Jaroslav«.

90,15 *Balkankrieg:* Im ersten Balkankrieg 1912/13 kämpften Montenegro, Serbien und Bulgarien gegen das Osmanische Reich (vgl. Anm. zu 20,8).

90,33 *Piedestal:* Postament bzw. Sockel für Säulen oder Statuen, oft reich verziert.

91,4 f. *»Meine liebste Baruschka«:* tschechisches Volkslied: »Má roztomilá Baruško, vem mě sebou na lůžko« – »Meine liebste Baruschka [Barbara], nimm mich zu dir ins Bett …«

91,22 *Machar:* Josef Svatopluk Machar (1864–1942), bedeutender Dichter und Autor des Manifests der tschechischen Moderne.

91,23 *Bezruč:* Petr Bezruč (1867–1958), bedeutender tschechischer Dichter des Symbolismus.

92,28 f. *›Kreuzungen‹:* tschech. *Křižovatky,* von Fráňa Šrámek (1877–1952) verfasster, 1913 erschienener Roman über eine Jugendgeneration voller Skepsis und Pessimismus.

92,29 *›Schwarzen Jäger‹:* tschech. *Černí myslivci,* von Růžena Svobodová (1868–1920) verfasste, 1908 erschienene sentimentale Erzählungen über geheimnisvolle Frauenliebe in den mährischen Beskiden.

92,29 f. *›Zehn Jahre gegen den Strom‹:* tschech. *Deset let proti proudu,* von Jan Herben (1857–1936) verfasste, 1898 erschienene berufliche und politische Erinnerungen dieses wichtigen Journalisten aus den Jahren 1886 bis 1896.

93,25 *Olda:* Rufform von Oldřich (altdt. Udalrich, dt. Ulrich), einem ziemlich gebräuchlichen tschechischen Vornamen.

96,8 f. *Selchfleisch:* Fleisch, das durch Pökeln und Räuchern haltbar gemacht wurde (auch »Rauchfleisch«, »Geselchtes«).

96,18 f. *ich bin ein Student ... ich hab mich verbrennt:* Kursive Stellen sind im Original auf Deutsch.

96,24 f. *Laudamus, laudatis, laudant:* (lat.) »Wir loben, ihr lobt, sie loben«.

96,26 f. *Als männlich merke -er, -or, -os, zum Beispiel carcer, labor, flos:* klassischer (deutscher) Schülermerkspruch für die Bestimmung des Geschlechts lateinischer Substantive (*carcer* ›Kerker‹; *labor* ›Arbeit‹; *flos* ›Blume‹). Im Original wird ein entsprechender tschechischer Merkspruch benutzt.

97,12 *Zichorie:* Wegwarte; eine Kulturform, die Wurzelzichorie, wird bei der Herstellung von Ersatzkaffee verwendet.

98,28 f. *a, ab, abs ... prae:* Diese Präpositionen werden im Lateinischen mit dem Ablativ verbunden, Präpositionen mit dem Dativ kennt das Lateinische nicht.

99,14 *Sgraffitomalereien:* vgl. Anm. zu 31,2.

103,3 *Fes:* früher gebräuchliche Kopfbedeckung vor allem von Staatsbeamten im Orient und auf dem Balkan in Form eines Kegelstumpfes mit Deckel, meist aus rotem Filz mit schwarzer Quaste; benannt nach der Heimatstadt des Erfinders, Fès in Marokko.

106,20 *hebräischen Uhr:* entsprechend der Leserichtung des Hebräischen retrograd bzw. gegen den Uhrzeigersinn bzw. von rechts nach links laufend.

106,21 *die Scheuern Pharaos:* Anspielung auf den im Alten Testament geschilderten Traum des Pharao von den sieben fetten und den sieben mageren Rindern, den ihm Josef als kommende sieben fette und sieben magere Jahre ausdeutet; er legt ihm nahe, in den Jahren des Überflusses die Kornspeicher zu füllen, um in den Jahren der Dürre eine Hungersnot zu vermeiden (Genesis 41,1–56).

107,5 *Čas:* »Zeit«; wichtige, kulturell einflussreiche Zeitschrift der liberalen »Realisten«, zu denen auch der spätere Präsident T. G. Masaryk (1850–1937) gehörte.

107,6 *XX. věk:* »XX. Jahrhundert«; konservative und antisemitische Zeitung der Katholischen Volkspartei.

Národní listy: »Nationale Blätter«; einflussreiche Zeitung der national-liberalen Jungtschechen.

107,7 *Právo lidu:* »Recht des Volkes«; Blatt der Sozialdemokraten.

Národní politika: »Nationale Politik«; einflussreiche Zeitung des nationalkonservativen Bürgertums.

107,15 *»Vydras Plaudereien«:* tschech. *Vydrovy besedy*; populäres humoristisches Unterhaltungsblatt.

107,15 f. *»Heilige Adalbert«:* tschech. *Svatý Vojtěch*; konservatives Kirchenblatt.

108,22 *achten Rangklasse:* vgl. Anm. zu 80,10.

109,28 f. *mährisch-slowakischen:* Die Mährische Slowakei bildet den südöstlichen Teil Mährens und ist bis heute eine kulturell eigenständige Region mit lebendiger Tradition; bekannt sind die buntbestickten Trachten.

109,30 *Majolikakrüge:* farbig glasierte Bier- oder Weinkrüge aus weichem Steingut; oft mit Deckel, etwa aus Zinn.

109,34 *Uprka:* Joža Uprka (1861–1940), bekannter mährischer Maler und Grafiker der Sezession, vertrat einen folkloristischen Dekorativismus mit Einflüssen aus der Mährischen Slowakei.

110,2 *Stores:* lichtdurchlässige Gardinen.

113,9 f. *»Maryčka Magdónova«:* populäres Gedicht von Petr Bezruč (1867–1958) aus dessen Sammlung *Slezské písně* (»Schlesische Lieder«) von 1909, das schwülstig-sozialkritisch den verzweifelten Selbstmord eines jungen Mädchens besingt:

»Šel starý Magdon z Ostravy domů, v bartovské harendě večer se stavil, s rozbitou lebkou do příkopy spad. Plakala Maryčka Magdonova« – »Es ging der alte Magdon aus Ostrau nach Hause, in der Kneipe von Bartov kehrte er ein, mit zerbrochenem Schädel in den Straßengraben er fiel. Es weinte Maryčka Magdonova«. Nachdem lyrisch alle Facetten des hoffnungslosen Lebens der Heldin aufgezeigt wurden, stürzt sich Maryčka Magdonova von einem Felsen in die Tiefe.

114,31 *Thujen:* Thuja: Nadelbaum, auch »Lebensbaum« genannt.

115,8 *Turkestan:* frühere Bezeichnung für ein Gebiet zwischen Kaspischem Meer im Westen und der Wüste Gobi im Osten bzw. Sibirien im Norden und Tibet, Indien und Afghanistan im Süden.

115,14 *»Abdul Hamid«:* auch: Abdülhamid (1842–1909); osmanischer Sultan, der, besonders wegen seiner Grausamkeit bekannt, 1909 wegen Inkompetenz abgesetzt wurde.

115,22 *Marco Polo:* venezianischer Kaufmann (1254–1324), der durch die – teilweise widersprüchlichen – Berichte von seiner Reise nach China berühmt wurde.

116,4 f. *»Als Herr Johannes aus dem Rosstor hinausging«:* populäres »Altprager« Lied des bis heute berühmten Lieddichters Karel Hašler (1879–1941), der im KZ Mauthausen ermordet wurde: »Když šel pan Johanes za Koňskou bránu, potkal tam náhodou rozmilou panu. Tralala, lalala tralala, lalalála náhodou rozmilou panu« – »Als Herr Johannes aus dem Rosstor hinausging, traf er dort zufällig eine allerliebste Jungfer, Tralala lalala tralala, lalalala, zufällig eine allerliebste Jungfer«. Am Ende des Liedes hat die Jungfer ihre Jungfernschaft verloren.

122,19 *Lazarus:* Gemeint ist das Gleichnis vom armen Lazarus in Lukas 16,19–31: Lazarus lebt nur von den Resten, die vom Tische des Reichen fallen, während Hunde seine Geschwüre lecken. Lazarus kommt in den Himmel, nicht aber der Reiche.

123,20 *Bogenlampen:* vgl. Anm. zu 20,13.

124,6 *Havelock:* englischer Mantel mit Armlöchern, aber ohne Ärmel, um 1900 sehr beliebt.

130,5 *linken ... rechten:* genau falsch herum (Versehen des Autors oder bewusste Bloßstellung des Vaters?).

130,29 *Bethmann-Hollweg:* Theobald von Bethmann-Hollweg (1856–1921), von 1909 bis 1917 Reichskanzler des Deutschen Reiches.

130,30 *Sandschak:* Verwaltungseinheit im Osmanischen Reich.

Novi Pazar: historische Region im Süden Serbiens, die bis 1913 zum Osmanischen Reich gehörte. 1878 erhielt Österreich auf den Sandschak ein militärisches Zugriffsrecht, verzichtete aber 1908 wieder auf das Gebiet.

131,10 f. *Botschafterkonferenz:* Konferenz in London 1912/13; verhandelt wurde über die Loslösung von Gebieten aus dem Osmanischen Reich, z. B. Albanien.

131,14 *Pardubitz:* tschech. Pardubice; wichtige Industriestadt in Ostböhmen.

131,25 *der Kaiser am Leben ... nichts passieren:* Kaiser Franz Joseph I. von Österreich (1830–1916) war bei Ausbruch des Ersten Weltkrieges 84 Jahre alt und seit 66 Jahren Kaiser.

133,26 *Sanhedrin:* vgl. Anm. zu 42,3.

134,9 *Oberst Redl:* Alfred Redl (1864–1913), österreichischer Oberst und Nachrichtenoffizier, spionierte seit 1903 für die Russen. Diese hatten ihn damit erpresst, seine Homosexualität publik zu machen.

134,11 *Eydtkuhnen:* Gemeinde in Ostpreußen. Letztlich wurde Oberst Redl durch einen an das dortige Ausgabepostamt zurückgesandten Brief überführt, der 6000 Kronen Bestechungsgeld enthielt. Der Brief konnte in Wien nicht zugestellt werden, da Redl inzwischen in Prag stationiert war, und wurde deshalb geöffnet.

134,22 f. *»Protokolle der Weisen von Zion«:* vgl. Anm. zu 67,10.

134,26 f. *Zerstörung des Tempels:* Der Tempel in Jerusalem wurde von den Römern im Jahre 70 n. Chr. zerstört.

135,11 *Professor Masaryk:* Tomáš Garrigue Masaryk (1850–1937), liberaler Politiker und ab 1918 erster Präsident der Tschechoslowakei. Er wurde 1886 heftig angegriffen, weil er nachgewiesen hatte, dass die sogenannte »Königinhofer Handschrift« nicht aus dem Mittelalter stammt, sondern eine moderne Fälschung ist. Von nationalistischen Kreisen wurde ihm dies als Verrat am tschechischen Volk gegenüber den Deutschen vorgeworfen.

135,18 *Juuuden Hilsner:* Leopold Hilsner (1876–1928), Jude aus Mähren, der 1899 zu Unrecht wegen eines angeblichen Ritualmordes verurteilt wurde. Masaryk konnte eine erfolgreiche Revision des Verfahrens erwirken. Die sogenannte »Hilsneride« ist in Tschechien eine bis heute berühmte Affäre, die Parallelen zur französischen Dreyfusaffäre aufweist.

136,9 *Sokol:* »Falke«; streng nationalistisch ausgerichteter tschechischer Turnverein nach dem Vorbild des deutschen Turnvaters Jahn. Die Mitglieder wurden »Sokoln« genannt.

145,7 *Ordentlich bin ich gekommen, ordentlich gehe ich wieder weg:* Verball-hornung des eröffnenden Liedes aus Franz Schuberts (1797–1828) *Winterreise* nach Gedichten von Wilhelm Müller (1794–1827): »Fremd bin ich eingezogen, / Fremd zieh ich wieder aus«.

156,29 *Hinweg mit den Tyrannen all und den Verrätern:* erste Zeile des Liedes »Rudý prapor« (»Rote Fahne«), eines seit 1891 bekannten Liedes revolutionärer tschechischer Arbeiter und Studenten; ursprünglich ein Lied der Pariser Kommune (»Le drapeau rouge«), kam es als Übersetzung aus dem Polnischen (als »Czerwony sztandar«) nach Böhmen.

163,27 *Präsidenten Fallières:* Armand Fallières (1841–1931), von 1906 bis 1913 Ministerpräsident Frankreichs und Mitbegründer der Entente zwischen Frankreich, England und Russland.

163,31 *Kaiser Wilhelms:* Wilhelm II. (1859–1941), von 1888 bis 1918 der letzte deutsche Kaiser.

163,31 f. *den Kreuzer Panther nach Agadir:* 1911 entsandte Kaiser Wilhelm II. das Kanonenboot »Panther« nach Agadir in Marokko, um beim kolonialen Wettlauf um Afrika Druck auf die Franzosen auszuüben.

166,2 f. *»Oh, Schlafcoupé … heute mein …«:* Walzer aus der Operette *Die geschiedene Frau* aus dem Jahre 1908 von Leo Fall (1873–1925); im Original auf Deutsch.

168,33 f. *»Lied der Arbeit«:* vgl. Anm. zu 156,29.

172,17 *Liwanzen:* tschech. *lívance*; hier: Austriazismus für eine bekannte böhmische Mehlspeise, auch »Dalken« oder »Dalkerln«, tschech. *vdolky*. In einer speziellen Pfanne wird Hefeteig in Schweineschmalz ausgebacken und anschließend mit Pflaumenmus oder einer Mischung aus Mohn, Zucker und Zimt bestrichen.

173,29 *Lampassen:* rote Streifen an den Uniformhosen von Offizieren.

174,29 *böhmischer Staatsrechtler:* Anhänger der »Česká strana státoprávní« (»Tschechische staatsrechtliche Partei«), die radikal und nationalistisch einen unabhängigen tschechischen Staat auf der Grundlage des alten böhmischen Staatsrechtes forderte.

175,7 f. *Potpourri:* Zusammenstellung bekannter Melodien (nach frz. *pot pourri* ›Eintopf‹).

178,1 *Dichter Machar:* Jan Svatopluk Machar (1864–1942), tschechischer Dichter und Schriftsteller, der gesellschaftskritisch u. a. Institutionen wie die bürgerliche Liebe und Ehe angriff.

178,1 f. *irgendeines Kirchenkonzils:* Tatsächlich handelt es sich um einen populären Ausspruch des Kirchenvaters Hieronymus (347–420).

178,5 *Vambeřice:* dt. Albendorf, poln. Wambierzyce, bekannter Pilgerort in der Grafschaft Glatz/Schlesien. Die Grafschaft Glatz war ursprünglich böhmisch, dann preußisch, heute polnisch. Bis 1945 lebte dort eine tschechische Minorität.

179,12 f. *»Innig geliebte teuerste Bertha!«:* im Original auf Deutsch.

179,14 *Tschako:* vgl. Anm. zu 70,23.

179,16 f. *18. I. R:* k. u. k. böhmisches Infanterie-Regiment Nr. 18 mit Ergänzungsbezirk Königgrätz / Hradec Králové. Die Bezirksstadt selbst liegt im ostböhmischen Kreis Königgrätz.

180,17 *Marketenders:* Marketender/-in: Begleiter oder Begleiterin eines militärischen Trupps, der oder die die Soldaten mit Medikamenten, Essen und allem weiteren Bedarf versorgte.

180,27 f. *die bewegten Ereignisse des sechsundsechziger Jahres:* Der Preußisch-österreichische Krieg 1866 endete mit einer gewaltigen Niederlage Österreichs bei der Schlacht von Königgrätz / Hradec Králové.

181,21 *»Feuer einstellen!«:* Hier und im Folgenden sind die kursiven Stellen im Original auf Deutsch.

183,25–29 *... die tapfere Armee ... Herzegowina:* bis heute bekanntes und in tschechischen Kneipen bzw. Hospodas gesungenes Soldatenlied aus dem Okkupationsfeldzug von 1878, in dem Österreich blutig die ehemals osmanischen Provinzen Bosnien und Herzegowina eroberte.

184,27 *»Veni Sancte«:* (lat.) »Veni Sancte Spiritus« – »Komm, Heiliger Geist«; Bitte um Herabkunft des Heiligen Geistes; der Hymnus ist Teil der katholischen Messliturgie an Pfingsten.

185,31 *Basilika:* Bezeichnung für einen meist dreischiffigen Kirchenbautyp; außerdem ein päpstlicher Ehrentitel für besonders ehrwürdige Kirchen.

185,32 *Pawlatsche:* Austriazismus für einen zumeist offenen Laubengang im Inneren von Häusern, der typisch für die Bauweise vieler Länder der österreichischen Monarchie war.

187,17 *Firnis:* farbloser Schutzanstrich.

191,9 *Halbpelz:* in der Taille anschließender Pelz, der bis zu den Knien reicht.

191,23 *Karyatiden:* vgl. Anm. zu 74,3.

193,2 *Katafalk:* vgl. Anm. zu 37,25.

196,14 *Regenpelerine:* Pelerine: meist hüftlanger, ärmelloser Umhang, Cape; hier zum Schutz vor Regen über der Dienstkleidung getragen.

197,18 *m.:* (Abk.) mein.

197,24 *Schmock:* jiddisches Wort für einen unangenehmen, geschwollen daherredenden Angeber.

197,31 *primissima:* italienisierender Superlativ zu *prima* ›erstklassig‹: ›hervorragend, ausgezeichnet‹.

207,30 *Klári:* tschechische Koseform von Klára.

208,12 *Pejes:* vgl. Anm. zu 11,24.

209,17 *Klárka:* Koseform von Klára.

210,10 *Pelerinen:* vgl. Anm. zu 196,14.

211,30 *Sanhedrin:* vgl. Anm. zu 42,3.

212,5 *Grubenlampe:* Lampe, die bei der Arbeit im Bergwerk bzw. unter Tage eingesetzt wird (keine Helmlampe, sondern eine Traglampe).

212,9 *Togen:* Plural von Toga, Gewand der Römer, bestehend aus einem Tuch, das mit einer Schnalle an der Schulter zusammengehalten wurde.

213,16 *Plauz':* die Plauze, den dicken Bauch.

214,4 f. *»Auf der Kaiserwiese, da steht eine Pappelallee«:* bis heute populäres Altprager Lied von Karel Hašler; vgl. hier Anm. zu 116,4 f., »Na Cisařské louce stojí řada topolů, často jsme tam s mojí milou dlely pospolu« – »Auf der Kaiserwiese steht eine Pappelallee, dort weilten meine Liebste und ich oft miteinander«. Zum Schluss treffen beide sich nicht mehr auf der Wiese, und von der Liebe bleiben nur die Pappeln.

215,10 *Zymbal:* mit Klöppeln geschlagenes Saiteninstrument, Hackbrett, ähnlich einer Zither.

215,16 *Mnoga ljeta … živio!:* (serbokroat.) »Viele Jahre, viele Jahre, viele Jahre, sie leben hoch!« Ein im 19. Jahrhundert in Böhmen und Mähren von den Südslawen übernommener, gesungener Gratulationsspruch. Die Südslawen galten zu dieser Zeit als urige Naturburschen. Der Spruch ist bis heute im Gebrauch.

217,26 *Rosoliolikör:* vgl. Anm. zu 40,17 f.

218,15 *»Monatsschrift für Kunst«:* tschech. *Umělecký měsíčník,* von 1911 bis 1914 erschienene bedeutende Kunstzeitschrift der tschechischen Avantgarde, insbesondere des Kubismus.

219,27 *Sanhedrin:* vgl. Anm. zu 42,3.

220,10 *die Handschriften:* Königinhofer Handschrift (tschech. *Rukopis královédvorský*), auch im Plural verwendet; eine angeblich 1817 entdeckte mittelalterliche Liedersammlung in alttschechischer Sprache, die nicht zuletzt die tschechische Romantik und Geschichtsschreibung stark beeinflusst hat. Zwischen etwa 1860 und 1890 kam es zu einem erbitterten Streit um die Echtheit des Textes, der zuletzt als geniale Fälschung entlarvt wurde. Gerade konservative Kreise hielten jeden Zweifel an den Handschriften für eine Beleidigung der tschechischen Nation (vgl. Anm. zu 135,11).

221,11 *»Futuristische Manifest«:* Der Futurismus als bedeutende Kunstbewegung der Moderne wurde mit der Veröffentlichung des »Futuristischen Manifests« im Jahre 1909 in der Zeitung *Le Figaro* begründet. Im Text wird hier nur ein kurzer Auszug aus dem Manifest wiedergegeben. Die tschechische Avantgarde, insbesondere der Herausgeber der *Umělecký měsíčník* (»Monatsschrift für Kunst«) Josef Čapek (1887–1945), war anfangs vom italienischen Futurismus begeistert.

221,12 *Marinetti:* Filippo Tommaso Marinetti (1876–1944), italienischer Schriftsteller und Begründer des Futurismus, alleiniger Autor des »Futuristischen Manifests«, später faschistischer Politiker.

226,3–5 *»Oh weh! … stoßen?«:* hier und im Folgenden Zitate aus Vernes Roman *Fünf Wochen im Ballon.*

231,17 *Pawlatschen:* vgl. Anm. zu 185,32.

231,25 *Glaskredenz:* Anrichte mit Glastüren.

234,17 f. *das Bild eines Zuges:* einer der ersten und gleichzeitig berühmtesten Filme in der Geschichte, nämlich *L'Arrivée d'un train en gare de La Ciotat* (*Die Ankunft eines Zuges auf dem Bahnhof in La Ciotat*) der Gebrüder Auguste und Louis Lumière von 1895 (Erstaufführung 1896). Bei Vorführungen dieses Films sollen Panikausbrüche und Ohnmachtsanfälle im Publikum an der Tagesordnung gewesen sein, da die Zuschauer nicht zwischen Realität und Abbild unterscheiden konnten und befürchteten, im nächsten Moment überfahren zu werden.

236,12 *Mores:* (lat.) Sitten bzw. Anstand.

236,22 *Barkarole aus »Hoffmanns Erzählungen«:* ursprünglich ein venezianisches Gondel- oder Schifferlied; eine besonders berühmte B. stammt aus der »Phantastischen Oper« *Hoffmanns Erzählungen* von Jacques Offenbach (1819–1880).

236,30 *»Glocken von Corneville«:* Operette von Robert Planquette (1848–1903), *Les Cloches de Corneville,* uraufgeführt am 19. April 1877.

237,1 *»Es war einmal«:* süßliches, die Erinnerung beschwörendes Solo-Lied aus der Operette *Im Reiche des Indra* von Paul Lincke (1866–1946), beliebt bei Tenören der Zeit.

237,10 *bunte:* Um 1900 war die Blüte der frühen Filmkoloration, bei der Schwarz-Weiß-Filme oder -Fotos nachträglich manuell eingefärbt wurden.

238,15 *Mack Sennett:* (1880–1960), als Schauspieler, Regisseur und Produzent einer der Begründer der amerikanischen Slapstick-Komödie in der Stummfilmzeit.

239,2 *»Herkulesbad«:* »Souvenir de Herkulesbad«, Walzer des österreichischen Komponisten Jakob Pazeller (1869–1957).

239,14 *Asta Nielsen:* weltberühmte dänische Stummfilmschauspielerin und Göttin der Leinwand (1881–1972), der der Wechsel zum Tonfilm nie gelang.

239,18 *Valdemar Psilander:* damals bekannter dänischer Stummfilmschauspieler (1884–1917); drehte mit Asta Nielsen 1911 zwei Filme.

241,23 f. *weißelten:* weißeln: mit Kalk streichen (vgl. Anm. zu 9,21).

244,4 *»Oh jé, supé, oh schamber separé . . .«:* eigtl.: »Oh, j'ai suppé (dans la) chambre séparée«, dt. ungefähr: »Oh, ich habe festlich im Chambre separée (einem abgeschiedenen Zimmer) gegessen«.

247,3 *Kranzjungfern:* Ehrenjungfrauen; junge Mädchen, die bei offiziellen Festen und Jubiläen die zu Ehrenden begrüßten.

247,12 *Hemdbrüste:* »Hemdbrust« oder »Vorhemd«: Kleidungsstück, das um 1900 getragen wurde; es bestand aus stoffüberzogenem Karton und wurde zwischen Weste und Hemd getragen und auf dem Rücken mit Schnüren zusammengebunden.

247,13 *Manschetten:* vgl. Anm. zu 15,17.

248,30 f. *der Freisinnigen Nationalpartei:* tschech. »Národní strana svobodomyslná«, bis 1914 die wichtigste politische Kraft in Böhmen und Mähren. Die sogenannten »Jungtschechen« orientierten sich national-liberal und antiösterreichisch.

250,13 f. *vom Lied des Heimatlandes . . . rauschen:* tschech. »Bory šumí po skalinách«; Zitat aus der tschechischen Nationalhymne: »Kde domov můj, / kde domov můj? / Voda hučí po lučinách, / bory šumí po skalinách, / v sadě skví se jara květ, / zemský ráj to na pohled! / A to je ta krásná země, / země česká, domov můj, / země česká, domov můj!« – »Wo ist meine Heimat, / wo ist meine Heimat? / Das Wasser braust auf den Wiesen, / Wälder rauschen auf den Felsen, / im Garten strahlt des Frühlings Blüte, / es ist das irdische Paradies fürs Auge! / Und das ist das schöne Land, / das tschechische Land, meine Heimat! / Das tschechische Land, meine Heimat!«

250,22 f. *Mnoga ljeta . . . Živióóó!!!«:* vgl. Anm. zu 215,16.

251,10 *Freimaurerloge:* Organisationsform bzw. Versammlungsort der Freimaurer, einer Geheimgesellschaft, die sich den Idealen der Aufklärung verpflichtet sieht und Menschen verschiedener Religionen zu ihren Mitgliedern zählt. Freimaurerlogen wurden oft und gerne in Verschwörungstheorien eingebaut.

251,29 *mnogaja ljeta:* vgl. Anm. zu 215,16; hier in russischer und nicht serbokroatischer Zitierweise benutzt. Das »Mnogaja ljeta« ist insofern auch ein fester Bestandteil des russisch-orthodoxen Kirchenritus.

256,3 *anstelligen:* geschickten, nicht auf den Kopf gefallenen.

257,12 *Kuncová:* sprich: »Kuntzowah«, also »Frau Kunz«. Der dazugehörige Herr heißt »Kunc«, also »Herr Kunz«.

257,22 *nach der Matura:* nach dem Abitur.

258,30 *Albendorf:* vgl. Anm. zu 178,5.

258,32 f. *Der Abgeordnete zwinkerte ... zu:* Die »Freisinnige Nationalpartei« des Abgeordneten war betont antiklerikal.

260,4 f. *»František-Palacký-Viertel«:* František Palacký (1798–1876), Historiker und Politiker, der sich für die tschechische Nationalbewegung (Slawenkongress) eingesetzt und das Selbstbild des tschechischen Volkes entschieden mitgeformt hat.

261,2 *Heumahd:* gemähtes Gras.

261,15 *Nazdar:* wörtl. »Zum Heil!«; seit Mitte des 19. Jahrhunderts existierender, betont nationalistischer tschechischer Gruß, auch heute noch gebräuchlich, jedoch ohne jede politische Konnotation.

261,18 f. *Sacré Cœur:* Kirche und Kloster in Prag, von 1872 bis 1919 Internat nach französischem Vorbild für Mädchen aus wohlhabenden Familien.

261,21 *Dechanten:* Dechant oder Dekan: Vorsteher einer kirchlichen Verwaltungseinheit.

263,31 *»Alqueire – Ažušak«:* vgl. Anm. zu 48,11 f.

264,17 *»Hohes Haus!«:* im Original auf Deutsch.

267,15 *Zuckerhut:* früher übliche Transportform von Zucker (zusammengepresst), heute nur noch etwa bei der Feuerzangenbowle üblich.

269,14 *Grundeln:* kleine Süßwasserfische von etwa 10 Zentimetern Länge, die zu den Barschverwandten gehören, auch Bauchschmerlen oder Bartgrundeln genannt.

270,11 f. *Lorgnette:* Stielbrille; Lesehilfe mit zwei Brillengläsern, die mit einem angebrachten Griff (Stiel) vor die Augen gehalten wird.

275,18 *Secfusová:* sprich: »Setzfusowah«, also »Frau Setzfuß«.

275,21 f. *Oktavaner:* In den böhmischen Ländern wird anders gezählt: Primaner gehen in die erste Klasse des Gymnasiums, also die fünfte

Schulklasse, Oktavaner in die achte Gymnasialklasse, also die zwölfte Schulklasse.

277,28 *rot-weißen Fahne:* Die böhmische Landesfahne hat oben ein weißes, unten ein rotes Feld.

280,10 *Alma Mater:* (lat.) wörtl. »nahrungsspendende Mutter«, gebräuchlich als verklärende Bezeichnung für die Universität.

280,23 *Kneifer:* vgl. Anm. zu 10,6.

281,29 f. *Prinzessin von Aragon:* 1314 heiratete Herzog Friedrich der Schöne (1289–1330) Prinzessin Elisabeth von Aragón (1300–1330).

281,30 f. *»Tu felix Austria nube.«:* »Bella gerant alii, tu felix Austria nube« (»Kriege mögen die anderen führen, du, glückliches Österreich, heirate«); lateinischer Vers, der die glückliche Heiratspolitik der österreichischen Habsburger preist.

282,1 f. *Kopernikus ... Karpatenberge:* Bezeichnungen von Mondlandschaften.

283,3 *Rosoliolikör:* vgl. Anm. zu 40,17 f.

283,8 *František Palacký:* vgl. Anm. zu 260,4 f.

284,17 *Gaudeamus igitur:* »Gaudeamus igitur, iuvenes dum sumus« (»Lasst uns fröhlich sein, solange wir jung sind«), berühmtes, aus dem Mittelalter stammendes Studentenlied mit lateinischem Text.

284,20 f. *Mnoga ljeta ... Živio!!!:* vgl. Anm. zu 215,16.

285,9 *Hochzeitsbitter:* auch Hochzeitslader; sie überbringen im Rahmen der Vorbereitung einer Hochzeit die Einladungen (meist mündlich) und organisieren und unterhalten während der Hochzeitsfeier.

285,14 *Dreispitz:* Hutform mit an drei Seiten nach oben geklappter Krempe.

285,24 *Sokoln:* vgl. Anm. zu 136,9.

286,14 *eines gewissen Dichters:* Gemeint ist Franz Martin Pelzel bzw. František Martin Pelcl (1734–1801), einflussreicher Autor der »Tschechischen Nationalen Wiedergeburt«. Er schrieb ausschließlich auf Deutsch in böhmisch-patriotischem Sinne über tschechische Sprache, Literatur und Geschichte.

287,18 *formte den Dichter nach seinem Bilde:* Anspielung auf den biblischen Schöpfungsmythos, vgl. Genesis 1,27: »Und Gott schuf den Menschen ihm zum Bilde, zum Bilde Gottes schuf er ihn«.

291,6 *Kanevasleinen:* von lat. *cannapaceus* ›Cannabis, Hanf‹; traditionell aus starkem Hanf- oder Leinengarn dicht gewebter Stoff, Segeltuch.

294,28 *Kummet:* Teil des Geschirrs für Zugtiere: ein steifer, gepolsterter Ring, der dem Tier um den Hals gelegt wird.

294,28 f. *Hagedornstrauch:* Weißdornstrauch; auch allgemein für dornige Sträucher.

295,18 *eine kleine Husche:* (regional) ein kleiner Regenguss.

299,8 *drei Sechser:* ein Gulden = zwei Kronen, eine Krone = 100 Heller; ein Sechser ist ein 20-Heller-Stück.

305,29 *Allmenden:* Allmende: wörtl. »gemeine Mark«, gemeinschaftlich genutztes Eigentum einer Gemeinde oder Genossenschaft, wie etwa Wege, Wald, Gewässer oder Gemeindewiesen; altes Prinzip, heute kaum noch anzutreffen.

305,29 f. *Gesamthandsgemeinschaften:* Vereinigung, in der das Eigentum einer Gemeinschaft von Personen gehört, wobei jede dieser Personen Eigentümer der ganzen Sache nur »zur gesamten Hand« aller Mitberechtigten ist.

306,30 *Majolikavasen:* farbig bemalte, zinnglasierte, meist italienische Keramik.

311,3 f. ›*Die Dombaumeister‹:* tschech. *Stavitelé chrámu,* 1899 erschienene Gedichtsammlung des symbolistischen Dichters Otokar Březina (1868–1929).

312,17 f. *Annenpatente:* Durch kaiserliches Patent vom 26. Juli 1913 (dem Tag der heiligen Anna) war der böhmische Landtag aufgelöst worden. Die deutschböhmischen Abgeordneten hatten durch gezielte Obstruktion (vgl. Anm. zu 312,20) der Arbeit der tschechischen Abgeordneten den Landtag seit 1908 vollständig arbeitsunfähig gemacht.

312,20 *Obstruktion:* wörtl. »Entgegenstehen«; die Verhinderung einer Abstimmung oder eines Beschlusses durch Ausnutzen der Geschäftsordnung (endlose Reden, Zwischenanträge usw.).

313,7 *Remonstration:* Fachbegriff aus dem Verfahrensrecht, ein allgemeiner Rechtsbehelf.

313,7 f. *Suspensiveffekt:* aufschiebende Wirkung.

313,13 f. *Fundamentalartikeln ... Hohenwart:* Karl von Hohenwart (1824–1899), 1871 österreichischer Ministerpräsident. Er schloss mit den tschechischen Parteien im Wiener Parlament eine Koalitionsvereinbarung, die sogenannten »Fundamentalartikel«. Danach sollte ein deutschtschechischer Ausgleich nach dem Vorbild des deutsch-ungarischen Ausgleichs erfolgen, der die Rechte der tschechischen Nation in der Monarchie stärken sollte. Die Fundamentalartikel scheiterten politisch ebenso wie Hohenwart selbst. Hejzlars politische Forderung kommt also im Text über 40 Jahre zu spät.

313,31 f. *kranken Mann am Bosporus:* vgl. Anm. zu 85,17.

314,1 *Reskript:* (lat.) Antwortschreiben; durch ein R. werden Anfragen oder Eingaben an den Gesetzgeber von diesem schriftlich beantwortet.

314,18 f. *weißen Zaren:* Weiß war die Farbe Russlands und seines Herrscherhauses.

315,26 f. *mit sieben Paar Händen:* Anspielung auf Shiva oder Kali (»die Schwarze«); beide Götter verkörpern im Hinduismus das Prinzip des Todes und der Zerstörung, aber auch der Erneuerung, beide werden meist mehrarmig dargestellt; hier möglicherweise auch Verballhornung der heiligen Zahl sieben.

316,1 *Jungtschechen:* Die beiden zentralen Richtungen der tschechischen Politik bis 1914 verkörpern die eher traditionellen Alttschechen und die modernen Jungtschechen. Letztere waren betont national, antiklerikal und antiösterreichisch eingestellt.

316,2 *Aklerikalismus:* d. h. Gleichgültigkeit gegenüber den Geistlichen einer Religionsgemeinschaft, nicht etwa Antiklerikalismus, der sich gegen den Einfluss der Geistlichen (des Klerus) wendet.

316,3 *Hus:* Jan Hus (1370–1415), tschechischer Theologe und Reformator, 1415 in Konstanz als Ketzer verbrannt.

316,19 f. *den Ländern … Stellung:* Kaiser Franz Joseph I. (1830–1916) war an sich bereit, die Länder der böhmischen Krone (Böhmen, Mähren, Schlesien) staatsrechtlich im Rahmen der Monarchie autonom zu stellen. Aus diesem Grunde nominierte er Hohenwart zum Ministerpräsidenten (vgl. Anm. zu 313,13 f.), setzte ihn jedoch schnell wieder ab, als der Widerstand aus den Reihen der Deutschen und Ungarn zu groß geworden war.

316,11 *Dispositionsfonds:* Sonderetat des österreichischen Außenministeriums, der im Parlament in Wien oft Gegenstand heftiger Auseinandersetzungen war, besonders von Seiten der Jungtschechen.

317,28 *Dr. Šviha:* Karel Šviha (1877–1937) musste wegen möglicherweise unbegründeter Vorwürfe, als Spitzel für die Polizei gearbeitet zu haben, 1914 tatsächlich alle politischen Ämter aufgeben.

320,2 *Peter und Paul:* Fest der Apostel Petrus und Paulus am 29. Juni; wird in den meisten christlichen Konfessionen gefeiert. Am Vortag dieses Festes hatte 1914 in Sarajevo das tödliche Attentat auf den österreichischen Thronfolger stattgefunden (vgl. Anm. zu 331,19).

320,15 *Volants:* Volant: kreisförmig zugeschnittener, gekräuselter Stoffbesatz auf Bekleidung.

321,14 f. *Skiffwettbewerb*: Skiff: Ruderbootklasse, sogenannter »Einer«.

321,15 *ČVK:* »Český veslařský klub«, tschechischer Ruderklub, 1905 gegründeter Prager Traditionsverein.

323,5 *Ylang-Ylang:* Bis heute wird aus den Blüten des asiatischen Baumes Ylang-Ylang ein ätherisches Öl gewonnen, das als Grundduftnote auch im Parfum Chanel Nr. 5 enthalten ist.

323,9 *Saffianleder:* feines, weiches und zugleich festes Ziegenleder, benannt nach der marokkanischen Stadt Safi; wurde meist für Schuhe oder Bucheinbände verwendet.

323,18 *zweihundert Kronen:* Das Durchschnittsgehalt eines Arbeiters betrug damals etwa 100 Kronen (50 Gulden) im Monat.

324,11 f. *Eine echte Schaffhausener:* Seit Ende des 19. Jahrhunderts stellt die IWC Schaffhausen Luxusuhren her.

326,18 *Thalia:* in der griechischen Mythologie die Muse des Theaters.

328,25 *Lorgnon:* Lesehilfe, auch »Stielbrille« genannt.

329,8 *Michel:* (damals) typisch deutscher Vorname.

329,9 *Vašek:* oder »Václav«, typisch tschechischer Vorname.

331,19 *Thronfolger in Sarajevo ermordet:* vgl. Anm. zu 320,15; die Ermordung des österreichischen Thronfolgers Franz Ferdinand von Österreich-Este (1863–1914) und seiner Frau, Sophie Chotek, Herzogin von Hohenberg, am 28. Juni 1914 durch serbische Terroristen war eine der Ursachen für den Ausbruch des Ersten Weltkriegs.

Nachwort

Karel Poláček und seine Bezirksstadt

»Vögel begrüßen den Morgen mit Gesang, Unteroffiziere mit Gebrüll«, schreibt Karel Poláček im 56. Kapitel seines Romans *Podzemní město* (»Die unterirdische Stadt«). Dieser kurios-komische Satz steht beispielhaft für das literarische Denken und Schreiben dieses bedeutenden tschechischen Autors.

In Deutschland ist Karel Poláček (1892–1945) allerdings so gut wie unbekannt. Obwohl mehrere seiner Werke in der Vergangenheit ins Deutsche übersetzt wurden, erhielt er nie die gleiche Aufmerksamkeit wie andere große tschechische Autoren, so etwa Jaroslav Hašek (1883–1923), Bohumil Hrabal (1914–1997) oder Milan Kundera (geb. 1929). Das ist bedauerlich, denn Poláček spielt literarisch gewiss in derselben Liga wie diese und hat es entsprechend verdient, auch im deutschsprachigen Raum dem Vergessen entrissen zu werden.

Leben

Poláček wurde am 22. März 1892 in der ostböhmischen Kleinstadt Rychnov nad Kněžnou (Reichenau an der Knieschna) geboren. Rychnov nad Kněžnou ist eine kleine Bezirksstadt von etwas mehr als 10 000 Einwohnern, die etwa dreißig Kilometer östlich von Hradec Králové (Königgrätz) unterhalb des Adlergebirges liegt. Karel Poláček stammte aus kleinbürgerlichen Verhältnissen, sein Vater Jindřich Poláček war ein eher kleiner, aber nicht unvermögender Kaufmann und betrieb in seinem eigenen Haus auf dem Hauptplatz der Stadt eine Kolonialwarenhandlung. Seine Mutter Žofie, geborene Kohnová, war Hausfrau, kümmerte sich aufopferungsvoll um die Familie und half im Laden aus. Beide Eltern waren assimilierte und tschechischsprachige Juden – zu seiner Zeit eher ungewöhnlich.

Karel verlebte eine glückliche Kindheit, die er kurz vor seinem tragischen Tod literarisch verewigen sollte: Als Kind bildungsbeflissener sozialer Aufsteiger besuchte er das örtliche Gymnasium. Er war allerdings ein fauler und schlechter Schüler und fiel in der Quinta (nach tschechischer Zählung in der fünften Gymnasialklasse, d. h. der neunten Klasse) durch. Danach verließ er Rychnov und besuchte ab 1907 ein Gymnasium in Prag, an dem er 1912 das Abitur ablegte. Nach der Schule entschloss er sich nicht zu einem Studium, sondern arbeitete in den Jahren bis zum Ausbruch des Ersten Weltkriegs als Advokatenschreiber, Angestellter und Handelsvertreter kleinerer Firmen. 1915 wurde er zur österreichischen Armee einberufen und diente nach Abschluss seiner militärischen Grundausbildung in Česká Lípa (Böhmisch Leipa) als Soldat an der Ostfront in Galizien, an der Südfront in Serbien und vermutlich auch in Italien. Am Ende des Krieges geriet er in Kriegsgefangenschaft und kehrte erst 1919 in die neugegründete Tschechoslowakei zurück. Nach seiner Demobilisierung begann er ein Studium der Rechtswissenschaften, das er aber nach der ersten rechtshistorischen Staatsprüfung abbrach. Von 1919 bis 1922 arbeitete er als Beamter der tschechoslowakischen Ein- und Ausfuhrkommission. Dort wurde er schließlich entlassen, da er sich in einer Kurzgeschichte mit den Titel *Kolotoč* (»Karussell«), die in der Zeitschrift *Tribuna* (»Tribüne«) erschienen war, über die neue tschechoslowakische Bürokratie lustig gemacht hatte.

Diese Entlassung kam ihm letztlich gelegen, hatte er sich doch ohnehin entschlossen, Journalist zu werden. Die junge Republik wies eine sehr differenzierte Medienlandschaft auf, die es gerade unbekannten Schriftstellern ermöglichte, als freie Mitarbeiter oder festangestellte Redakteure ein Auskommen zu finden. Durch seine ersten Publikationen hatte Poláček die Aufmerksamkeit des einflussreichen Schriftstellers Karel Čapek

(1890–1938) und dessen Bruders, des Malers und Illustrators Josef Čapek (1887–1945), erregt. Die beiden Brüder waren in den 1920er und 1930er Jahren führende Vertreter der tschechischen Kultur- und Literaturwelt. Sie ermöglichten Poláček den Zugang zu intellektuellen Kreisen, vor allem aber zu wichtigen Zeitungen wie der *Lidové noviny* (»Volkszeitung«), dem wichtigsten Blatt der sogenannten Ersten Tschechoslowakischen Republik. Karel Čapek war auch die zentrale Figur im Kreise der »pátečníků« (»Freitagler«), einer Gruppe von Künstlern und Politikern, die sich regelmäßig in dessen Prager Villa traf. Auch der erste Präsident der Tschechoslowakei, Tomáš Garigue Masaryk (1850–1937), und sein Minister und späterer Präsident Edvard Beneš (1884–1948) nahmen gelegentlich an diesen Treffen teil. Masaryk lud die Freitagler sogar wiederholt auf seinen Sommersitz, nach Schloss Lány (Lahn), ein.

Poláček wurde festes Mitglied der Gruppe und begann Anfang der 1920er Jahre intensiv journalistisch und literarisch zu schreiben. Er wurde Mitarbeiter und Redakteur verschiedener Zeitungen, etwa der linksgerichteten *Tvorba* (»Schaffen«), der nationalen *České slovo* (»Tschechisches Wort«) und – von 1933 bis 1939 – der schon erwähnten bürgerlich-intellektuellen *Lidové noviny*. Daneben veröffentlichte er eine Vielzahl von Büchern.

Poláček heiratete 1920 Adéla Herrmanová (1895–1943). Die Ehe, die 1939 geschieden wurde, stand von Anfang an unter keinem guten Stern; die Eheleute lebten völlig aneinander vorbei. Aus der Ehe ging 1921 Poláčeks einziges Kind, die Tochter Jiřina (1921–2002), hervor. Ihr Sohn Martin Jelinowicz (geb. 1947) schilderte Jahrzehnte später auf Grundlage von Erinnerungen seiner Mutter das Wesen seines Großvaters. Er beschreibt Karel Poláček als einen sanften, defensiven und ruhebedürftigen Menschen, der großen Wert auf Ordnung und ein gut geregeltes Leben legte. Auch sei er sehr bequem, geradezu faul gewesen. In seinem Prager Alltag sei er immer nach acht Uhr aufgestanden, habe im Bett gefrühstückt und sich dann zur Zeitungslektüre ins Kaffeehaus begeben. Danach sei er ins Gericht gegangen, um als Reporter Prozesse zu beobachten. Nach dem häuslichen Mittagessen habe er seine Gerichtsreportagen geschrieben, im Anschluss daran rund anderthalb Stunden an seinen literarischen Werken gearbeitet. Dann habe er die Reportagen in die Zeitungsredaktion gebracht und sei wieder ins Kaffeehaus gegangen. Jeden Dienstag- und Samstagabend ging er zum Kartenspiel sowie am Freitag zur erwähnten Freitagsrunde von Karel Čapek. Fußball aber, über den er so erfolgreich schrieb, habe er zutiefst gehasst, ebenso alle moderne Technik. Zu Hause habe er auch bewusst keine elektrischen Geräte gehabt, nicht einmal ein Telefon.

1938 lernte Poláček die Juristin Dora Vaňáková (1907–1944) kennen, in die er sich nach Angaben von Zeitgenossen geradezu pennälerhaft verliebte. Schnell zogen die beiden zusammen. Nach dem Münchner Abkommen 1938 und den Abtretungen der deutschsprachigen Grenzgebiete der Tschechoslowakei an das Deutsche Reich war das Schicksal der tschechoslowakischen Restrepublik vorerst besiegelt. Am 15. März 1939 wurde das Land besetzt und das »Protektorat Böhmen und Mähren« errichtet. Mit finanzieller Unterstützung von Dora Vaňáková gelang es Poláček noch, seine Tochter aus erster Ehe, Jiřina, ins sichere Großbritannien zu schicken. Warum Poláček nicht selbst floh, ist bis heute ungeklärt. Vielleicht war es einfach Unentschlossenheit oder Bequemlichkeit, vielleicht seine neue Liebe? Möglicherweise hatte er auch nur den richtigen Zeitpunkt verpasst. Bei Ausbruch des Zweiten Weltkrieges am 1. September 1939 soll er geäußert haben, jetzt seien die Grenzen zu, dann müsse er wenigstens nicht mehr emigrieren.

Poláček verlor im neuen Protektorat seine Stelle bei der *Lidové noviny* und wurde Angestellter der Prager Jüdischen Gemeinde. Er wurde Mitglied des sogenannten jüdischen »Bücherkommandos«, einer Kommission, die durch das Protektorat fuhr, um im Auftrag der deutschen Besatzer die Bibliotheken deportierer Juden zu sichten und aufzulösen. Im Transportverzeichnis für das Ghetto Theresienstadt aus dem Jahre 1943 ist mit deutscher Gründlichkeit als Beruf des Deportierten »Überführung von Büchern« angegeben.

Im Juli 1943 kamen er und seine Lebensgefährtin nach Theresienstadt. In diesem Vorzeigeghetto des Dritten Reichs gab es eine jüdische Selbstverwaltung, und es hatte sich ein reichhaltiges kulturelles Leben entwickelt. Poláček übernahm eine Hilfsfunktion am jüdischen Ghettogericht, das kleinere Rechtsstreitigkeiten der Bewohner aburteilte. Daneben hielt er Kulturvorträge, zum Beispiel über Miguel de Cervantes, den Autor des *Don Quijote*, Gerichtspsychologie oder Armut und Reichtum. Da Poláček durch seine humoristischen Bücher auch hier sehr bekannt war, waren seine Vorträge gut besucht. Seine Zuhörer waren nicht nur von seinem Wesen, sondern auch von seinem Optimismus in schwerster Zeit beeindruckt. Poláčeks damalige Bedeutung zeigt sich dabei auch an folgender Episode: Einige heranwachsende Jungen aus dem Kinderhaus Nummer 1 kannten und bewunderten Poláček wegen seines ungemein populären Fußballromans *Muži v offsidu*, 1931 (dt. *Abseits. Aus dem Leben von Fußball-Fans*, 1971). Und so erdachten und schrieben sie im Frühjahr 1943 eine Art Fortsetzung dieses Romans mit dem Titel »Muži v offsidu jedou do Terezína« (»Die Männer im Abseits fahren nach Theresienstadt«), in der die Abenteuer der im ursprünglichen Roman auftretenden jüdischen Familie nach ihrer Deportation geschildert werden. Die Serie erschien in der von ihnen herausgegebenen Jugendzeitschrift des Ghettos *Vedem* (»Wir führen«). Die Verfasser der Serie wurden später allesamt nach Auschwitz deportiert und vergast.

Im Oktober 1944 wurden auch Poláček und Dora Vaňáková mit einem Transport nach Auschwitz transportiert. Dora Vaňáková wurde nach ihrer Ankunft sofort vergast. Da in Auschwitz keine

Unterlagen über Poláček erhalten geblieben sind, war man davon ausgegangen, dass ihn das gleiche Schicksal ereilt habe. Dann aber bestätigten Zeugen seinen Aufenthalt im Lager. So berichtete der tschechische Auschwitz-Überlebende und Historiker Erich Kulka (1911–1995), dass im Oktober ein Treffen zwischen Poláček und tschechischen Häftlingen stattfand, die den berühmten Autor von *Muži v offsidu* kennenlernen wollten. Man stand eine Weile an den Stacheldrahtzäunen zwischen den Blöcken des Lagers, hatte sich unter den gegebenen Umständen dann jedoch wenig zu sagen.

Ende 1944 begann die Auflösung des Lagers. Poláček wurde mit einem Transport in das Lager Hindenburg in Oberschlesien, ein Außenlager des KZ Auschwitz, gebracht. Nach einem Bericht der slowakischen Auschwitzüberlebenden Klára Baumöhlová schrieb er dort noch zu Weihnachten 1944 für die Häftlinge einen Theatersketch, den diese selbst aufführten. Einzelne Passagen der Vorführung wurden für die zuschauende SS-Mannschaft auch auf Deutsch gehalten. Als Wahrsagerin verkleidet, weissagte Klára Baumöhlová darin den SS-Männern eine ungewisse Zukunft. Nach Silvester nahm Poláček an einem Todesmarsch in das ebenfalls oberschlesische Außenlager Gleiwitz II. teil. Unterwegs wurde er krank und musste auf einem Schlitten gezogen werden. Vermutlich wurde er am 21. Januar 1945 von der SS als nicht weiter transportfähig selektiert und erschossen.

Der Verfasser dieser Zeilen begegnete Klára Baumöhlová im Jahre 1995 bei einem Poláček-Symposium in Rychnov und fragte sie, ob sie sich vorstellen könne, warum Poláček im Gegensatz zu seiner Frau Dora Vaňáková die Selektion an der Rampe von Auschwitz überlebt hatte. War er doch damals schon über fünfzig Jahre alt und körperlich in schlechter Verfassung. Klára Baumöhlová antwortete, dass es bei der Selektion darauf angekommen sei, für den Bruchteil von Sekunden einen guten körperlichen Eindruck zu machen. Als ehemaliger Mitarbeiter der jüdischen Gemeinde in Prag habe Poláček wohl genau gewusst, was ihn in Auschwitz erwarte. So habe er sich auf diesen Moment einstellen können.

Werk

Karel Poláčeks literarische Produktion war umfangreich, jedoch nicht immer von gleichbleibender Qualität. Sie umfasst Kurzgeschichten, Anekdoten, Korrespondenzen, journalistische Arbeiten, Theaterstücke, Filmdrehbücher und vor allem Romane, humoristischer und ernster Art. Zuweilen veröffentlichte er mehrere Bücher im Jahr. Seine erste Publikation erfolgte 1920, sein erstes Buch erschien 1922, sein letztes Werk erschien posthum 1946.

Das hier vorgelegte Buch *Die Bezirksstadt* stellt gewiss sein bestes Werk dar. Einige seiner anderen Werke sollen hier kurz erwähnt und charakterisiert werden.

Der Roman *Lehká dívka a reportér* (»Das leichte Mädchen und der Reporter«) erschien 1926. Er wirft ein interessantes Licht auf das Leben Prager Journalisten der 1920er Jahre. Poláček tritt als sein Alter Ego, als Redakteur Hirsch, auf, der von seinen Kollegen liebevoll mit »Hirschi, alter Judenbengel!« angesprochen wird.

1928 erschien *Dům na předměstí* (dt. *Das Haus in der Vorstadt*, 1958). Das Buch beschreibt, wiederum humoristisch, die Zerstörung der Psyche eines Kleinbürgers durch Eigentum und Besitz.

1931 erschienen gleich zwei Bücher, nämlich der bereits erwähnte Fußballroman *Abseits. Aus dem Leben von Fußball-Fans* und *Hráči* (»Die Spieler«). *Abseits* zeigt auf sehr unterhaltsame Weise das Auf und Ab von Fußballfans der Prager Vereine Slavia Prag und Viktoria Žižkov.

In *Hráči* behandelt Poláček die krankhafte Leidenschaft für das Kartenspiel, deren Opfer auch er selbst in besonderem Maße war. Beide Bücher waren große Erfolge. *Abseits* wurde noch im Jahr seines Erscheinens verfilmt.

Poláčeks erster nichthumoristischer Roman, *Hlavní přelíčení* (»Hauptverhandlung«) von 1932, setzt sich klug und sensibel mit den psychologischen und gerichtlichen Hintergründen eines Raubmordes auseinander.

1933 brachte Poláček das Buch *Edudant a Francimor* heraus: eine Art modernes, absurdes Märchen für Kinder, das von Josef Čapek kongenial illustriert wurde und an dem auch Erwachsene Gefallen finden. 1967 erschien es ins Deutsche übersetzt unter dem Titel *Die merkwürdigen Abenteuer der Knaben Edudant und Franzimor*.

1936 brachte Poláček wiederum zwei Bücher heraus, *Okresní město* (*Die Bezirksstadt*) und *Hrdinové táhnou do boje* (»Die Helden ziehen in den Krieg«). Beide Romane bilden den Anfang einer Pentalogie über den Ersten Weltkrieg und stellen den Höhepunkt im Werk von Karel Poláček dar. In der *Bezirksstadt*, die in erster deutscher Übersetzung 1956 in Ostberlin herauskam, wird die Gesellschaft einer namenlosen Kleinstadt bis zum Kriegsausbruch im Jahre 1914 dargestellt. Im zweiten Teil ziehen die männlichen Bewohner dieser Bezirksstadt in den Krieg.

1937 veröffentlichte Poláček den dritten Teil der Pentalogie unter dem Namen *Podzemní město* (»Die unterirdische Stadt«), in dem das Leben der Soldaten in den unterirdischen Stellungen und Schützengräben an der Front geschildert wird. Im vierten Teil der Pentalogie mit dem Titel *Vyprodáno* (»Ausverkauft«) aus dem Jahre 1939 geht es um das durch die Kriegsumstände stark veränderte Leben in der Bezirksstadt. Im selben Jahr hatte Poláček vermutlich auch schon den titellosen fünften Teil fertiggestellt, von dem sich in den Wirren des Krieges jedoch leider nur die Kapitel 6 bis 16 erhalten haben. Das Fragment wurde erstmalig 1968 veröffentlicht.

Während des Zweiten Weltkrieges hatte Poláček Schreibverbot. Sein Freund, der Humorist und Illustrator Vlastimil Rada (1895–1962), lieh ihm seinen Namen, unter dem Poláček 1941 den leichtfüßigen Roman *Hostinec U kameného stolu* (»Gasthof Zum Steintisch«) veröffentlichen konnte. Auch dieser Roman wurde verfilmt.

In den furchtbaren Tagen des Protektorats kehrte Poláček schließlich gedanklich in die glückliche Welt seiner Kindheit in Rychnov zurück, die er mit den Augen fünf befreundeter kleiner Jungen humorvoll, leicht sentimental und ergreifend schildert. Das Buch ist so etwas wie die Vorgeschichte der bereits erschienenen *Bezirksstadt*, in der die Protagonisten inzwischen alle erwachsen sind. Das Manuskript überlebte den Autor und erschien 1946 unter dem Titel *Bylo nás pět* (dt. *Wir fünf und Jumbo*, 2001). Dieses Buch hat einen eigenen geheimnisvollen Reiz. Insbesondere erfreut es sich bis heute beim tschechischen Publikum der allergrößten Resonanz, ja, man kann sagen, dass jeder dieses Buch oder dessen Verfilmung aus dem Jahre 1994 kennt, so wie jeder den *Švejk* von Hašek kennt – ob er diese Bücher nun gelesen hat oder nicht.

Während seiner Dienstreisen für das »Bücherkommando« führte Poláček Tagebuch. Er schrieb in diesen Jahren auch Briefe an Dora. Das Tagebuch erschien 1959 unter dem Titel *Se žlutou hvězdou* (»Mit einem gelben Stern«). Die Briefe an Dora veröffentlichte der wichtige tschechische Exilverlag Sixty-Eight-Publishers 1984 in Toronto unter dem Namen *Poslední Dopisy Doře*, herausgegeben von Martin Jelinowicz, Poláčeks Enkel.

Judentum

Das Judentum war für Poláčeks Leben immer eine wichtige, ja schicksalshafte Konstante. In den böhmischen Ländern, also in Böhmen, Mähren und Restschlesien, glich das jüdische Leben nach Umfang, Verbreitung und Kulturausprägung eher dem Judentum in Deutschland und Mitteleuropa allgemein. Man darf es sich also keinesfalls wie das osteuropäische Judentum des 19. und 20. Jahrhunderts vorstellen, das uns in Form von eigenwilliger und pittoresker Kultur à la *Anatevka* aus den Ghettos und Schtetln in Polen oder Russland vertraut ist.

Das Deutsche Reich hatte um 1910 etwa fünfundsechzig Millionen Einwohner, davon waren gut sechshunderttausend Juden. Das entspricht einem Anteil von etwas unter einem Prozent der Gesamtbevölkerung. Polen hatte in der Zeit vor dem Zweiten Weltkrieg einen jüdischen Bevölkerungsanteil von etwa zehn Prozent, einen ebenso hohen Anteil wie im alten Wien. In Westrussland betrug der Anteil der jüdischen Bevölkerung teilweise bis zu dreißig Prozent. Die Länder Böhmen, Mähren und Schlesien hatten im Jahre 1910 gut zehn Millionen Einwohner, davon waren sechseinhalb Millionen Tschechen und dreieinhalb Millionen Deutsche, davon gut hundertvierzigtausend Juden, was einem Anteil von eineinhalb Prozent entspricht. Der Anteil der jüdischen Bevölkerung war allerdings in Mähren deutlich größer und ging in Ostmähren sogar an die zweieinhalb Prozent. Rychnov nad Kněžnou, Poláčeks Heimatstadt, hatte um 1900 etwa zweihundert jüdische Bewohner. 1939 lebten in den böhmischen Ländern noch hundertzwanzigtausend Juden. Dreißigtausend emigrierten noch rechtzeitig, achtzigtausend wurden jedoch von den Deutschen deportiert. Nur zehntausend von ihnen haben die Shoa überlebt.

Neben dem relativ geringen jüdischen Bevölkerungsanteil wiesen Böhmen und Mähren noch eine andere spezifische Besonderheit auf: Die böhmischen Länder waren national und sprachlich bis 1945 geteilt. Das hatte auch Einfluss auf die jüdische Bevölkerung. Der Gebrauch des Jiddischen war seit dem Anfang des 19. Jahrhunderts auf einige wenige Prozent gesunken. Die Juden sprachen also entweder tschechisch oder deutsch. Im Jahre 1910 sprach in Böhmen etwa die Hälfte der Juden tschechisch, die andere Hälfte deutsch. In Mähren und Schlesien sprachen sogar weniger als zwanzig Prozent der Juden tschechisch und gut achtzig Prozent deutsch. Umgerechnet ergibt das für die böhmischen Länder eine Quote von etwa dreißig Prozent an tschechischsprachigen und siebzig Prozent an deutschsprachigen Juden.

Hintergrund dieser merkwürdigen sprachlichen Teilung der Juden in Böhmen und Mähren war der Umstand, dass im 19. Jahrhundert in der österreichischen Monarchie nur die Beherrschung der deutschen Sprache einen sicheren sozialen Aufstieg ermöglichte. Das galt für Tschechen wie für Juden. Die Juden hatten an der tschechischen Welt aber wenig Interesse. Also machten sie sich auf ihrem Weg zu Emanzipation, Aufstieg und Anerkennung das Deutsche zu eigen.

Interessant ist dabei auch die soziale Schichtung der Juden in den böhmischen Ländern. Tschechisch sprachen eigentlich nur die Juden auf dem Land und in kleinen Städten, die Juden in den Mittel- und Großstädten sprachen jedoch alle deutsch. Als Beispiel mag uns da Hermann Kafka (1852–1931), der Vater von Franz Kafka (1883–1924) dienen. Er wuchs als Sohn eines armen jüdischen Fleischers im provinziellen südböhmischen Osek (Wosek) auf, wo die Familie jiddisch, deutsch und gerade auch tschechisch sprach. Später machte Hermann Kafka als Kaufmann in Prag Karriere, und zu Hause wurde bei Kafkas nur noch deutsch gesprochen. Das relativ bescheidene Tschechisch, das Franz Kafka sprach, hatte er über die tschechischen Dienstboten der Familie gelernt, nicht über seinen Vater. Der sprachlichen Teilung entsprach auch eine soziale Teilung.

Zu dieser sprachlichen und sozialen Teilung kam noch eine politische hinzu. Die Juden auf dem Land und in den Kleinstädten waren politisch sogenannte Assimilanten. Sie sahen ihre politische und nationale Zukunft in einer politischen Kooperation mit den Tschechen und einer kulturellen Assimilation in die tschechische Umgebung. Die Juden in den größeren Städten hingegen, gerade auch die jüdischen Intellektuellen, waren zu einem großen Teil Zionisten. Sie sahen ihre Zukunft in der Auswanderung und Gründung eines eigenen jüdischen Staates in Palästina. Wenn sie dann auch noch Schriftsteller waren, schrieben sie natürlich auf Deutsch. Man denke nur an Franz Werfel (1890–1945), Franz Kafka (1883–1924) oder Max Brod (1884–1968). Diese deutschböhmischen Juden wurden weltbekannt, Poláček aber, der auf Tschechisch schrieb, kennt außerhalb Tschechiens heute beinahe niemand.

Karel Poláček war also von seiner Herkunft her ein tschechischsprachiger Jude aus der Provinz, also der klassische Assimilant. Sein eigenes Verhältnis zum Judentum war ziemlich unproblematisch. Er sah sich ethnisch als Tschechen und kulturell als einen tschechischen Schriftsteller. Sein Judentum war für ihn selbstverständlich und spielte dabei für sein persönliches Bewusstsein eigentlich keine Rolle. Das beruhte auch darauf, dass Poláček aus Ostböhmen stammte, einer national und religiös liberal eingestellten Region. Nach Vertreibung der Juden aus den königlichen Städten Böhmens durch die habsburgische katholische Reaktion des 16. Jahrhunderts war ein großer Teil der Juden nach Ostböhmen ausgewandert. Denn gerade dort war die Bevölkerung – auch gegenüber den Juden – verhältnismäßig tolerant, war doch Ostböhmen das Zentrum des tschechischen Protestantismus, insbesondere der Böhmischen Brüder-Unität, der von den Habsburgern ebenso stark bekämpft wurde wie das Judentum. Gerade Rychnov nad Kněžnou beherbergte die älteste jüdische Gemeinde in Ostböhmen, seit 1782 stand dort auch eine eigene Synagoge. Auch andere Gemeinden in der Region des Voradlergebirges wie Vamberk (Wamberg) oder Dobruška (Gutenfeld) hatten aktive und emanzipierte jüdische Gemeinden. Das Zusammenleben von Christen und Juden verlief reibungslos. Im Ostböhmen des 18. Jahrhunderts fand sich sogar die kuriose christliche Sekte der Judaisanten, die das Christentum auf Grundlage des Judentums reformieren wollten. Die

Sektenmitglieder wurden von der habsburgischen Obrigkeit verfolgt und als Ketzer verbrannt.

Poláčeks Assimilation bedeutete aber nicht, dass er sich jüdischen Themen verschloss. Ganz im Gegenteil ist sein Werk voll von jüdischen Motiven und Personen, auch wenn die Leser dies oft nicht bemerken. Das hängt damit zusammen, dass Poláček kein Autor freier literarischer Fiktionen war. Er schrieb nur über das, was er hörte, beobachtete und kannte. Und das waren vor allem jüdische Kleinbürger, Kaufleute, Handelsvertreter und Journalisten. Nicht umsonst gab er eine Sammlung jüdischer Anekdoten (*Židovské anekdoty*, 1934) und auch Kurzgeschichten mit jüdischer Thematik (*Povídky izraelského vyznání* [»Erzählungen israelitischen Bekenntnisses«], 1926) heraus. Vor allem aber beschäftigte er sich mit Mentalität, Psychologie und Sprache der Juden in den böhmischen Ländern, nämlich ebenso wie mit der Mentalität der Christen und der Antisemiten. Er wurde auf diese Weise zum Spezialisten für jiddische Ausdrücke und deutsch-jüdische Einflüsse im Tschechischen und kritisierte oft das schlechte Tschechisch der Juden, selbst das seiner Lebensgefährtin Dora Vaňáková. Zugleich setzte er diese jüdisch gefärbte Sprache in seiner eigenen Literatur und Korrespondenz kunstvoll ein. Das tschechische Publikum nahm ihn dennoch überwiegend als rein tschechischen Autor wahr, da es in seinen Romanwerken die subtilen Hinweise auf das Vorhandensein von Juden nicht erkannte.

Das hatte Poláček eben auch beabsichtigt. So wird im Roman *Die Bezirksstadt* an keiner einzigen Stelle offenbart, dass es sich bei der Familie des Kaufmanns Gustav Štědrý um Juden handelt. Dabei wird das Vorhandensein von Juden im Buch im Übrigen nicht verschwiegen. Nicht zuletzt der krankhafte Antisemit, Postmeister a. D. Pecián, wittert hinter allem eine jüdische Verschwörung. Zudem werden immer wieder bei der abendlichen Promenade auf dem Hauptplatz die »Israeliten« geschildert, die fremdartig aussehen, deutsch reden, scheel blicken und als Einzige nur auf der gepflasterten Diagonale laufen. Sie sind nach Poláčeks Worten von der übrigen Stadt auf ewige Zeiten getrennt (18. Kapitel). Die Familie Štědrý wird vom Autor vermutlich deshalb nicht als jüdisch geoutet, weil bei ihr das Judentum gesellschaftlich und religiös keine Rolle spielt. Dennoch will der Autor, dass der aufmerksame Leser dies als Tatsache erfährt. Der erste Hinweis findet sich schon im 2. Kapitel, in dem der Vater die Koteletten seines Sohnes Kamil jiddisch als »Pejes«, also Schläfenlocken, bezeichnet. Im 29. Kapitel schickt der Konkurrent Zoufalý den Bettler Maryčka Gib's! hinüber zum Kaufmann Štědrý, damit dieser vor ihm antisemitische Schmähreime rezitiert. Offensichtlich wird die Tatsache im 37. Kapitel: Im Restaurant des »Nationalhauses« sitzen die Honoratioren. Die Christen trinken Bier, die Juden schwarzen Kaffee. Im Satz danach heißt es dazu kurz: »Auch der Kaufmann bestellte Kaffee ...«

Bei Karel Poláček war es also nicht anders als bei den Štědrýs. Sein Judentum war ganz selbstverständlich und konnte auch mitgeteilt werden, hausieren gehen musste man damit aber nicht.

Wäre 1939 nicht die Deutsche Wehrmacht nach Prag und nach Rychnov gekommen, wäre es für Poláček bei dieser Nonchalance geblieben. Es kam aber ganz anders.

Literatur

Poláčeks unmittelbare literarische Einflüsse aus der Weltliteratur stellen nach seinen eigenen Worten die russischen Realisten des 19. Jahrhunderts dar: Ivan Turgenjew (1818–1883), Leo Tolstoi (1828–1910) und Anton Tschechow (1860–1904).

Er selbst hat sich zu weiteren für ihn wichtigen Schriftstellern nicht geäußert, doch ist der Einfluss von Jaroslav Hašek unverkennbar. Beide liegen vom Alter her gesehen zwar weniger als zehn Jahre auseinander, jedoch starb Hašek bereits, als Poláček gerade erst anfing zu schreiben. Beiden Autoren ist gemeinsam, dass sie eine starke humoristische Grundlage haben. Bei beiden ist die genaue Beobachtung des menschlichen Panoptikums Ausgangspunkt ihres Schreibens, es geht immer um kleine, nichtige Anlässe und komische Begebenheiten im Leben der sogenannten kleinen Leute. Hašek aber ist ein Autor des schwarzen Humors, mit starker Neigung zu Hyperbeln und zur Morbidität. Er mag die Menschen anscheinend nicht, er ist zu ihnen im Alltag wie in der Literatur absolut nicht nett. Poláček hingegen liebt im Grunde die Figuren seiner Darstellung, so dumm oder böse sie auch sein mögen.

Im tschechischen Realismus des 19. Jahrhunderts hat Poláček einen überraschenden literarischen Vorläufer, nämlich den heute unterschätzten, früher sehr anerkannten Humoristen Ignát Herrmann (1854–1935). Dieser offenbart gerade in seinem Hauptwerk *U sňedeného krámu* (»Zum aufgegessenen Laden«), 1890, einen scharf beobachtenden und genau zuhörenden realistischen Stil mit einer klugen humoristischen Grundierung. Darin gleicht ihm Poláček. Allerdings kennt Herrmann keine psychologische Anlage seiner Figuren und gleitet in späteren Werken auch in billigen Genrerealismus ab.

Seinen literarischen Nachfolger findet Poláček in gewisser Weise in Bohumil Hrabal (1914–1997), obwohl sich dieser selbst immer nur auf Jaroslav Hašek berufen hat. Auch Hrabal ist ein genauer Zuhörer und Beobachter der kleinen Leute, die er liebevoll und humorvoll darstellt. Auch ihn fasziniert die alte untergegangene Welt, vor allem die Welt der Kleinstadt (*Městečko, kde se zastavil čas*, 1974; dt. *Das Städtchen, in dem die Zeit stehenblieb*, 1992). Im Gegensatz zu Poláček ist Hrabal aber ein zutiefst poetisch veranlagter Autor, den diese alte, vergangene kleine Welt in fortwährendes Wundern und Staunen versetzt. Er ist also eigentlich kein Realist, mag er in seinen Büchern auch die Realien wie ein Chronist akkurat konservieren.

Poláček genießt jedoch noch eine andere besondere Stellung als jüdischer Autor tschechischer Sprache. Unter diesen tschechisch-jüdischen Autoren gibt es einerseits die Gruppe der Autoren, die mit dem Judentum rein gar nichts zu tun haben wollen, wie zum Beispiel der anarchistische Dichter František Gellner (1894–1914) oder der Dramatiker František Langer (1888–1965), der Soldat der Tschechoslowakischen Legionen und später General der Tschechoslowakischen Armee war. Daneben aber gibt es Autoren, die in ihrem Werk ihr Judentum betonen, wie Jiří Langer (1894–1943), der jüngere Bruder des erwähnten František Langer, der sich »Mordechai« nannte und gesucht ostjüdisch-chassidische Werke verfasste. Mit beiden Richtungen hat Poláček als Autor nichts zu tun, da er weder sein Judentum negiert oder ignoriert noch es betont und offensiv herausstellt. Sein Jüdischsein ist einfach da, persönlich, aber auch thematisch und literarisch, hervorgehoben wird es von ihm jedoch nicht.

Ausgangspunkt seines Schreibens war für Poláček nämlich von Anfang an seine journalistische Arbeit. Er schrieb als Journalist in Prag keine großen politischen Leitartikel, sondern Lokalnachrichten und Gerichtsreportagen. Das ist auch die inhaltliche Grundlage seines literarischen Werks, in dem er die Banalität des Alltags aktualisieren und dokumentieren wollte. Seine Sprache ist dabei konkret und schlicht, wie es dem Ideal der neuen Sachlichkeit der 1920er Jahre entsprach. Man denkt als Parallele zuweilen an den *Fabian* (1931) von Erich Kästner (1899–1974).

Überhaupt sieht sich seine Arbeit grundsätzlich frei von höheren Zielen, Gedanken und Ismen jedweder Art. Er selbst hat erklärt, dass ihn Aktualität nur dann interessiere, wenn sie zur Perpetualität, zur immer neuen Wiederholung, werde (Karel Poláček, *O Humoru v životě a umnění* [»Über den Humor in Leben und Kunst«], hrsg. von Zdeněk Karel Slabý, Prag 1961). Das ist ein bemerkenswerter schlichter und einfacher Ansatz in einer

Zeit, die auch in Prag die Kultur mit politischen und künstlerischen Richtungen nur so überschwemmte. Man denke an die tschechische Avantgardegruppe »Devětsil« (»Neunmalstark«, »Pestwurz«), die einen linken Proletarismus predigte und künstlerisch den Poetimus entwickelte, eine Kunstrichtung, in der das Leben in seinen Alltagserscheinungen grundsätzlich poetisch gesehen werden sollte. Daneben findet sich als führender bürgerlicher Großschriftsteller seiner Epoche Karel Čapek, der einem ethischen Humanismus vertrat und sich dabei literarisch auch der modernen Sciencefiction bedient. All das hat mit Poláčeks schlichtem Ansatz wieder herzlich wenig zu tun. Er steht in seiner Zeit zwischen den beiden Weltkriegen als literarischer Einzelgänger da.

Dementsprechend hatte es Poláček zu Lebzeiten mit der tschechischen Literaturkritik nicht leicht. Allen voran wäre der wichtigste zeitgenössische Literaturkritiker František Xaver Šalda (1867–1937) zu nennen, der in seiner führenden Literaturzeitschrift *Šaldův zápisník* (»Šaldas Notizheft«) 1932 und 1936 Karel Poláčeks Werke wegen angeblicher literarischer Bedeutungslosigkeit geradezu verriss. Er sprach wörtlich von »Romanen, die keine Kunst sein wollen«, und warf ihm Banalität vor, da er nicht erkannte, dass eben diese Banalität Ziel und Mittel von Poláčeks Schreiben war. Genauso wenig mochte er Poláčeks Welt der kleinen Leute und fand dessen Darstellung zu genrehaft. Ganz besonders wenig aber schätzte er Poláčeks humoristische Seite, wie er ja schon zuvor auch den großen Jaroslav Hašek wegen dessen Humors vernichtend beurteilt hatte. Bei der Ablehnung Karel Poláčeks mag auch eine Rolle gespielt haben, dass Poláček in seinen Romanen wiederholt das Werk der von Šalda geschätzten impressionistischen Schriftstellerin Růžena Svobodová (1868–1920) heftig karikierte.

Aber auch der bereits erwähnte Publizist Ferdinand Peroutka empfahl Poláček, besser an zwei Schreibtischen zu schreiben, einem journalistischen und einem schriftstellerischen, da auch

er nicht erkannt hatte, dass gerade diese Verbindung von Jour-
nalismus und Literatur die spezifische Quelle von Poláčeks
Schreiben war. 1931 nannte er Poláček gar unter Anspielung auf
dessen populären Fußballroman einen »Autor v offsidu« (»Autor im Abseits«). Nur der Literaturwissenschaftler Pavel Trost
(1907–1987) erkannte schon früh – vor allem auf linguistischer
Grundlage – die besonderen Qualitäten dieses Autors (vgl.
Trosts Aufsatz »Poláčkův román maloměstký« [»Poláčeks Kleinstadtroman«], in: *Slovo a slovesnost* [»Wort und Sprache«] 3, 1937,
H. 3, S. 166–172.

Der Popularität Poláčeks beim nichtintellektuellen Leser-
publikum tat das Urteil der Literaturkritik keinen Abbruch, vor
dem Krieg vor allem wegen seines Fußballromans *Abseits*, nach
dem Krieg wegen seines Romans *Wir fünf und Jumbo*. Ein wirklich anerkannter literarischer Autor wurde Poláček aber auch
nach 1945 nicht. Ein Umdenken begann erst Ende der 1960er
Jahre. Besonderer Propagator der literarischen Qualitäten Poláčeks war der Literaturkritiker Jan Lopatka (1940–1993). Spä-
testens seit den 1990er Jahren aber darf Poláčeks bedeutende
Stellung in der tschechischen Literaturgeschichte als gesichert
gelten. Mittlerweile wird anerkannt, dass er kein bloß gut zu
lesender Humorist ist, sondern dass sein Werk vielmehr auf
humoristischer Grundlage einen ganz spezifischen ernsthaften
Subtext hat, der in seiner Form einzigartig ist. Uneingeschränkt
gilt das für den Roman *Die Bezirksstadt*, der sicherlich einer der
besten tschechischen Romane des 20. Jahrhunderts ist.

Die Bezirksstadt

Die Bezirksstadt im hier vorliegenden Roman ist tatsächlich
Poláčeks Geburtsstadt Rychnov nad Kněžnou. Freilich nennt
Poláček im Roman die Stadt niemals beim Namen, sie bleibt
bis zum Schluss namenlos. Da aber Poláček nur über die Dinge

schrieb, die er kannte, und Rychnov seine Heimatstadt war, sei dieser Schluss erlaubt.

Poláčeks *Bezirksstadt* gehört zum Typus des Kleinstadtromans. Man kann diese Romanform, die fast in Vergessenheit geraten ist, als eigenes kleines literarisches Genre ansehen. Dieses Genre stand in der Zeit ab 1900 in großer Blüte, man denke nur an den liebenswerten Roman *Die kleine Stadt* von Heinrich Mann (1871–1950), der 1909 erschien, an den fast vergessenen österreichischen Roman *Das Städtchen* aus dem Jahre 1926 von Hans Adler (1880–1957) oder aber an den etwas kuriosen Roman *Böse Unschuld* des Pragers Oskar Baum (1883–1941), der ein enger Freund von Franz Kafka war. Dieser Roman trägt sogar den bemerkenswerten Untertitel »Ein jüdischer Kleinstadtroman«. Kennzeichen all dieser Werke ist, dass die Kleinstadt gleichsam die Folie bietet, auf der die eigentliche erzählerische Darstellung stattfindet. Sie dient dem Autor dazu, Personen und gesellschaftliche Probleme auf kleiner, übersichtlicher und klar strukturierter Ebene abzubilden.

In der *Bezirksstadt* verhält es sich im Grunde ebenso, allerdings wird Poláčeks Kleinstadt gleichsam selbst Person und Heldin des Romans. Immer wieder werden Kapitel mit der Beschreibung der Stadt selbst eingeführt, wird sie so dargestellt und quasi wie eine Person angesprochen, dass sie beinahe lebendig zu werden scheint. Wir lernen ihre Stadtteile, ihre Gebäude, die typischen bauchigen Häuser, ihre Institutionen, ihre Geschäfte und kleinen Ereignisse genau kennen. Das Denken der Personen im Buch kreist immer um diese Stadt, wie etwa bei Vater Štedrý und dem Bettler Chleboun, die wiederholt die Sorge umtreibt, wie die Stadt auf ihr Tun reagieren könnte. Oder aber auch der Handlungsgehilfe Kamil, der sich fortwährend über die angebliche Kulturlosigkeit der Stadt beschwert, während doch nur er selbst kulturlos ist. Oder aber wie der Student Jaroslav, der daran denkt, wie er diese Stadt endlich einmal verlassen wird. Im Verlauf der Lektüre entsteht beim Leser das Gefühl, diese Stadt genau zu kennen, die Stadt wird durch den Text auf eigenartige Weise immer mehr zu einer Art Person mit eigenem Charakter.

Dazu trägt vor allem auch bei, dass Poláček sich stilistisch auf ein gewagtes Experiment einlässt: Er verzichtet auf jede lineare, geordnet erzählte Handlung und fügt Kapitel an Kapitel gleichsam wie die Glieder einer Kette aneinander. Eine zentrale Rolle hat dabei der Bettler Chleboun, kann er doch gleichsam durch Wände sehen und alle Geschehnisse in der Stadt erklären. Seine teilweise in biblischer Sprache gehaltenen Kommentare an die Bettler des Armenhauses haben dabei fast die Funktion des Chores in der griechischen Tragödie. Die wiederkehrende Darstellung des Lebens der Familie Štedrý stellt daneben als weiteres lockeres Verbindungselement eine Art roten Faden des Romans dar.

Zeitlich umfasst der Roman ziemlich genau das Jahr vom Sommer 1913 bis zum 29. Juni 1914, dem Tag nach dem Attentat von Sarajevo. Die Darstellung beschränkt sich auf die immer gleiche Abbildung einer begrenzten Zahl von Personen. Bis zur Hälfte des Buches steht die Familie Štedrý im Mittelpunkt, gleichzeitig werden fast alle weiteren Personen eingeführt. In der zweiten Hälfte kommen für die Stadt wichtige Ereignisse hinzu, wie das Militärmanöver, der Brand des Bordells, die Akrobatenvorstellung, der Kinoabend, die Theateraufführung, das Jubiläum des Gymnasiums, die Landwirtschaftsausstellung und vor allem der Besuch des Abgeordneten der Freisinnigen Nationalpartei, Dr. Alois Fábera. Das sorgt zwar für viel Handlung, doch agieren alle geschilderten Personen dabei letztlich nur statisch: Keine der Figuren entwickelt sich, kaum etwas Neues kommt hinzu.

Diese Darstellung der Stereotypizität der Menschen muss man als das wesentliche poetologische Ziel Poláčeks verstehen. Die Figuren des Buches werden entsprechend jeweils mit ihrer Funktionsbezeichnung eingeführt: Kaufmann, Handlungsge-

hilfe, Student, Postmeister, Spediteur, Handelsvertreter, Abgeordneter, Professor, Lehrer usw. Sie werden auch durch immer
gleiche Beschreibungen und Bewegungen gekennzeichnet –
man denke nur an die Redepose des Abgeordneten mit Hand an
der Brust und Daumen in der Tasche. Hier kann man fast eine
Parallele zum Epitheton ornans, dem schmückenden Beiwort,
bei Homer sehen, der seine Götter und Helden auch immer wieder als »schaumgeboren«, »schöngegürtet«, »langspeerig« usw.
bezeichnet.

Ähnlich verhält es sich mit der Sprache der Beteiligten: Die
Bewohner der Bezirksstadt sagen im Grunde immer dasselbe,
und diese identischen Sprachwiederholungen ergeben keinen
echten Sinn. Man begegnet nur Floskeln. Dabei spricht jeder
so, wie es seiner festgelegten Funktion entspricht: Der Lehrer
spricht langweilig und besserwisserisch, der Antisemit aggressiv und psychisch auffällig, der Politiker geschwollen und ver-
logen, die Mutter peinlich und liebevoll, der Handelsvertreter
oberflächlich und angeberhaft.

Gesprochen wird im Roman also sehr viel, dennoch herrscht
eigentlich Sprachlosigkeit. Das zeigt sich zum Beispiel im
48. Kapitel im Dialog zwischen dem Dekan und dem Abgeordneten (vgl. S. 261 f.), aber auch in dem wiederholten vergeb-
lichen Bemühen des Studenten Jaroslav, endlich einmal mit seinem Vater zu reden, weil die Mutter es sich so sehr wünscht und
der Vater sich doch so freuen würde. Ein solches Gespräch findet
jedoch entweder gar nicht statt oder endet in peinlichen Belang-
losigkeiten wie der Unterhaltung über die Wespen im 17. Kapitel
(vgl. S. 82). Diese Sprachlosigkeit durch bzw. trotz fortwähren-
den Sprechens bildet das zentrale Element der Poláček'schen
Tragikomik.

Das statische Sprechen der Romanfiguren setzt sich in einem
statischen Handlungsverlauf fort. Alle Personen tun eigentlich
immer nur wenig, dieses Wenige aber fortwährend: Man denke

hier nur an das unentwegte Suchen und Lesen des Romans *Fünf Wochen im Ballon* von Jules Verne. Die Familie des Kaufmanns besitzt auch keinen anderen Roman, kennt diesen dafür aber in- und auswendig. Die Brüder Kamil und Viktor unterhalten sich oft nur mit sinnlosen und stereotypen Zitaten aus diesem Werk.

Auch die Aneinanderreihung der einzelnen Kapitel unterliegt einem klaren Muster. Zumeist beginnt ein Kapitel mit der Beschreibung von Wetter und Jahreszeit, oft wird dabei ein Bezug zur Stadt oder aber zum Haus des Spediteurs Wachtl hergestellt. Das Kunstmittel der Wiederholung dient in der Darstellung des Geschehens auch der Enttarnung der Akteure. So entfalten die Besuche der Honoratioren im Bordell ihre wirkliche Komik erst durch das wiederkehrende Scheitern ihres Vorhabens. Mehrfach enden die Kapitel mit einem Gespräch von Vater und Mutter Štedrý im knarrenden Ehebett. Das Gespräch endet immer ohne inhaltliche Klärung bzw. Auflösung der im jeweiligen Kapitel angesprochenen Probleme – und vor allem damit, dass die Mutter nach Aufforderung den Vater wegen seines juckenden Ausschlages am Rücken kratzen muss.

Was aber wollte Poláček damit erreichen? Er selbst formuliert es eindeutig: »Die Bezirksstadt will nicht nur die Abbildung einer Provinzstadt im Sinne eines determinierten Kollektivs sein, sondern das Abbild der damaligen Welt« (Karel Poláček, *O humoru v zivote a v umeni* [»Vom Humor in Leben und Kunst«], Prag 1961). Poláček will also ein Chronist seiner Zeit sein. Er ahnte 1936 wohl schon, dass das von ihm dargestellte idyllische Provinzleben der Vorkriegszeit nicht mehr lange Bestand haben würde. Das jüdische Provinzleben sollte 1938 mit dem deutschen Einmarsch enden, das tschechische Provinzleben mit dem kommunistischen Umsturz 1948. Poláček wird so zum letzten Chronisten dieser alten tschechisch-jüdischen Welt, die für ihn bald untergehen sollte, heute längst untergegangen ist und ohne ihn als Konservator kaum überliefert wäre. Gleichzeitig will das Buch nicht nur eine Chronik, sondern gleichermaßen eine nostalgische Petrifizierung sein, da es die vergangenen Zeiten wie einen fotografischen Schnappschuss für immer präsent halten will. Das zeigt sich in der wichtigen Passage des 22. Kapitels, wo es heißt (S. 106):

>>Viel Zeit ... viel Zeit ... Die Bezirksstadt ist damit angefüllt wie die Scheuern Pharaos. [...] Von irgendwoher hört man die verschlafenen Klänge eines Klaviers; das Lied lässt sich Zeit, es wird von Ewigkeit zu Ewigkeit erklingen. Über den Marktplatz geht ein Wachtmeister mit aufgeknöpfter Uniformbluse und trägt Akten. In hundert Jahren wird er wieder vorbeikommen und Akten tragen.<<

Kultur

Schaut man sich aber die im Roman geschilderten Realitäten genauer an, so wird deutlich, dass die Bezirksstadt entgegen der Meinung des Handlungsgehilfen Kamil mitnichten eine Stadt ohne Kultur ist. Ganz im Gegenteil hat die Bezirksstadt ein deutlich differenziertes und ausgeprägtes Kulturleben. Es werden uns alle vorhandenen kulturellen Phänomene genau vorgestellt: Wir erfahren, welche Bücher es beim Buchhändler zu kaufen gibt und welche Bücher Professor Pošusta bei ihm bestellen kann, aber nicht ausgehändigt bekommen wird. Wir erfahren, welche Zeitungen in der Bibliothek ausliegen, wie aktuell sie sind, und welche modernen Werke der tschechischen Literatur der Lehrer Král an Marie verliehen hat. Wir erfahren, welche Musik gehört wird, und wir lernen zum Glück auch die Gattin des Professors Pošusta kennen, die eine Wohnung nach Art eines Gesamtkunstwerks von Heinrich Vogeler eingerichtet hat und aus den Romanen der oben erwähnten Růžena Svobodová zitiert, als ob es sich um ihre eigenen Gedanken handeln würde. Nicht zuletzt hält auch die europäische Moderne vermittels des

Futuristischen Manifests von Filippo Tommaso Marinetti und eines kolorierten Stummfilms mit Asta Nielsen Einzug.

Viele Bestandteile des Buches gab es wirklich, manche aber sind vom Autor nur erfunden:

Spediteur Wachtl hieß tatsächlich Max Löwy, hatte aber wirklich den ersten Daimler in Rychnov. Die Apotheke hieß in Wirklichkeit »Zum roten Adler«, das Bordell »Zur Fischerhütte« gab es aber nicht. Der debile Bettler Maryčka Gib's! hieß eigentlich Emanuel Pěchota, und der Abgeordnete Dr. Alois Fábera hat den böhmischen Landtagsabgeordneten und Juristen Dr. Jindřich Štemberka (1867–1925) zum Vorbild, der in Rychnov eine Villa mit der Aufschrift »Unter den Bergen meine Heimat« besaß. Sie steht heute noch im Villenviertel der Stadt, ähnlich wie das dickbauchige Haus der Familie Poláček mit dem Laden des Kaufmanns Gustav Štědrý (= Jindřich Poláček) auf dem Hauptplatz an der Ecke zur Straße mit der Synagoge steht. Heute beherbergt es statt der Kolonialwarenhandlung eine Bank. Allerdings gab es in der Herkunftsfamilie von Karel Poláček niemals den Roman *Fünf Wochen im Ballon*. Nach Aussage seiner Tochter Jiřina hat sich ihr Vater dieses Buch vielmehr bei Abfassung seines Romans bei ihr ausgeliehen. Nachweislich wird es im Roman in der tschechischen Übersetzung von František Pelikán aus dem Jahre 1923 zitiert.

Und nicht zuletzt gibt es in der Bezirksstadt die liebenswerte Familie Štědrý, deren Mitglieder gleichsam Hauptpersonen in diesem Roman ohne Hauptpersonen sind und, ohne genaues Vorbild, jedoch nicht weniger präzise, bestimmte, für die Bezirksstadt typische Lebensstellungen repräsentieren. Mutter Štědrý verkörpert das reale praktische Leben (wie gern würde man einmal eine ihrer köstlichen Suppen kosten!), der Vater hingegen ist Repräsentant einer alten, statischen Welt, die er unentwegt anspricht und verteidigt. Das ist immer anstrengend und komisch zugleich, etwa dann, wenn der Vater seinem Sohn Viktor erklärt, dass anständige Leute sich nicht aus der Bezirks-

stadt entfernen sollten (man denke nur an den von der Bezirksstadt verachteten Weltreisenden Abdul Hamid). Er selbst interessiere sich ja auch für die ganze Welt, müsse sich dafür aber
nicht an fremde Orte begeben.

Die drei Söhne der Familie repräsentieren die kommende
neue Zeit, jeder in einer anderen Richtung: Viktor, der Elektri-
ker, verkörpert den technischen Fortschritt unter Beseitigung
der überkommenen Standesgrenzen. Kamil, der Handlungsgehilfe, ist der Vertreter der modernen Wirtschaft, in der Geld,
Kommerz und primitive Gewinnsucht regieren. Jaroslav aber,
der Student, in gewisser Hinsicht ein Alter Ego des Autors, ver-
tritt den unentschlossenen, sensiblen und lebensuntüchtigen
Intellektuellen, der innerhalb der Familie am meisten nach-
denkt, aber zu keinen greifbaren Ergebnissen kommt.

Diese Gegenüberstellung, dieser sanfte Kampf von alter und
neuer Zeit, der beim unentwegten und ergebnislosen Disku-
tieren im Hause Štědrý ausgefochten wird, erinnert, so könnte
man sagen, an Iwan Turgenjews Roman *Väter und Söhne* (1861),
mit dem Unterschied, dass es hier in Rychnov nur einen Vater
gibt, und die Söhne auch keine russischen Nihilisten sind.

Für manche Leser ist Gustav Štědrý der eigentliche Held der
Bezirksstadt. Man erkennt im Roman immer wieder, dass Karel
Poláček als Autor (und als Sohn) Vater Štědrý am meisten liebt.
Das zeigt sich in seiner Schilderung vom Tod des Vaters im
13. Kapitel des fragmentarischen fünften Teils seiner Pentalogie.
Diese Passage ist ergreifend und inhaltlich vor allem auch deshalb interessant, weil Poláček unter dem Eindruck der politischen Lage des Jahres 1939 viel direkter auf seine eigenen jüdischen Wurzeln zurückgreift als je zuvor:

»Und es kamen die Ältesten der Gemeinde zusammen und
hielten ein Gebet ab über dem Verstorbenen, aus dem uraltes
Leid erklang. Durch den Schleier dieses Klagegesanges hindurch konnte man Bäume sehen, die ihre Äste über die Was-

ser von Babylon breiteten, auch die an Zahl geringen Herden der Patriarchen und ihre Zelte sowie die Anhöhen des Libanons, wo Zedern stehen, die Säulen von schwarzem, dichtem Rauch gleichen. Sie drückten Frau Štědrá und Viktor die Hand und entfernten sich unter schmerzvollem Schütteln des Kopfes.«

Literaturauswahl

Ausgaben

Okresní město. Brno [Brünn]: Lidové Noviny, 1936. – Neuausg. Prag: Nakladatelství Franze Kafky, 1994. (Spisy Karla Poláčka. 9.)
Die Bezirksstadt. Übers. von Anna Wagenknecht. Berlin (Ost): Rütten & Loening, 1956.

Werkauswahl

Hrdinové táhnou do boje. [»Die Helden ziehen in den Krieg«.] Prag 1936. [Zweiter Teil der Pentalogie.] – Neuausg. Prag 1994. (Spisy Karla Poláčka. 10.)
Podzemní město. [»Die unterirdische Stadt«.] Brno [Brünn] 1937. [Dritter Teil der Pentalogie.] – Neuausg. Prag 1994. (Spisy Karla Poláčka. 11.)
Vyprodáno. [»Ausverkauft«.] Prag 1939. [Vierter Teil der Pentalogie] – Neuausg. Prag 1994. (Spisy Karla Poláčka. 12.) [Vom fünften Teil der Pentalogie, wohl ebenfalls 1939 fertiggestellt, sind nur Kapitel 6–16 erhalten; sie sind im Anhang dieser Ausgabe abgedruckt.]

Lehká dívka a reportér. [»Das leichte Mädchen und der Reporter«.] Prag 1926. – Neuausg. Prag 1994. (Spisy Karla Poláčka. 1.)
Dům na předměstí. Prag: Čin, 1928. – Neuausg. Prag 1994. (Spisy Karla Poláčka. 2.) – Dt.: Das Haus in der Vorstadt. Übers. von Eliška Glaserová. Prag 1958.

Muži v offsidu. Prag 1931. – Neuausg. Prag 1994. (Spisy Karla Poláčka. 3.) – Dt.: Abseits. Aus dem Leben von Fußball-Fans. Roman. Übers. von Herta Soswinski. Rosenheim 1971.

Hráči. [»Die Spieler«.] Prag 1931. – Neuausg. Prag 1996. (Spisy Karla Poláčka. 4.)

Hlavní přelíčení. [»Hauptverhandlung«.] Prag 1932. – Neuausg. Prag 1997. (Spisy Karla Poláčka. 6.)

Edudant a Francimor. Prag 1933. – Neuausg. Prag 1994. (Spisy Karla Poláčka. 7.) – Dt.: Die merkwürdigen Abenteuer der Knaben Edudant und Franzimor. Übers. von Alexandra Baumrucker. Kassel 1967.

[Karel Poláček]: Hostinec U kamenného stolu. [»Gasthof Zum Steintisch«.] Brno [Brünn]: 1941. [Der Roman wurde zuerst unter dem Namen des Illustrators Vlastimil Rada veröffentlicht.] – Neuausg. Prag 1998. (Spisy Karla Poláčka. 13.)

Bylo nás pět. Brno [Brünn] 1946. – Neuausg. Prag 1994. (Spisy Karla Poláčka. 14.) – Dt.: Wir fünf und Jumbo. Übers. von Markus Wirtz. Stuttgart [u. a.] 2001.

Se žlutou hvězdou. [»Mit einem gelben Stern«.] Havlíčkův Brod 1959. [Tagebücher.]

Poslední Dopisy Doře. Hrsg. von Martin Jelinowicz. Toronto 1984. [Briefe an Dora Vaňáková.]

Inhalt